コニー・メイスン/著
中川 梨江/訳

海賊に心奪われて

Tempt the Devil

扶桑社ロマンス
1188

この物語を以下の方々に捧げます。

あふれかえるほどたくさん、メールをくださったファンのみなさまに、

わたしの記事を新聞に掲載してくれたドン・ホームズとアン・デュピーに、

いつもわたしの本を何ケース分も置けるように棚を用意してくれているクレアモントのドラッグストア〝パブリクス〟のマネージャーに、

そして、わたしを支えてくれる家族全員と、友人たちに。

海賊に心奪われて

登場人物

ディアブロ(キット) ──── 海賊。デヴィル・ダンサー号船長
デヴォン ──── チャタム卿のひとり娘
チャタム卿 ──── デヴォンの父。ミルフォード伯爵
ウィンストン(ウィニー) ──── デヴォンの婚約者。グレンビル子爵
グレンビル公爵 ──── ウィンストンの父
カイル ──── アイルランド人海賊。デヴィル・ダンサー号の乗組員
アクバル ──── 巨漢のトルコ人海賊。デヴィル・ダンサー号の乗組員
スカーレット ──── ディアブロの元愛人。レッド・ウィッチ号船長
ル・ヴォートゥール ──── フランス人海賊。ビクトリー号船長
タラ ──── ディアブロの家政婦

1

一七一五年　ロンドン

死ぬにはひどい日だった――もっとも、死ぬのにぴったりの日などないだろうが。渦巻くもやと濃い霧にさえぎられ、日差しはなかった。男は、傲然《ごうぜん》として挑むように、にわか造りの処刑台に立っていた。口元にはせせら笑いを浮かべ、銀色の瞳《ひとみ》で、浮かれて押し合いへし合いしている群集を見渡している。黒くて濃い顎《あご》ひげに隠れているが、男の左の頬《ほお》にはくっきりとしたえくぼがある。ひげがなければ、卑劣で悪魔のような風貌《ふうぼう》はたちまち一変したことだろう。そのいたずらっぽい表情をたたえた魅力的な顔に夢中になり、足元に身を投げ出す娘も少なくないはずだ。

男は、まるで王のように誇らしげに堂々と立っていた。首に縄を巻かれ、後ろ手に縛られて、悪魔との契約を履行する準備を整えて。もはや交渉の余地はなかった。いや、魂などとっくの昔に売りに出してしまった。にもかかわらず、生きることへの渇望が血管を熱く激しく駆け巡っている。こんなふうに一巻の終わりとなるのか。だが、今までの人生を考えれば、それも自業自得だろう。後悔は少しもない。今までやってきたなかでは、善いことよりも悪いことのほうがはるかに上回っているのだから。それにしても、死ぬにはひどい日だった。

一台の馬車が、ティルバリーポイントの川岸にできた人垣をそろそろと縫っていく。扉に描かれた紋章や、馬車の通り道を空けようと必死になっている制服を着た使用人に、注意をはらう者はひとりとしていない。間もなく始まる壮大な見世物に、貴賤《きせん》を問わずあらゆる階層の人々が引きつけられていた。野次馬の群れのなかでは、公爵がパン屋の主人と、あるいは伯爵が物乞《ものご》いと袖《そで》をすりあわせても、不平も出ない。スリにとってはまさに天国、博覧会や市場よりもずっと実入りが良かった。

でっぷりとしたミルフォード伯ハーヴィ・チャタム卿《きょう》は、馬車が川岸に近づくと、もっとよく見ようと馬車の窓から顔を突き出した。そこらじゅうで、ぼろをまとった農民が場所を取ろうと、身なりの良い店主や弁護士、医者らともみあっている。婦人たちはスカーフを振っておつきのメイドたちを急《せ》かせ、メイドは女主人に遅れまいとあたふたと走っていた。

この日のために鼓手が駆り出され、歯切れの良いリズムを刻んでいる。その背後では、騎馬歩兵が一列に並んで、詰めかけた人の群れをかろうじて押しとどめている。その集団を上回る数の騎馬歩兵がマスケット銃を携えて、気をつけの姿勢で立っていた。

突然、笛音が太鼓に加わり、その調べは深い霧の中に響き渡った。間もなく正午になろうとしていたが、六月半ばにしてはどんよりとした空模様だ。冷たいもやで空気は湿っているものの、群集の気分まで湿りがちとなることはなかった。叫び声、やじ、騒々しい歌声が、群集からも、そして見物人が鈴なりになった建物の窓からもきこえてくる。騒音は耳をつんざかんばかりだし、その光景はまるでサーカスのようににぎやかだった。正午。テムズ河は潮の変わり目だ。

「しまった、ひと足遅かったか」チャタム卿はつぶやいて、眉《まゆ》をひそめた。感じの良い顔がしかめ面に変わる。「この人波のうっとうしいことったらない。こんな悪天候でも、お祭り気分がそがれることはないのだな。みんな、あの男を悪名高い海賊ではなく、ヒーローのように思っているようだ」

「お伴なんてしたくなかったわ。なんというか……異様ですもの」

「デヴォン、気分でも悪いのか？　急に顔色が真っ青になったようだが」心配そうに、チャタム卿は娘の愛らしい顔をのぞきこんだ。「今日、おまえを連れてきてはどうかと言ったのは、おまえの婚約者のウィンストンなんだぞ。おまえが喜ぶだろうからと」

デヴォンは厳しい表情でじっと父親を見つめた。「人が絞首刑になるのを見て喜ぶですって？　なんてことを。お父様もウィンストンもわたしのことをよくわかっていらっしゃるはずなのに。わたしは絞首刑を野蛮な慣習だと思っているわ」

「おまえもわたしと同じようにあの男を憎んで当然だと思うがな」チャタム卿は意見した。「ディアブロのせいで積み荷を失い、わたしは何百ポンドという損失をこうむった。海運業にはかなりの投資をしたが、ディアブロとその一味に船を略奪されてしまうとは。ウィンストンの父親も、ほぼ全財産を失うほどの被害にあっているし」ウィンストンの父親、グレンビル公に関しては、それは必ずしも事実ではなかった。彼は悪名高きギャンブラーで、相続した財産のほとんどをすってしまったのだ。だが、チャタム卿は、すでに死の床にある男のことを慮《おもんぱか》り、デヴォンに余計なことを言うつもりはなかった。

「ディアブロ……」デヴォンはじっと考えていた。「あの男はスペイン人なのかしら。とにかく、神様はご存じよね。ここ数年、わたしたちが、あの男にさんざんひどい目に遭わされてきたことを」

「デヴォン、海賊が忠誠を誓うのは自分たちに対してだけだよ」

デヴォンは、がやがやとしゃべっている群集を馬車の窓越しに見ながら、物思いに沈んでいた。突然馬車が軋《きし》んで止まり、デヴォンの大きな青い目は、心ならずもティルバリーポイントと、鉛色の空に向かって立っている殺伐とした処刑台に引きつけられた。

「これ以上進めません、ご主人様」御者が大声でチャタム卿に呼びかけた。「ここから先の道はもう通れません」

「いまいましい！」チャタム卿は腹立ちまぎれに言った。「まあ、仕方ない。歩くしかなさそうだな。なんとしても、あの悪魔の最期を見届けてやる」

「わたし、行きたくないわ。ああいうのは好きじゃありませんから。そもそも、ウィンストンとここで会う約束をしていなかったら、来るつもりなどなかったんですもの」

「これほどの見物《みもの》をみすみす見逃すのか？」チャタム卿は娘の熱意のなさにむっとした。「絞首刑のあと、おまえの婚約者はわたしたちをレディ・メアリーの音楽会へ案内してくれることになっているんだ。で、ウィンストンはどこだ？」

「この人ごみのなかで見つけろとおっしゃるの？」デヴォンはそうまぜかえし、見事な金色の巻き髪を揺らした。形の良い頭の上に優雅に結い上げた髪は、豊かに波打ちながら腰の下まで届いている。

「まあいい。わたしは行くぞ」チャタム卿は陽気に手を振りながら馬車を降りた。「こういうめでたいことは、しっかりと見ておかんとな。おまえに万が一のことがあるといかんから、ピータースとハドリーをここに残しておく」

デヴォンはずんぐりした父の体が、ティルバリーポイントの人波に飲み込まれていくのを見守った。ミルフォード伯のひとり娘、十九歳のレディ・デヴォンは、まさに社交界の華だった。背が高く、ウエストはほっそりとしているが、腰まわりは美しい曲線を描いていて、女王のような風格を漂わせている。数え切れないほど多くの男性がデヴォンに求愛したが、それは彼女の莫大《ばくだい》な持参金もさることながら、その魅惑的な美しさと品の良さに魅《ひ》かれたからだった。けれどもなぜかデヴォンが受け入れたのは、グレンビル公の子息、ウィンストン・リンリー子爵のプロポーズだった。子爵は情熱的なふりをし、さわやかな弁舌とブロンドの甘いマスクで結婚の承諾を勝ち取ったのだ。ふたりは、ウィンストンが海軍を除隊する半年後に結婚することになっていた。

ウィンストンは父と同じ道を歩み――父親は、若き後継者の失踪《しっそう》によって爵位を継ぐまで海軍将校だった――英国海軍の任務で、最近ではラークスパー号の指揮をとっていた。デヴォンは、彼の父親が一族の富を浪費したことを気にしていなかった――彼女にはふたりのための財産が十分にあるからだ。ウィンストンに対して特別な感情は湧《わ》かなかったが、彼が自分を支配するような人間ではないと感じていた。人の指図を受けることに慣れていないデヴォンは、多くの男性が求める、しきたりや束縛でがんじがらめの結婚には耐えられそうもなかった。ウィンストンを選んだのは妥協にすぎなかったが、献身的な愛情に疑いの余地はなく、自立した生き方が続けられそうだとデヴォンは思ったのだ。

大きな歓声があがり、デヴォンの目はディアブロの立つ処刑台に引きつけられた。両脇《りょうわき》にはがっしりした体格の見張りがひとりずつついている。後ろ手に縛られ、首に縄を巻かれた男が逃げ出すとでも思っているのだろうか。窓から身を乗り出すと、はっきりと男の姿が見えた。ディアブロという名で通っている悪魔を、ひと目見たいという屈折した欲求にデヴォンは負けてしまったのだ。

不屈の勇気で死に立ち向かっているディアブロを、デヴォンは称賛せざるをえなかった。彼の死を待ち望んでやじを飛ばしている群集をよそに、ディアブロは唇をゆがめ、皮肉なユーモアに満ちた微笑みを浮かべた。

黒ひげの海賊を見上げたそのとき、ふいに感情の波が激流となってデヴォンに押し寄せた。潮風で漆黒の髪はもつれ、額にかかった髪の毛が吹きあおられている。たくましい胸を覆っていた白いシャツは、大きく裂けて薄汚れてはいるものの、真っ黒に日焼けした顔を際立たせていた。ぴったりとしたズボンに覆われた、引き締まった腰と筋肉質の太ももに目が行き、みだらな思いがよぎる。デヴォンはかすかに後ろめたさを感じて顔を赤くした。仕方なく、大きな青い目をディアブロの浅黒く陰気な顔に戻してみる。馬車からは瞳の色まではわからなかったが、厚い唇にユーモアが漂っているのは見てとれる。デヴォンは、この男の絶望的な状況を楽しむ才能に思わず感心した。それにしても見物人は、殺人や強姦《ごうかん》、強盗を楽しむような男に、いったいなにを期待しているのだろうか。

ディアブロは銀色の目で、なにを見るでもなくあたりを見渡していた。自分の処刑に集まってお祭り騒ぎをしている何百人もの人々——ディアブロの骨をつつこうと待ち構えているハゲタカのような人々——の間に視線をさまよわせる。がっしりとした肩をいからせて笑い、それまでの人生を切り拓いてきた持ち前の度胸で、最後を遂げる覚悟を決めた。ディアブロには、自分が群集の女性たちを興奮させているのがわかっていた。自分の男性的魅力を熟知した者特有の傲慢《ごうまん》さで、近くに立っていた器量の良いメイドにいたずらっぽくウインクしてみる。彼女がキャーと声をあげ、少しだけ気を良くした。

視線をはるか遠く、道をふさいでいる車列に向けると、一台の馬車に目がとまった。窓から身を乗り出しているのは、うっとりするような美しい金髪女性だ。死が避けられないのなら、魅力的な金髪女性を墓場に道連れにするほど愉快なことはないだろう。

額にかかる金色の巻き毛から、心そそられるふっくらとした赤い唇まで、本当に完璧《かんぺき》な美女だ。

しきりに騒ぎ立てている熱狂的な群集の頭ごしにふたりの視線がぶつかりあい、くぎづけになった。デヴォンは自分の周りが次第に色あせていくのを感じた。彼の目は澄んだ灰色だった。もはや、周りの人々など目に入らない。ふたりをへだてるものはなにもなかった。彼の体からは男らしさがにじみ出ていて、内面に秘めた力強さが感じられる。浅黒い顔は、顎ひげも含めてすべてが危険な雰囲気をたたえていて、息をのむほどハンサムだ。そのうえ、無節操で野蛮で、どう見ても自分の悪行に対する反省の色はない。悪魔とはよく言ったものだ。

デヴォンは、死刑を宣告されて恐ろしい最期を遂げようとしているにもかかわらず、なおも威厳のあるこの男からやっとの思いで視線をそらした。死後、遺体は再びテムズ河のさらし台に運ばれる。ロンドンの港に出入りするすべての者への見せしめにするためだ。肉体が朽ちて骨となったときのために檻《おり》に入れられ、首に金属製のハーネスをつけ、革ひもで吊《つ》るされるのだろう。同情などしないよう努めても、心の優しいデヴォンは打ちのめされていた。

ディアブロは、馬車のなかの美しい女性が顔を背けるのを見ていた。未練がましくため息をつきながら。二十八歳の今、自分の波瀾万丈《はらんばんじょう》の人生に突然幕が引かれようとしているのは百も承知だ。悲しいかな、振り返ればやり残したことがたくさんある。自分はまだ真実の愛を知らないばかりか、我が子が誕生する喜びさえ知らない。子供のころに遭遇した重大な不正行為を正すこともできなかった。そのために、取り返しがつかないほど人生が狂わされたというのに。

ディアブロは、絞首刑執行人が黒いフードを持って近づいてくるのを用心深く見ていた。臆病者《おくびょうもの》として死ぬのだけはごめんだ。威厳を持って死んでいくほうがずっといい。とっくの昔に地獄を見て征服したのだから、死などまったく恐ろしくなかった。絞首刑執行人は肩をすくめると、騎馬歩兵の隊長を見て、落とし戸の制御レバーを引く命令を待った。ディアブロは緊張し、いよいよあの世へと果てしなく落ちていくのだと身構えた。群集が驚いたことに、彼は口を開き、下品に大声で笑ってみせた。死をあざけり、愚弄《ぐろう》する声をあげて。

彼の笑い声に恐怖を感じ、デヴォンのか細い体は震えた。あの男、どうかしてるわ。分別というものがないのだろうか。差し迫った死さえ恐れないのだから、そんなものはなくて当たり前かもしれない。ディアブロのような男はいったいなにに屈服するのだろうか。デヴォンは漠然と考えたが、すぐにその考えを打ち消した。数々の悪行にも良心の呵責《かしゃく》を感じず、死を目の前にしても声を立てて笑う男など神にさえ屈するはずがない。

太鼓をどんどんとたたく音が鳴り響き、笛が物悲しい音を奏で始めた。群集が騒ぎ立て、デヴォンの注意がそれた。女たちは悲鳴をあげ、男たちはののしり合い、大勢が押し合いへし合いの大混乱だ。数分もたたないうちに、その場にいた人々は乱闘に巻き込まれ、巻き込まれなかった者は先を争ってその場を離れた。おびただしい数の人間がまるで波のようになってうねり、耳をつんざくような騒音が怖いくらいだった。デヴォンは、この狂乱の真っただ中にいる父を思い、恐怖にかられた。父を捜し出さなければ。そう思ったものの、すぐにそれがばかげた考えだと思い知った。この雑踏のなか、非力な自分になにができよう。窓から身を乗り出し、御者と使用人に声をかけた。

「すぐに出発したほうがよさそうです」事態の変化に気づいたピータースが言った。

「お父様を置いてはいけないわ」デヴォンはきっぱりと言った。「わたしはここにいる限り安全なんだから、ハドリーを連れてお父様を探してきて。お願いだから、早く」

気がすすまなかったが、ふたりは自分たちの主人が卑劣な暴徒に危害を加えられているかもしれないと考え、デヴォンの命令に従った。間もなく彼らは人ごみにまぎれて見えなくなってしまった。騎馬歩兵が持ち場を離れてけんかの真っただ中に突入したものの、事態は収拾がつかないままだ。デヴォンはその一部始終を不安げに眺めながら、物思いにふけっていた。祝いごとが一変し、大暴動となってしまったのはいったいなぜだろう？　ふと処刑台に目をやり、デヴォンははっと息をのんだ。そこでは、ディアブロの刑の執行がまさに阻止されようとしていたのだ。

彼女は信じられない思いでまばたきをした。何百人という人がいながら、わたし以外に見ている人はいないの？　坊主頭の大男が恐ろしげな短剣を振り回し、ひょいっと処刑台のデッキに飛び乗った。だぶだぶのズボンをはき、裸の上半身にベストを身につけたその男は、ディアブロのかたわらにいる見張りを難なく片づけた。男は目にも留まらぬ速さで短剣を振り下ろすと、ディアブロを縛っていたひもを切断し、巻かれていた首つり縄を外した。デヴォンが呆然《ぼうぜん》と見守るなか、ふたりの男は暴徒の真ん中に飛び降りたかと思うと、たちまち人の群れのなかに消えてしまった。

デヴォンはかたずを飲んで、誰《だれ》かが気づいて叫びをあげるのを待った。体を貫く衝撃に高揚感を覚え、胸が締めつけられる。悪魔のせいで恐怖心があおられたにもかかわらず、その勇気と大胆さを称賛せずにはいられなかった。

突然、ディアブロが群集の端に現われた。そこまでどうにか無傷で、誰にも気づかれずにたどり着いたらしい。命を救った大男は、彼の背後を守っている。ほぼ同時にみすぼらしい身なりのごろつきが四人、別々の方角から現われ、みなディアブロに引き寄せられていく。さらに、これ以上の恐怖があるだろうか。彼らが彼女の馬車へ、真っすぐに向かってくるではないか！

デヴォンが機転をきかせて逃げようとしたとたん、ディアブロがばたんと扉を開けてなかへ飛び乗り、デヴォンのほっそりした体の上に着地した。肺から空気が大きな音を立てて出ていき、デヴォンは激しい恐怖に襲われた。彼女は座席のクッション部分に押しつけられ、抵抗しようとしても無駄だった。ちょうどそのとき、馬車ががたんと音を立てて動き出し、ディアブロの筋骨たくましい体がデヴォンのやわらかい体とこすれ合った。彼女はまるで官能的なマッサージを受けているように感じた。

デヴォンが視線を上げると、ディアブロと目が合った。銀色の目――思った通りだ――はデヴォンへの称賛といたずら心とできらりと光り、大胆にも彼女にウインクした。

「やあ、お嬢さん」彼の声はビロードのようにやわらかく、豊かで、ぬくもりがあり、デヴォンは妙に落ち着きを失ってしまった。「おれはなんてついているんだ。美しい女性に抱かれて難を逃れるとは」ゆっくりと誘惑するように、彼の視線は彼女の顔から胸のふくらみに注がれた。

デヴォンはうろたえて息をのんだ。挑発的なディアブロの声に怒りを覚えたが、彼のせいで興奮がさざ波のように押し寄せることに当惑していた。「触らないで……悪魔！」激しく非難を浴びせ、広い胸を何度も空しくたたいた。「さあ、すぐに馬車を止めて。こんなことをすれば、お父様があなたの首をはねるわ。父はミルフォード伯爵なのよ！」

「おれは自分の――いや――高いところから扉の紋章は見えた」ディアブロはのらりくらりと答えた。「だからこそ、この馬車を選んだのさ。それに、窓から身を乗り出している驚くほどの美女が見えたんでね」瞳の奥で人をばかにしたように笑っているが、その声にはつやがあり、魅力的にかすれていた。

「こんな状態で、逃げ切れるわけがないわ」デヴォンはいまいましそうに言った。この海賊が彼女の五感を魅了するのも気に入らなかった。

「おれはもう逃げ切っているよ」ディアブロが含み笑いをし、その低い声が彼自身の胸にも響いた。「お嬢さんには、おれが無事にずらかるのを見届けてもらうことになる」

「そんなこと絶対にしないわ！」デヴォンは強く言い返した。

彼らの背後が大騒ぎになっている。デヴォンは、大胆不敵なディアブロの逃亡がついに露見したとわかった。ディアブロも騒ぎを耳にし、しぶしぶデヴォンから離れると、窓から外を見た。

「ちくしょう！」そうつぶやいたとき、馬にまたがった騎馬歩兵の一団は、盗まれた馬車をめがけて轟音《ごうおん》を立てて走っていた。

デヴォンはくるりと向きを変え、反対側の窓から身を乗り出した。父とウィンストンのふたりはどうにかして馬を見つけ、騎馬歩兵と併走している。その姿を見たデヴォンは勇気づけられた。彼女はほくそ笑むと、ディアブロに向き直った。「お父様と婚約者がすぐあとをついてきてるわ。捕まったら、絞首刑になったほうがましだったと思うでしょうよ」

「とんだおてんば娘だな」ディアブロは不敵な笑みを浮かべた。「だがな、そうなったらおまえもこの世にはいない。おれの絞首刑を見物できなくしてやるさ。あいにくだな、お嬢さん。おれは自分の首と、このろくでもない人生が大のお気に入りなんだ」

「不道徳で卑劣な人生よ」とデヴォンが付け加えた。「あなたの悪事の数々は語り草になっているわ。殺人、略奪、強姦、およそ人間が犯す悪行はすべて知られている。あなたはまさに……悪魔だわ！」

「そうだ、みんなおれを悪魔と呼ぶ」ディアブロはそう認めた。表情が険しくなる。澄んだ銀色の瞳はどんよりした灰色に変わり、官能的な口が固く結ばれた。急にデヴォンは心底恐ろしくなった。「犯した罪は素直に認めよう、盗みや殺人もな。だが、強姦はまだやっちゃいない。おれをあおるのだけは勘弁してくれよ、お嬢さん。さもないと、その気になっちまうからな」

デヴォンは座席のクッションのなかに溶けてしまいたいと願いながら、顎ひげを生やした亡霊からあとずさりした。悪魔を諭すなんて不可能だと気づくべきだった。

ディアブロは振り返り、馬車の背後をドタドタと進んでくる騎馬歩兵の一団に神経を集中した。伯爵の娘を人質にしている限り、発砲されない確信があった。愛らしい娘は、自由への切符だ。デヴォンに思わせぶりな視線を投げかける。なぜか彼女の名前を知りたくなった。ちょうどそのとき、馬車が突然傾き、デヴォンは座席から飛ばされてディアブロの膝《ひざ》の上に落ちた。

ディアブロが茶目っ気たっぷりに微笑み、獲物を狙《ねら》う肉食動物のような銀色に変わった。彼の腕は本能的に、デヴォンの女性らしいやわらかいくびれをぎゅっと締めつけ、口からうめき声を発した。かつてこれほどまでの快感を覚えたことはない。「きみはなんという名だ？」

有無を言わせぬ眼差しと深みのある声音に、デヴォンはまるで催眠術をかけられたように即答した。「デヴォン。レディ・デヴォン・チャタムよ」

「デヴォン」ディアブロはゆっくりと繰り返した。彼の視線は満足げに彼女の顔や髪の毛の上をさまよった。

「失礼だわ、誘惑するつもりなのね！」

デヴォンが気持ちを落ち着ける間もなく、斜めに傾いた彼の唇が、彼女の唇をむさぼるように求めた。キスは意外にも優しく、彼女の体中に衝撃が走った。だが、舌が深く絡み合うと、デヴォンはディアブロの舌が唇のやわらかな輪郭をなぞり、体の奥深く、彼女の湿った部分を探求しようとさらに突き進むように感じた。

五感に衝撃が走り、めまいがした。誰ひとりとして、ウィンストンでさえも、こんなキスはしてくれなかった。ディアブロの手が彼女の乳房を包み込もうと伸びてきた瞬間、デヴォンは我に返って抵抗を試みた。そのとき、馬車の屋根の上でバンという大きな音がした。ディアブロは急に背筋を正して、デヴォンを横の席に座らせた。筋張った体の小柄な男が身をかがめて窓から飛び込んできた。デヴォンが呆然とするなか、さらにふたりの男が素早くそれに続き、馬車の窮屈な空間へ入り込んだ。

「よくやった」ディアブロは心から称賛した。「ダンシーはどこだ？」

「御者席にアクバルと一緒にいます」と男のひとりが答えた。「船長、大丈夫ですか？」

「もう大丈夫だ、スキント。間一髪ぎりぎりのところで、おまえたちが到着してくれたからな。あと数分遅れていたら、おれは魚の餌《えさ》になっていたよ」

「礼ならカイルとアクバルに言ってやってください」スキントはにこっと笑った。

「おれたちは命令通りにやったまでです。もちろん、うまくいくかどうか見当もつかなかったですが、あいつらに船長の首を吊らせるわけにはいかなかった」スキントはデヴォンをじっと見つめた。「この娘っ子は誰です?」

「そのお嬢さんは、おれたちに幸運をもたらしてくれるのさ。こちらは、レディ・デヴォン。父親のミルフォード伯爵が、おれたちが無事に乗船するまでは騎馬歩兵に手出しをさせないはずだ。デヴィル・ダンサー号はどこに停泊している?」

「テムズ河の河口近く、小さな入り江に錨《いかり》を下ろしています」別の海賊が甲高い声で言った。

「でかしたぞ、フィンガーズ」ディアブロはにやっと笑った。「ひょっとしたら、今夜は宴会になるかもしれない。おまえに一曲きかせてもらおう」フィンガーズは笛の名手で、名前もそれにちなんでつけられていた。背が高くやせていて、そのひょろっとした体にサイズの合わない服をだらりとはおっている。彼はどこに行くにもその笛を持っていた。

「女はどうします?」第三の男が、デヴォンを指差しながら不機嫌にたずねた。その男はデヴォンが今まで見たこともないような獰猛《どうもう》な顔つきをしていた。黒く濃い眉で常にしかめ面、乱れた黒髪が毛糸のキャップの下からはみ出している。

「レディ・デヴォンは、用済みになれば無事に解放するつもりだ、ルークス」

「テムズ河を出るまでに、海岸砲台から発砲してきますぜ」スキントは浮かぬ顔で予言した。「あのいまいましい大砲から逃れるには、手の込んだ策略が必要だな」

「レディ・デヴォンが一緒に乗っている限り、絶対に撃ってはこない」ディアブロは自信たっぷりだった。

デヴォンはようやく口がきけるようになった。「なにを言っているの？　まさかわたしを海賊船に乗せるつもりではないでしょうね！　絶対に行かないわ」

「あんたに選択肢はないんだよ、お嬢さん。しかし、約束しよう。決して危害は加えない」

「海賊が約束ですって？　冷酷さで知られた男を信用しろと言うの？」

どういうわけか、ディアブロはデヴォンが激怒しているのをおもしろがっていて、顔全体が笑っていた。

「おれの言う通りにすればいいんだよ、お嬢さん」

「騎馬歩兵が迫ってきています、船長」フィンガーズが窓から身を乗り出しながら叫んだ。

「どれくらいで追いつかれる？」ディアブロは鋭くたずねた。

「十分。こっちがこの速さで行けば」スキントが見積もった。

あまりにも飛ばしているので、デヴォンは馬車の側面に激しくぶつかってあざになりそうだったが、ディアブロの筋骨たくましい体が、わずかだがそれを防いでいた。

背後では、騎馬歩兵が疾走する馬車との間を詰めてきていた。チャタム卿とウィンストン・リンリーのふたりは、かろうじて兵士についてきていたので、騎馬歩兵の隊長が銃を抜いて発砲命令を下そうとしたとき、伯爵が金切り声をあげて抗議した。

「やめろ、愚か者め！　娘があの馬車に乗っているんだ。娘にもしものことがあれば、貴様の首をはねてやる」

隊長はむっとしたが、その命令に従った。たとえ喉《のど》から手が出るほどディアブロの首が欲しくても、有力な伯爵の要望に背く度胸はなかったのだ。そのうえ、隊長は個人的にデヴォンの知り合いでもあり、自分のせいで彼女が傷つくのを見たくなかった。

「もう着きますぜ、ディアブロ」とスキントが叫んだ。「浅瀬で長艇を待たせているんで」

チャタム卿は、馬車の車輪止めがテムズ河の河口を見渡す地点に止まるのを見たとき、意気消沈した。さらに、岸から目と鼻の先の沖合いで待っている長艇を見つけ、娘の身を案じて胸が張り裂けそうになった。ウィンストンのほうへ振り向くと、「どんな手を使ってでも、海岸砲台から発砲させないようにしろ」と怒鳴った。ウィンストンは厳しい顔でうなずくと、あわただしく走り去った。

騎馬歩兵が到着するより早く、はげ頭で大男の海賊、アクバルを含む五人の男たちは素早く土手を下りた。打ち寄せる波に上下している長艇へ向かって水のなかをどんどん歩いていく。騎馬歩兵が馬を滑らせながら急停止させたときにはすでに、すぐ近くでディアブロが馬車から降りていた。後ろにデヴォンを引きずっている。

「撃つな！」チャタム卿は警告した。

彼は馬から降りると、少しだけ前に進んだ。たちの悪い海賊との話し合いが成立することをを期待しながら。「娘を放せ、ディアブロ」チャタム卿は、川岸のほうへデヴォンを容赦なく引っ張っていくディアブロに向かって叫んだ。「いくら欲しいんだ」

「おれはあんたの金貨なんて欲しくないのさ、伯爵。娘を傷つけるつもりはない。無事に逃げ切ったら解放して、ちゃんと家まで送り届けてやるさ。約束できるのはそれだけだ」

「おまえに慈悲の心はないのか？　デヴォンはおまえになんの危害も加えていない。まさに罪のない犠牲者だ」

「その通りさ、伯爵。お気の毒だな。だが、約束する。レディ・デヴォンは守る」

ディアブロは、もう水際に到着していた。かがみ込んで両腕にデヴォンを抱えると、少し離れた波打ち際で上下している長艇に向かって一気に駆け出した。彼女をボート内に下ろし、そのあとから乗り込む。手下の男たちは、すぐさまオールを手にしてこぎ始めた。騎馬歩兵は、伯爵の娘を撃ってしまうのではと恐れてどうすることもできない。ただ川岸に立って、長艇が岬を回り、海岸に沿ってデヴィル・ダンサー号の停泊場所まで確実に進んでいくのを見ているしかなかった。

「お父様！」デヴォンは叫んだが、岸は遠ざかっていくばかりだ。「お父様——」いくら訴えても無駄だと悟ると、言葉はすすり泣きに変わった。

しかし、デヴォンは簡単にあきらめるような人間ではなかった。突然立ち上がると、海に飛び込もうとした。岸まで無事たどり着く自信はあった。だが、ディアブロは素早く彼女の腰を捕まえると、自分の脇に押さえ込んだ。デヴォンは死に物狂いでディアブロの腕から身を振りほどいた。だがその拍子に、船べりに頭を打ちつけてしまった。暗闇《くらやみ》に落ちていくなかでデヴォンが最後にきいたのは、自分の名前を呼ぶディアブロの声だった。

2

「呼吸は安定しているぞ、ディアブロ。ひどいけがをしているようには思えない。軽い脳しんとうを起こしたんだろう。彼女はいったい何者なんだ？」

話をしている男は背が高く、燃えるような赤い髪に、濃いダークブルーの目をしていた。肩幅やたくましさも、ディアブロとほとんど変わらない。おなじみのだぶだぶのパンツにゆったりとしたシャツ、細く引き締まった腰に幅広の赤いサッシュを巻いている。身につけているものは海賊にしては、驚くほど清潔だし、デヴォンのこめかみにできた紫色のあざを慎重に調べる指先は繊細だ。

ディアブロの銀色の瞳《ひとみ》が、誘惑するように手足を伸ばしてベッドに横たわっている肢体の上を滑っていく。「レディ・デヴォン・チャタム、ミルフォード伯爵の娘だ」

「主よ、お助けを！」赤毛の男は祈るようにそう言うと、天を仰いだ。緊張すると、普段よりアイルランド訛《なま》りがひどくなる。「高望みをしたものだな。彼女をどうするつもりだ？　男たちは、デヴィル・ダンサー号に女がいることに、いい顔をしないぞ」

「お嬢さんを利用するんだよ、カイル」ディアブロは右腕と頼む男に告げた。

カイル・オバノンは、ディアブロの秘密を知る唯一の人物である。デヴィル・ダンサー号では医者の役を務め、病人やけが人が出ると手当てをしている。カイルは医学校で学んでいたのだが、王位転覆を謀ったアイルランド人の学生仲間の逃亡を助けたため学校にいられなくなり、逃亡者となった。コーンウォール沿岸で密輸に手を染め、デヴィル・ダンサー号から密輸品の荷降ろしを手伝ったのが縁で、ディアブロの仲間となった。ふたりは出会った瞬間から、固い友情で結ばれていた。

「レディ・デヴォンがいなければ、船に戻れなかっただろう。騎馬歩兵がおれたちに発砲しなかったのも、お嬢さんの親父のおかげだ。処刑場に彼女がいてくれて幸運だったよ。すでに海軍の警備水域を通過し、危険を脱した。それにしても、おまえの刑場での陽動作戦は桁《けた》外れに天才的だったな」ディアブロは友人の背中をぽんとたたくと、にやりと笑った。

「本当に美しい娘だ」とカイルはせつなそうに言った。「あまりにも若すぎるし、あまりに汚れを知らない。彼女を傷つけるんじゃないぞ！　そんなことをしたら、おれが許さない」

「落ち着けよ、カイル。レディ・デヴォンはコーンウォールの海岸で上陸させるつもりだ。友人のコーマックが無事に家まで送り届けてくれるだろう」ディアブロはきっぱりと言った。「娘には手を出さないと彼女の親父に断言したんだ。約束は守る。それで、彼女は本当に大丈夫なのか？　ぐっすり眠っているようだが」

「ああ、大丈夫だ」カイルの声は安堵《あんど》の色を帯びていた。もしディアブロが彼女に危害を加えるつもりなら、相手が船長でも戦う覚悟だ。ディアブロは他の多くの海賊船の船長よりも多大な権力を振るっているが、船上でのルールや略奪品については乗組員にも発言権がある。それに彼女は間違いなく略奪品なのだ。「レディ・デヴォンを休ませよう。今の彼女にはそれが一番の薬だ」

「そうだな」ディアブロは賛成した。「先に行っててくれ。おまえと一緒に作業をする前に、ここでやることがあるんだ。船をランズエンドへ向けてくれ。日が暮れるのを待って入港し、ボートで娘を岸に連れていく」

カイルが出ていったあとも、ディアブロは船尾にある広々とした船長室でぐずぐずしていた。視線が何度となく、自分のベッドに横たわる金髪の美女へと引きつけられてしまう。彼女は女性にしては背が高めで、体つきはほっそりしてしなやかながら、つんと突き出た胸も、腰も、太ももも、すばらしく形がいい。顔立ちは繊細な彫刻のようで、唇はふっくらとしていて赤く、心そそられる。長い睫毛《まつげ》は、クリームのようにきめの細かい頬《ほお》に逆らうようにカールしていて、まるで蝶《ちょう》の羽のようだ。ディアブロは、デヴォンは今まで出会ったなかでもっとも魅惑的な女性だと思った。その甘美な肉体の秘密を知るためなら、自分の魂さえ捧《ささ》げてしまうだろう。

彼女は処女だろうか？　ディアブロはふと思った。肌のなめらかさを確かめたくて両手がうずく。それともすでにデヴォンの婚約者が、このごちそうを堪能してしまっただろうか？　名前も顔も知らない男が、美しいデヴォンとベッドを共にしている。そう思っただけで憎しみが込み上げ、激しく動揺した。ディアブロは室内履きを履いたデヴォンの足を見つめた。波間を引きずられたため、靴とストッキングはびしょ濡《ぬ》れだ。風邪をひかせてはいけない。

ディアブロはデヴォンのスカートの下に手を伸ばし、白い薄手のストッキングを留めているリボンをほどこうと、まさぐった。太ももに触れると指の下で皮膚がかすかに震え、彼は思わずうめき声を漏らした。彼女の形の良い脚から薄い絹をゆっくりと下ろしていく。女性の脚をこれほどやわらかいと感じたことも、心をそそられるほど美しいと思ったこともなかった。暖かな茂みに引き寄せられそうになり、手を触れないようにするには自制心を総動員しなければならなかった。

ディアブロの手が片方の太ももの内側をまさぐるのを感じて、デヴォンはぱっと目を開いた。恐怖でほとんど動けなかったものの、ディアブロが自分の体をもてあそんでいるのに気づいてかっとなった。

「なにをしているの！」

ディアブロはくすくすと笑っている。笑みをたたえた銀色の瞳には官能の炎が燃えていて、デヴォンの奥深くにあるなにかに火をつけた。「靴とストッキングを取ろうとしただけさ、お嬢さん」おもしろがっている声だった。彼は腰をかがめて、さらに愉快な仕事に取り掛かろうとした。「濡れているじゃないか。取ってしまったほうが楽になる」

「手をどかして！」デヴォンはディアブロの手をぴしゃりとたたき、吐き出すように言った。「わたしはあなたにおとなしく手込めにされるほど弱くないわ」

「手込めだと、お嬢さん？　おれがしてやることが楽しめないなんてありえない！　おまえを抱くことがあるとすれば、そのときわかるさ」

デヴォンは青ざめた。誰《だれ》ひとりとして――そう、間違いなく誰ひとりとして――自分にこんな口のきき方をした人はいない。「あなたはなんて……なんて野蛮人なの！　悪魔！　わたしに指一本でも触れたら、わたしは……わたしは……」

ディアブロは顔を上げて大笑いした。彼は漆黒の髪とひげ、そして銀色の不思議な瞳を持った悪魔のようだと、デヴォンは思った。それなのに、この男には人を引きつけるなにかがある。顔のシャープな輪郭や深い眼差しは肉感的だし、見事なほどの筋肉と力強い容貌《ようぼう》にはどきっとさせられる。しかし、なによりも驚いたのは、ディアブロがユーモアあふれる人物だったことだ。今まで耳にしてきたこの男の噂《うわさ》と実物とはかなり違う。

デヴォンは、ディアブロの黒く、濃い顎《あご》ひげの下に隠された、美しい顔立ちに気づいていた。もし彼が何者か知らなければ、貴族と思い込んでしまいそうだ。今の時代、海賊は、あらゆる階層の出身者であることはよく知られている。もしかしたらディアブロは、厳しい時代に落ちぶれたスペイン貴族の出なのかもしれない。

「レディ・デヴォン、おれがおまえと寝たくなったら、同意があろうがなかろうがそうするさ。おまえがおれをどう思っているかなど関係ない」

今にもディアブロが襲いかかってくるのではないかと恐れ、デヴォンはベッドの一番端に体を押しつけて、挑戦的に顎を突き出した。力の限り戦わずして屈したりはすまいと決意した。「近づかないで！」

「威勢のいい娘だな。心配しなさんな、レディ・デヴォン、おれは今疲れ切っていて、おまえを堪能する気分じゃない。頭の具合はどうだ？」

目を開け、ディアブロが自分の脚をなで回しているのに気づいたときからずっと、デヴォンは頭痛を感じていた。こめかみの傷に気づいて、ひるんだ。「痛むわ。あなたにひどい目に遭わされたせいよ。どうしてわたしを置いてこなかったの？」

「おれは沿岸大砲の弾で海中に吹き飛ばされるほど愚かではない」

「わたしをどうするつもり?」

「前にも話したが、陸に上げるつもりだ」

デヴォンはディアブロの表情を読み取ろうとした。彼を信じたい気持ちだったが、その言葉を信用することはできない。彼と一緒にいればどんな女性だって危険だ。ディアブロに関する限り、気を許すほど愚かなことはない。

デヴォンの不安を感じ取って、ディアブロは言った。「おれのキャビンにいれば安全だ。ここではおまえに危害を加える奴はいない」

「それはあなたを含めてってことかしら?」デヴォンは臆《おく》することなく食ってかかった。

ディアブロはすぐには答えず、けげんな顔でデヴォンを凝視した。銀色の瞳が、乱れて魅力的な彼女の姿を隅々まで眺めまわす。称賛するような眼差しは、まるで露骨に口説いているかのようで、デヴォンの息は喉元《のどもと》で凍りついた。ようやく彼が口を開いたとき、その低く官能的な声が彼女のなかでなにかを目覚めさせ、それが体のなかを波紋のように広がっていった。

「おまえを欲しくないと言ったら嘘《うそ》になるだろうな。欲しいものを奪うことに慣れている男にとっては、おまえは途方もなく魅力的なごちそうだ」

デヴォンは、ディアブロにベッドに押さえ込まれて身動きできなかった。彼の唇がむさぼるように彼女の唇を求めた。ひげが、彼女の顔のやわらかい皮膚をこする。そのざらざらした感触を、デヴォンはうっすらと感じていた。めくるめく興奮の渦で胃が締めつけられるのを感じながら、体中を駆け巡る嵐《あらし》をなんとか抑えようとした。ディアブロは舌先で彼女の唇の輪郭をなぞり、なかへと差し入れた。彼女の体がびくんと反応する。そのまま舌が深く絡み合うと、デヴォンは体の内で今まで思ったこともないほどなにかが燃え上がるのを感じた。欲望に、硬く、槍《やり》のようになった男性自身が、肌に跡がつくのではないかと思うほど押しつけられる。

ディアブロのせいで、彼女は徐々に我を失っていった。抵抗しようとする気持ちがだんだんと弱まっていく。けれども、ならず者を称える気持ちよりも彼女の道徳心のほうが勝《まさ》っていた。ディアブロに再び攻め立てられると、力を振り絞って身を振りほどいた。

「いや、やめて！」

「おれが怖いのか、デヴォン？」

「ええ、そうよ。わたしは……あなたがわたしになにをするつもりなのか、恐ろしいわ」

「おれはおまえを傷つけたりしない」

「あなたはもうわたしを傷つけているわ。お父様から引き離したじゃない」

「婚約者からもな。そいつのことを忘れていたのか?」

「そんなはずないでしょ」デヴォンは反論した。その瞳は怒り狂っている。「きっと彼はとても心配しているはずよ。あなたに少しでも思いやりがあるなら、わたしを帰して」

「思いやりだと? おれは悪魔だ。悪魔に思いやりなどあるものか。今この場でおまえをものにするぐらい簡単なことだ。おれに逆らう奴はいないからな」そう言って、ディアブロは悔しそうにため息をついた。「だが、おまえの親父に無事に帰すと約束したからには、おまえをものにすることはできない」

「良心を持った悪魔ね、なんておもしろいのかしら」デヴォンは皮肉たっぷりにかみついた。「でも、あなたのいやらしい視線に耐えなくてもいいなら、ありがたいわ」

「おまえの勇気には感服するよ、お嬢さん」ディアブロは笑ったが、その眼光は銀色の短剣のように鋭かった。「たいていの男は、おれを恐れる」

「わたしは男じゃないわ」

「知っているさ」彼は品定めするように、彼女のほっそりとした体をくまなく眺めまわした。「おれはベッドには美しい女しか入れない。悲しいかな、今は楽しみを慎まねばならないようだ。おまえがその気になったら、あとで時間を作るぞ」怒りのあまり息をのむデヴォンを楽しむように、ディアブロはにやりと笑って見せた。

「出ていって！」

ディアブロが立ち上がると、引き締まった長身が彼女の目の前にぬっと現われた。

「すぐに戻る。自分の身が大事なら、逃げようなんて考えるなよ」デヴォンは、ハンサムな悪党が部屋から出ていくのを用心深く見守った。その足取りは、揺れる船のデッキでもバランスを取ることに慣れた人間のものだった。

彼はどこから見ても評判通りの悪魔だった。唯一、あの瞳を除いては。数々の悪事に手を染めてきたことと、人を喰《く》ったようなユーモアを映し出すあの瞳がどうしても結びつかない。あの魅力的な肉体にはふたりの人間が潜んでいるのだろうか？

ディアブロが戻ってくるときに備えて、デヴォンは急いで行動を起こした。今度彼が入ってきたときには、言葉以上のもので武装していなければ。部屋になにか武器があるに違いない。ディアブロが自分を簡単に口説き落とせると思ったら大間違いだ。絶対にそんなことはさせない。デヴォンは不敵な笑みを浮かべた。あの惨めな悪党に、わたしがおとなしく彼の慰みものになるような娘ではないと思い知らせてやるわ。

ディアブロは後甲板に着くまでずっとにやにやしていた。自分のベッドを独り占めしているおてんば娘は、まるでおいしいごちそうだ。ものにするためならなんだってやる。だが、彼女がトラブルの種なのは明らかだ。彼女のため、そして自分のためにも、できるだけ早く下船させなければならない。すでに男たちが、自分のキャビンのほうにちらちらと目をやっている。乗組員はある程度までは忠実だが、目の届かないところでは信用できない者もいる。海賊は普通、仲間内から船長を選ぶ。自分もそうやって選ばれてデヴィル・ダンサー号を我がものにしたのだ。乗組員は長年にわたって慎重に選んできたので、命令にはまず間違いなく従うだろう。しかし、ディアブロは決してばかではない。レディ・デヴォンは美しすぎるし、魅力的すぎる。わずかな時間でも乗組員の目にさらすわけにはいかないのだ。そのうえ、女を船に乗せるのは縁起が悪いと考えられている。言い伝えを軽んじるつもりはなかった。

「キット、航路を決めたぞ。明後日には目的地に到着するはずだ」

ディアブロは眉間《みけん》にしわを寄せた。「カイル、何度言ったらわかるんだ。乗組員のいるところでキットと呼ぶなと言っているだろう」

「誰もいないじゃないか、ディアブロ。それに、今じゃディアブロだった時間が長すぎて、おまえの名前なんて気にする奴もいないさ」

「その通りだな」ディアブロは認めた。果たして自分が誰なのか、そして何者なのか、この世で本当に関心のある奴などいるのだろうか。「そうは言っても、キャビンを出たらディアブロと呼んでもらいたい」

「お嬢さんはどんな具合だ?」カイルは巧みに話題を変えた。

「元気だ。おれがキャビンを出る直前に目を覚ました」

「お嬢さんを必要以上に怖がらせるなよ——傷つけないように注意してくれ」カイルは厳しく言った。「その醜いひげづらには、どんなにたくましい奴だってぎょっとするのに、あのお嬢さんは箱入り娘ときてる。おまえのような人間にこれまで一度も会ったことがないだろうからな」

ディアブロは頭をのけぞらせて大笑いした。「キャビンを出るとき、その箱入り娘はおれに食ってかかったんだぞ。おれの容貌なんか怖がってもいない。信じられないだろうがな、おれはあの娘に手を出していない。彼女をものにしたい気持ちを抑えるには、意志の力がかなり必要だがね。彼女だって楽しめたかもしれないのに」表情豊かに肩をすくめた。銀色の瞳は、カイルが見逃すはずもない熱情を映していた。

ちょうどそのとき、アクバルが足音を忍ばせて近づいてきた。彼はとてつもない巨体だが、驚くほど敏捷《びんしょう》だ。獰猛《どうもう》な顔に笑みを浮かべて、黒い瞳でディアブロを頭のてっぺんからつま先までくまなく見つめた。分厚い胸の前で腕を組み、濃い眉毛《まゆげ》をしきりに動かしながら口を開いた。「ニューゲートにいたときほど体調は悪くなさそうだな。ひげはいつもより乱れているようだが」

「おれのお気に入りのひげだ」ディアブロは長くしなやかな指先で、豊かに生えそろったひげをなでた。「似合うだろう」

「きれいに伸ばしたらいいさ」アクバルは大声で言った。「そして、アラーに感謝しないとな。あんたの首がまだついていることを」

「おまえとカイルのおかげだ」ディアブロは神妙になった。「正直に言おう。首に縄を巻かれて絞首台に立っていたときは、相当ひやひやしていた」

「おれたちは連中の注意をそらしただけさ。みんなが無事だったのはあんたのおかげだ」アクバルはディアブロに言った。「娘のことを怪しんでいる者がいるぞ。女はみなで楽しむべきだと思っている」

「娘はおれと一緒にいる」ディアブロの表情は険しくなった。「ランズエンドで陸に上げるつもりだ。みなに伝えてくれ、おれの権限で娘を預かると」

アクバルはなにも言わずにうなずいた。抜け目のない彼は、ディアブロがこれに関しては自分の主張を曲げないことを知っていた。

「おまえだって娘を自分のものにしたいと思っているんじゃないか？　ディアブロ」カイルがいくぶん戸惑った様子でたずねた。「彼女のどこが特別なんだ？」

「参ったな、カイル。おれは今までも、女の捕虜を進んで乗組員に引き渡したりしなかった。知っているだろう？　もともと娼婦《しょうふ》だったり、自分から望んだ場合は別だが。強姦《ごうかん》という手段に出たこともない」

「それじゃあ、釈放されたり、身請けされたりする前におまえとベッドを共にした女たちはどうなんだ?」

ディアブロは一瞬いたずらっぽく笑うと言った。「ひとり残らず覚えているさ。おれのは気持ちがいいって評判だから、女たちがやりたがってしょうがないんだよ。だがレディ・デヴォンを見ると——自分でもよくわからないんだが——おれのもうひとつの人生を思い出してしまう気がする」

「そっちの人生に戻りたければ、まだ間に合うぞ」

「おれの首には高額の賞金がかけられているんだ。世界中どの国へ行っても、歓迎されないだろう。英国でだってそうだ」

アクバルはそばに立ち、黙ってきいていた。どっしりとした巨体は、大柄でがっちりとした体格のカイルとディアブロよりも、頭ひとつ抜きん出ている。色鮮やかなスカーフではげ頭を覆い、片耳に金の輪をぶら下げている。アクバルはどこから見ても、荒々しく無節操な海賊そのものだ。彼は口をはさまずに、長引く会話が終わるまで待っていた。

「嵐になりそうですぜ、ディアブロ」変わりやすく雲行きの怪しい空を見つめながら、アクバルは注意をうながした。その日は憂うつな雨で始まったが、今は吹き上がる風が帆に当たってぴゅーっと音を立てている。すぐにも天候が崩れそうだ。

「かえって好都合だ」ディアブロは事態の成り行きに満足していた。「英国海軍は嵐のなか、沖合いに出てまで追跡しようなんて思わないだろう。レディ・デヴォンを岸に上げる時間を十分取れそうだ。コーンウォールの連絡役、コーマックが、無事にロンドンまで送り届けてくれるはずだ」

「乗組員に伝えてくれ、カイル、船が嵐を乗り切れるように準備をしろと。おれは自分のキャビンにいるので、なにかあれば声をかけてくれ」

ふたりの男は、ディアブロが踵《きびす》を返し、部屋に戻っていくのを見ていた。「ディアブロは、女のところに戻りたくてしょうがないようだな」アクバルは心得たように笑った。

「その通りだ」カイルは同意しながらも、アクバルのようにおもしろがれなかった。「あいつはかなり娘に夢中になっているようだが、それが気に入らない。彼女はトラブルの種だ、それも大変なトラブルの。ミルフォード伯爵の娘。これ以上なにを言えって言うんだ?」

「アラーが救ってくれる」アクバルはつぶやいた。「ディアブロは理想が高いな。陸に上げる前に女と寝るつもりなのか?」

「あいつはそうしたいだろうが、どうなるかは見物《みもの》だな」

「ディアブロが上陸前に女をものにするだろうって、もっぱらの噂だ」

「おれは娘に賭《か》けよう」カイルが反論した。「それで、一儲《ひともう》けできるのを期待して」

デヴォンは念入りにディアブロのキャビンを探索した。地図の散らばった机の引き出しをひとつひとつ丁寧に調べる。武器は見当たらない。次に壁のフックにかかっている衣類周りの雑貨に取り掛かったが、やはり無駄に終わった。唯一見つけたのは、武器とは程遠い、切れないペーパーナイフだった。これでは、ディアブロのような男を脅せないのは明らかだ。そのときふと、部屋の向こう側にあるシーチェストに目がとまった。膝《ひざ》をついて、なかを引っかき回すと、衣類や書類、記念品があるだけだ。やけになってあきらめかけたとき、指先が一番下に置かれている、探していたものに触れた。デヴォンは冷たい鋼鉄を握り締め、箱から小口径のピストルを引っ張り出した。デヴォンは弾丸が込められていないことに気づいて、チェストに戻って探した。うれしいことに、弾を装塡《そうてん》したり火薬を詰めるのに必要な道具類一式と一緒に、銃弾が見つかった。これで弾を込めて発砲できる。父に教えられた手順に注意深く従い、発砲できるよう準備を整えた。そして、チェストのふたを閉めると、ピストルをポケットのなかに滑り込ませ、ベッドに座って待つことにした。

ディアブロはキャビンの外でひとつ息をした。なかにいる娘のことを思うと、唇に笑みが浮かぶ。彼女は頭の回転が速く、気骨があり、ナイフのように鋭い舌を持っている。本当に誘惑しがいがある。ちらりと彼女を見るだけで、血が煮えたぎる。たいていの女はキャビンに閉じ込められると恐怖に震えるが、彼女は間違いなくキャビンを歩き回り、自分に悪態をついているだろう。彼女とベッドですばらしい夜を過ごせるなら、悪魔に魂を売ってもかまわない。そんなふうに考えると、腰に衝撃が走った。彼はゆっくり取っ手を回し、キャビンへ入った。

デヴォンはベッドの上に座り、近づいてくるディアブロに目を光らせている。「食事を頼んだ」そう言いながら、ディアブロは彼女のほっそりとした体に視線を自由にさまよわせた。「食べ慣れたものではないかもしれないが、とりあえず栄養にはなるだろう」

「お腹は空いていないわ」デヴォンは用心しながら言った。

「それならおれが食べるのを見ていればいい。もう腹ぺこだ。刑務所の食事はいただけなかったんでね」彼は部屋にあるたったひとつの椅子《いす》に身を沈めると、長い筋肉質の脚を前に投げ出した。そのあとは張り詰めた沈黙が続いた。

デヴォンはディアブロにじろじろと熱心に見つめられ、落ち着かなかった。なにか――そう、なんでもいいから言ってくれればいいのに。みだらな称賛の的になるよりも、言葉の応酬をしているほうが気が楽だ。彼女は罠《わな》にかかった鼠《ねずみ》のように身をよじった。ポケットのなかに、ピストルの心地良い重さを感じる。直後に食事の盆が運ばれ、ほっとする。ディアブロの関心が彼女から夕食に移ったので、デヴォンは少し緊張を解いた。「一緒に食事をしなくて本当にいいのか？」ディアブロは塩で味つけしたビーフを一切れ、ぽんと口に放り込みながら、たずねた。

「ええ、けっこうよ」デヴォンは鼻であしらうように、見下した態度を取った。

「好きにするがいい。だが、体力をつけておくべきだったと後悔するぞ——あとになってからな」

「あとになってですって？」デヴォンはうろたえ、金切り声で言った。「いったい——いったいどういう意味なの？　わたしを傷つけないと言ったはずよ」

「おまえを傷つけるつもりはない」ディアブロはにやりと笑った。その瞳は銀色の光を放っている。

ディアブロは、彼女を情け容赦なく扱うべきではないとわかっていたが、あまりに初々しく純真無垢《むく》なので、自分を抑えられない。演技なのか、それとも本当に汚れを知らないのか？　食事を済ませながら思いを巡らせていた。彼は盆を脇《わき》へ押しやると、椅子に深く腰かけた。満腹感からすっかりくつろいでいた。上流階級の女性と付き合う機会などめったにない。付き合っている恋人がいないというわけではない。むしろ、女のほうから言い寄ってくる。スカーレットのような女が蜜《みつ》に集まるミツバチのように群がってくるのだ。望めばいつだってスカーレットやその手の女を手に入れることはできる。しかし、デヴォンは違う。だからこそ、彼女をもてあそぶのは楽しいのだ。

「あなたは――今でもわたしを解放するつもりなの？」デヴォンはたずねた。強がりが、次第に影を潜めていく。太ももに感じられる硬いピストルの重みだけが、彼女をパニックに陥ることから押しとどめてくれていた。

ディアブロは、口の端に物憂げな笑みを浮かべ、ゆっくりとうなずいた。「コーンウォールの友人が無事にロンドンまで送ってくれるだろう。だが、おれたちにはまだ長い夜が二晩もある。親交を深めるには十分だ」そう、意味ありげにほのめかす。

「おれはおまえを隅々まで深く知りたい」

「わたしはあなたについて知りたいことなどないわ」デヴォンは答えた。彼の官能的な言葉で、居心地の悪い奇妙な気持ちになった。彼が人を引きつける磁気を発しているように思えてならない。彼はまだ自分を誘惑するつもりなのだろうか。

ディアブロがハンサムな悪魔であるのは間違いない。ひげも含めて魅力的だ。彼はスペイン人のように肌が浅黒い。力強く筋肉質の体はゆったりと優雅に動く。強靭《きょうじん》で、締まっていて、たくましく見える。顔立ちは厳しく、いかついにもかかわらず魅力的で、そのユーモアのある言動は、彼の仕事とは妙にそぐわない。デヴォンはディアブロのような男はほかにいないだろうと思い、そんな男におびやかされるような状況にだけはなりたくなかった。彼の欲望は彼女を狼狽《ろうばい》させ、おびやかすのだ。

ディアブロは椅子から離れると、けだるく優雅にデヴォンに近づいた。彼女を抱きたいという欲求で肉体はうずいていたが、彼女から誘われない限り抱くつもりはなかったし、誘われる見込みもなさそうだった。デヴォンの隣に座ると、彼女はすぐにベッドから飛び降りて、壁際に身を寄せた。

「触らないで！」

「おまえは美しい」

「あなたは悪魔よ」

「そうだ。魂を売り渡してでもおまえの腕のなかで天国を手に入れたい悪魔だ」

「狂っているわ！」デヴォンは激しく言った。ディアブロの決意を秘めた眼差しが、彼女の恐怖をますますあおった。デヴォンはなんとしても自分の名誉を守りたかったが、ディアブロは熱烈に彼女を求めている。彼女には頼れるものがなにもなかった。

ディアブロは銀色の瞳をいたずらっぽくきらめかせた。女性に対してこんなに心が躍るなんて、いつ以来だろう。自分が危険水域に踏み込んでいるのはわかっているが、我慢できない。彼はデヴォンの勇気を称賛していた。人生の容赦ない試練に慣れていない者にしては、彼女は非常に勇敢だ。再び唇を奪い、ただその甘さを試してみたいと思っただけなのに、デヴォンはそれを軽い冗談とはとらえていなかった。突然目の前に、デヴォンの震える手に握られたピストルが現われた。その銃口は自分の心臓に向けられている。

「わたしに近づかないでと言ったはずよ」彼女は冷静になろうと精いっぱい努力したが、わずかに息切れしていた。

「おまえに人を殺せるとはとても思えないな、デヴォン」ディアブロはゆっくりと彼女との間を詰めながら反論した。

「それに、銃には弾が装塡されていない。その銃には見覚えがある。自分でチェストに保管したものだ」

「弾は込めたわ」デヴォンはほくそ笑んだ。「ばかにしないで」

「ばかになんかしていない。さあ、お嬢さん。自分を傷つけてしまう前に銃を渡すんだ。おまえに危害を加えないと保証する。約束通り、ここに来たときのままで陸へ上げよう」

デヴォンの瞳はディアブロを疑い深く見つめていた。「信用できないわ」

「銃をよこすんだ、デヴォン。誰かがけがをする前に」ディアブロは手のひらを上にして、差し出した。

「いやよ」デヴォンは顎を突き出し、頑としてきき入れなかった。ディアブロの言うことにはきく耳を持たない。

そのとき、ディアブロは致命傷を負いかねない動きをした。彼は前方へ突進すると、震えるデヴォンの手にある武器をつかもうとしたのだ。力強い指が華奢《きゃしゃ》な手首を押さえたため、引き金に置かれた指が無意識に反応し、デヴォンの手のなかで銃が暴発した。衝撃と痛みで、ディアブロは目を大きく見開いた。後ろへよろめいて倒れ込み、机のトップを覆う大理石の角に激しく頭を打ちつけた。デヴォンはディアブロの白いシャツが、まるで花が咲くように真っ赤に染まっていくのを、呆然《ぼうぜん》と見つめていた。彼は彼女の足元で、顔面蒼白《そうはく》のままぴくりとも動かない。殺してしまったのではないかと、怖くなった。

キャビンの扉がばたんと開き、アクバルが、ついでカイルが飛び込んできた。デヴォンは巨漢のトルコ人が、縄を断ち切って、ディアブロを絞首台から助けた男だとわかった。しかし、もうひとりには見覚えがない。あのときカイルは、船に留まっていたからだ。死んだように静かに横たわるディアブロ、そしてすぐそばで煙の出ている銃を手に立ち尽くしているデヴォン。その光景を目にして動揺し、カイルは青ざめた。

「マリア様」デヴォンは小さくつぶやいた。ショックで動けない。

「おまえがディアブロを殺したのか！」アクバルが喉元から激しい怒りの声を発し、カイルを肩で押しのけ、ディアブロの脇にひざまずいた。怒りと憎悪の形相で振り返ると、デヴォンをにらみつける。

「わたし――わたしはそんなつもりじゃ……」デヴォンは苦しげに言葉を飲み込んだ。ディアブロの忠実な部下になにを言っても無駄だと悟り、言葉が尻すぼみになる。もし彼が死んだら、彼女もすぐにあとを追うことになるだろう。

「カイル、ディアブロを見てやってくれ」アクバルはうなり、愕然《がくぜん》として立ち尽くしているカイルをぐいっと引っ張った。

カイルは一瞬躊躇《ちゅうちょ》してから、たずねた。「娘はどうする？」

「女はおれに任せろ」アクバルは、再び悪意に満ちた眼差しでデヴォンを見つめた。「手加減をしろよ――」言いかけたちょうどそのとき、ディアブロがうめいた。カイルはそちらに気を取られて、最後まで言えなかった。ディアブロのほうにかがみ込むと、デヴォンのことなどすっかり忘れてしまった。

しかし、アクバルが忘れるはずはなかった。手荒く彼女をつかみ、部屋から引きずり出すと、ふたりのがっしりした海賊の手に引き渡した。「船倉に放り込んでおけ」アクバルがぶっきらぼうに命令した。「ディアブロが生きていれば、女をどうするか決めるだろう。もし、死んだら……」

それ以上言う必要はなかった。もしディアブロが死んだら……デヴォンの未来にまったく希望がないことは明らかだった。

3

その夜は時おり、激しく嵐《あらし》が吹き荒れた。船腹の底でデヴォンは惨めに体を丸めていた。寒くて、空腹で、情けなかった。彼女は、身の毛もよだつ生き物が足をかすめるのにぞっとしながら、湿った荷物の上に横になっていた。最大の恐怖は、愛する人たちから遠く離れた、こんな嘆かわしい状況で死んでいくことだ。船倉に投げ込まれてから数時間がたっていた。ただひとり自分とはまったく無縁の世界に置き去りにされ、忘れ去られたままだ。ディアブロはまだ生きているのだろうか？　考えると不安になる。神様、どうか生きていますように。決して殺すつもりなどなかった。ただ、自分の知っている唯一の方法で、名誉を守りたかっただけだ。本当に自分の指で引き金を引くことを選んだのだろうか。ディアブロがその選択肢を彼女から奪ってしまったのだ。

突然、船が危険なほど傾いた。デヴォンは荷物から滑り落ち、足首の高さまでしみだした水のなかへしぶきをあげて落ちた。船をすぐに水平に立て直せなければ、船ごと葬られてしまう。恐ろしくなり、彼女は自分の知っている限りの祈りの言葉を暗唱した。すると、ゆっくりと船は起き上がったが、結局、反対側に傾いただけだった。そして、嵐は夜中から翌日まで続いたため、暴風雨によりデヴィル・ダンサー号は大打撃をこうむった。


「ディアブロはどんな具合だ？」船長室の扉が開き、アクバルが文字通り吹き飛ばされるようにしてなかに入ってきた。雨具を着ているが、ずぶ濡《ぬ》れだ。

「傷はたいしたことはない」カイルは答えた。「銃弾は脇腹《わきばら》の端を貫通して、致命傷にはならなかった。まったく幸運な奴だよ。出血もごくわずかだ」

アクバルが顔をしかめた。荒々しい容貌《ようぼう》がますます人を寄せつけないほどのものになる。「どうしてまだ意識がないんだ？　もう二十四時間もたつじゃないか」

「頭だ」カイルは説明した。「脳しんとうを起こしたようだ。じきに意識を取り戻すさ」安全のため、嵐の間ディアブロはベッドに縛りつけられていた。

アクバルは文句を言いながらも、どこかほっとしていた。彼とディアブロは、ブラックバートがアクバルの乗船していたトルコのブリガンティン船を乗っ取って以来の付き合いだ。アクバルは、その並外れた体格と強さゆえに、ブラックバートの下で無理に働かされていた。そんなとき、当時少年だったディアブロが、アクバルの命を救ったのだ。アクバルは嵐のなか、落下した木材が頭に当たって意識を失っていた。そこでディアブロは自分たちを壊れたマストに結びつけた。ディアブロの機転がなければ、高波によって船外に押し流されていただろう。この一件以来、ふたりの男の間には思いも寄らない友情が生まれ、ディアブロがブラックバートに反旗を翻し、デヴィル・ダンサー号を奪い取ったとき、アクバルはディアブロについたのだ。

「ディアブロの面倒をしっかり見てやってくれよ」アクバルはぶつぶつ言いながら、出ていこうとした。

「上甲板はどんな様子だ、アクバル?」カイルがたずねた。

「うまく乗り切れそうだ。デヴィル・ダンサー号はどんな船にも負けないほど、よく整備されていて、状態もいいからな」

「ああ、そうだな。ところであの娘はどうしたんだ? どこに——」

言い終わらないうちに、激しく船が揺れ、続いて大きな音がした。

「アラーが守ってくれる」アクバルは抑揚をつけて唱えると、荒れ狂う風雨のなかへ急いで戻ろうとし、カイルも続こうとすると、首を横に振った。「ディアブロを見ていてくれ」そう言うと扉を押しながら、ひゅーひゅーとうなる風と、たたきつける雨に向かって頭を下げた。

「どうしたんだ?」

その声にカイルが急いで振り返ると、ディアブロが目を開けていた。しかし、彼はまだいくぶん混乱しているようだ。「気がついたのか！」

「見ての通りだ。なぜおれはベッドに縛りつけられている？」

「嵐だ。おまえの身を守るためだ」

ちょうどそのとき、船がまるで激しい波に投げ込まれたコルク栓のように突然右舷《うげん》に傾き、その後また水平に立ち直った。「自由にしてくれ、カイル、おれは上甲板に行かなきゃならない」

「おまえはそこにじっとしていろ、キット。傷は悪化していないし、明らかに意識も正常に回復しつつある。だが、まだ体が弱っていて悪天候に立ち向かうのは無理だ。アクバルがしっかり状況を把握しているから心配ない」

ディアブロは眉《まゆ》をひそめた。「おれは……いったいどうしたんだ？　なんで傷を負った？」

「覚えていないのか？」

「ああ……ええと……全部は覚えていない。撃たれたのか？」

「そうだ。どんなふうに撃たれたのか、話してもらいたいんだが。レディ・デヴォンを思い出せるか？」

ディアブロはゆっくりと微笑み、相好を崩した。「あれほど怒りっぽい小娘を、忘れる奴などいるものか」彼の視線が、素早く部屋を見渡した。「お嬢さんはどこだ？」

「あの娘がおまえを撃ったんだ」

「撃つつもりはなかったんだ、カイル。もしおれがあおらなければ、彼女は絶対に引き金を引かなかった。本当のところは、ピストルで脅しただけなんだ。だからおれのせいなんだよ」ふいにディアブロに恐ろしい考えが浮かんだ。「彼女になにをした？」

カイルは明らかに落ち着かない様子だった。「もちろん……娘は元気だと思う、ディアブロ」

「思うだと？　ちくしょう、カイル、知らないのか？」

「おれはおまえの傷を見るのに忙しくて、彼女のことまで気が回らなかった。アクバルが連れ出したんだが、あのあとすぐに嵐に襲われてずっとたずねる機会がなかった」

「おれはどのくらい意識を失っていたんだ？」

「二十四時間だ」

ディアブロはひどい悪態をつき、自由になる両腕で、縛られている結び目をほどこうとした。動いたため、刺すような痛みに襲われ、めまいがした。不覚にも、彼は枕《まくら》に倒れ込んだ。

「いまいましい奴め、カイル。アクバルも娘を傷つけていたら、ただじゃおかないぞ」

カイルは、ディアブロの体がまだかなり弱っていると感じた。すぐさま背を向け、水差しを取りに急いだ。

「少し飲んだほうがいい」カイルはディアブロの脅しにはとりあわずに勧めると、船長のもとに戻ってコップを口まで持ち上げた。

「それはなんだ？」ディアブロはたずねた。怪しむように目を細めている。

「ただの水だ」カイルはディアブロとまともに目を合わせなかった。

ぶつぶつ言いながらも、ディアブロはごくりと飲んだ。たちまち咳《せ》き込み、カイルの手からコップをたたき落とした。「この野郎！　アヘンチンキか！　おまえを信用していたのに」

「信用していいさ。さあ、怒鳴るのはやめて休むんだ。娘の様子は暇を見つけて見にいってやるから」

「アクバルに……伝えろ。もし彼女を傷つけていたら……おまえの首はもらうと」ディアブロは頭がぼんやりしてきていた。

「わかった」カイルは約束した。手遅れでなければいいが、と願うばかりだった。

運悪く、カイルは翌朝までアクバルと話す機会がなかった。日の出とともにようやく嵐が収まると、アクバルはただちにメインマストと損傷した舵《かじ》を乗組員に修理させせた。計器によると、船はかなり吹きあおられ、針路を大幅に外れて大西洋のどこかで立ち往生しているらしい。次に観測するまで、いったいどこにいるのか誰《だれ》にも正確にわからなかった。

ディアブロが目覚める前に、カイルは縛っていたひもを解いておいた。そして、自分と船長のために温かい食事を取りに行った。この二日間で初めての食事だ。カイルが席を外している間に、ディアブロは起き出し、手足の具合を確かめると、おぼつかない状態でよろよろと立ち上がった。傷は多少痛むものの、立つことはできる。頭の鈍痛を無視すれば、自由に動けそうだ。脇腹の刺すような痛みに歯を食いしばりながら、ディアブロは体を洗い、清潔な服を着た。ずきんずきんと痛む腹部とデヴォンのことは心配だが、自分の任務はなんとかしっかり務められそうだ。

ちくしょう、アクバルの奴め。ディアブロは心の中で叱《しか》りとばした。あの男は、おれを守ろうとする気持ちが強すぎる。まさかアクバルが、自らデヴォンを罰するとは思わなかった。怒れるトルコ人がどんなものか誰も想像できないだろう。ディアブロは決意した。今こそ船を掌握し、自分こそ指揮をとるにふさわしいと乗組員に証明しなければ。

ちょうどそのとき、ディアブロが怒りを反すうしている相手が、ノックもせずにキャビンに入ってきた。ディアブロが自分の二本の足で立ち、相変わらず元気なのを見て近づいた。

「アラーをほめたたえよ。二十四時間前は瀕死《ひんし》の状態だと思っていたが」

「その前は、絞首刑になる寸前だったしな。ひょっとしたら、エル・ガット——猫と改名すべきかもしれないな。おれは猫並みに命が九つあるようだから」そして、口をへの字に曲げ、すさまじいしかめ面をした。「彼女はどこだ、アクバル？」

当初アクバルは困惑顔だったが、やがて理解した。「娘か！　嵐と船を救うことに必死になりすぎて、忘れていた」

「忘れていた？　ということは、彼女に危害を加えてはいないんだな？」ディアブロの銀色の瞳《ひとみ》は怒りに燃えている。「レディ・デヴォンは、いったいどこにいるんだ？」

「船倉に監禁してある」アクバルはいくらかきまり悪そうに答えた。「ひどい騒ぎですっかり忘れていた」

「この野郎、二日もたってるじゃないか！」ディアブロは大声で怒鳴った。「誰も様子をみていないのか？　食事や水は与えているのか？」

「だから、言ったはずだ。嵐が——」

「彼女を船倉から出すんだ——今すぐ！」

「わかった。おれが取り計らう」アクバルは、女を海賊船に乗せたらひどいトラブルになるというような、悲観的な予言をつぶやきながら出ていった。

船倉の奥にいたため、デヴォンは嵐が収まったのにも気づかなかった。意識がもうろうとし、梱包《こんぽう》された荷物の上で、惨めなほどずぶ濡れのままぐったりと横になっていた。彼女はそこで嵐を乗り切ったのだ。ふさふさした金髪は汚物にまみれ、もじゃもじゃの巣のようだ。この二日間何度も船酔いしたが、今度こそ脱水症状で危険な状態だった。自分は死にかけている——本当のところ、死を望んでもいた。ハッチが開いて差し込んできた光は、二日も閉じ込められたままだったデヴォンにはまぶしすぎた。大鬼のような恐ろしい人影が、目の前にぬっと現われる。まるで、最低の悪夢から抜け出してきたようだった。彼女はくらくらとめまいがして、深い暗闇《くらやみ》に落ちていった。

アクバルが、信じられないほど汚れ、意識を失っているデヴォンを抱えてキャビンに入ってきたのを見て、ディアブロは怒り狂った。すぐに立ち上がると、食事の皿を投げ飛ばす。「彼女をベッドに寝かせろ」彼は怒鳴った。「それからカイルをここへ呼ぶんだ」

ディアブロは鼻にしわを寄せた。デヴォンの服には湿気とかびが一緒になったような悪臭が染みついている。それが吐瀉物《としゃぶつ》の臭いだと気づくと、彼は何度も悪態をついた。デヴォンの青白い小さな顔や、すぼめた唇の周りの白い線を見ていると、恐怖でいっぱいになる。一瞬もためらわず、彼女の体から悪臭のするぼろ切れをはぎ取り、扉の外に放り投げた。そして、彼女の体をシーツで覆い、熱い湯を取りに部屋を出ていった。すぐに湯を持って戻ると、清潔なリネンを取り出し、デヴォンの体にたまった汚れを徹底的に洗い始めた。洗い終えて初めて、彼女の完璧《かんぺき》な肉体の、人目を引く美しい魅力を自分の目で楽しんだ。

指先でそっと、彼女の鎖骨から片方の胸の先端までなぞってみた。触れると乳首が硬くなった。それを見てディアブロはうっとりし、苦しいほどの衝撃を感じて思わず息を吐き出した。デヴォンのビロードのようにやわらかく白い肌ほど、刺激的で、心をそそるものはない。胸は豊かだが大きすぎず、頂のつぼみは珊瑚《さんご》色で、まるで彼に口で触ってほしいと求めて、突き出しているかのようだ。だが、彼はあらぬ思いを押しやり、視線を下に下ろした。

下半身が硬くなる。銀色の瞳を満足そうに見開くと、デヴォンのなめらかな太ももの間にある金色の茂みを見つめた。額に玉のような汗が吹き出し、一瞬パニック状態に陥った。決して彼を裏切らない第六感のようなものが、この女性は自分の人生を変える力を持っていると訴えてくる。だが、すぐに一蹴《いっしゅう》した。ばからしい。この女性――いや、どんな女性でも、自分にとってつかの間の性的満足以上の意味を持つなど、ありえない。だがその一方で、ディアブロの瞳は官能の旅を続け、デヴォンの細くて長い脚や、形の良い太もも、ほっそりしたくるぶしを食い入るように見つめた。彼女の脚は細くて華奢《きゃしゃ》だ。彼は、デヴォンのすべてが気に入っていた。しかし、彼女は彼のものではない——それは十分にわかっているつもりだった。

娼婦《しょうふ》や愛人、ふしだらな未亡人には慣れているが、生粋のレディでは勝手が違う。やがては貴族の夫にふさわしい子供を産むことになる、領主の館の住人なのだ。かつてディアブロも、その世界の一員だったかもしれないが、今となってはもう遠い昔のことだ。彼は無情にも海賊人生に首を突っ込まざるを得なくなり、やがて進んでその職業を受け入れた。海賊行為のしきたりを受け継ぎ、法律に違反して活動し、暮らすことを選んだのだ。

ディアブロや彼のような男たちは、人類の敵とみなされている。彼らは誰に対しても忠誠を尽くす義務がなく、国を必要としない。海賊船を捕らえたら、それがどの国の船であっても自国の港へ連行し、乗員の国籍にかかわらず裁判にかけて絞首刑にすることができる。ディアブロは仲間たちと同じく、北アメリカからアフリカの先端を回って海賊たちのルートを航海し、東の海で略奪し、今回の母港であるナッソーへと向かっている。彼らの船倉は略奪品でいっぱいだった。

海賊は無法者だが、彼らの間にも野蛮ではあるが民主主義のようなものがあり、みなその掟《おきて》を熱心に支持していた。正義と個人の権利を重視し、船長の横暴や権力の濫《らん》用《よう》を嫌う。彼らは自分たちが好意を持ち、信頼している人間には寛大で、高価な贈り物を与えたりすることもある。目や手足を失った船員仲間も引き続き乗船することが許され、戦利品の半分を分け前として与えられた。

ディアブロは非常に厳格だが、公正な人間だった。多くの海賊とは違い、女性の人質の待遇にも配慮する。ディアブロは今、遠い昔の過ぎ去った日々を思い出していた。人生が別の針路を進んでいたかもしれない、運命が彼に優しかったころを。そしてデヴォンをうっとりと見つめながら、自分がいかにそのなかに身をうずめたいと思おうとも、むげにものにしてはならないと考えていた。力ずくで奪うのではなく、時間をかけて愛し合い、彼女を優しく大人の女性へと導くチャンスはあるだろうか。彼は残念そうにため息をついて、デヴォンの裸身にシーツをかけた。自分の職業に反しているような、妙な気持ちになっていた。自分の知り合いのなかには、おそらくカイルを除いて、欲しい女を我慢する奴などいないだろう。今のディアブロのような場合はとくに。

「すまなかった、キット、おれは娘がキャビンに監禁されていると思っていた」カイルはキャビンに足を踏み入れると謝った。「知っていたら、絶対に船倉に入れさせなかった。彼女の具合はどうだ？」

「おまえには本当のことを知っていてほしかったよ、カイル。それに、くそっ、ディアブロと呼んでくれ」

「悪かった、ディアブロ」カイルはつぶやいた。「彼女の様子を見させてくれ」

ディアブロはカイルが彼女を診察するのをしっかりと見ていた。「脱水症状を起こして、体力を消耗している。無理にでも水分を取らせる必要があるな。だが、休ませれば回復するだろう。言うまでもないが、おれたちは風にあおられて針路を外れてしまった。もうランズエンドで娘を上陸させることはできないぞ」

ディアブロは険しい顔でうなずいた。「どうせそんなことだろうと思っていた。もう、位置は確認したのか?」

「ああ、フランスのほぼ五百マイル真西にいる。これから英国の領海に戻るのは危険すぎる」

「被害はどうだ?」

「舵《かじ》が壊れて流されたが、アクバルが男たちに対処させている。帆は修理中で、新しいマストも作っている。明日まではかかるだろう。それで、針路はどこに取る?」

ディアブロは視線をデヴォンへ向けたまま、長い間沈黙していた。彼のジレンマも知らず、彼女はこの上なく幸せそうに眠っている。彼は約束を守る人間だが、運命のいたずらで、約束通りデヴォンを陸へ上げることはできなくなった。内心、ディアブロは自分でそれを選択せずにすんだことにほっとしていた。本心は、デヴォンが喜んでベッドに来てくれるまで引き留めておきたかったのだ。

「ナッソーに向かう」そう言いながら、ぴくりとも動かないデヴォンの体からしぶしぶ視線をそらした。「船倉に略奪品があるし、男たちを上陸させてやりたい。それに、船もきちんと修理できる。しばらく隠れていることが得策だ」

「娘はどうする?」

「言うまでもないが、当分の間はおれが保護する」

「なんですって?」実はデヴォンは数分前から目を覚ましていた。話をきいていたのだが、今のディアブロの言葉に、怒りのあまり身が自然に起き上がってしまった。だが、シーツの下が裸であることにはまだ気づいていなかった。

カイルが大きく息をのみ、その音がディアブロのうめき声と響き合った。二組の目は、デヴォンの盛り上がった胸にくぎづけになった。そのときになってようやく、デヴォンはなにが起こっているのか理解した。自分の体にちらりと目をやると、激怒して悲鳴をあげ、シーツを顎《あご》までぐいっと引き上げた。

「悪魔! 殺人鬼! 強姦魔《ごうかんま》! あなたたちふたりともよ。わたしの服はどこ? どうして裸なの? あなたは誰?」最後の質問は、カイルに向けられていた。

「レディ・デヴォン、おれの側近で、右腕でもあるカイル・オバノンを紹介しよう」

ディアブロは仰々しく言った。「おれたちは、おまえになんの危害も加えていない。服が濡《ぬ》れていて、汚れていたから脱がしただけだ。良心に省みて、そのままにしておけなかった」

「あなたを殺したと思ったのに」デヴォンは不愉快そうに言った。彼が生きているのを見て安心したのを悟られたくなかった。

「当てが外れたか？　おれは幸運だったよ、弾丸は脇腹をかすったんだ。ひどく不快な出来事ではあったが、命に別条はない。これまでに、もっとひどい目にあったこともあるしな」

「お気の毒に」デヴォンはシーツをしっかりとつかんでつぶやいた。「わたしに服を与え、約束通り上陸させることを要求するわ」

「おまえの服は台無しになったので、海に投げ捨てたよ。だが、他の服を用意しよう」ディアブロは無邪気に笑いながら答えた。「もうひとつの件に関してだが……」

彼は大げさに肩をすくめた。「約束を破らざるをえないようだ。当分の間、おまえはおれと一緒にいてもらう」

「考えれば、あなたが約束を守らない、嘘《うそ》つきの悪党だとわかっていたはずなのに」

「さあ、デヴォン――」

「きみたちふたりだけにしてあげよう」カイルが抜け目なく、顔に浮かびそうになる笑みを押し殺しながら、口をはさんだ。「おれは仕事があるからな。とにかく、良くなってなによりだ、お嬢さん」そして、彼は出ていった。ディアブロにかわって、船長の略奪品のための仕事をするつもりはさらさらなかった。あの娘の言葉には、男をずたずたに切り裂くほどのとげがある。そしてどう見ても、そのとげをためらいなく使っている。

カイルは後甲板に向かいながら、ずっと含み笑いをしていた。ディアブロは娘にかかりっきりだ。カイルはうらやましいと思わなかった。デヴォンがこのまま船に居続けると知ったら、乗組員はこの先必ず面倒を起こすだろう。男たちは、陸を離れてずいぶん時間がたっている。デヴォンは女性との付き合いに飢えた男たちにとって、あまりに大きな誘惑だ。ひどいことになる前に、ナッソーにたどり着ければいいが……。

ディアブロとふたりだけになり、デヴォンはやり場のない怒りでいらだっていた。

ディアブロは長い指先で漆黒の髪をかきあげ、明らかに不機嫌な様子で言った。「きつく忠告しておこう、お嬢さん。おれが管理している場所では慎重に行動するんだ。おまえはなにかを要求できる立場じゃないし、おれや部下を侮辱したところで、得るものはほとんどない。すでにアクバルのやり方で思い知っただろう。おれがおまえの襲撃から生き延びたことを神に感謝するんだな」

「アクバル！　それが、わたしを船倉に投げ入れた野蛮人の名前なの？　まさしく血に飢えたハイエナだわ」デヴォンはののしった。「覚えておくがいいわ。父と婚約者が世界の果てまで追ってくるはずよ。いよいよあなたが絞首台に吊《つ》るされたら、わたし以上に喜ぶ人はいないでしょうね」

「ああ、お嬢さん、おまえは悲しいほどおれを傷つけるんだな」痛そうなふりをして胸をつかみながら、ディアブロは言い返した。「おれにとっておまえと言い争うのと同じくらい楽しいのが、航海する自分の船を持っていることだ。食べ物と水と服を持って来させよう。だが、もしおれがおまえなら、このキャビンからは決して出ない。おれの部下は荒っぽい連中だ。しばらく女がいなかったんでね」

彼はデヴォンにしてみれば見え透いた脅し文句を言い放つと、ぎこちなく腰をかがめてみせた。実はまだ、ひどい頭痛がしていたのだ。しかし、魅力的に微笑むと、キャビンを出ていった。

扉が閉まるのを見つめながら、デヴォンは自分とあの海賊の間に存在する不思議な引力に当惑していた。心の底では、彼は自分に危害を加えないだろうと感じていたし、今はキャビンのなかに留まるのが得策だと感じていた。ディアブロはその名が示す通り冷酷で、悪賢い。それはデヴォンも微塵《みじん》も疑っていなかったのだが。それなのに、なぜか恐怖感があまり感じられない。

自分はいったいどうなるのだろう？　デヴォンは物憂げに考え込んだ。そもそも、もう一度お父様やウィンストンに会えるのだろうか？　お父様はなんとしても自分を見つけようとするだろう。もちろんウィンストンも。彼は今も、ラークスパー号に乗船して海を捜索しているかもしれない。そう考えると、いくらかでも慰められた。

しばらくすると、白髪まじりの海賊が雑に彫られた木製の脚を引きずりながら、キャビンに入ってきた。食べ物と飲み物をのせた皿を運んできたのだ。腹ぺこのデヴォンにとっては、ひどい料理や飲み物も、最高のごちそうだった。がつがつと食べ、最後の一口を飲み干したちょうどそのとき、かばんが運ばれてきた。なかに贅沢《ぜいたく》な流行の服が詰まっていて、デヴォンはかなり時間をかけて、魅力的な衣装をいくつも選び出した。ふと、服を所有していた女性はどうなったのだろうと思ったが、考えるとつらくなるので、無理に考えないようにした。

ようやく気に入ったものをいくつか選び、そのなかでデヴォンはもっとも質素で、地味な昼用ガウンを身につけた。ディアブロや乗組員の欲望をあおりたくはない。人目を引かない、小さな灰色の鼠《ねずみ》になりたかったのだが、逆に上質な絹のガウンは体にぴったりと張り付き、若々しい曲線をくっきりと描き出している。ハイネックのガウンは突き出た胸とほっそりしたウエストをむしろ強調し、さらにヒップのふくらみも際立たせる。それでも、白いシルクのストッキング、フリルつきのガーターベルト、そしてローヒールの室内履きを身につけ、なんとか慎み深い服装を完成させた。

次は、収納箱で見つけたブラシを使って、腰のあたりでくるくると絡み合っている金色の巻き毛をなんとかする番だった。辛抱強く解いていくと、大きな塊が光り輝く絹の波となって肩から背中にかけて流れ落ちた。それからキャビンを探索し、しびんその他の必要なものを見つけて安心した。そして腰を下ろすと、自分の運命について考えを巡らせ、ディアブロの名で通っている男の分析を試みた。

しばらくするとデヴォンは退屈してしまい、恐る恐る扉に近づいた。取っ手をいじると、自分の手で簡単に開いた。まず、キャビンを出て突っ走りたい衝動にかられたが、ディアブロの警告が頭に浮かんだ。それにもかかわらず、周りがどうなっているか把握して、自分の置かれた状況を知りたいという気持ちがどうしようもなく大きくなってきた。用心深くそっと扉を開けると、船尾にあるそのキャビンは直接上の主甲板に通じているのがわかった。彼女は明るい日差しに目がくらみつつも、数分間、戸口でじっと立っていた。

彼女は、四方八方でさまざまな人員が精力的に活動している様子をながめていた。ふたつに折れたメインマストの修理に取り掛かっている者や、デッキに置かれた巨大な帆を縫っている者もいる。さらに、多くの男たちが走り回りながら、船の修理に携わっている。カイルとアクバルはどこにも見当たらなかった。しかしデヴォンはすぐに、船橋に立って進行状況を監督しているディアブロを見つけた。彼は手すりをつかみ、身をかがめて乗組員のひとりになにかを叫んでいる。デヴォンの視線は、彼の白い開襟シャツの下に盛り上がった筋肉を観賞するかのようにさまよった。

ディアブロのような男がなぜ、海賊になったのだろう？　デヴォンはそれを知りたかった。彼女の瞳は、ふさふさした黒いひげに縁取られた顔を見つめていた。ひげをびっしりと生やしているせいで残忍な顔つきになっているが、ひげがなければ、すばらしくハンサムだろう。もっとも、ひげがあっても恐ろしく魅力的なのだが。彼は大胆で、力強く、頑固で傲慢《ごうまん》な男。加えて、冷酷で身勝手で、残酷だ。

デヴォンは、強欲な海賊――決して物も人も尊重することを知らない男たちのなかに、危険を冒して出ていくのは愚かだと直感した。情欲から、彼らになにをされるかわかったものではない。デヴォンは急いでそっと戻ろうとしたが、運がなかった。

「おーい、おまえら。ディアブロの女だぞ！」

突然、海賊のひとりがデヴォンの前にぬっと現われ、行く手を阻んだ。「義足のペグレッグじいさんが言っていた通り、べっぴんだ」

背が低く、ずんぐりしていて信じられないほど汚い男だ。左目に眼帯をして、かろうじて残っている髪の毛は汚く、だらりと首筋にまとわりついている。彼はデヴォンに向かってにやりと笑った。まるで、彼女を一気に食べ尽くすことができるかのように。そして、金色の巻き髪に触ろうと手を伸ばした。

「触らないで！」デヴォンは吐き捨てるように言った。ディアブロの言うことをきいて、安全な場所に隠れているべきだった。

「その極上のお方には、おまえじゃ不細工すぎるぜ、パッチ」見物人のひとりが下品にからかった。「彼女は船長の個人的な愛人なんだ」

「デヴィル・ダンサー号では、なんでも平等に分かち合うんじゃなかったのか、ディヴィー？」パッチは答え、見えるほうの目で、デヴォンをにらんだ。「投票で娘っこをたらい回しにすると決まれば、船長だって反対できっこない」

すべての作業が止まった。全員の視線がいっせいに、追い詰められた雌鹿《めじか》のように震えながら立っているデヴォンに注がれる。パッチが彼女の腰に手をかけ、全身を見ようと引きずり上げたとき、デヴォンは金切り声を上げて抗議した。拳《こぶし》でたたいても、恐ろしく厚い胸はびくともしない。彼女の抵抗はままならず、頭に平手打ちを食らいよろめいた。数人が不安そうにディアブロを見たが、彼はまだ騒ぎに気づいていない。

船橋から離れたところで、舵の修繕を監督していた。

「おれが最初だ」パッチは言った。デヴォンを抱え上げ、甲板の上、帆が広げられている場所に連れていった。突然、デヴォンは仰向けに倒され、パッチが覆いかぶさってきた。

彼女は激怒しながらも勇気を奮い起こし、パッチが服をゆるめている間によろよろと立ち上がった。目の端で、ディアブロがこちらを振り返るのが見えた。ついに騒動に気づいたらしい。本能的に、自分を救ってくれるのは彼だと感じた。彼は本物の海賊だが、デヴォンはなぜか脅威を感じなかった。彼女を残酷に強姦《ごうかん》しようとしている、向こう見ずなほかの男たちのほうがよほど怖かった。ディアブロが彼女を取り囲んでいる男たちに近づいてくるのを、デヴォンは期待していた。そのとき自分に飛び掛かろうとするパッチに気づいた。

デヴォンは立ち上がると、とっさにパッチの股間《こかん》をめがけて見事なけりを入れた。男はあとずさりし、痛みに顔をゆがめる。デヴォンは、啞然《あぜん》としている群集のなかを一目散に逃げ出し、その間、声を限りにディアブロの名を叫んでいた。パッチが依然として体をかがめて陰部を握っているうちに、デヴォンは安全な場所、両手を広げたディアブロのところにたどり着いた。彼に両手でしっかりと抱かれると、突然、恐怖感が消えたことに驚いた。

「ここでなにをやっているんだ?」ディアブロはデヴォンの顔を自分のほうに向けると、たずねた。「これは、ばかながきがすることだ! 甲板に姿を見せたらどういうことになるか、忠告したはずだ」

「わたしは……考えがあって……」ディアブロの険しい目つきにひるみ、デヴォンは口ごもった。

ディアブロはデヴォンを自分の背後に回らせて、まだデヴォンの激しい一撃の苦痛から解放されないパッチに対峙《たいじ》した。「これはどういうことだ、パッチ？　女はおれのものだと言ったのをきかなかったのか？」

「きいたさ、ディアブロ、でも公平じゃない」パッチは苦々しげに不平を漏らした。男たちのうち数人が、同調してうなずいた。「バルバドス島近くで、フランスの帆船からフランス人娼婦をふたり強奪して以来、誰も女を手にしちゃいないんだ。あんた、どうしてそんなに身勝手なんだ？　以前はかまわなかったじゃないか」

「おれの立場を説明する必要はない」ディアブロはきっぱりと言った。「おまえは契約に署名した。規則を知っているはずだ。乗組員は、船長と幹部が取り分を取ってから、略奪品の分け前にあずかる」

「そのなかに女は入っちゃいないぜ」パッチは不機嫌そうに言い、仲間に支持を求めようとした。「どう思う、ディヴィー、リーチ、スネーク？　どうだ、みんな？」

名指しされた男たちはそわそわと落ち着かなくなった。パッチに同調したかったが、ディアブロと、彼に味方する残忍なトルコ人が怖くてたまらなかった。

「これはおれとおまえだけの話のようだな、パッチ」ディアブロは静かに威圧していた。「女はおれのものだ。彼女を賭《か》け、おれに挑戦したいか？　すでにこの女の分を埋め合わせるため、おまえら乗組員には分け前を分配している。だがな、おまえがそのつもりなら、彼女を独占する権利を賭けてもいいんだぜ。いつでも受けて立つ」

　パッチはディアブロと対決すべきか考えているようだった。船長は力が強く、抜け目のない男だ。勇猛な戦士で優れた指導者、公平で、部下を守ってくれるが、必要とあらば非常に厳格にもなれる。彼の有能な指揮の下、たくさんの金品を獲得し、山分けしてきた。パッチは、ここは折れておくべきだと思った。手堅く、好機が訪れるのを待とうと決めた。ディアブロは娘と四六時中一緒にいられはしない。遅かれ早かれ、彼女はひとりになるだろう。そうしたらデヴォンとことを済ませた時点で、口封じのために殺してしまえばいいのだ。

「娘はやるよ、ディアブロ。せいぜい楽しむんだな」ついにパッチは言った。「ナッソーに着いたら、おまえの分け前で、ありあまるほどの娘を買ってくれ」ぷいっと背を向けると、ふんぞり返りながら歩き去った。残りの乗組員は、三々五々自分の任務に戻っていった。興奮の嵐は本格的に吹き荒れる前に収まった。

　カイルとアクバルだけがディアブロの脇に残った。短い衝突の間、それぞれに船長を助ける態勢をとっていたのだ。いざとなれば、ディアブロのかたわらで忠実に戦っただろう。

「やはり女はトラブルの種になる」アクバルはつぶやき、デヴォンを悪意に満ちた眼差しで見つめた。この巨漢のトルコ人が、女を認めていないのは明らかだ。彼はディアブロを、どんな男よりも優れていると思っているからこそ、どんな女もディアブロにふさわしいとは思えないのだ。

「彼女を閉じ込めておくべきだった」ディアブロは不機嫌そうに言った。「あんな過ちは二度と犯さない。おれのキャビンまでお嬢様についていってくれ、カイル。扉には鍵《かぎ》をかけるんだ」彼の銀色の瞳が、まるでぎらぎらと輝く鋼鉄の二本の刃のような視線でデヴォンを刺した。

カイルはうなずくと、デヴォンの腕をしっかりとつかんで、ディアブロのキャビンまでついていくというより、半ば強引に彼女を運び込んだ。「ばかなことをしたもんだな、お嬢さん」彼はしかめ面で言った。「ディアブロの言うことをきくべきだったんだ。閉じ込めるのは、きみの身を守るためだ」

デヴォンはカイルの魅力的な容貌《ようぼう》をじっくりとうかがった。デヴィル・ダンサー号に乗船している男たちのなかで、彼はもっとも海賊らしくない。背が高く、肩幅が広い。赤毛で、きれいにひげを剃《そ》っている。彼はディアブロを含めたほかの誰よりも信頼できそうだ。デヴォンはじっくり考えて、彼に助けを懇願しようと思った。彼女にある考えが浮かんだ。

「身を守るですって！」デヴォンはあざ笑った。「血に飢えたハイエナから、いったいどんなふうに身を守るというのかしら？」

「驚いたな」カイルはかすかに笑った。「ディアブロをもう少しで殺すところだったのに、反省もしていないんだな。それだけでも、ディアブロの考えは間違っていないな」

「わたしをどこに連れていくの？　ディアブロは陸に上げると約束したのよ」

「嵐でかなり遠くに吹き飛ばされてしまったせいで不可能になってしまったんだよ、お嬢さん。解決策はディアブロにきいてくれ」

「カイル――それがあなたの名前よね？」カイルは立ち止まり、デヴォンに向き直ると用心深くうなずいた。

「そうだ」

デヴォンは突然、自分の乾いた唇をなめた。どうかカイルの性格を見誤っていませんように。「お願い、わたしを助けてくれないかしら？　ご存じの通り、ディアブロはわたしを誘拐したのよ。どこでもいいから陸へ上げてくれるように彼に頼んでほしいの。そうすれば、自分で家に帰れるわ。お手数をおかけしたお礼は、十分にするつもりよ」

「おっと、お嬢さん。おれは買収されないぞ」カイルは残念そうに言った。

デヴォンが非常に魅力的なので、助けてやりたい気持ちもあった。しかし、決してディアブロに逆らうつもりはない。ディアブロは悪名高い海賊で、ときとして冷酷で残虐にさえになるが、優しい面もある。それを知る人は少ないが。カイルは確信した。デヴォンが危害を加えられることは、まずないだろう。

「それなら、わたしは時間を無駄にしているわ」デヴォンは不機嫌にまくし立て、わざとカイルに背を向けた。彼は美しいその後姿に魅了され、にっこり笑うとキャビンを出ていった。ディアブロの指示に従い、扉には鍵をかけて。

デヴォンは生来の激しい気性を爆発させながら、キャビンを行ったり来たりした。どうにかして、ここから出てやるわ。そうして、ディアブロを彼女に出会わなければよかったと思うようにしてやろう。たとえどこへ連れていこうとも、ウィンストンとお父様が追ってくる。そしてふたりが追いついたとき、あの惨めな悪党はいよいよ自分の運命を直視することになるだろう。

4

デヴォンにその日遅く出された食事は、いかにもまずそうなものだった。ペグレッグは食事を運んでくると無言のますぐに出ていき、扉の鍵《かぎ》をかけた。暗くなり、デヴォンはランプをつけてディアブロの次の手を待ち構えていた。彼女は知るよしもなかったが、ディアブロはカイルのキャビンで過ごすと決めていた。彼女は勝手に部屋を出たことで激しやすい彼をひどく怒らせた。ディアブロのデヴォンに対する怒りは収まらず、同じ部屋にいるのは耐えられなかったのだ。ひとたびふたりきりになったら、彼女の美しい首を絞めてしまいかねない。デヴォンは不安のなかでついに眠りに落ちた。衣服をきちんと身につけたまま、大きすぎるベッドに丸まって。

デヴォンは夢の世界にいたため、キャビンの扉が用心深くわずかに開かれたとき、錠がこすれる音も、ちょうつがいの軋《きし》む音もきこえなかった。デヴォンがつけたランプはまだ燃えていたため、パッチは意地悪くにやりと笑った。片方しか見えない目でも彼女を見つけるのはたやすかった。

キャビンの鍵を手に入れるのはかなり面倒だったが、パッチは仲間の海賊のうちで、自分が一番利口だと自負していた。たまたま彼がそばに立っているとき、ディアブロがキャビンの鍵をペグレッグに預けるのを見て、彼がデヴォンに食事を運ぶのだろうと推測した。ペグレッグが老人なので、彼ならディアブロは自分の所有物にみだらなことをしないと信用しているのだ。ディアブロがペグレッグに、今夜はカイルの部屋で寝ると伝えるのをきいたときは、耳を疑った。その晩パッチは、隠しておいたラム酒の瓶を持ち出して一杯やらないかとペグレッグを誘い、年老いた船乗りが酔いつぶれたところで、鍵を盗んだのだ。

パッチはみなが寝静まるのを待った。おそらく船長は、傷のせいで思うように女を楽しめず、楽しみを先送りにしたに違いない。

パッチはゆっくりとキャビンに入り、静かに扉を閉めると、首に巻いていた汚れたスカーフを引っ張った。これをデヴォンの口に詰め込んで、大声をあげないようにさせるつもりだった。ベッドまで歩みよると、うっとりするような姿に見とれて立ち止まった。

デヴォンは胸騒ぎがして目を覚ました。なにかに眠りを邪魔された——なにか恐ろしいものに。ディアブロが、懲らしめに戻ってきたのだろうか？　まだぼんやりとした意識のなかで考えていた。ゆっくりと目を開けると、汚らしい片目の男が目の前に現われた。彼女はとっさに悲鳴を上げかけた。

ディアブロははっと目覚めた。起き上がろうとしたが、負傷した側の脇腹《わきばら》をつかんで、枕《まくら》の上に倒れ込んでしまった。数分間苦しみもだえたのち、力を振り絞ってやっと立ち上がった。月光がちらちらと、カイルの寝姿に降り注いでいる。ここにはなにもおかしなことはない。ディアブロは静かに思いを巡らした。だとしたら、深い眠りから覚めたのはなぜだ。そのとき、頭のなかのどこからか、助けを求める無言の嘆願がきこえてきた。デヴォンだ！　あの意地悪な小娘と波長がぴったり合うがために、彼女に危険が忍び寄るとすぐにわかるというのだろうか？

ディアブロは短剣とピストルを身につけた。月光に照らされた甲板をそっとつたって、船尾まで進む。見張りに短く声をかけると、万事異常なしとのことだった。再びベッドに戻ろうとしたとき、たまたま酩酊《めいてい》状態でふらふらになったペグレッグと出くわした。最初はなにも思わなかったが、間もなく、不吉な予感に襲われた。まるでヤマネコのような敏捷《びんしょう》さで踵《きびす》を返すと、ディアブロは音を立てないように細心の注意を払いながら、自分のキャビンへ向かった。心臓は胸のなかでどきんどきんと激しく鼓動し、全本能が危険を告げている。

ディアブロは扉を開けた。パッチがデヴォンに手を伸ばしているのを見つけ、激しく怒鳴りつけた。彼女は目を大きく見開いて相手を凝視している。口を大きく開けているが、悲鳴が声にならなかったようだ。

「彼女に手を触れたら、命はないぞ」ディアブロは静かに脅すと、大きく頭上に短剣を振りかざした。「間一髪のところで間に合ったようだな」

パッチはひわいな言葉を次々と吐き捨て、ディアブロがデヴォンを救いにきた運命を呪《のろ》った。この瞬間にここに来たのは、運以上のなにかがあるとしか思えない。みなが言うように、ディアブロは本当に悪魔に魂を売ってしまったのだろうか？　デヴォンに激しいあこがれの眼差しを滑らせ、パッチはデヴィル・ダンサー号に乗船したことを後悔しながらベッドから離れた。ディアブロと衝突したのは、これが初めてではないし、もちろん最後でもないだろう。だが次は、きっとおれが勝つ。

「おれは女を傷つけるつもりなんて、これっぽっちもなかったさ、ディアブロ」パッチはこびへつらいながら、ぶつぶつ言った。「でも、いつものように、娘を一緒に分け合うべきだと思ったんだ」

「規則を知っているだろう、パッチ。それに処罰もだ。アクバル！」ディアブロは、近くで命令を待っているに違いない大男を大声で呼んだ。船上では、アクバルの知らぬ間にことが運ぶことはまずない。

思った通り、しばらくするとアクバルがキャビンに入ってきた。指先には、短剣をぶら下げている。「ここにいますぜ、ディアブロ」顔を見ても、盛り上がった筋肉に表情が埋もれているのでなにを考えているのかはわからない。彼は威嚇するようにパッチを見つめ、そして、デヴォンに非難めいた視線を注いだ。

「この人間のくずを船倉に放り込んでおけ。明日朝一番に、罰を与えてくれ。むち打ち二十回で十分だろう」

「わかった」アクバルはパッチを扉のほうへ連れていった。パッチが尻込《しりご》みしたので、アクバルは短剣を突き立てて、前へ進むようにうながした。

パッチとアクバルが甲板に出ていくと、好奇心旺盛《おうせい》な七十人の男たちがうろついていた。キャビンのなかを見ようと首を伸ばしている者もいたが、その目の前で扉がぴしゃりと閉まった。しかし、なにが起こったのかは間もなく明らかとなり、あっという間に誰もが知るところとなった。パッチは規則に違反し、むち打ちの刑を宣告されたのだ。

「どこもけがはないか?」ディアブロは厳しい表情でデヴォンにたずねた。険しい顔を崩さぬまま、ゆっくりとベッドに近づく。ディアブロは、これ以上デヴォンを怖がらせてはいけないと思っていたが、心配は無用だった。デヴォンはそのはかない外見からは想像できないほど頑固な代物だ。怖がるどころか、怒っていたのだ。

「ええ、なにもされなかったわ。とんでもなくいやな奴」勇敢な言葉に反して、ほっそりとした体全体が震えていた。

ディアブロは笑みをこらえた。この威勢のいい娘が、分別をはるかに超えた勇気を持っていることを認めないわけにはいかなかった。彼は、デヴォンのすべてを賛美していた。もちろん、乗組員もみな。近いうちに、対策を取らねばならなくなるだろう。たとえそのために、自分が毎晩デヴォンの隣で眠ることになるとしても。そうなれば拷問だが、彼女を守るためなら仕方ない。

「デヴィル・ダンサー号に乗船中の、おまえの立場を説明しておかなければならない、レディ・デヴォン」ディアブロは自分の説明に対する彼女の反応を想像して、笑いをこらえた。

「わたしの立場ですって?」

「そうだ、ここでのおまえの境遇を、乗組員が誤解することがないようにするためだ。我々の間にも誤解が生じないようにする必要はあるがね。今夜おまえをひとりにしたのは間違いだった。二度とそんなことはしない」

「それがわたしの立場だと言うの、ディアブロ? もちろん、あなたは知っているはずよ、わたしが無事に戻れば、お父様が気前よくお金を支払うわ。引き返して、わたしを家に戻して」デヴォンは懇願した。

「おれの乗組員のことを考えてくれ、お嬢さん。七十人の命が、英国海軍からうまく逃げられるかどうかにかかっているんだ。それと同時に、おれたちに危害を加えようとするほかの船もかわさなければならない。おれは一度捕まるというへまを犯したが、二度と捕まるつもりはない。約束しよう。おれたちの命を危険にさらさずに済む方法が見つかれば、おまえを家に帰してやる。それまでは、おれの愛人でいてもらう」

突然、ディアブロは強烈にデヴォンに触れたくなった。自分を抑えられずに手を伸ばすと、指先で片方の頰骨《ほおぼね》に軽く触れてみる。デヴォンは息をのんだ。優しいが、官能的な触れ方だった。ディアブロの目つきから、欲情していることが見て取れる。デヴォンは、ふたりの間にある、人生を揺るがしかねないほど互いを引きつける力と戦っていた。

「あなたの愛人ですって？ どうかしてるわ」デヴォンはばかにしたようにせせら笑った。挑戦的な態度で、青い瞳《ひとみ》は燃えさかっている。ディアブロは、そんな彼女をこれまでになく愛らしいと思った。純真さと湧《わ》き上がる情熱とが混ざり合って、彼女から伝わってくる。ディアブロは今にも爆発しそうだった。彼女のその激しさを味わいたくてたまらない。

「あんたは選べる立場にないんだよ、お嬢さん」ゆったりと物憂げで、官能的な響きの声だった。

デヴォンは無言で彼を見つめた。ハンサムな悪党に屈するべきでないことは、十分承知している。

「とことん、あなたと戦うわ」新たな恐怖に、彼女の声はぴんと張り詰めていた。もし彼に逆らったら、自分は船員たちの慰みものにされるのだろうか？

「話は明日にして、とにかく寝よう。今夜はおまえを悩ませるつもりはない。もうくたくただし、脇腹がひどく痛む」疲れ切っていたディアブロは言った。だが、デヴォンはその言葉にひどく驚いたようだった。

「どこで寝るつもり？」とたずねた。その声には恐怖がにじんでいた。

「おまえの隣だ」そう言うと彼は、彼女を骨抜きにしてしまう、あの魅力的な笑みを浮かべた。

「じゃあ、わたしは床で寝るわ」デヴォンは言い放つと飛び降り、ベッドから毛布を引っ張り出そうとした。

ディアブロはデヴォンの手を押さえると、彼女を乱暴に引き上げた。「ベッドで眠るんだ、おれの隣で。言うことをきかないと、縛りつけるぞ」

「離して！」

「おれを試すつもりか、お嬢さん。おまえのせいで我慢も限界だ。おれの力がどれほどのものか、もうわかっているだろう。おれをあおるのは絶対にやめたほうがいい」

ディアブロは言うことをきかせるために脅しただけだったが、彼の腕のなかの彼女があまりに刺激的で、どうしてもキスしたくなってしまった。彼女の唇の甘さを味わい、キスの喜びを分かち合いたかった。そっと唇を重ねると、彼女の抗う声はくぐもり、喉元《のどもと》で消えてしまった。キスは穏やかで優しく、汚れを知らない少年と少女のそれのようだった。ディアブロはすぐにもっと欲しくなった。

「口を開けてごらん」彼女の唇を見つめたまま、ささやく。

唇をそっと触れ合わせてから、顎《あご》を持ち上げてまたキスをする。デヴォンの体に震えが走り、彼女のなかの小悪魔が唇を開かせた。舌が差し入れられ、彼女の舌に触れる。再び彼女が震えると、きつく抱きしめられた。まるで、彼女のやわらかな体にディアブロの体がぴったりとすいついているようで、大きく、硬いものが、容赦なく腹部に押しつけられてくる。

デヴォンは凍りついた。こんなに挑発的なキスは初めてだった。ウィンストンは決してこんなやり方はしない。けれども、胸が締めつけられるような抱擁に息も絶え絶えとなり、悪魔という名前を持つこの男のキスに体が反応し、情熱的に応えるのをどうすることもできない。ふいに、静かに横たえられた。ディアブロは体を離しながら、濃い眉毛《まゆげ》をいぶかしげに寄せ、彼女の顔をじっとうかがった。

「汚れを知らない娘にしては、驚くほどのキスだった」

「あなたが無理矢理したのよ」

「おれが紳士だったら、嘘《うそ》でもそうだと言うだろう。だがおれはあいにく……」ディアブロは大げさに肩をすくめて言葉を切り、あとはデヴォンが考えるに任せた。そして、ベッドの上で静かに手足を伸ばすと、大げさなほど礼儀正しく彼女の場所を空けてみせ、目を閉じた。けれども、彼の体は張り詰めていて、デヴォンを待ち構えているのがわかる。

彼女は恐る恐るベッドの端に腰をかけ、用心深くディアブロを観察した。身の危険を感じさせるような動きはいっさい見せない。そこで、できるだけ端のほうに横たわった。体が弓の弦のように張り詰めていたが、ディアブロがなにもしてこないとわかると緊張を解き、やがて眠りに落ちた。

デヴォンのかたわらに横たわっているのは、ディアブロにとってまさに拷問だった。手を伸ばしさえすれば――いや、そんなやり方は良くない。彼は自分を戒めた。デヴォンは近いうちに手に入れられるだろう。だが、無理強いだけは決してしたくない。ディアブロは彼女が欲しかった――ああ、どれほど彼女を欲していることか。気がはやり、体がつい敏感に反応してしまう。けれども、彼女を根負けさせ、抵抗をあきらめさせる時間はまだたっぷりある。自分の島、自分の家に行けば、彼以外に彼女が頼れる人はいないのだから。

ディアブロはわかっていた。この機会にデヴォンを英国へ返すのは、まったくの愚行だと。なぜなら、今ごろはもう、彼女の父親と婚約者が英国海軍を総動員して徹底的に海を捜索しているだろう。もう一度捕まるつもりは毛頭ないし、しつこく追ってくる艦隊を相手にするつもりもない。そのうえ、長い間海に出ていたのでそろそろ男たちを港で休ませなくてはならないし、船も修理が必要だ。略奪品はたくさんあるから、乗組員はたんまり分け前にあずかれる。だから上陸しても文句を言わないだろう。ディアブロはそう確信していた。

デヴォンが寝返りを打ち、ディアブロはうめき声を漏らした。ぬくもりを求めて全身を押しつけてきたのだ。懸命にこらえていたものの、片方の腕を彼女の頭の下に滑り込ませ、体をぴったりと寄り添わせずにはいられなかった。手が勝手に彼女の胸のやわらかなふくらみを求めてさまよってしまう。彼女が目を覚まさず、抵抗もしなかったので、ディアブロはため息をついた。こんなちょっとした変化が、うれしくてたまらない。目を閉じて、彼女に触れているだけで、驚くほど安らぎを感じた。

デヴォンははっと目を覚ました。明るい日の光がふたつの長窓から差し込んでいる。彼女は何度もまばたきした。心臓がどきどきする。すぐ隣に、ディアブロの引き締まった体が大の字になっているに違いない。そう思いながらちらりとそちらに目をやると、彼の姿はなく、心底ほっとした。枕のへこみ以外、彼がいた痕跡《こんせき》はなにもない。

デヴォンはベッドから下りると、扉のほうを注意深く見守りながら、水差しの水で顔をよく洗った。長い金髪にブラシをかけ終えたちょうどそのとき、ディアブロが盆を手にして戻ってきた。彼は入浴してひげの手入れをしたばかりのようで、思っていたよりずっと魅力的だった。袖口《そでぐち》と前身頃にレースの飾りがついた白いシャツを、胸元を開けて着ている。そのシャツは清潔で、染みひとつない。ぴったりした黒いズボンは筋肉の盛り上がった太ももを際立たせていて、男らしいことこの上ない。なぜか今は、もうおなじみの、あの腹立たしい笑みを浮かべていなかった。

「食べるんだ、デヴォン、もうすぐ時間だ」彼は盆を机に置くと、彼女をうながした。デヴォンはまずそうな食べ物に冷たい一瞥《いちべつ》をくれると、そっぽを向いた。

「時間ですって？　いったいなんの時間？」

「もう忘れたのか？　むち打ちだ。他になにがある？　デヴィル・ダンサー号に乗船している者は、パッチの処罰に立ち会う義務があるんだ」

「むち打ちですって？」デヴォンはばかみたいに繰り返した。「野蛮なしきたりだわ。まさかわたしに見物させるつもりじゃないでしょうね」

「あいつがむちで打たれることになった原因は、おまえなんだからな。乗組員もおまえがその場にいることを期待するだろう。それに、おれはおまえを愛人としてみんなに堂々と見せつけるつもりだ。そうすれば、おまえがおれのものだということを疑う奴はもう、誰もいなくなる」

「わたしはあなたのものじゃないわ！」デヴォンはきっぱりと抗議した。「これからもずっと、男の所有物になるつもりはありません」

「おまえはきっとおれのものになる」ディアブロは情け容赦なく笑った。「それも、おまえが思っているよりずっと早く。さあ、急ぐんだ。すでに乗組員が甲板に集まり始めている」

デヴォンは険悪な目つきで彼をにらみつけると、食事を味わいもせずにさっさと食べ終え、しぶしぶ立ち上がった。「行きましょう。でも、楽しめるとは思えないわ」

デヴォンが扉のほうへ向かうと、ディアブロは批判がましい銀色の目で、頭からつま先まで、彼女の全身をくまなく眺めまわした。「そのさえない服はどこで見つけたんだ？」答える間も与えずに、短く命令する。「着替えろ」

「着替えろですって？　いったいどうして？　他の服はみな、肌が露出しすぎるわ」

「さっさと着替えるんだ。五分で戻る」彼はひと言の説明もせずに外へ飛び出していった。

デヴォンはやり場のない怒りでいっぱいだったが、それでもひとりで着替えさせてくれることに感謝した。衣装だんすのなかを引っかき回し、虹《にじ》色にきらきらと光る、すばらしく魅力的なターコイズブルーの絹のガウンを選んだ。ウエストがしぼられているので、胸が突き出てガウンからこぼれ落ちそうなほどだ。状況が違えば、これぐらい大胆な服でもなんとも思わなかっただろう。しかし、悪魔の船の上で着るのには、決してふさわしくない。ディアブロはなぜ、こんなふうにわたしを見せびらかそうとするのだろう。ぼんやりと思いを巡らせた末に、レースのスカーフを肩にはおって結んだ。デヴォンはこれで少し気が楽になった。

「そのほうがずっといい」少したって再び現われたディアブロは、そっけなく言った。胸元を包み隠すように巻きつけたスカーフに気づいておかしそうに笑ったが、なにも言わなかった。少しぐらい譲歩してもいいだろう。

それからほどなくして、デヴォンはデヴィル・ダンサー号の主甲板で、ディアブロの脇に立っていた。パッチは二十回のむち打ちを受けるため、すでに背中をむき出しにしてむち打ち柱に縛りつけられている。太さ二センチ半ほどの、タールを塗った生皮のむちが使われるようだ。ディアブロとデヴォンが罪人のほうへ足を向けると、見物人の群れがふたつに割れた。処罰を執り行うのはアクバルだ。彼は上半身裸でパッチの背後に立ちはだかり、大きな手から生皮のむちをだらりと下げている。

「信じられないわ」デヴォンは息をのんであとずさりした。だが、ディアブロは容赦なかった。

「おまえが事を起こしたからだ、お嬢さん。最後まで見届けるんだな。アクバル、始めろ」

巨漢のトルコ人は筋肉を収縮させ、パッチのむき出しの背中に向かって最初の一打を振り下ろした。苦痛のうめき声があがり、デヴォンは背筋が寒くなった。素早く、立て続けにむちが振り下ろされる。悲鳴をあげる海賊に向かって、情け容赦なく。パッチは叫び声をこらえているようには見えない。デヴォンは手で耳をふさいだ。十回のむち打ちが終わったところで、もはや耐えられなくなった。

「やめて！　お願いだからやめて！　死んでしまう」

「奴は死なないさ。ただし、二度とおれの威信を傷つけるようなことはしないだろう。船上では規律がすべてだ。今ここでやめさせたら、乗組員はおれを尊敬しなくなる。そして、すぐにおれは他の人間に取って代わられる。信じてくれ、デヴォン、こうするしかないんだ。続けろ、アクバル」彼はデヴォンの苦悩を無視して、命じた。

パッチの背中はまるで生肉のようになっていた。強い嫌悪感から、デヴォンは体の力が抜け、くずおれそうになったが、ありがたいことに、ディアブロが力強い腕を回して支えてくれた。さもなければその場にへたり込んでしまい、面目を失うところだった。

「しっかりしろ」ディアブロは耳打ちした。むちは無情にも規則正しく上下している。

「もうすぐ終わる」

そして、本当に終わった。パッチは背中に海水をかけられたのち、傷の手当てをするカイルのところまで、半ば抱えられ、半ば引きずられていった。乗組員は無言で、潮が引くようにいなくなった。もはやその娘がディアブロただひとりのものだということに、疑いを持つ者はいない。ディアブロが自分の所有物だとみなしたものをむやみに欲しがる不幸な魂には、悪魔が当然の報いを要求するだろう。それこそが、ディアブロの狙《ねら》いだった。

目にした光景にデヴォンは気分が悪くなり、ディアブロに自分のキャビンへとうながされても逆らわなかった。キャビンに入り、扉がしっかりと閉まると、やっと彼女は口を開いた。

「あれは今まで見たなかでもっとも憎むべき行為だわ！」

「おれの船では、規律の維持が極めて重要だ。おまえはあの男たちがどんな奴らか、どんなことをやれるのか、まったくわかっていない。海賊というのはみな一風変わっている。英国海軍からの脱走兵もいれば、だ捕された商船の乗組員で、強制的に仲間に加えられたものもいる。もちろん、既婚者を無理矢理引きずり込むことはしないがな。奴らはおまえには想像もつかないほど非道で、残忍で、冷酷だ。もしパッチを許したら、いずれは乗組員の抑えがきかなくなる。おれは女の気まぐれで、苦労して得た自分の地位を手放すつもりはない」

「海賊は人種が違うと言うのね」デヴォンは食ってかかった。「あなたはどうだったの？　脱走兵？　捕らわれて強制的に海賊にされたの？　故国《くに》はどこなの？」

「ずっと昔、無理矢理に」ディアブロの眼差しは遠くを見ているようだった。「だが、のちには自分の稼業を受け入れた。無理強いされてではなく、自ら進んで。これで質問の答えになるか？」

「故国は？」

「おれは海の出だ」それは、海賊が出身をたずねられたときの、お決まりの答えだった。

「あなたは無学ではないようだし、話もとても上手だわ」デヴォンは考え込んだ。「話してくれてないことがたくさんありそう。謎《なぞ》だらけね。ディアブロというのはスペイン語？――母国を追放されたの？　それとも、家族に相続権を奪われたとか？」

「詮索《せんさく》好きの小悪魔だな」ディアブロは静かに笑った。「あえて言うなら、この仕事をしているのは、冒険と――その報酬を楽しんでいるからだ」彼の言わんとするところは明らかだった。デヴォンの顔や体を見つめる銀色の瞳は、称賛するようにきらきらと輝いていた。

ディアブロの表情は肉感的で、性的なほのめかしを漂わせていて、デヴォンのような純真無垢《むく》な人間でさえも本能的に反応してしまう。彼女は自分の反応が怖くなり、自衛本能から数歩あとずさった。だが、ディアブロに容赦なく捕まえられてしまった。

「触らないで」

「おまえはおれの愛人だ。おれの思い通りにできる」

「わたしはあなたの愛人じゃないわ。婚約者がいるのよ。数週間後には結婚することになってるのよ」

「そいつはどんな奴だ？　よぼよぼの伯爵かなにかで、おまえのために喜んで財産を浪費するというのか？」

「彼は若い子爵よ、あなたの知ったことではないけれど。それに、わたしは彼の財産なんていらないの。もうすでに十分にあるから」

「ただの子爵か？」ディアブロは黒い眉を上げ、あざけるように言った。「そいつは、おまえの金が目当てなんだな」

「彼はわたしを愛しているわ」デヴォンは言い張った。

「寝たのか？」

デヴォンがはっとした様子から、ディアブロは、彼女にはまだ誰も手を触れたことがないと確信した。高潔な婚約者も含めて。

「キスは？」

「も、もちろんしたわ」デヴォンはとっさに答えた。頭がすっかり混乱している。

「なぜそんな下品なことばかりきくの？」デヴォンは、話の展開が気に入らなかった。そして、自分の体が、ディアブロと彼独特の人を引きつける磁力に反応するのも。

「そいつはこんなふうにキスをするのか？」ディアブロは彼女を両手で抱き寄せると、口、目、頬に、軽くからかうようなキスをした。そして、唇を見つめながら手を彼女の頭の後ろに当て、顔を自分のほうへ向けさせるとゆっくりひと呼吸し、ささやいた。

「それともこんなふうか？」

今度のキスは激しく、深く、むさぼるようだった。彼女の口を開かせ、舌を差し入れ、厚かましいほど存分に味わう。デヴォンは目を閉じた。金色の睫毛《まつげ》が震え、紅潮した頬の上を、まるでビロードの蝶《ちょう》の羽のように舞う。ディアブロの昂《たか》まりの証がふたりの間に岩のようにそそり立つのを感じて、彼女は衝撃を受け、おののいた。このおぞましい海賊はわたしを誰だと思っているのだろう？　身持ちの悪い女だとでも？　わたしはレディ・デヴォン・チャタム。伯爵の娘で、教養もあり、洗練されていて、賢明な女性。自分が今、大切な貞操を失いかけていることも十分わかっている。

彼女はいきなりディアブロの手を振りほどき、目を開いてまばたきした。彼が笑みを浮かべてこちらを見下ろしているのに気づいて、ぎょっとした。それは危険な、人の目を引きつけるような笑みだった。「おまえはおれのキスが気に入っただろう、デヴォン？　おまえはきっとおれの愛人でいることを楽しむ。おれにはわかる」彼があまりにも侮蔑《ぶべつ》的にからかったので、デヴォンは動揺し、巧みに話題を変えた。

「身代金はどうなったのかしら？　お父様はわたしが無事に戻れば、いくらでも支払うはずよ」

かたずをのんで、ディアブロの答えを待った。この男は矛盾だらけだ。これまで、彼を賛美するような噂《うわさ》は一度として耳にしたことがない。不幸にもディアブロと遭遇してからの出来事を考えれば、それも当然だ。しかし、どんなに怒らせても、彼は決して彼女を傷つけない。その気になれば、彼女を残酷に扱うことだってたやすくできたはずなのに、驚くほど自制している。これまで男たちが女性にしてきたこと――じかに知っているわけではなく、想像の域を出ないのだが――を彼女にもできただろうに、キスを一、二回求めただけで、力ずくで彼女を奪おうとはしない。さらに、愛人になることを求めてはいるが、彼女が自分から要求に応えるまで待つのも厭《いと》わないようだ。

「いや、身代金はいらない。おれは十分に金持ちなんでね」

「自由にしてくれると約束したはずよ」デヴォンは絶望的になりながら、指摘した。

「ああ、確かに約束した」彼は残忍に笑った。「海賊というのは嘘つきで有名なんだが、知らなかったのか？　おれはおまえに夢中なんだよ、お嬢さん。陸で過ごさなければならないなら、おまえと一緒に過ごすほうがいい。再び航海に出ることになったら、おまえを英国に帰してやろう」

「でも、わたしを見つけたときのままでは戻してくれないんでしょう？」デヴォンは食ってかかった。

銀色の瞳が、邪悪な喜びをたたえて彼女の体の上をさまよう。「おれはおまえを傷つけるつもりはない。もし、それを心配しているんだったらだが。しかし、おまえの処女をいただくつもりだ、もしそんなものがあればの話だが」

「強姦《ごうかん》するつもり？」

「そのつもりはない」彼は自信たっぷりに冷たく断言した。

それから再び彼女にキスをした。もじゃもじゃの硬い顎ひげが顔や首のやわらかな肌に当たって、ざらざらする。彼の唇は休みなく彼女の目から頬、鼻の先へと動き、むさぼるように彼女の口をふさいだ。唇が開かれるのを待つように、舌先で探り、デヴォンが与えまいとしている甘美さを情け容赦なく奪う。震えているほっそりした体に喜びを覚えながら。

細いウエストから豊かなヒップにかけて大きな手でなで回し、腰をしっかりとつかんで引き寄せる。息もできないほどぴったりと。彼のなかの欲望が固いこぶとなった。ディアブロは真剣に思った。このままでは、正気を保てず引き下がることができないところまで行ってしまいそうだ。だが、どれほどデヴォンが欲しくても、決して力ずくで奪ったり、傷つけたりしたくはない。優しく彼女をベッドに誘うための時間は十分にある。彼女の行き先はパラダイス島と決まっている。そこはまさに彼の島で、彼の言葉こそが法律なのだから。ついにデヴォンを組み敷いて、彼女が喜んで反応しているさまを想像すると、情熱を押さえつけるのは並大抵のことではなかった。

「やらなければならないことがある」ディアブロは声を絞り出すようにして言った。「しばらく猶予を与えてやる。だが、また近いうちにな」その瞳が、くすぶっている灰のような色に変わった。「悪魔は、欲しいものは必ず手に入れる」

ディアブロの男らしい姿が扉の外へ消えた瞬間、デヴォンはベッドに倒れ込んだ。錠に差し込まれた鍵が回され、こすれる音がきこえてきた。当然といえば当然だが、彼にまだ信用されていないらしい。それとも、信用されていないのは仲間のほうだろうか？　いずれにせよ、彼女は悪魔の船の囚われ人だ。捨てる前にたっぷり利用しようとする男の、罪のない人質だ。そんなのは絶対にいやだ！　彼女は静かに誓った。

後甲板に着いてもまだ、ディアブロは笑っていた。いまだに興奮が覚めないが、威勢のいい小娘に強要せずに済んでよかった。パラダイス島の美しさにも手伝ってもらって、彼女を誘惑してやろう。それまでは、デヴォンの五感に働きかけ、触れられることに慣れさせて、恐怖心や反抗的な態度を少しずつ和らげていけばいい。

「あの娘につらく当たりすぎなんじゃないか？　ディアブロ」カイルがたずねた。ディアブロが近づいてくるのを観察していた彼は、顔中に勝ち誇った笑みが浮かんでいるのを見逃さなかった。「むち打ちの見物を強要するなんて、残酷だ」

「あのお嬢さんは、おまえが思っているよりもずっとしっかりしてるさ」瞳が楽しそうにきらきらと輝いていた。「それに、あれは必要なことだったんだ。おまえもわかっているはずだ。乗組員はいとも簡単におれたちに背く。油断している余裕なんてない。当分の間、男たちはおれたちを尊敬し、信用するはずだ。それがおれのやり方だ。ところで、修理は終わったか？」ディアブロは話題を変えた。

「ああ、アクバルが帆を揚げる命令を待っている。バハマに針路を取るぞ」

「まずはナッソーだ、カイル。おれたちはそこでル・ヴォートゥールを待つ。最後に会ったとき、彼はおれたちの略奪品をアメリカの植民地でニューヨークの知事に売ろうと申し出てくれた。知事とル・ヴォートゥールは親友で、彼はいい値段で売ってくれるそうだ」

「ル・ヴォートゥール――ハゲタカか。おまえはあのずる賢い鳥を信用できるのか？」カイルは疑わしげにたずねた。

「おれたちの仕事じゃ、奴の右に出る者はいない」ディアブロは肩をすくめた。しかし、本当に納得しているわけではなかった。「以前から植民地を訪れ、歓待を受けたいと思っていたんだ。今回はまだ時期尚早だとは思うが、港に入ればみんな生き返るだろうし、きっと温かく迎えてくれるだろう」

「わかった」カイルはすぐに賛成した。「ボストンとニューヨークは海賊の寄航先として、世界的に知られた港だ。それに、我々の仲間がフィラデルフィアを訪れて我が物顔で振る舞っても、誰も文句を言わない。アメリカの知事はおれたちを支援してくれるというからな。食料や乗組員、保護を与えてくれ、そのうえ、手厚くもてなしてくれる」

「植民地は海賊で一儲《ひともう》けしてるんだよ、カイル。彼らは市場におれたちの略奪品を供給し、ときには航海文書を偽造してもくれる。彼らにとって、海賊を保護するのは忌み嫌う英国に一撃を加えることになるんだ」

「娘を手放す気はないんだろう?」カイルは冷ややかにそう言うと、再びデヴォンの話を持ち出した。

「おれは見知らぬ土地に、彼女を置き去りにしたりはしない。それがおまえの言いたいことならばだが。おれは彼女を愛人にすると決めたんだ」

「主よ、お助けください」カイルはつぶやくと、天を仰いだ。「キット、おまえ正気か? スカーレットでは物足りないのか? どうして運命に逆らおうとするんだ。ナッソーやパラダイス島には美しい女がたくさんいるじゃないか」

「もう決めたことだ、カイル。なんと言われようと気持ちは変わらない。レディ・デヴォンにどうしようもなく引きつけられるんだ。おれは彼女が欲しくてたまらない。彼女を自分のものにするんだ！　これまでも女の人質を寝室へ連れ込んだことはある。もうひとりくらい、いいじゃないか？」

「あの娘がかまわないと言うなら、おれはこれ以上なにも言うつもりはない」

顎ひげで隠れているが、ディアブロは顔を赤らめるくらいの礼儀はわきまえていた。

「彼女はそうなる」

どういうわけか、カイルはなおも食い下がった。「スカーレットのことはどうするんだ？　あの悪魔のような女がどれだけかんしゃく持ちか、わかっているはずだぞ」

「時期が来たらスカーレットをなんとかするつもりだ。もうなにも言うな。おれの気持ちは決まっている。陸にいる間に、レディ・デヴォンはおれの愛人になるだろう。彼女は喜んでそうするはずだ」突然、ディアブロの瞳が悪魔のような光を発した。彼は常にゲームを楽しむ人間だった。「賭《か》けをしよう。おまえが娘の運命にどれだけ関心を持っているかはわかっている。おれの分け前を賭けよう。パラダイス島に足を踏み入れる前に、娘が進んでおれのベッドへ来るほうにな。いずれにせよ、デヴィル・ダンサー号が再び航海に出たら、そのときは彼女を無傷で家に送り届けると約束する」

「受けて立とう」カイルは同意した。威勢のいい娘が屈服するまで、ディアブロは相当てこずらされるだろう。彼女が屈服すればの話だが。「負けたら、おれの分け前はおまえのものだ」

5

その夜、ディアブロはデヴォンと夕食を取るためにキャビンに戻ってきた。口の周りには疲労によるしわが刻まれ、明らかに右の脇腹《わきばら》をかばっている。痛みの原因を作ったのは自分だ。デヴォンは激しい後悔の念で身を切られる思いだった。しかしすぐに考え直した、これは彼が情け容赦なく自分を連れ去った罰なのだと。

夕食はかろうじて食べられるような代物だった。食事中ディアブロはほとんど口をきかず、彼女をじっと見つめていた。デヴォンは心をかき乱される思いだった。彼はひとつだけ質問をした。彼女の顔が赤くあざのようになっていて、皮膚がすりむけているのはなぜかと。デヴォンはすぐに、彼の硬い顎《あご》ひげのせいでやわらかい皮膚が傷ついたのだと答えた。実際、あんな乱暴なやり方には慣れていなかった。ディアブロは答えをきいてびっくりしたようだったが、そのうちに考え込み、豊かに生やしたひげを食事中も時々指でいじっていた。

しばらくすると、カイルがディアブロの包帯を交換しにやってきた。彼がディアブロの胴に包帯を巻き直している間、デヴォンは必死で夕食の残りをたいらげた。見栄えのする体に、なめらかなブロンズの皮膚がぴんと張り詰めている。自分がそれを見てなにも感じないでいる自信がなかった。彼は魅力がありすぎるし、あまりに男性的でたくましい。

ディアブロは傷口に包帯を巻いてもらうと、すぐにキャビンを出ていった。その間にデヴォンは急いで寝る準備をした。きちんと服を着たままベッドに滑り込もうとしたとき、ディアブロが戻ってきて、デヴォンをひと目見るなり言った。「たんすのなかに、寝間着がたくさんあるだろう」

「着たくないわ」

「着るんだ。命令だ。そんな格好では、ゆっくり眠れない」銀色の瞳《ひとみ》は、獲物に飛び掛かろうとしている野獣のような光を帯びていた。ディアブロはたんすを開け、ゆったりとした白いリネンの寝間着を取り出した。誘惑する気も起きそうにない代物《しろもの》だったのだが。「手伝ってやろうか」

「けっこうよ！　自分でできるわ」デヴォンは叫ぶと、ディアブロの指から寝間着をひったくった。「向こうを向いて」

「前に見たことがあるんだから同じさ。そんなことをしても、おれの欲望をかき立てるだけだぞ」

「ディアブロ、やめて」

「なにをやめろっていうんだ？　おれはこれでも、おまえにはずいぶん寛大に接しているつもりだ。おまえとまだ寝ていないことがばれたら、おれは仲間の物笑いの種だ」

「誰《だれ》にも言わないわ」彼女は期待を込めて誓った。

ディアブロは体をのけぞらせて、大笑いした。

「よく言った、お嬢さん。さあ、服を脱いで眠るとしよう」

驚いたことに、彼は背を向けると自分の収納箱から身の回り品をあれこれ集め始めた。デヴォンは大急ぎで寝間着を頭からかぶり、下に着ていた服をはぎ取ったが、着替え終わってもベッドには入らず、心もとなげにそのまま立ち尽くしていた。

「ベッドに入れ」ディアブロがぶっきらぼうに命令した。向こうを向いたままでも彼女の動きがわかっているらしい。

「わたしは抵抗するつもりよ」デヴォンは挑戦的に顎をつんと上げて忠告した。「あなたがなにをしても反撃してやる。わたしを手に入れたければ、無理矢理奪うしかないってことね」

ディアブロはやれやれとため息をついた。「ベッドに入るんだ、デヴォン。今夜は心配しなくていい」

デヴォンはジレンマに陥り、立ちすくんでいた。このハンサムな悪魔にこれほど怯《おび》えていなければ、この状況をおもしろがることもできただろう。いや、厳密には彼に怯えているわけではない。ただ、彼を包んでいる独特の雰囲気やパワーに威圧され、その男らしさにおびえているだけなのだ。

意を決して、デヴォンはぎこちなくベッドへと移動した。心地良いシーツに体を横たえると、あえて彼から遠いほうへと移動した。ディアブロはなにも言わなかった。黙々と、自分のしていることを続けている。デヴォンが見ていると、洗面台に道具をいくつか置き、ランプをつけ、なにやら作業に取り掛かった。彼のしていることがわかったとき、デヴォンは動揺して青い目を大きく見開いた。

「ひげをそっているのね！」

「そうだ」

デヴォンはすっかり心を奪われ、うっとりと見つめていた。かみそりが動くたびに、ディアブロのハンサムな顔があらわになっていく。がっしりとした角張った顎に、厚みのある肉感的な唇。その容貌《ようぼう》は、力と永遠の強さを物語っている。デヴォンがなにより驚いたのは、笑おうとするときの口のゆがませ方だった。いや、それ以上に目を奪われたのは、大きくて、よく動く口の端に浮かぶ、くっきりとしたえくぼだ。彼がひげをたくわえていたのもうなずける。その名をきけば勇敢な男ですら震え上がってしまう、この獰猛《どうもう》な海賊のひげの下に、こんな端正な顔が潜んでいたのだから。

頭に浮かんだ言葉はたったひとつだけだった。「どうして？」

「おれを楽しませてくれるからさ」謎《なぞ》めいた答えが返ってきた。「そして、おまえも楽しんでくれるといいんだが。おれのせいでおまえのやわらかな肌を傷つけたくない」

「わたしを？　あなたの容貌なんて、わたしにはたいした問題じゃないわ。あなたが何者であるかは変わらないのだから。ひげを剃《そ》っている間に喉《のど》を切ってやればよかった」

ディアブロは頭を左右に振って爆笑した。「おまえはすばらしいよ、デヴォン、本当にすばらしい。おまえの体の秘密を含めて、すべてを知る日が待ち遠しい」

彼が明かりを消す前に、デヴォンは彼の頬《ほお》にある、あの印象的なえくぼをちらりと見た。その後、衣擦れの音がしたかと思うと、ベッドが彼の体重を受け止めて沈んだ。彼のぬくもりが彼女の隣で落ち着くと、デヴォンは自然に体を反転させてしまった。

「じっとしているんだ、デヴォン。眠ろう」

眠るなんて！　いったいどうしたら眠れるというの？　ディアブロの硬い体が、こんなにもぴったりと押しつけられているというのに。彼が向きを変え、デヴォンを引き寄せた。デヴォンはとっさに空気を吸い込み、息を殺して戦う準備をととのえた。

しかし、ほっとしたことに——いや残念なことに、かもしれない——彼は胸のふくらみをなでる以上のことはしなかった。それでも許せる範囲を超えていたが。

「触らないで！」デヴォンは思わず、彼の負傷している脇腹を肘《ひじ》で突いてしまった。

「うう！　くそっ、デヴォン、おまえを縛りつけておかなければならないってことか？　ああ、痛む」

「いい気味だわ。わたしに触らないことね」

「乱暴者め」彼はそうつぶやくと、向きを変えた。カイルとあんなばかげた賭《か》けをしてから、デヴォンが自分に触れられることに少しずつ慣れていってほしいと願っていた。彼女が自然に、喜んで自分を受け入れるようになってほしかった。自分を求めてほしかった。そうすれば、満たしてやることができるのだから。しかし、今夜のようなことが続くなら、カイルに自分の分け前を差し出すことになりそうだ。

デヴォンは満足そうにため息をついた。ねぐらは居心地が良く、静かで温かい。守られているという安心感もある。なんて気持ちがいいのだろう。やわらかいものが首に押し当てられるのを感じたあと、ごわごわしたものが顔をくすぐるかのように、刺激してきた。デヴォンは顔をしかめたものの、目は覚まさなかった。夢うつつのなかで、愛撫《あいぶ》の暖かさに胸がうずき、自然と脚が動いてしまう。

「すばらしい、なんてすばらしいんだ」耳元でささやかれ、デヴォンは完全に目を覚ました。

ディアブロがかがみ込んで、彼女の顔と首に、くすぐるような、そして肌を刺すようなキスを浴びせていた。あの大きくてごつごつした手は、デヴォンの寝間着の下に差し入れられ、彼女の腹部や脚のなめらかな肌をまさぐっている。硬い指で腰骨の上をなぞり、優しく胸のふくらみを愛撫し、はらりと前をはだける。ディアブロは浅黒い顔を傾け、うずいている彼女の乳首に舌を這《は》わせた。一度うめくと、突き出たつぼみを口に含み、ますます激しく吸い始めた。

その衝撃に、デヴォンの体は激しく揺れた。「やめて!」

「すばらしい。体が反応しているのがわかるだろう? おまえを愛したいんだ。おれのすべてを駆使して、楽しませてあげよう」

「あなたみたいな種類の人間とは、関わりを持ちたくないの」デヴォンは抵抗した。このまま仰向けになって、ディアブロの意のままになりたいという衝動が大きすぎ、唇を嚙《か》んでなんとか正気を保った。「あなたのなすがままになるつもりはないわ」

「おまえは必ずおれのものになる」ディアブロは身を起こし、息を吐き出しながらつぶやいた。「もう遅い。船を航行させなければ。あとで連れ出してデッキを散歩させてやろう」にやりと笑って立ち上がり、輝くような裸身を見せつけた。そして恥知らずにも、デヴォンが彼の体によびおこした欲望そのものをも。

デヴォンは、そのうっとりするような眺めに背を向ける前に、筋肉質の長い脚や形の良い尻《しり》、引き締まったウエストやとてつもなく広い肩をちらっと見てしまった。そして、なんとか見ていないふりをしようと努めたものの、やはり男性の象徴に目が引きつけられてしまい、首まで真っ赤になった。

デヴォンは、自分がウィンストンのことも結婚のことも考えていなかったことに驚いた。つむじ風のごとく彼女の人生に入り込んできたディアブロに理性を乱されるまでは、こんなことはなかった。いったいわたしはどうしちゃったの？　彼女は自分を責めた。

「こっちへ来い。太陽が気持ちいいぞ」

ディアブロはデヴォンの腰にしっかりと腕をまわし、扉を開けて日光の当たっているデッキへと案内した。すばらしくいい天気だった。上半身裸の乗組員たちは、ブロンズ色の肌を汗で濡《ぬ》らして、雑用に走り回っている。デッキをゆっくりと進むディアブロとデヴォンを目で追う者もいたが、大半はパッチの運命を思い出し、用心深く視線を外した。少なくともディアブロが、とても熱心に愛人を案内している間は。

「今日は輝いて見えるぞ、お嬢さん」ディアブロはほめながら、彼女の選んだ服をじっと見つめた。

デヴォンは魅力的な青いドレスを選んでいた。円い襟ぐりは深く、袖《そで》にはふんだんにレースの飾りがあしらわれている。しなやかな曲線を完璧《かんぺき》なまでに包んだそのドレスは、デヴォンの背の高さや体のしなやかさを引き立たせていた。デヴォンは彼のほめ言葉をきかなかったことにし、船に心を奪われているふりをした。

ディアブロは、彼女が船に関心を持っているようだと察して言った。「これは、スループ型帆船だ、デヴォン。鋭い槍先《やりさき》が見えるだろう？　縦帆船で動きが速く、軽快なんだ」彼は誇らしげだった。「重量は百トン、順風では十一ノットで航行する。七十五人の乗組員がいて、大砲は十四門、旋回砲を四門装備している。喫水線は浅く、八フィートに満たないが、そのおかげで浅瀬でも航行でき、必要なら辺鄙《へんぴ》な入り江にも隠れることができる。追跡されているときでも、水路や海峡でも操縦しやすい」

デヴォンは船の知識がほとんどなかったが、気がつけばディアブロの説明に夢中になって耳を傾けていた。低い声にすっかり魅了されていたのだ。「この船の船長はずっとあなたなの？」彼女はあえてたずねた。ディアブロと、彼が選んだ人生に興味があった。

「いいや。この船はブラックバートが所有していた。そのころは略奪者《マラウダー》という名前だったが、おれが引き継いで名前を変えたんだ」

「どうして引き継いだの？」

「ブラックバートが船員の反乱にあったんだ。言うまでもないが、もはや彼は自分の船を必要としていない」

賢明なデヴォンは、その問題は追及せずにたずねた。「あなたはどうして船や乗組員から離れて、英国人に捕らえられてしまったの？」

「おまえは好奇心旺盛《おうせい》だな。まあ、おまえになら話しても問題ないだろう。おれは裏切られたのさ」彼の瞳がどんよりと煙り、デヴォンの体を震えが走った。

「裏切られた？　いったい誰に？　どうして？」彼を裏切るなんて、そんな大胆な人間がいるとはにわかには信じ難い。

ディアブロは青く輝く海をじっと見つめ、目を閉じた。「残りの人生をかけて、その男の名と動機を突き止めるつもりだ。そいつには二度と隙《すき》を見せるつもりなどない。おれたちはコーンウォール沿岸の、人里離れた入り江に隠れていた。船倉はフランスのブランデーでいっぱいで、おれは心から信用している連絡役のコーマックという男と会う手はずになっていた。わずか六人を引き連れて、長艇で岸へ行った。そして、上陸したとたん、騎馬歩兵の一団に攻撃を受けた。わなだったんだ。カイルがデヴィル・ダンサー号の船橋から一部始終を目撃していて、すぐに船を海へ出した。そんな状況でも、あいつはおれの服務規定に従って、略奪品と船にはいっさいの損害を与えずに撤退させたんだ。おかげで、おれと数人の仲間だけがロンドンに連れていかれ、海賊行為で裁判にかけられた。あとでわかったことだが、コーマックに宛《あ》てたおれの伝言は途中で奪われ、彼は打ち合わせについてなにも知らなかったんだ。運良く暗号名を使っていて、当局はその地域の連絡役が誰なのか、わからなかったんだがね」

「裏切ったのが誰であっても、あなたを恨んでいたのは間違いないでしょう」デヴォンは意見した。

「海賊には無数の敵がいるものさ。理由なんか、説明するまでもないだろう。さあ行こう、もう戻る時間だ」

しかし、デヴォンは退屈な監獄に戻りたがらなかった。「どうして海賊行為に手を染めるようになったの?」

突如として、機嫌のいいディアブロは姿を消してしまった。「それはおまえには関係のないことだ。さあ、行くぞ」ディアブロは彼女の腕をきつく締め上げた。彼女が大声をあげ、痛い思いをさせたことに気づくと、表情を和らげ、手の力をゆるめた。

「おれの身の上話など退屈なだけだ」

デヴォンはなぜか気になって仕方がなかった。この男は謎だらけだ。暗く、底知れぬ秘密があって、しかもそれにはなにか事情がありそうだ。彼が悪魔なのか人間なのか、紳士か悪党か、あるいは殺人鬼なのか、デヴォンは、その答えを知る手がかりは彼の過去にありそうだと感じた。彼は本当は何者なのだろう？ 謎に包まれた過去にいったいなにがあったのか、なぜ海賊になったのか、デヴォンは知りたかった。

驚くほど規則正しく、数日が過ぎていった。デヴォンは絶対的な権力を持つディアブロを、少しも恐れていなかった。怖いのは、彼の官能的な力に平常心を脅やかされることだ。彼は毎晩、彼女のいるベッドに裸で滑り込んでくる。まるでそれが世界中でもっとも自然なことのように。そして、相変わらず彼女を愛撫し、なで回し、キスをし続ける。だが、それ以上のことは、彼女の純潔を汚すようなことはしなかった。デヴォンはまだ、ウィンストンの花嫁として祭壇へ進めるかもしれないという希望を持ち続けていた。もし、ディアブロがひげを剃ったあとにかわしたカイルとの会話を立ちぎきしていたら、そんな希望は吹き飛んでいたことだろうが。

「なんてことだ！」カイルは叫んだ。その言葉には動揺がにじみ出ていた。「なにが起こったんだ？ あの小娘に顎ひげを引き抜かれたのか？」

「剃ったんだ、自分で」ディアブロは肩をすくめた。「今回はな」

「小娘にすっかり夢中ってわけだ？」

「いや、そうじゃない。おれはどうしても略奪品の分け前を手放したくないだけさ」

やや簡単すぎる説明をした彼の瞳はいたずらっぽくきらめいた。

「それじゃあ、おまえが勝ったのか？　キット、おれは自分の分け前を失うってことか？」

「いや、おまえの分け前は安泰だ――今のところはな。だがもうすぐさ、もうすぐ」

「ゲームは始まったばかりだ、ディアブロ、おれはまだ小娘に賭けているんだ」

「おれの勝ちさ」ディアブロは傲慢《ごうまん》にも、そう予言した。


バハマ諸島の先端が見えてきたとき、デヴォンはディアブロと一緒にデッキに立っていた。島はまばゆいばかりの青緑色を背景に、光り輝く宝石でできた腕輪のようだ。デヴォンは、透明できらきらと輝く海や、何百種類もの魚が群れている珊瑚礁《さんごしよう》、白い砂浜にうっとりとしていた。

「ニュープロビデンス島のナッソーの海賊社会は繁栄しているんだ。あそこには今、海賊が千人以上住んでいる」

「定住者はいないの？」デヴォンはたずねた。

「わずか四、五百の家族がいるだけで、こちらにとってはなんの問題もない。人目につかない港は、おれたちにはうってつけだ。軍艦には浅すぎるが、海賊が好んで使う浅瀬用の船には十分だ。そのうえ、珊瑚《さんご》の丘にいれば、近づいてくる敵や賞金になりそうなものを見逃さずにすむ」

彼はさらに、巻貝や魚、ロブスターでいっぱいの珊瑚礁があり、陸には果物や野菜があり余るほど育ち、淡水の泉が多いのだと語った。野生の豚や鳩《はと》もいて、ごちそうにも事欠かない。バハマはあらゆる点で絶好の隠れ家らしい。

「知事はどうなの？」デヴォンはいぶかしげにたずねた。「バハマが海賊天国になっているのをどう思っているのかしら？」

「知事はみな、おれたちのことを大歓迎してる。略奪品を山分けしてるからな」ディアブロは笑った。「ただし、ナッソーにいるのはパラダイスに行くまでのわずかな間だけだ」

「パラダイス？」

「ああ、無人島に囲まれた小さい島だ。おれはそこに家を建て、海に出ないときに住んでいる。迷路のような島々のなかにあるあの場所を知ってる人間は少ないんだが、おれの必要なものはすべてあそこにある。男たちのなかには女と住んでる者もいるし、少数だが子供もいる」

デヴォンはディアブロの子供もいるのだろうかと思ったが、きかないほうがいいと思った。その後間もなく、彼女はキャビンへ連れていかれ、船尾の長窓からことの成り行きを見て満足するしかなかった。夕方近く、ディアブロはキャビンに入ってくると荷物をまとめるようにと言った。夕暮れになると、岸までボートを漕《こ》いでいった。

「どこへ行くつもり？」

「おれはナッソーで人に会うことになってるんだ。彼が到着するまで、ホイール・オブ・フォーチュンという宿屋に宿泊する」

デヴォンはそれをきいて興奮した。宿屋なら人がいる。もしかしたら、誰かがこの悪魔の巣窟《そうくつ》から逃れる手助けをしてくれるかもしれない。間もなくボートが岸にどんとぶつかると、ディアブロはこれ見よがしにデヴォンを抱え上げ、水際に立たせた。

デヴォンは周囲を見渡し、目にした光景に衝撃を受けた。

白い砂浜や港近くの珊瑚も、暑苦しいテントだらけの街のおかげで台無しだった。どこを見ても本格的な建築物はない。海賊が飲んだくれてけんかをするような酒場があるだけだ。ディアブロとともにゆっくりと歩いていくと、室内で売春婦とだらだらと過ごしている男たちの姿が見えた。地面の上で公然とことに及ぶカップルもいれば、ぼろぼろになった帆のテントの外に集まり、ばくちに大枚をはたいている者もいる。デヴォンは知らなかったが、ナッソーは「新世界」の海賊に多大な貢献をしているのだ。もともとこの島に暮らす千人のほかに、少なくとも千人が船上で生活し、港中に散らばっているというわけだ。拳《こぶし》と短剣だけが法律なのだから、まさに海賊にとっては天国だ。

「確かに美しい光景ではないな」ディアブロはスラム街とそこに住む無法者たちを指

し示した。

「おまえはデヴィル・ダンサー号に残してくるべきだったのかもしれないが、おれの目の届くところに置いておきたかったんだ。おれの女と認められれば、煩わされることもない。海賊にも、重んじている社交儀礼はあるのさ」

「わたしはあなたの女なんかじゃないわ！」デヴォンはかっとなって否定した。「これからも決してならないわ」

「それについては議論の余地がありそうだな」ディアブロはそう言うとにやっと笑った。以前は顎ひげに隠れていたえくぼがちらりと見えた。「おまえのために言っておく。おれの愛人として振る舞うことだ。細かいことはあとで決めよう」

デヴォンがさらに抗議しようとしたところで、ディアブロは港の近くにある、だだっ広い木造の建物の前で立ち止まった。斜めに吊《つ》るされている木製の看板に、ホイール・オブ・フォーチュン・インと書かれている。

「ここだ」ディアブロはそう言って、デヴォンをなかへ案内した。

デヴォンは扉のすぐ内側で、ぴたっと足を止めた。地獄の入り口に足を踏み入れたとしか思えなかったのだ。腰にまわされたディアブロの腕だけが、向きを変えて逃げ出そうとする彼女を押しとどめていた。

巨大な談話室は人々――その多くは男――で沸きかえっていた。さまざまな体格、人相、外見の男たちがいる。背が高い男、低い男、太った男、やせた男、老人に若者。多くは醜く、グロテスクでさえある。が、感じの良さそうな顔もある。誰ひとりとして普通の人間はおらず、みな、おかしな取り合わせの服を着ている。服はたいてい汚れていてぼろぼろだったが、なかには色鮮やかなものもあった。そして、集めれば軍に供給できるほどの武器を身につけている。

「ほれ、あれを見ろよ」ビールの大型ジョッキを振りかざしながら、男が叫んだ。「おれの老眼の見間違いじゃなけりゃ、悪魔ご本人のお出ましだ」

「それに悪魔の女も一緒だぞ」別の男が付け加えた。

「ディアブロ、その娘っ子は誰だい？　最後におまえの噂《うわさ》をきいたのは、絞首刑になる寸前だったから、二度とおまえには会えないと思ってたぜ。しかしまあ、ひげがないとまるで子供みてえな顔だな」

「やあ、おまえたち」ディアブロは挨拶《あいさつ》をした。「見ての通り、悪魔は死すらも恐れないというわけさ。悪魔は自分の準備が整わない限り、死と向き合うこともない」一同が歓声をあげた。「顎ひげがないほうがかわいいだろう？」その言葉には笑いの渦が起こった。

「娘のことを教えろ！　その娘っ子は誰だ？」

「よく言っておく、女はおれのものだ。誰も手を触れるんじゃないぞ。さもないと、おれを相手にすることになるからな」

「悪魔の女に」海賊のひとりが挨拶がわりにジョッキをかざし、乾杯の音頭をとった。

「悪魔の女に！」ひとつになった集団が繰り返した。「悪魔の女に！　悪魔の心を溶かしてくれんことを！」

世界中でもっとも軽蔑《けいべつ》されている男たちの寄せ集め集団の誰もが、美女を手に入れたディアブロをうらやましがっていた。島にディアブロと肩を並べるほどの男はほかにいないため、そこにいる売春婦はみな、デヴォンをうらやんでいた。

実のところ、デヴォンはショックで頭がぼうっとしていた。武装した、見るからに危険な男たちや、厚化粧をしたけばけばしい服装の女たちを大勢、目の前にしているのに、耐えられなくなっていた。このなかから、脱出を助けてくれる人など見つけられるわけがない。この連中は人間のくずだ。男も女も上流社会と無縁の存在だ。絶望のあまり、デヴォンは唇を震わせた。

彼女の泣き声に気づき、ディアブロは震えているデヴォンの肩にしっかりと腕を回した。「心配するな。おれと一緒にいる限り、誰もおまえを傷つけない。それに、ここにいるのはル・ヴォートゥールが現われるまでの間だ」

「あの男たち、わたしを見ているわ。まるで――まるで」彼女は口ごもった。海賊たちから飢えたようなみだらな視線を浴びせられている気持ちを、うまく言葉にすることができなかった。

「あいつらを責めることはできないさ。おまえがあまりに美しいせいだからな」

ディアブロが部屋をとりにいっている間、デヴォンは周囲の状況に凍りつき、立ち尽くしていた。彼が戻ってくるとすぐに、ふたりは二階に上がった。割り当てられた部屋は大変心地良く、大きな窓からは港のすばらしい景色が楽しめる。家具は質素だが、満足のいくものだった。カーテンとベッドカバーが少々みすぼらしかったが、十分に清潔だ。そんなことにはディアブロはあまりこだわっていないようだったが、シーツはどんなだろうかとデヴォンは思った。

「すぐにおまえを置いて出かけなければならない」無言で部屋を点検している彼女にディアブロが言った。「戻ったら、夕食にしよう。もう部屋を出るなどというばかな真似はしないと思うが、安全のため、おれが出ていったら扉の鍵《かぎ》をちゃんとかけるんだぞ。風呂《ふろ》は用意をさせておく」

デヴォンはゆっくり入浴し、リネンの薄手のドレスを身に着けた。それなら、英国の涼しくてしっとりとした気候とは比べようもない、この地の耐え難い暑さを少しはしのげそうだった。それから、ふさふさの長い金髪が絹のようなきらめきを放つまで、しっかりブラシをかけた。見た目よりも涼しさを優先し、髪を後ろでまとめてリボンで結ぶと腰を下ろし、ディアブロを待った。

ディアブロはすぐ戻ってきた。同時にふたりの宿の使用人が桶《おけ》一杯の湯を運んできて、彼女が使った湯と入れ替えた。ふたりが出ていった瞬間、ディアブロが入浴するつもりだと気づいた。デヴォンが部屋にいるというのに。

「まさか、この部屋を一緒に使うつもりじゃないでしょうね？」彼女は軽蔑の眼差しを向け、冷たく言い放った。

「階下《した》で一緒に過ごしたい人でも見つけたのかい？」ディアブロは濃い眉毛《まゆげ》を上げながらからかうように言った。さっさと白い絹のシャツを脱ぐと、腹立たしいまでの笑顔を見せてズボンの留め具に指を伸ばす。

「待って！　失礼でしょ」

「数週間も同じ部屋で過ごしてきたんだ、なぜ今になって突然恥ずかしがる？　どのみちおれたちはすぐに親密になるさ。男女がふたりそろえば当然そうなる」彼の意味するところは、取り違えようもなかった。

「あなたを求めてもいない女を相手にして、時間を無駄にしなくてもいいんじゃない？」デヴォンは食ってかかった。「ナッソーには、喜んであなたとベッドを共にする女性がいくらでもいるでしょうに」

「確かにそうだ」ディアブロは愛想良く言うと、座ってブーツを脱いだ。「だが、おれは青い瞳の金髪女性が気に入ってるんだ。他の女ではだめだ」ブーツを片方ずつ脱ぎ捨てると立ち上がり、見事な体から、最後の一枚をはぎ取ろうとする。「背中を流してくれてもいいんだが」

「絶対にごめんだわ！」

ディアブロがあからさまに男らしさを見せつけようとするので、デヴォンは背を向けた。彼の低い、含み笑いにかっとなり、頬が紅潮する。それでも彼女はできる限り冷静に振る舞い、自分のいる部屋でディアブロが入浴するという屈辱的な事態をなんとか乗り切った。窓の外を眺めて、彼の裸のことを考えないようにしながら。

「さあ、もうこっちを向いていいぞ。服を着たからな」彼は笑いを含んだ声で言った。

「おれは腹ぺこだ。ここは部屋はたいしたことないが、食べ物は最高なんだ」

ディアブロの姿を見ると、デヴォンは称賛せざるをえなかった。ぴったりとした黒いズボンにフリルのついた白いシャツを着て赤いサッシュを締め、つま先の広い黒いブーツを履いている。その姿はまばゆいばかりだった。黒い上着と、腰につけた短剣のせいで、この上なく堂々として見える。不幸にも、今までデヴォンはこれほどの男性に出会ったことがなかった。顎ひげがなくなったので、顔もそれほど残忍そうに見えない。彼がまとっている神秘的な雰囲気に、彼女はあらためて感銘を受けた。

ディアブロは階下の談話室にある小さなテーブルへとデヴォンを案内した。すぐさま、彼が注文しておいた夕食が出される。ほとんどが、どのような材料が使ってあるのかわからない料理だったが、ディアブロが言った通り、おいしかった。デヴォンがずらりと並んだ果物にびっくりして全種類食べたので、ディアブロは喜んだ。

ホイール・オブ・フォーチュン・インは、デヴォンたちが到着したときよりも混みあい、騒々しくなっていた。デヴォンは、酒を飲んで大騒ぎしている男たちが自分を見る目つきがいやでたまらなかった。どうみても、ディアブロは上品な人間だ。そんな彼が、動物のように振る舞う男たちのなかでどうやって生き抜いているのか、彼女には不思議でならなかった。海賊がふたり、扉を通り抜けてよろよろと歩いてくるのをデヴォンは注意深く見守った。どちらも取り合わせがちぐはぐな服装だが、しっかり武装している。ひとりがディアブロに気づき、もうひとりを肘で軽く押した。彼らは真っすぐ、ふたりのテーブルに向かってきた。ふたりの男が目の前で立ち止まったとき、デヴォンは魚を口いっぱいにほおばったところだったので、窒息しそうになった。

「あのトルコ人の大男のおかげで、首をくくられずにすんだようだな」ふたりのうち背の低いほうが、挨拶がわりに言った。「あんたに会えて本当にうれしいよ、ディアブロ。でも、ひげはどうしたんだい?」汚い指でディアブロのつるりとした顎を指差した。「色男の悪魔が、ずいぶんとまあお上品になっちまったものだな」

「アニー! いったい全体どこから現われたんだ? キャラコ・ジャックもここにい

るのか？」

　アニーですって？　女の海賊などいるはずがないとデヴォンは思ったが、よく見ると、しわの寄ったシャツの胸元はふくらんでいるし、だぶだぶのズボンに隠れてはいるが、ヒップも女性らしく丸みを帯びている。

「ああ」アニーはにっこりと微笑んだ。「ジャックもここさ。あたしたちは今日、到着したばかりなんだ。アメリカの植民地で略奪品を売りさばいてきたよ。メアリーがあたしたちと一緒に航海しているのは知ってるかい？」アニーは興味深げにデヴォンを見つめたが、なにも言わなかった。

「また会えてよかったよ、メアリー」ディアブロはもうひとりの海賊に挨拶をした。頑張ってはみたものの、デヴォンは狐《きつね》につままれたような顔を取りつくろうことができなかった。女海賊がふたりもいるとは！　それに、ディアブロは女性の海賊を珍しがるでもなく、ごく当たり前に接している。

「すぐにはあんただとわからなかったよ、ディアブロ」メアリーは大口を開けて黄ばんだ歯を見せながら笑った。「その娘は誰だい？　ひげを剃ったのも、その娘のせいなのかい？」

「おれのレディは、きれいに剃ったほうがお好みだと思ったんでね」彼がちらりと視線を送ってきたので、デヴォンは卒倒しそうになった。「アン・ボニーとメアリー・

リードを紹介しよう。彼女たちはキャラコ・ジャックと航海している。ご婦人方、こちらはレディ・デヴォン・チャタム、おれの――ええと――仲間だ」デヴォンは返事のかわりにうなずいただけだった。驚きのあまり、口もきけない。

「レディか、はは！」アンは鼻先でせせら笑った。彼女は悪名高き海賊で、その首には懸賞金がかけられている。「あんたみたいな奴と、レディがなにをやろうっていうんだ?」

メアリー・リードはその言葉がおかしかったらしく、しわがれ声でどっと笑い出した。「まったくだ。あんたの情婦はしゃれた名前でレディのようだが、仰向けになりゃ、たんまり金を稼ぐよ。めったにいないべっぴんだからね。賭けてもいいけど、あんたが彼女に飽きても、引き取り手はわんさかいるね」

ようやくデヴォンはショックから立ち直った。女の下品な言葉に、はらわたが煮えくり返る思いだった。「情婦ですって?」今にも爆発しそうになり、わめきたてる。「思い知らせてやるわ。わたしは――」

「キャラコ・ジャックが来た」アンはそう言って無礼にもデヴォンの話をさえぎると、宿屋に入ってきたばかりの派手な服装の海賊に、激しく手を振った。「気をつけなよ、ディアブロ。せっかく絞首台から戻ってきたんだからね」彼女は背を向けて立ち去った。

た。

「彼女の言う通りだよ」メアリーはデヴォンのほうを顎でしゃくりながら同意すると、友のもとへ行った。間もなく彼女らは、人ごみにまぎれて見えなくなってしまった。

デヴォンは眉をひそめ、離れていく彼女たちの後ろ姿をしばらく呆然と見つめてい

「おれの友だちをどう思う？」ディアブロがからかうようにたずねた。

「下品で粗野で、レディとは似ても似つかないわ」デヴォンは躊躇《ちゅうちょ》なく答えた。「いったいどうして、女性までが海賊行為に走るの？」

「それは誰にもわからない」ディアブロは肩をすくめた。「男たちと同じさ。冒険、金、欲のためだ」

「あなたの場合も、それが海賊行為を始めた理由なの？」

ディアブロは黙りこくった。その顔からはなにを考えているのかわからない。自身のなかに閉じこもり、物思いにふけっている彼の顔を一瞬、失望、苦痛、魂をもぎ取られるような孤独がよぎった。その表情は耐え抜いてきた苦悩と、負ってきた重荷を雄弁に物語っていた。デヴォンはディアブロの心のなかにあるものが、まったくわからなかった。彼が、それをさらけ出すまいとするからだ。彼女の質問に答えるつもりはないらしく、彼は突然立ち上がった。食事はこれで終わりというわけだ。

「部屋まで送ろう、デヴォン。おれは今夜、デヴィル・ダンサー号に戻らなければな

らない。だが、明日は島巡りに連れていってやる」

心の底から安心感が湧《わ》き上がり、デヴォンの体を駆け巡った。今夜ディアブロに無理強いされることはないのだ。そう思うとうれしくてたまらない。言葉通り彼女を部屋の入り口まで送っていくと、彼は今夜遅く戻るまで鍵をかけておくようにと忠告した。デヴォンはたったひとり、ナッソーで危険を冒すつもりなどなかった。とても手に負えそうにないあんな連中のなかに、自分が逃げるのを助けてくれる人がいるとはとうてい思えない。ここにいるいかがわしい連中にいちかばちかで賭けてしまったら、今以上にとんでもないことになりかねない。

ディアブロは夜かなり遅くなってから戻ってきて、彼女を起こして扉の鍵を開けさせた。彼は服を脱いでベッドの彼女のかたわらに滑り込むと、彼女を引き寄せただけで、たちまち眠りに落ちてしまった。翌朝、彼女が目覚めたときにはもう彼はいなかった。

その日の午後にディアブロが帰ってきて、島巡りに連れ出してくれた。海辺のスラム街や、腐りかけた漂流物が港に散乱していることに目をつぶれば、島は太陽の降り注ぐ美しい場所だ。立派なヤシの木や鮮やかな花々が涼しげな潮風にそよいでいる。

「どれくらいここにいるの？」デヴォンはなんとなくたずねた。

「ル・ヴォートゥールが到着するまでだ。そう何日もかかるまい」

「そのあとはどうするの？」

「船でパラダイスに向かう。ナッソーに残る乗組員もいるだろうが、パラダイスに女がいる者は、おれと一緒に来るだろう」

「それ、どこにあるの？」デヴォンはあえてたずねてみた。

「ここからそう遠くないところだ。要所なんだが名前はない。自然港で、軍艦が停泊するには水深が浅すぎる。周囲を珊瑚礁《さんごしょう》が囲んでいて、おれたちを招かれざる客から守ってくれている。入港できるのは航路を知っている者だけなんだ」

「ディアブロ、もう一度お願いするわ。わたしを自由にしてほしいの。わたしが進んであなたの愛人にならないことは、わかっているでしょう？」彼がくつろいでいる間に、デヴォンは再び良心に訴えようとした。

ディアブロの頬にえくぼがくっきりと浮かび、デヴォンは温かなものを感じた。この男に自分の気持ちを動かされたくはなかった。彼に心を動かされてしまうのがいやでたまらなかった。心の琴線に触れるような魅力的な笑顔を見せられるのも。ああ、逃げ出したい。しつこくされるうちに根負けして、勧められることはなんでも——たとえそれが彼の愛人になることだとしても——受け入れてしまう前に。そんなことになっては絶対にならない。わたしはウィンストンのものなのだから。婚約者からわたしを奪う権利など誰にもない。

「愛しい人」ディアブロの声は低く、耳障りだった。「おれはおまえに無理強いはしなかったし、決して危害を加えなかった。だからといって、これからもしないということではないぞ。おれがどんな奴かわかっているだろう？　なにができるかも」ディアブロは彼女の頰を愛撫しようと手を伸ばした。たった今脅すような言い方をしたにしては、妙に優しい触れ方だった。「おれは実に我慢強かっただろう？　だが、この先どれくらいおまえを甘やかしていられるかはわからない。いまいましい賭けだ、好むと好まざるとにかかわらず、おれはおまえと寝るつもりだからな！」

「賭け？　どんな賭けなの？」

「たいしたものじゃない」宿屋に戻ると、ディアブロは彼女を部屋まで送り届けた。

「このことは、今夜話し合おう」


デヴォンは風呂を済ませ、鏡の前でめかし込んだ。船から持ってきたたった三着のうち、自分によく似合いそうな、きらきら光る青緑色の絹のドレスに初めて袖を通してみた。肩と胸の上部が大胆に露出するデザインだった。宿の使用人が汚れた風呂の湯を運び出すと、デヴォンはディアブロの言いつけ通り扉の鍵をかけようとした。ところが、鍵を回す前に、大きな音とともに突然扉が勢いよく開いた。

「いったいあんたは誰？」

口を開いた女の髪は、燃え上がる炎のような色だった。ズボンをはいた長い脚、息をのむほど美しい顔。デヴォンは驚きのあまり、ただ見つめるばかりだった。「ディアブロはどこなの？」彼女はそうたずねると、エメラルドのように輝く瞳で、部屋をくまなく見渡した。その眼差しは険しく、冷静で、実に非情だ。

「ここにはいないわ」デヴォンは用心深く言った。

「ここがディアブロの部屋だってきいたんだけど」赤毛の女はそう言い張り、見下すような目でデヴォンをじろじろと眺めまわした。「あんた誰なの？　ここでなにをしてるのよ？」

「ここはわたしの部屋よ」

すぐに理解したようだった。「あんただね、あいつの情婦っていうのは！　ディアブロの奴、よくもまあぬけぬけと小じゃれた女をここへ連れ込んだものだわ。あの腹黒い悪魔め！　金輪際あたしに新しい愛人をひけらかすようなことはさせない。あんたのようなくだらない女に、あいつを満足させられるわけがない。あいつにはスカーレット・デフォーのような本物の女が必要なんだ」

「言っておくわ、ミス・デフォー。わたしはディアブロの愛人ではありません」

「じゃあ、あいつの部屋でなにをやってるの？」

デヴォンはうろたえて下唇を嚙《か》んだ。状況は明らかに不利だ。「こうするしかなかったの。わたしはディアブロの捕虜なのよ」

「あいつの捕虜！　はは！　ありそうな話だわ」スカーレットは人をばかにしたようにせせら笑った。「でもねえ、あたしが入ってきたとき、扉に鍵はかかっていなかった。もしあんたが捕虜なら、ディアブロがそんな不注意な真似をするはずがない。いったい、あんた誰なの？」

「レディ・デヴォン・チャタムよ」

「英国人？」

「ええ」

「さて、お嬢様」ばかにしたような口調だった。「あたしはディアブロの女なの。そして、自分の男を別の女と共有する趣味なんかないわけ。さっさと荷物をまとめてここから出ていって」

「でも――」

「さあ」スカーレットは細いウエストに革ひもでくくりつけてあった短剣をゆっくりと慎重な手つきで取り出し、デヴォンの前で振りかざした。

「ミス・デフォー、信じて。わたしだって、あなたのほうがずっとディアブロにふさわしいと思ってるわ。それにわたしは、あんな悪魔とは関わりを持ちたくないのよ」

「嘘《うそ》をつくんじゃないよ」スカーレットはあざ笑った。「ディアブロにあこがれない女なんていないいんだから」

「でも、わたしは別なの。わたしは家に帰りたいだけなのよ」

「だったら、さっさとそうしなよ。あんたのことを保護してくれそうな、別な人を見つけることだね。あんたには難しいことじゃないはずだ。ディアブロはあたしに渡してもらうよ」

デヴォンは、ここから離れることができるならなにもいらなかった。だが、今はそうはいかないのだ。人殺しや盗賊の慰みものになるわけにはいかない。ディアブロになにが期待できるかがわかった今はとくに。

誰のことも怖がることなんかないいんだわ。そう思い、デヴォンは命令口調で言った。

「ミス・デフォー、わたしの部屋から出ていって。わたしは準備が整い次第、すぐに出ていくつもりですから」

スカーレットは厚ぼったい赤い唇を、不機嫌そうにへの字に結んだ。緑色の瞳に怒りをたぎらせ、威嚇するようにデヴォンのほうへ歩いてくる。流線形のヒップと形の良い長い脚を猫のように優雅に動かしながら。ぴったりとした黒いズボンが、まるで第二の皮膚のように張りついて、プロポーションのよさを際立たせ、襟元が大きく開いた緑色の絹のシャツは豊かな胸を見せつけるかのようだ。怒っていても、彼女はすばらしい美人だった。スカーレットのような、ディアブロと喜んで寝ようとしている

――いや、むしろ寝たくてたまらない女性がいるにもかかわらず、ディアブロが他の女性に関心を持ったことにデヴォンは驚いていた。スカーレットが迫ってくると、デヴォンは急に身の危険を感じた。この女性は武器を持っている。しかも、たちが悪く、人を殺すことをなんとも思わないタイプだ。

スカーレット・デフォーはパリのスラム街で育った。怖いもの知らずな性格を武器に、必死で貧困から抜け出し、男と同じくらい残忍な女海賊のひとりとして認められるようになったのだ。はじめは水兵の愛人だったのだが、無情にも密輸人に売り飛ばされ、その密輸船が海賊の攻撃を受けたあと、海賊船の船長の所有物となった。その後、戦いが起きて船長が殺されると、スカーレットは部下の一団に助けられながら、船を乗っ取ったのだ。そして、船を赤い魔女――レッド・ウィッチと改名した。乗組員たちは彼女の勇気と大胆不敵さを尊敬し、彼女が船長になることに異議を唱える者はいなかった。

スカーレットはディアブロと出会ったとき、はじめて恋心というものを感じた。完全な片思いだとわかっていたが、彼が差し出してくれるものは、それがわずかでも喜んで受け入れた。やがて恋人同士になったが、たいていはナッソーで落ち合い、パラダイスへはめったに行かなかった。スカーレットはこれまで、あらゆるライバルを追い出し、必要とあらばいかなる方法を用いてでも、ディアブロの愛情をつなぎ止めてきたのだ。

無邪気で若々しく美しいデヴォンを目の前にして、スカーレットは、ディアブロの女という自分の揺るぎない立場が失われようとしていることを悟った。デヴォンは、スカーレットが欲しくても手に入れられないものをすべて持っている。デヴォンは若くて、愛らしく、どこから見てもレディだ。自分がなによりも打ちのめされているのは、疑う余地のないデヴォンの純真さだとスカーレットは思った。慎重に近づくと、デヴォンのやわらかな白い首筋に、短剣の先を威嚇するように押しつけた。ごく小さな傷口から血が一滴したたり落ちた。

スカーレットがここまで危険な存在だと気づくのが遅すぎた。デヴォンはそう思うと、後悔した。愛や達成感を経験しないまま、自分の人生が終わろうとしている。

突然、背の高い人物が戸口にぬっと現われた。その瞬間、デヴォンは自分でもびっくりしたことに、喜びに満ちたひと言を発していた。「ディアブロ」

6

「いったいなにをやっているんだ？」

スカーレットは緑色の目を吊《つ》り上げたが、デヴォンの喉《のど》に突きつけた刃先は動かさなかった。「あんたの愛人を始末してやる」

「ばかなことはやめろ、スカーレット。すぐにデヴォンを離せ」

「脅したって無駄だよ。その娘を連れてきた理由はわかってるんだから。あたしはそんなのは許せない」

「おまえに関係ないだろう、スカーレット。おまえとはなんの約束もかわした覚えはないぞ」ディアブロは静かに、きっぱりと言った。スカーレットの激しい気性は十分承知していた。この場をうまく収めなければデヴォンの命が危ない。デヴォンの命が失われる。彼はそれを心底恐れていた。もしスカーレットがさらにデヴォンを傷つけたら、すぐさまこの恥知らずな女を殺してしまうだろう。

スカーレットはひるまなかった。彼女が刃先をぴしっとはじくと、さらに一滴血が流れ、デヴォンの唇から苦しげなうめき声が漏れた。そのわずかな赤い一滴を見て、ディアブロは激怒した。自分の短剣を取り出すとさっと振り上げ、スカーレットの胸の上で止めた。

「武器を下ろせ、スカーレット。デヴォンを傷つけるな」彼の口調にはとげがあった。冷静を装っているが、いつ暴力に訴えないとも限らない。それを瞬時に見抜くだけの洞察力がスカーレットにはあった。ディアブロの敵が恐れているのは、まさに彼のこの気性なのだ。これ以上怒らせれば、ディアブロは自分のことをためらいもなく殺すだろうと、スカーレットは悟った。

命をかけてまでデヴォンを殺す意味はないと判断し、激しい怒りの形相をそのままに、しぶしぶ短剣を下ろした。

「この女は誰《だれ》なの？　あんたのなんだっていうの？」

「レディの名はデヴォン・チャタム。父親はミルフォード伯爵だ」

「彼女はあんたの捕虜だと言ってたけど、あんたがどうしてここに連れてきたかわかったよ」スカーレットはずる賢くほのめかした。

「ああ、おまえの考えている通りさ」

スカーレットの険しい顔が、いくぶんゆるんだ。身代金のため彼女を拘束しているのは理解できる。彼女自身も一度か二度、やったことがあった。「で、彼女とは寝たの?」

「そんなことはおまえには関係ない。誰と寝たかなんて、おれがおまえに一度でもたずねたことがあるか? おまえが乗組員全員と寝ようが、おれの知ったことではない。さあ、ここから出ていけ。おれがふたりの友情を覚えている間にな」

スカーレットはくるりと向きを変えた。横柄な態度を崩さず、燃えさかるような緑色の瞳《ひとみ》でデヴォンの全身をねめつける。「それなら、身代金が到着するまで彼女を楽しむがいいわ、ディアブロ。でも、青白い小娘がいつまでもあんたを満足させられるとはとても思えないね。あたしたちが共有したのは、単なる友情だけじゃなかったはずだよ。本物の女が必要になったら、いつでも連絡して」

彼女は平静を装いながらサッシュのなかに短剣を収めた。そして、ディアブロに挑発的な笑顔を向けると、欲望をかき立てるように、優雅に腰を揺らして部屋から出ていった。ディアブロは扉をぴしゃりと閉めると、デヴォンのほうに向き直った。心配そうな顔をしている。

「大丈夫か? スカーレットのことはすまなかった。あいつがナッソーにいるのを知らなかったんだ」

ディアブロは、デヴォンが思っていたよりも優しく、震える彼女の体を引き寄せた。ポケットから染みひとつない白いハンカチを取り出すと、スカーレットが喉にナイフでつけた小さな刺し傷をそっと押さえた。さらに、湿った舌先で傷を優しくなめられると、デヴォンは思わず息をのんだ。彼はいつも官能的で予想外な行動をとる。やっと声が出せるようになると、デヴォンは言った。「スカーレットはあなたの愛人なのね」なぜか質問というよりも、非難めいた言い方になってしまった。それを後悔し、さらに後悔している自分自身にいらいらした。

「いいや。彼女はただ、陸上でのおれの孤独な時間を埋める手伝いをしてくれただけだ。おれたちは似た者同士、お互いを理解していたというわけさ」

デヴォンは意に反して、ディアブロの抱擁に心を溶かされてしまい、自分を守ってくれる彼の優しさを受け入れてしまった。喉元《のどもと》の傷を舌でなめられたときに燃え上がった火が、全身に燃え広がる。彼の唇は、感じやすいところについた傷から、かすかに開いている彼女の唇へと引き寄せられていった。ディアブロは誘われるように舌を差し入れて、心ゆくまで探り、味わった。

興奮のあまり疲れ果てたデヴォンがふらつくと、ディアブロは彼女のしなやかなウエストに腕を回し、誘惑するようにゆっくりとヒップへ手を滑らせた。さらに豊かなふくらみをなで回し、心ゆくまで楽しむ。抵抗すべきだとわかっていながら、デヴォンはじらすような手の動きに思わずため息をついた。ウィンストンのキスや愛撫《あいぶ》とは比べものにならないほど情熱的だ。

「おまえが欲しい」かすれた声に耳をくすぐられ、官能の波が体中を駆け巡った。「はじめて見た瞬間から、取り澄ましていてもたとえようもないほど美しいおまえのことが欲しくてたまらなかった。あんなばかな賭《か》けさえしなければ……」「賭け？」その言葉が頭の奥にまで届き、デヴォンは我に返った。「どんな賭けなの？」

「なんでもない。おまえには関係のないことだ。さあ、おれのしていることに集中してくれ。おまえの体は、おれが触れると見事に反応する」ディアブロは親指で胸の頂のあたりに円を描き、つぼみが尖《とが》ると優しく指で触れた。こんな成り行きになるとは、ふたりとも予想していなかった。「お願いだ、デヴォン。抱かせてくれ。おれはおまえを一人前の女にしてやりたいんだ」

ディアブロのような、豊かな経験にものを言わせて女性を意のままにする男にどう対すればいいのか、デヴォンはまったく知らなかった。恐怖でいっぱいの眼差しで、情熱に酔った彼の顔を真っすぐ見つめる。彼の情熱的な魅力に体がしびれていた。心はもう降参だと声をあげていたが、彼女は身をゆだねてしまいたい欲望に耐えていた。この男は海賊で、泥棒で、おまけに女たらしだ。いかにハンサムで、魅力があるとはいえ、愛する者たちから自分を奪い去ったことがデヴォンには許せなかった。かわいそうなお父様は今ごろ錯乱状態に違いないだろうし、ウィンストンも苦悩しているだろう。

「やめて、ディアブロ。あなたがなにを言っているのかわからないわ」

彼の瞳に官能的な炎が燃えているのを見て、デヴォンの血がたぎった。「おれが手ほどきすれば、間違いなくおまえも楽しめるはずだ」

ぼうっとしていたデヴォンは、ディアブロのうぬぼれた発言をきいて我に返った。肩をすくめて彼の腕から離れる。「あなたも、あなたの愛情もいらないわ。わたしは、あの魔女のような赤毛の女に殺されかけたのよ、あなたのせいで。普段あなたの周りにいるふしだらな女たちのように、わたしが身をゆだねると思ったら大間違いだわ」

「おれはおまえに出会ったときから、今までの女とは違うとわかっていた」

それは本当だった。デヴォンには情熱と勇気、そして洗練された美しさがある。育ちの良い娘にありがちな、間の抜けた鈍さはなく、おてんば娘とレディが同居している。それが魅力となって人を引きつけるのだ。厳しい試練の間も、彼女は終始、彼にたて突いてきた。彼が絶対的な権力を持っていると、よくわかっているはずなのに。

彼はため息をつくと、そわそわと指で自分の髪をすいた。どんなにデヴォンが勇敢で大胆であっても、どうしても彼女をあきらめられない。自制するのに慣れていないディアブロは、自分をどうしたらいいかわからなくなりそうだった。すぐにでも彼女を手に入れなければ、気が狂ってしまいそうだ。

手を伸ばし、彼女を自分の腕のなかに引き戻すと、自制心は完全に吹き飛んでしまい、情熱があふれ出してくる。物憂げな眼差しで彼女を見つめ、うっとりするような官能的な声で告げた。「おまえが欲しい。約束しよう、おまえがいやがることは決してしない」

デヴォンは期待と不信感が入り混じった、絶望的な眼差しで彼を見つめた。彼が自分をものにすると決めたなら、自分が許そうが許すまいが、自由にできるはずだ。けれど、彼はチャンスをくれた。彼が勝手にしたいようにするのを防ぐチャンスを。

「本当なの？　わたしがお願いしたらやめてくれる？　苦痛を与えるようなことはしない？」

「苦痛を与える？」笑顔と同様に邪悪さの漂う声だった。「おまえに苦痛を与えるなどもってのほかだ。おれは、おまえが叫ぶのをききたい。苦しみではなく歓喜の叫びを」

彼の手が、彼女のボディスの小さなボタンをひとつひとつ巧みに外していった。服を脇《わき》へ払いのけ、肌着を結んでいるリボンを引っ張ると、デヴォンの体に震えが走った。恐怖のせいだけではない震えが。ディアブロは息をのみ、畏敬《いけい》の念をもって彼女を見つめた。胸は石膏《せっこう》のように白く、その頂は魅惑的なピンク色をしている。ぴんと張り詰めたみずみずしいふくらみは、長い間女を相手にしていないディアブロには見ているだけで耐え難くなるほどだ。

うやうやしく、豊かなつぼみのひとつに触れ、それが悦びのあまり尖るのを感じると、ディアブロは笑みを浮かべた。ときにつまむように、ときに転がすように、羽根のように軽く、じらすようなタッチでもてあそぶ。小石のような手触りに、彼はうっとりし、興奮した。下腹部が激しく騒ぎ立てていた。

片方の乳房を手で愛撫しながら、身をかがめてもう一方の乳首に舌を這《は》わせる。つぼみの周りを軽く、じらすようになめてから口に含むと、優しく乳房を吸いながら、激しい舌のダンスを続ける。

デヴォンはふらふらとよろめいた。自分が激しく反応してしまうことに動揺していた。頭のなかをどくどくと血が駆け巡り、心臓が口から飛び出しそうだし、膝《ひざ》はがくがくする。ウィンストンのようなまともな男性が優しく接してくれても気持ちが動かなかったのに、堕落した海賊にこんなに動揺させられるのはなぜだろう？　なにも考えられなくなったまま、身につけているものが脱がされていくのを感じる。ディアブロの熱く、攻めるような視線にさらされながら、デヴォンは輝きを放つような生まれたままの姿で立っていた。

「ああ、デヴォン。おまえはまるで美しい芸術作品だ。それも繊細で、血の通った本物だ。おまえに比べれば、どんな女だって色あせて見える。もし、他の男がおまえに触れようとしたら、おれは――おれはそいつを殺してしまうだろう」

彼女をさっと腕に抱え上げてベッドまで運ぶと、ディアブロは靴とストッキングをはぎ取った。そして、自分は服を身につけたまま彼女の隣に大の字になった。彼女のなかに自分が呼び覚ました炎を本能的に感じ取り、うれしくなった。さらにあおって、もっともっと熱い炎にしたい。優しく彼女の胸の周りに手を這わせ、絹のような腹部へと滑らせた。軽くからかうようなタッチにデヴォンは官能的な昂《たか》ぶりを覚え、甘い苦悶《くもん》を感じていることに、そして、自分が喜んでそれを受け入れていることに動揺していた。

「やめようか？　おれはいつだって約束を守る」胸のふくらみの下から腹部にかけて舌を這わせながら、ディアブロはたずねた。その間も手は、悦びを与えられる場所を探し続けている。

デヴォンはかすかにうめき声をあげた。官能の濃霧に包まれ、ディアブロが感じさせてくれるもの以外はどうでもよくなっていた。体の芯《しん》が熱くなり、とろけそうだった。

「教えてくれ。やめなくてもいいのか？」彼はなおもたずねた。

デヴォンは息が詰まりそうだった。大胆な愛撫のせいで、すべてに触れてほしくてたまらなくなっている。彼の手が燃えたぎるなめらかな中心へ、禁断の場所へと進み、彼女は再びあえぎ声をあげた。濡《ぬ》れそぼったそこを、彼は指で執拗《しつよう》に攻め立てた。彼女の顔から視線を外すことなく、ずっと見つめたまま。

デヴォンは抵抗したかった。この激しい責め苦に対して、抗議の声をあげたかった。だが、今ディアブロにやめさせれば、地上から暗闇《くらやみ》へ落ちるも同然だった。不本意ながらディアブロの巧みな誘惑に屈し、彼女の思いは彼の思いとひとつになりつつあった。

「わかった」ディアブロはちらりとえくぼを見せてつぶやいた。「もうなにも言う必要はない。力を抜いて、おれに身を任せてくれ」

一瞬、ディアブロが離れたかと思うとすぐ戻ってきた。ざらざらした毛むくじゃらの胸が、デヴォンの敏感な乳首にこすれた。彼はいい匂《にお》いのする、シルクのような彼女の髪に顔をうずめた。自分の腕のなかにある彼女の体はあまりにも小さく、はかなげだが、乳房は女性らしく、はちきれんばかりだ。彼のあらゆる感覚が、彼女のすべてに酔っていた。すぐにでも彼女を奪って、むさぼるように愛し、この渇望感を癒したい。彼は抗し難い衝動と戦っていた。

ディアブロは窮屈でたまらなくなり、体の向きを変えるとズボンを下ろし、ブーツを蹴《け》って脱ぎ、下着も脱ぎ捨てた。彼の男性自身がどくどくと脈打ち、その波動が彼女の全身に響き渡る。デヴォンは目をきつく閉じた。だがその前に、あまりにも大きな彼のものをちらりと盗み見てしまった。すばらしいと思ったが、なぜか喉がからからになった。

「脚を開いてくれ」興奮のあまり声が震え、彼は、初めて女性とふたりきりになった若者のような気分だった。

彼の脚がのしかかるように目の前に現われたかと思うと、次の瞬間、彼女の太ももの間に分け入ってきた。そして、彼のものが濡れた温かな場所へと近づき、入り口を軽く突くと、デヴォンはびくっとして逃れようとした。彼はわたしには大きすぎる。

「ディアブロ、やめて！　だめ、できないわ」

ディアブロは彼女の腰に腕を回した。こうすればもう逃げられない。「おれを信じろ。心配することはない。ちゃんと楽しめるさ。ただ、力を抜いてくれ。痛くしたくないからな」

デヴォンは一瞬激しく抵抗したが、もはやどうしようもないと悟って、言われた通り力を抜いた。もう、彼を止めようとは思わなかった。あと戻りしようにも遅すぎた。初めて彼が入ってきたとき、彼女は苦痛の叫び声をあげた。あまりにも大きなもので彼女自身がいっぱいになり、ぎりぎりまで大きく押し開かれたように感じた。すすり泣きを漏らしたが、彼はますます興奮するばかりで、純潔の道に強く、深く押し入ってくる。ディアブロは容赦なく突き進み、さらに激しく突いた。その瞬間、処女の証に突き当たったのを感じた。そして、完全に彼女のなかへ入ると、自分のものをぴったりとつかまえて収縮する、しっとりとした熱いひだの感触を味わった。

「もう大丈夫だ、これからは痛くない」ディアブロは優しく言うと、彼女が自分の大きさに慣れるまで、しばらくじっとしていた。「ああ、なんてきつくて、温かいんだ。爆発しないように耐えるだけで精いっぱいだ」

デヴォンは、引き裂かれるほどの痛みがあるという噂《うわさ》を耳にしていたが、まるで違うと感じていた。もう死んでしまうと思ったちょうどそのとき、痛みはなくなり、かわってよくわからない感覚が突き上げてきた。その感覚はだんだん強くなり、自然と腰が動いてしまう。本当に、痛みはもうまったくなかった。彼女はもの問いたげにディアブロを見つめた。なにが起こっているの？

ディアブロはうめいた。自制がきかなくなりそうだ。「さあ――来るぞ――喜びが」彼女の問いかけを察知し、あえぎながら答えたが、まともな答えになっていなかった。

彼女にリズムを教えるように、揺れるような動きをすると、湿り気のある熱にしっかり包み込まれるのを感じた。一突きするごとに絶妙な摩擦が起こり、痛みと紙一重のような快感を覚える。「すばらしい」彼はデヴォンの耳元でささやいた。「おれはずっとおまえのことを待っていたのかもしれない」わざとペースを速め、彼女の空色の瞳に驚きが浮かぶのを楽しんだ。

「ディアブロ！」デヴォンは思わず叫び声をあげた。歓喜に、全身を稲妻のような衝撃が走る。興奮へと駆り立てられる準備などまだできていなかった。次になにが起こるかわからないのも、怖かった。

「キットだ、キットと呼んでくれ」どうしても彼女の唇から自分の本当の名前をききたくなって、ディアブロは言った。

「キット！　わたし、怖いわ、なにが起こっているのかわからなくて」

「慌てないで、愛しい人。嵐《あらし》に乗って、そのまま流されていればいい。そのときがきたら、わかる。ああ、おまえは信じられないほどすばらしい。考えるんじゃない、ただ感じてくれ」

そのときがきたら？　そのときって、いったいどんなときなの？　そう思いながら、デヴォンはディアブロの言った嵐のなかへと追い込まれていった。

突然、ディアブロが動きを速め、本能的にデヴォンはそれに合わせて体を起こした。そのとき気づいた。彼こそが嵐なのだと。遠くの頂に登ろうと、嵐に乗っていった。ディアブロは汗まみれの体を震わせ、激しくあえいでいた。彼女を置き去りにしたくなかったが、これ以上抑えられなかった。

彼の心配は無用だった。デヴォンは彼についてきていた。「キット！　キット！

ああ、神様」恍惚《こうこつ》の波に全身を震わせ、強烈な悦びに酔いしれる。手にしたいと思っていたものが、甘い苦悩となって押し寄せてきた。

彼女が歓喜に舞い上がっているまさにそのとき、ディアブロは、自分のものが激しく収縮する彼女にすっぽりと包まれているのを感じて、ようやく自分の情熱が雷鳴轟《とどろ》く絶頂へと駆け上るのを許した。そして、崩れ落ちるように横たわった。それでもなお、自分の肘《ひじ》に体重をかけるよう気を使いながら。彼の銀色の瞳は驚きと喜びに輝いていた。

「きみはすばらしい」彼は微笑みながらそう言ったが、まだ息は荒く、言葉も途切れがちだった。「レディを拉致《らち》したと思ったが、ヤマネコを見つけてしまったようだな」

デヴォンはまだ、今しがた起こった出来事に恐れを感じ、必死に呼吸を整えていた。

「わたし——なんだかわからなかったわ」不思議そうにささやいた。

「そうかい?」すでに力を取り戻していたディアブロは、身を反転させた。「おれが初めてだったんだな」

デヴォンは首筋まで赤くなり、懸命にそれを隠そうとした。

「いや、そのままでいてくれ。おまえを見つめていたいんだ。おまえの肌は本当になめらかで真っ白だ。まるで石膏《せっこう》のように。乳房もちょうどおれの手にぴったりと収まるし、ピンク色の乳首は、おれの口に合わせて作られたみたいだ」自分の言葉を証明するように、彼は身をかがめて尖ったつぼみを口に含み、優しく吸った。

デヴォンの麻痺《まひ》していた感覚が戻ってきた。恐怖に近い感情とともに彼を凝視する。自分はいったいなにをしてしまったのだろう？　どうして自分はあれほど簡単に、ウィンストンのものになるはずだったものを手放してしまったのだろう？「触らないで！」彼女はあえぎながら言うと、彼を押しやった。

ディアブロは唖然《あぜん》とし、冷たく笑った。「少し遅かったようだな」太い眉《まゆ》をつり上げると、悪魔のような眼差しでデヴォンを見た。

「あなたは――あなたはわたしを強姦《ごうかん》したんだわ！　約束したにもかかわらず、わたしの無知につけ込んだのよ」

「抵抗する声をきいた覚えはないがな」ディアブロは反論した。「おれはおまえと寝た、そしておまえは楽しんだ。次はもっと良くなるさ。もう痛みも感じないだろう」

「次ですって？　次はないわ」デヴォンはかっとなって否定した。

目を閉じると、ふたりで共有した恍惚《こうこつ》感以外なにも存在しない魔法のような瞬間が、鮮やかに思い出された。こんなことは二度とあってはならない。ウィンストンとの将来のために、海賊のあふれんばかりの魅力と、巧みな誘惑の技に抵抗しなければならない。ディアブロは、あらゆる矛盾を抱えた存在だ。大胆かつ非情で、腹黒いが、同時に優しく、魅力的で、愛情深い。いったいどちらが本当の彼なのだろうか？

突然、彼女の頭のなかにしまい込まれていたあいまいな記憶が、心をちくりと刺激した。「キットって誰なの？」

その問いかけに、ディアブロは顔をしかめた。

「おれはキットなんて奴は知らない！」

「あなたがキットと呼ぶように言ったのよ。わたしの頭が混乱していて、覚えていないとでも思ったの？　キットっていうのが、あなたの本名なの？」

押し殺したようなため息が、ディアブロの唇から漏れた。背中を丸め、妙に弱々しく前腕を置く。「おれの名前がキットだと知っているのはカイルだけだ。だがおれは、その名前で呼ぶなと言ってある。おまえに名前を明かしてしまったのは、ついおれの弱さが出たためだ」それからいたずらっぽく付け加えた。「頼むよ、寝室でふたりだけのとき以外は、その名前は使わないでくれ」

「それなら、二度と使わないわ」デヴォンは固く誓った。

「さあ、その話は終わりだ。さて、おれのやり方に満足できなかったか？　もっとしてほしいことはあるか？」

「あなたにそんなことをきく必要なんてあるのかしら？」

ディアブロは優雅な身のこなしで素早く彼女の上に移動してきた。また、すっかり興奮している。こんなにも相反する感情を湧《わ》き上がらせ、瞬く間にこれほどの興奮をもたらす女がいるとは、本当に驚きだった。

「やめて、ディアブロ。もうだめよ。言ったでしょう?」デヴォンは彼の胸を押して抵抗した。

「相棒。おい、そこにいるのか?」訛《なま》りの強い声に続いて、扉をたたく音が、ディアブロの情熱に負けそうになっていた彼女の抵抗に取って代わった。

「ちくしょう。どうして今なんだ?」ディアブロは、まるで痛みに襲われたかのようにうめいた。

「扉を開けてくれ、ディアブロ。ル・ヴォートゥールだ。やらなくてはいけない仕事がある」

「ああ、今行く」ディアブロは不機嫌そうに答えた。間の悪いときに邪魔が入ったものだ。

「シーツをかぶってろ」デヴォンにそう怒鳴るように言うと、肩をすくめてズボンをはいた。

デヴォンはシーツを顎《あご》まで引っ張り上げ、もの問いたげな眼差しを彼に向けた。

「誰なの?」

「待っていた男だ」ひと言答えると、ディアブロは裸足で扉まで歩いていった。

「そろそろ時間だぞ」命令口調の大声がしたとたん、ディアブロが扉を開けた。ディアブロが抗議する前に、男は押しいってきた。「こんな早い時間から寝ていたなんて言わせないぞ」そのフランス人はばか笑いをすると、瞳を陽気に輝かせながら、ディアブロの裸のままの胸や素足をじろじろ見た。だがそれも、乱れた金髪の巻き毛をシーツの下からのぞかせて、ベッドで丸まっているデヴォンを見つけるまでだった。そのうっとりするような光景を目にすると、彼はすぐに悟った。

「お楽しみの邪魔をしてしまったようだな。わたしを紹介してくれよ。どうやら魅力的な女性のようだな。きみを説得して、わたしも彼女と過ごしたいくらいだ」

デヴォンは怒りのあまり悲鳴を漏らし、頭からシーツをかぶった。

「階下で待っていてくれ、ル・ヴォートゥール。女はおれのものだ。誰とも共有するつもりはない」ディアブロがきつい調子で言った。

「そうか、それなら成り行きを見るとしよう」ル・ヴォートゥールはシーツの下の、並外れて魅力的なデヴォンの体に貪欲《どんよく》な視線を向けた。「若い女に興奮しているきみを見られて、本当によかった」彼は肉づきの良い太ももをたたきながら、心から笑った。

ル・ヴォートゥール——ハゲタカというのは、獲物を見逃さない猛禽《もうきん》にちなんでつけられたあだ名だった。彼は背が高く、やせていて、その突き出た鼻は、細長くて風変わりな顔立ちにぴったりだった。おしゃれで、生まれ故郷のフランスで作られた流行の服を慎重に選んで身につけ、海賊にしては群を抜いて着こなしがうまかった。ル・ヴォートゥールは生まれつきずる賢く、悪知恵が働き、彼を信用している者は少なかった。捕虜や同業者のたぐいとの取引では、残虐かつ冷酷で知られている。真っ黒で、底なしの穴のような彼の瞳は、鷹《たか》の目のようにいつも半ば閉じられているような感じで、なにを考えているのかわからなかった。

「出ていってくれ、ル・ヴォートゥール」ディアブロは繰り返し言うと、扉のほうへ彼を押し出した。「十五分で下に行く」

「ぜひきみとそのお友だちと夕食を共にしたい」ル・ヴォートゥールは熱心に誘った。「彼女に……もっとふさわしい状況で会いたいんでね」

ディアブロの瞳に銀色の稲妻が光った。くそっ！　彼は、ル・ヴォートゥールの背後で扉をぴしゃりと閉めた。ただただ腹立たしかった。どうしてル・ヴォートゥールがデヴォンを見ているだけで、こんなに腹が立つのだ？　自分はまるで嫉妬《しっと》深い夫のようだ。夫？　冗談じゃない！　不快そうに両手を上げると、デヴォンのほうへ向き直った。彼女はシーツの端からそっとこちらをのぞき見ている。

「ル・ヴォートゥールが到着した。急いで服を着るんだ、デヴォン」ル・ヴォートゥールがデヴォンについて言ったことを思い出すだけで、思わず声がとげとげしくなる。

「夕食に誘われている」

デヴォンは落胆し、あえぎながら言った。「まさかわたしを同席させるつもりじゃないでしょうね?」

「あいにくだが、そうなんだ」ディアブロはなだめるように言った。「あの男は自分の好奇心が満たされるまで引っ込まない。信用ならない奴だが、事情があってどうしても取引せざるを得ない。今はあの男を怒らせないこと、取り決めを破るような気を起こさせないようにすることが、なにより大事なんだ」

ホイール・オブ・フォーチュン・インの談話室は、活気にあふれていた。そこらじゅうで海賊たちが笑い、会話し、けんかをし、売春婦と一緒に過ごしている。彼女はディアブロとル・ヴォートゥールが仕事の話をしている間、心ここにあらずといった様子で食べ物をもてあそんでいた。しかし、デヴォンはだまされてはいなかった。ル・ヴォートゥールは、ディアブロとの共同事業の計画に夢中になっているようなふりをしながら、黒い瞳でちらちらと何度も彼女を見ている。もの憂げで、思わせぶりな彼の表情を、デヴォンは懸命に無視しようとした。ディアブロのこわばった肩ときっと結ばれた口からは、彼もまたこの状況に気づき、不快に思っていることが見て取れる。

ディアブロが、部屋の向こうにいる友人に声をかけられ、一瞬そちらに気を取られると、その隙《すき》にル・ヴォートゥールはデヴォンに向かって挑発的にウインクした。デヴォンは顔を赤らめて目を伏せ、自分の皿の冷たくなった料理に集中しようとした。そのとき、スカーレットが自信たっぷりに歩いて入ってきた。部屋中が静まり返る。そこにいた全員が、ディアブロとスカーレットの間がどうなっているのかを知っていて、その悪魔のような女が、今やおおっぴらに他の女を口説いているディアブロに対してどういう行動に出るだろうかと考えていた。けんかになるのを期待しているのだ。全員の視線が、スカーレットがゆったりと、官能的に部屋を進む姿に注がれた。彼女は真っすぐ、ディアブロがデヴォンとル・ヴォートゥールと一緒に座っているテーブルへと進んできた。

ディアブロはさらなる醜い対立も、これ以上デヴォンに恥をかかせることも避けたかった。すぐに立ち上がり、炎のような髪のやかましい女に急いで近づいていく。

「やっとふたりきりになれたな」ル・ヴォートゥールはため息をつくと、その刺すような黒い瞳でデヴォンをくぎづけにした。「きみはディアブロとの取り決めに満足していないんじゃないか？　もっと親しくなってきみをよく知りたくてたまらない。ディアブロよりずっといい条件を出してやろう。どうだ、わたしの愛人にならないか？　すべてお膳立《ぜんだ》てしてやるよ」

デヴォンはあんぐりと口を開いた。誰もが自分のことを簡単に売り買いできる女だと思っている。そんなことは我慢できない。ここまで彼女をおとしめたディアブロが憎かった。彼から逃れられるなら、なんでもしよう。そう、なんでもだ。ひょっとしたら、ル・ヴォートゥールは、この地獄のような場所から逃れる助けになるかもしれない。もちろん、愛人になどなるつもりはない。けれど、彼はかなり貪欲《どんよく》そうだから、お金を払うと約束すれば、ディアブロとその不思議な力から逃れる手助けをしてくれるかもしれない。二度とディアブロに、自分を思い通りに誘惑させやしない。楽しませはしない。二度とそんなことをさせてなるものか。

ディアブロは、スカーレットが大騒ぎを演じるのをなんとか思いとどまらせ、心から安堵《あんど》のため息をついた。あとでふたりで会えるように、レッド・ウィッチ号にいる彼女のところへ行くと約束すると、やっと、人前でデヴォンに不満をぶちまけないことを約束したのだった。デヴォンのほうに悪意に満ちた視線を投げかけると、彼女は仲間が座っているテーブルにつき、これまでの大胆不敵な悪事の数々に関する陽気な会話に加わった。

ディアブロの銀色の瞳は、ル・ヴォートゥールがデヴォンに親密に身を寄せ、熱心に話しているのを見ると、きらりと光った。話に夢中になっていたふたりは、ディアブロが近づいてくるのに気づかなかった。ディアブロは、ル・ヴォートゥールがデヴォンに愛人になるように要求するのをはっきりと耳にしていた。だから、デヴォンの考え込んでいるような表情を見ると、その件を実際に検討しているのだと思い込んだ。

「デヴォンには、おまえの申し出を受けたり、断わったりする自由はないんだ、ル・ヴォートゥール」彼はぶっきらぼうに告げた。

驚いたル・ヴォートゥールは顔を上げ、その浅黒い強烈な顔に、人当たりの良い笑みを浮かべた。「証拠もないのにやたらと人を責めないでくれ。デヴォン嬢は魅惑的な人だが、スカーレットもそうだ。スカーレットが取って代わられて、おもしろくないのはばかでもわかる。わたしは単にデヴォン嬢に保護を申し出ただけだ。彼女がそれを望めばの話だが。きみはどうしてそう、美しい女たちを独占するんだ？」

「前にも言ったが、デヴォンはおまえの失礼な申し出など受け入れられない」

ル・ヴォートゥールはデヴォンの表情をじっくりと読んだ。「彼女に自分で言わせたらどうだ？　わたしは決して無理強いするつもりなどない」

「デヴォンに決断する自由はないんだ。おれは彼女を身代金のために拘束しているんだから」

「つまり、きみの捕虜であり、愛人というわけか？」ル・ヴォートゥールはあきれたように言った。

デヴォンは瞳のなかに怒りの炎を燃やして言った。「わたしは誰の愛人でもないわ！　お父様のところに戻りさえすれば、あなたたちみたいな輩《やから》は地上から一掃されるに違いないわ」

彼女はさっと立ち上がると、人ごみをかき分けながら上階の自室へと戻っていった。堂々として、周囲に威厳をふりまきながら。

7

デヴォンはどうしても扉の鍵《かぎ》をかけたかったが、鍵はディアブロが持っているのでそうはいかなかった。ディアブロやル・ヴォートゥールのような男たちと付き合うはめになって、彼女は逆上していた。思い知らせてやる――彼女は静かにそう誓った。自分ならどんな男とだって対決できる。抜け目なく悪知恵を働かせて、なんとかディアブロから逃れ、いつの日かウィンストンと結婚しよう。今も彼が彼女を求めていればの話だが。

突然、ディアブロが部屋に入ってきて、彼女の物思いは吹き飛ばされてしまった。

「怒った顔も最高だな。おまえはおれを大いに楽しませてくれる。決して手放すものか」

「わたしの意志に反して引き留めることなんてできないわよ！　お父様はわたしのことを世界中探し回るでしょうから」

「おまえの婚約者もか？　あいつが捜索に加わるとでも言うのか？」

「もちろんよ。彼はわたしを愛しているもの」

「あいつらにはおまえを見つけられないさ。おれが見つけられるようにしない限りはな」ディアブロは自信たっぷりに断言した。「それに、もうおれたちはこの部屋で共に過ごしたんだからな。胸が躍ったぞ、デヴォン。おまえには興奮させられる。おれは――」

「やめて！」デヴォンは耳をふさぎながら叫んだ。「ききたくないわ。あなたが無理矢理したのよ！　もう二度とありえないわ」

「おれが言うことは、必ず現実になる」そう言ってディアブロは手を伸ばしたが、彼女に巧みに身をかわされた。「おまえのせいで、欲望がたぎったままだ」

「スカーレットを探して、満腹するまで抱けばいいわ」

ディアブロは顔をしかめながらも、おもしろそうに笑っていた。彼女はウィットに富んでいて、快活で、とても愉快だ。それに、体はすばらしく官能的で反応が良い。精いっぱい抵抗しようとしても、反応せずにいられないらしい。彼女の汚れのない肉体に、悦びを与えることができたのだ。どうしても、もう一度そうしたい。だが、彼女のことを思い、今夜はこれ以上強く求めるのはやめることにした。おまけに、スカーレットとレッド・ウィッチ号で会う約束をしている。もう出かけなければならない時間だ。自分たちの関係がそろそろ終わりに近づいていることを赤毛の雌狐《めぎつね》が認め、見切りをつけてくれるよう説得できることを祈るばかりだった。

「確かに、おれはこれからスカーレットを探しにいく」彼は出かけようと背を向けた。「安全のため、扉には鍵をかけておくからな。朝まで戻らない。おれが来るまでに出発の準備をしておけ」

「出発ですって？　わたしをどこへ連れていくつもり？」

「パラダイスだ」そう言うと彼は出ていき、残されたデヴォンは新たな不安に襲われた。秘密の島に連れていかれてしまったら、お父様とウィンストンに捜し出してもらえるだろうか？　自然の防壁が招かれざる客が侵入しないよう守っているというあの島に。


「驚いた。あんたが愛人に、後ろ髪を引かれるとはね。あの娘はあんたには合わないよ、ディアブロ。同類と一緒のほうがうまくいくと思わない？」スカーレットは非難がましく言った。

「おれは問題を解決するためにここに来ただけだ。おまえと将来を言い交わした覚えはない。おれたちはたまたま出会ったときにお互いを楽しんだにすぎない。それに、がまんできないときもあった——おまえだってそうだろう？」

「そうよ」スカーレットも同意した。「でも、あんたがナッソーに女を連れてきたのはこれが初めてじゃないか。パラダイスに連れていくつもり？　あそこでベッドを共にした女は、あたしだけのはずだよ。あんたにとってあの女は、人質以外のなんだって言うの？　あたしは自分の男をほかの女と共有するなんてごめんだ」

「おれだって、偉そうで、独占欲の強い女はごめんだ」ディアブロは突然反撃に出た。「前に言ったはずだ。デヴォンを拘束しているのは身代金のためだと。だから、どこへだってあいつを連れていくつもりだ」

「連れていく先には、あんたのベッドも含まれているってわけね？」スカーレットは彼を愚弄《ぐろう》するかのように、燃えるように赤い頭を振った。「あの娘はあんたが楽しめるような女じゃないよ、あたしと違ってね。あたしにはあんたが必要なんだよ、ディアブロ。今夜はレッド・ウィッチ号にいてほしいんだ。あたしがどれだけあんたを思っているか、教えてあげる。あたしたち、一緒に過ごして、どんなにいい思いをしたか覚えているはずだよ」

　スカーレットはこれまでディアブロの浮気相手をねたんだことはなかった。彼女だって聖人君子ではないからだ。それなのに今回だけはどうしても耐え難く、気に障る。それは、あの女が彼にとって温かな肉体やいっときの慰め以上の存在だとわかったからだ。しかもスカーレットは、レディ・デヴォン・チャタムがたやすく自分に取って代わり、永遠にディアブロの愛情を受けることになるだろうと気づいていた。そうなれば、彼の巧みな愛撫《あいぶ》が二度と受けられないだけではない。仲間たちから、ディアブロを寝取られた女という目で見られることになるのだ。

スカーレットは挑発するように腰を振りながら、ディアブロに迫った。手の甲を、きれいに剃《そ》られた頰《ほお》に走らせる。「ひげが恋しいわ」彼女は甘い声を出した。「感じやすいところにあんたのひげが触れると最高に燃え上がったものよ。でもじきに、ひげのないあんたのハンサムな顔も見慣れると思うわ」

首に手を回して彼の顔を引き寄せ、むさぼるように唇を合わせる。言葉だけでは伝えられないありったけの情熱と欲望が込められたキスだった。彼女の手がシャツに伸び、はやる思いからボタンを外し始める。ディアブロはうめいた。彼の体はキスに、そして太ももから胸までぴったりと合わさったスカーレットの体に、自然と反応し始めていた。下腹部がふくらんだのを感じ、スカーレットは赤い唇に歓喜の笑みを浮かべた。

「あんたはあたしが欲しいのよ、ディアブロ。あたしにはわかってるわ！」

「おまえは魅力的な女だ、スカーレット。それにおれだって石でできてるわけじゃない」

ディアブロの反応に興奮したスカーレットは、さらに体を押しつけた。自分とベッドに入れば、他の女などいらなくなると確信しているのだ。あたし以外は誰《だれ》も求めないようにしてやる。スカーレットは自分の手管に自信があった。けれども、ディアブロの心は違うところにあった。体はスカーレットの誘惑に反応しても、心は完全に彼女を拒絶していた。ほんの数時間前にデヴォンとベッドを共にして汚したくなかったのだ。ため、せっかくのその経験をスカーレットとベッドを共にして汚したくなかったのだ。スカーレットとことん楽しんだのは事実だが、それはもう過去のことだった。

ディアブロは、せわしなくボタンを外すスカーレットの手を慎重に引き離すと、彼女を脇《わき》へ押しのけ、一歩下がった。「わきまえてくれ、スカーレット。せがんだりして、おまえの価値を落とすな。おまえは美しい女だ。望めばどんな男だって手に入る」

「あたしが欲しいのは、あんたなのよ。身代金を受け取って、あのふしだらな小娘を解放したあとどうなると思ってるの？　今拒絶したら、あたしは二度と両手を広げてあんたを受け入れたりしないよ、たとえ小娘がいなくなっても。そんなの、あたしのプライドが許さない。今夜あたしと別れて、あたしの恐ろしいほどの愛情を捨てるつもりなら、そうすればいいさ。でもね、あたしはあんたを決して許さない。敵になるより、愛人でいるほうがましだったと、きっと思い知るだろうよ」

彼女の表情を探りながら、ディアブロは険しい目をした。本人が言う通り、彼女は相当手ごわい敵になるだろう。けれども彼には、スカーレットがもたらす脅威も、なんとかする自信があった。自分でも驚いたことに、性の対象としてスカーレットを求める気持ちがまったくなくなっていた。デヴォンと出会ってからは、どんな女も見劣りしてしまうのだ。スカーレットが友人になってくれるのでない限り、自分にとってはもはや無用の存在だった。

「好きにすればいい」きっぱりと言った。ディアブロの顔からは笑みが消えていた。

「たとえおれがおまえの恋人でいる気がなくなっても、おれたちは友人でいられると思っていたよ」

「行きな！」スカーレットは唾《つば》を吐いた。「あたしの前から消えてくれ。恋人に捨てられた女がどんなふうに言われているか、覚えておくんだね」

デッキに出るのを許され、デヴォンはバハマ諸島が過ぎ去っていくのを大喜びで見つめていた。早朝、ディアブロに付き添われてデヴィル・ダンサー号に乗船したが、彼は夜明けまで部屋には戻ってこなかった。

島のなかには、純白の輪に縁取られた水に浮かぶ宝石のようなものもあった。広大な礁湖《しょうこ》によって陸からへだてられた岩がさまざまな形を見せ、堡礁《ほしょう》に囲まれている。ディアブロにアンドロス島と教えてもらった島には、鮮やかなピンク色をした何百というフラミンゴがいて、デヴォンは思わず目を引きつけられた。海がどこまでも青く澄んでいて、数千もの熱帯魚がいるのも見えた。

バハマ諸島が海賊の縄張りで、カリブの海賊の拠点になっている理由はすぐにわかった。人目につかないところや岩の割れ目、入り江や浅瀬、岩場など、船を隠せるところが数多くあるのだ。小耳にはさんだ話から判断すると、任命された知事らは陸地からでは海賊を発見することもできないらしい。実際、チャールズ・ベイン、ジョン・ターバー、黒ひげ、スティード・ボネット、キャラコ・ジャックといった海賊は、バハマ諸島をこの世の天国だと思っていた。ディアブロがこのような居心地の良い島々を、自分の本拠地としたのもうなずける。

そんなことを考えていると、まるで魔法のようにディアブロがかたわらに現われた。この船に移って以来、ふたりきりで話す機会がほとんどなかった。

「美しい」彼が静かに言った。過ぎていく景色のことを言いながらも、デヴォンの顔から視線を外すことはなかった。

「島にはどれぐらい人が住んでいるの？」

「ひとつふたつの大きな島にわずかな定住者がいるだけで、ほとんどは無人島だ」

「パラダイスはどうなの？　あなたが所有しているの？」

彼女が興味を示したことがうれしくて、ディアブロは笑った。「信じられないかもしれないが、パラダイスはおれが所有しているんだ。数年前におれの一族のものになった。身内に、そのことを覚えている者がいるかさえも疑わしいがな」

「家族の話をきかせて」

急にディアブロの瞳《ひとみ》がなにかに覆われ、端正な顔に遠い日の悲しみが広がった。

「家族はいない」そう言うと、自分の生い立ちから彼女の注意をそらすように言った。

「右舷《うげん》を見ろ！」

ディアブロの指差すほうを見ると、一面青々とした草木で覆われた広い大地と、真っ白な砂の海岸がある広大な礁湖があった。そして礁湖の真ん中には、高い珊瑚《さんご》の丘が見えた。人影はなく、ここも無人島なのだろうとデヴォンは思った。

「パラダイスへ、ようこそ」ディアブロの熱のこもった言い方から、デヴォンは驚くべきものがあるだろうと期待していたのだが、そこから見る島は、周りの島々とかわり映えがしなかった。

彼女が失望しているのを感じ取って、ディアブロはいわくありげな笑みを浮かべた。

「海面を見てごらん。おれが話した珊瑚礁《さんごしょう》が見えるだろう。島を完全に取り囲んでいて、隠れた割れ目が珊瑚礁のどこにあるか知らない限り、決して島に近づくことはできないんだ。危険な浅瀬を無事に通り抜けることができるのは、喫水が五フィートから八フィートの船だけだ」

デヴォンは眼下の輝く海に目を奪われていた。船体を引き裂く力を持つ、ぎざぎざした珊瑚礁に息をのむ。

「そろそろおれが操縦する番だ。部下には、船体に損傷を与えずに、珊瑚礁の狭い隙間《すきま》をうまくすり抜ける腕のある奴がほとんどいない。カイルならできるんだが、あいつはル・ヴォートゥールと一緒に行かせてしまったからな。あのフランス人は信用できない。ずる賢くて、腹のなかではいったいなにを考えているのかわからない。そんな奴におれの島の秘密を話すのはごめんだ。おれたちの略奪品が売れて利益を回収したら、おれはル・ヴォートゥールとカイルにナッソーで会うことになっている。その後、おれはカイルと一緒にパラダイス島に戻るつもりだ」

デッキを全速力で横切っていくディアブロを、デヴォンはじっと見つめた。背筋の動きや、ぴんと張った尻《しり》の筋肉が収縮するのに見とれてしまう。彼が一歩進むたびに、筋肉の束が波打ち、引き締まった体から解き放たれる力を思い出させられた。あれほど優しく、あれほど情熱的に愛してくれたことを、デヴォンはどうしても忘れられなかった。あのとき確かに、彼に敬愛され、守られていると感じたのだ。どうやってあんなふうに感じさせたの？　海賊だというのに。彼女はぼんやりと考えていた。自分がまったく知らなかったたぐいの悦びを、彼のような男が与えてくれたのはなぜ？　なぜか、ウィンストンもあんなふうに満足させてくれるのかしら？　そうではないと感じた。

突如、物思いを断ち切られた。海岸に向かっていた船が、冷たくて気持ちの良い風に乗っているのに気づいたのだ。珊瑚礁が船体にこすれる音がきこえ、デヴォンはかたずをのんで成り行きを見守った。ディアブロは、女性を扱うのと同じくらい見事に船のバランスを取って、たった数インチのところで珊瑚礁をかわしていく。デヴォンは思わず大きなため息をついたが、彼がまだ帆を調節する命令を出さないまま全速力で走っているのに気づき、再び息をのんだ。このスピードでは、波にぶつかりながら、白く、やわらかい砂浜に乗り上げてしまうだろう。

デヴォンは衝突に備えて身構え、絶望的な思いでディアブロを見つめた。だが驚きあきれたことに、彼はすっかりくつろいでのんびりとした様子だ。まるで、船の難破が日常茶飯事であるかのように。ものすごい速さで海岸が前方に迫ってきたため、デヴォンは目を閉じ、非力ながらも手すりを力いっぱいつかんだ。けれども、想像していた衝撃はとうとうこなかった。

おずおずと目を開くと、驚いたことに、船は海からは見えなかった川に入っていた。川幅はデヴィル・ダンサー号がぎりぎり運行できるくらいしかない。海岸線には青々と緑が生い茂っているため、知らない人間には河口がわかりにくい。河口の正確な場所を知らなければ、川が存在していることさえわからないだろう。船はゆっくりとかなり奥まで水路を上り、白い砂州に縁取られた広大な礁湖へと入っていった。デヴォンは目を疑った。礁湖には桟橋が架けられているだけでなく、小屋や倉庫が整然と並び、午後の暑い日差しの下、ゆったりと日の光を浴びている。人々が、船を出迎えるために急いで家から飛び出し、海辺に集まってくるのが見えた。ほとんどが女性や年老いた男だったが、子供たちが数人、母親のそばを走り回っているのも見える。

デヴォンが振り返ると、ディアブロは帆の状態を調べようと、目を細めて太陽のほうを見ていた。「帆が多すぎる」と彼がアクバルに向かって叫ぶと、デッキと帆に上っている男たちに命令が伝えられた。「メイン・トップスルを短くして、帆は帆桁《ほげた》に固定しろ。左舷に土手があるぞ！　錨《いかり》を下ろす準備をしろ」ディアブロはやすやすとデヴィル・ダンサー号を操縦し、波止場に停泊させた。

アンカーケーブルが船べりをがたがた揺らす音がきこえてきた。続いて水しぶきが上がり、巨大な鉄のフックが深い礁湖に着水する。ディアブロは手すりのそばに立っているデヴォンのところまでぶらりとやってきた。

「言ってくれればよかったのに。海岸に衝突するかと思ったわ」デヴォンは非難がましく言った。

「そんなにおれを信用していないのか？」えくぼを浮かべ、からかうように言う。うっとりするような表情から彼女はわざと目をそらした。

「ええ、まったく信用なんかしてません。こんなふうに、人がまったく近づけない場所だってことを、知っておくべきだったわ。ここの秘密を知っている人はいるの？」
「ほとんどいない。絶対に信用できる者にしか教えていないからな」
「でも、わたしは知ってしまったわ」デヴォンは震えながらささやき、その意味するところをはっきり認識した瞬間、思わず目を見開いた。この秘密を教えたということは、ディアブロは彼女を信用しているか、手放すつもりがないかのどちらかだ。あるいは、彼にとってこれ以上役に立たなければ、自分は殺されてしまうということだろう。

ディアブロは眉《まゆ》をひそめた。デヴォンが今言った通り、彼女をパラダイス島へ連れてきたのは無謀だったと気づいたのだ。ここに住む女性や子供の命は、彼女の手に握られたも同然だ。彼は自分自身の弱さ以上のものをさらけ出してしまったのだが、後悔したくはないと思った。

ほどなく渡り板が取りつけられると、ディアブロはいやがるデヴォンをドックの上へ連れていった。浮かれて押し合いへし合いしながら自分の男を出迎えようと待つ女性たちのなかを縫うようにして進んでいく。デヴィル・ダンサー号で到着した男たちはみな、パラダイス島に女を囲っていたが、めったにディアブロのそばを離れないアクバルだけは例外だった。しがらみのない乗組員たちはナッソーに残り、船が修理され、フナクイムシが寄生した木材が入れ替えられるまで酒を飲んだり売春婦と寝たりして過ごす。その後デヴィル・ダンサー号がナッソーに戻って乗組員を拾い、海賊行為を再開するのだ。

海岸を進んでいくデヴォンを、興味津々の目が追いかけてくる。船長に大声で挨拶《あいさつ》する者もいた。英国の監獄に収監されたあとなので、誰もが彼を大歓迎している。押し合いへし合いしながら、ふたりの関係について、みだらな憶測をしている者もいる。群集をあとにしたときには、デヴォンの頰は恥ずかしさで真っ赤になっていた。何度となく「悪魔の女」と呼ばれ、そのたびにいらいらして仕方なかった。

あとで役に立つだろうと、デヴォンは周囲を注意深く観察し、情報収集に努めた。

やがて、ほこりだらけの道を下り、倉庫や粗末な小屋を通り過ぎると、やけに低い小山を登っていることに気づいた。頂上に着くころには、彼女は息切れし、汗をかいていた。日よけの帽子を持っていなかったので、金色の髪が汗でぐっしょりとなり、首や頰にまとわりついてくる。その様子があまりにも魅力的なので、ディアブロは気を取られて仕方がなかった。

ああ、デヴォンが欲しい！　たった一度抱いただけでは、魅力的なめす猫にますますそそられるだけだ。これでは百回抱いてもまだ足りないだろうが。いったいどうしておれはデヴォンをパラダイスへ連れてきてしまったのだろう。想像がつかないほど、悪い結果をもたらしかねないのに。認めたくはなかったが、自分は最初から彼女の虜だったのだ。約束通り解放すべきだとわかっていたが、嵐《あらし》で予定が狂ったとき、当たり前のようにデヴォンを島に連れてくることを考えてしまった。彼女のことばかり考えないですむようになるには、甘い肉体を心ゆくまで堪能するしかないのかもしれない。

小山の頂上までくると、デヴォンはふいに立ち止まった。容赦なく照りつける太陽の光をさえぎっている背の高い雑木林のせいで、浜からは見えなかったが、そこには立派な家が建っていた。海辺の村落で粗末な建物を見たあとに、まさか堂々たる屋敷を見つけるとは思ってもみなかった。

かなり規模の大きい木造二階建ての住居は、広いベランダに囲まれていた。数え切れないほどたくさんある窓は、優しい潮風を入れるために開いている。高く、優雅な柱が、家の正面に広がる二階のベランダを支えていた。外壁は薄い黄褐色。風格のあるチャタム邸にはかなわないものの、その均整のとれた線と飾り気のなさにデヴォンは魅了された。

「おまえが慣れ親しんできたものとは、まったく違うだろうが……」ディアブロは心配そうに言った。なぜか、我が家をデヴォンにも自分と同じように愛してもらいたかった。「だが、居心地もいいし、使用人も何人もいる。おまえがおれの客である以上、なにひとつ不自由することはないはずだ」

「想像以上だわ、すごく立派ね。ところで、あなたは奴隷を使っているの？」デヴォンの顔には不快感が表われていた。彼女自身は奴隷制度を利用したことなどなかったからだ。「この島を維持していくには、多くの人たちが必要に違いないわ。作物を作っているの？　それとも家畜を飼っているの？」

「サトウキビを育てている」ディアブロはそう言って笑った。彼女が関心を持ってくれたことがうれしかった。「田畑や屋敷で働いてもらうために、周辺の島々からアラワック・インディアンを雇っている。奴隷はいない。アラワック族は非常に頼りになるし、人の手配もうまくいっている。島でラム酒を蒸留して、アメリカの植民地に売っているんだ」

その答えにデヴォンはびっくりした。彼のことを、自分の命令を遂行させるため、奴隷を雇うタイプの人間だと思っていたのだ。あらゆる先入観を次々とくつがえされたことに、デヴォンはあらためて驚いていた。彼は人を誘拐したり財産を奪ったりする非情なる略奪者というより、むしろ人間味豊かな人物なのだろうか？

「さあ、行こう。きっとタラが冷たい飲み物を用意してくれている」

「タラ？」デヴォンは好奇心にかられてたずねた。タラって誰なの？　ディアブロのもうひとりの愛人？　そんな女性が、きっと世界中に大勢いるのね。

そのとき、まるでタイミングを見計らったように、背の高いやせた女性が正面の扉から出てきた。厚ぼったい唇の端を上げて、にこやかな歓迎の笑みを浮かべている。大きな瞳はまるで真夜中のように黒く、高い頬骨に黄褐色の肌がぴんと張っている。顔立ちに繊細な美しさを添えている微妙なカーブを描いた眉が魅力的だ。長い漆黒の髪を無造作に耳にかけ、生花の飾りをつけている。しなやかで、ほっそりした体を色鮮やかなサロン風の巻きスカートで慎ましく覆っているが、日に焼けたふくらはぎや、ほっそりとした足首はむき出しのままだった。とても美人だが、娘盛りはいくぶん過ぎているようで二十代後半に見えた。この美しい女性がディアブロの愛人だと思うと、なぜか怒りが込み上げてきた。愛人に会う心の準備がまだできていなかったのだ。

「こちらがタラだ」ディアブロはタラに近づきながらそう言った。そして、すっと彼女を抱擁した。デヴォンは驚き、美しい鈴の音のような彼女の笑い声にいらだった。

タラはディアブロの腕からすり抜けると、じゃれ合うように彼をたたいて、うっとりするような笑みを浮かべた。「お帰りなさいませ。監獄にいるとうかがって、もう二度とお目にかかれないかと心配していました。でも内心では、賢いあなたのことですから、きっと逃げられると思っていましたわ」

「ということは、おれ以上にわかっていたということだな、かわいいタラ。正直言って、おれは地獄に送られて悪魔に対面することになると思ったよ。すんでのところで、美しい女性がおれの命を救ってくれたのさ」長い腕が伸びて、デヴォンを引き寄せた。

タラはデヴォンをじっと見つめた。繊細な眉をいぶかしげに上げている。

「デヴォン、タラはおれの家政婦だ」ディアブロはそう言ってから、タラに向かって言った。「こちらは、レディ・デヴォン・チャタム。おまえの新しい女主人だ。彼女がここにおれの客として滞在する間、手を貸してやってほしい。彼女はなにをやっても構わないが、おれが許すまでは、出ていく権利はない」

デヴォンは暗く怒りをたたえた視線で彼を貫いた。怒りを抑えるのがやっとだった。ディアブロったら、よくもわたしの人生を決めてくれたわね！　だがすぐに作法を思い出し、礼儀正しくタラに微笑んでみせた。心のなかでは、その女性と彼との関係を怪しみながら。

タラは、ディアブロがデヴォンを連れてきたことにショックを受けていた。ディアブロのもとで働き始めて数年になるが、彼が愛人の女性を自分の家に住まわせたことは一度としてなかった。スカーレットも含め、多くの女性がその名誉にあずかるためならなんでもするとタラにはわかっていた。それなのにディアブロは今、いきなり愛人を目の前に連れてきた。確かにデヴォンは絶世の美女で、どこから見ても間違いなく貴族だ。だが、ディアブロはどんな手を使ってこんな女性を手に入れたのだろう？　タラがデヴォンを認めてくれるのを、ディアブロは待っていた。それに気づいたタラは、そのとき唯一できる返事をした。

「ようこそ。なかへお入りください。冷たい飲み物を用意しますので、その間に着替えてさっぱりなさるといいでしょう。なにかご不自由があれば、わたしにおっしゃってください」

ディアブロはタラの言葉に喜び、デヴォンの手を取ってなかへ案内した。彼の顔には家に対する誇りがあふれていたが、デヴォンはなかに足を踏み入れた瞬間に、その理由がわかった。部屋は広くて明るく、風通しが良かった。優しい潮風が開いた窓から舞い込み、レースのカーテンを揺らしている。置いてある家具もこの上なくすばらしいものばかりだった。デヴォンは、そうした家具を手に入れるために、ディアブロがどれだけの船を略奪したのだろうかと思った。ほとんどの家具がフランスのデザインで、いくつかある英国のものが、計算して効果的に配置されている。中央のホールの片側に、堂々たる階段がそびえていた。

「デヴォンを正面の客間に案内してくれ。それから、おれたちに風呂《ふろ》を頼む。彼女の荷物は荷馬車で運ばれてくる」

「かしこまりました」タラは快くうなずいた。「こちらにおいでください」

デヴォンはディアブロの愛人になって彼の手中に収まりたくないと思って躊躇《ちゅうちょ》していた。「行きなさい、さあ」ディアブロは優しくうながした。「タラがおまえの面倒をみてくれる」

デヴォンはタラについていく前に振り返って言った。「すばらしい家ね、ディアブロ」

「ここで快適に過ごしてほしいんだ、デヴォン。ここはすべて、おまえの美しさを際立たせるために作られたようなものだからな」

ディアブロの美辞麗句をタラにきかれているのが恥ずかしく、デヴォンはそっけなく答えた。「あなたの島を堪能できるほど、ここに長居したくないわ」彼女はさっさと向きを変えると、少々ショックを受けている様子のタラについて二階へと向かった。

当てがわれた部屋には、必要なものはなんでもそろっていた。驚いたことに、その部屋は女性の好みを念頭において装飾されていた。広くて風通しの良い部屋の中央には淡いブルーのカーテンがかけられた天蓋《てんがい》つきのベッドがあり、そこここに白と金色の精巧なフランス家具が置かれていた。レースのブルーのカーテンがそよ風にゆったりと揺れ、金とブルーの壁紙が貼《は》られた壁に向かってぱたぱたと揺れている。厚いトルコ絨毯《じゅうたん》が足裏に当たる感触が優しかった。デヴォンは部屋に扉がふたつあるのに気づいた。扉の向こうはどちらも着替えるための部屋なのかしらと思った。

「お気に召しましたか?」タラが陽気な声でたずねた。

「すてきだわ」

「ディアブロ様がお喜びになりますわ」

「ディアブロが喜ぶかどうかなんてどうでもいいの」

「わたしには――理解できません」タラは当惑していた。この女性はパラダイスにいることに、あまり乗り気ではない様子だ。ディアブロに選ばれたのは名誉なことだというのが、わかっていないのだろうか？

「そうね、あなたに理解できるとは思わないわ。あなたはディアブロの愛人なの？」デヴォンは露骨にたずねた。タラに対する好奇心があまりにも強すぎて、言葉を選んで問いかけることができなかった。

デヴォンのぶしつけな憶測に不意を突かれ、タラは大きく目を見開いた。「ディアブロ様がそうおっしゃったのですか？」

「ディアブロはあなたのことを家政婦だと言っていたけれど、わたしは盲目でも愚かでもないわ」

驚いて、タラは愛らしい眉を寄せた。「わたしのことを心配していただく必要はありません」ディアブロ様は、わたしたちが恋人同士だとほのめかしたのだろうか？

タラは不思議に思った。ディアブロ様がこの女性にどう思わせたいとお考えかがわかるまでは、なにも言うまいと決心した。謎《なぞ》めいた雇い主と話をするまでは。

「お嬢様の質問には、ディアブロ様がお答えになるでしょう」タラは謎めいた言い方をした。「さあ、お風呂にいたしましょう」

風呂はすばらしく、生き返るようだった。良い香りのするお湯が、やわらかくなめらかな肌の上を滑るように流れ、全身を包み込む。デヴォンは満足そうにため息をついて目を閉じ、浴槽のへりに頭をのせた。入浴する直前に荷物が届き、タラはデヴォンが浴槽でゆったりとくつろいでいる間にてきぱきと荷を解き、片づけた。デヴォンがまだ体や髪を洗っているとき、タラはふと一方の扉に目をやると、うなずいて静かに部屋を出ていった。

「バスタオルを取って、タラ」デヴォンはそう言いながら手を伸ばしたが、あまりにけだるくて目を開けられなかった。指にやわらかな生地が触れるのを感じるとしぶしぶ目を開け、優雅に立ち上がった。

「まったく惜しいな、まばゆいばかりの美しさをすべて隠してしまうとは」

デヴォンははっと息をのんだ。「ディアブロ！　ここでなにをしているの？　タラはどこ？」

「おれが下がるように命じた」

「彼女がどう思うかしら？　よくもわたしのプライバシーに踏み込んでくれたわね」

「タラがどう思おうと問題じゃない。彼女には十分な給料を払って、おれの命令に従うようにしてある。彼女は完璧《かんぺき》なまでにおれに忠実だ。ここはおれの家だ、おれの入れない部屋はない。おれは行きたいときに、行きたいところに行く」

デヴォンはやり場のない怒りに震えて、バスタオルを胸まで持ち上げた。ディアブロは彼女の手からタオルをひったくって広げると、にやりと笑った。「さあ、風呂はもうおしまいだ。料理人がおれたちのために、軽い昼食を用意してくれているからな」

「自分の体は自分で拭《ふ》けるわ」デヴォンは傲慢《ごうまん》に、鼻であしらうように言うとタオルを奪おうとしたが、無駄だった。

「腕ずくで言うことをきかせようとしているのね」

ディアブロは残念がっているふりをして、ため息をついてみせた。そして、のんびりと数分間、彼女の裸身を堪能した。デヴォンはきまりが悪く、顔から火が出る思いだった。

きらきら光る小さな水滴が、彼女のクリームのような肌にすいつき、珊瑚色の胸の先端からしたたっていた。脚の間には、金色の毛が生い茂り、ディアブロがまさぐりたくてうずうずしている宝物を隠している。彼は震えるようなため息をつくと進み出て、やわらかいタオルで彼女の体をゆっくりと、心を込めて拭き始めた。

そんな単純なことですら、ディアブロの手にはあまりそうだった。彼は、悩ましい感情の波に目をつぶった。甘く、欲望をかき立てる彼女の香りが誘惑するように彼を包む。心臓が激しく打ち始め、腕も震えていた。

デヴォンも、彼にゆっくりと隅々まで眺め尽くされたことや、自分の体に置かれた彼の腕から伝わってくる熱から、影響を受けずにはすまなかった。体のなかがやわらかく溶け出し、骨までとろけてしまいそうだ。入浴してひげを剃ったばかりの彼の香りが、体中を刺激する。鼻につんとくる香辛料とタバコの臭いが彼自身の自然なままの男らしい芳香と合わさって、誘惑のわなを仕掛けてくる。そうしたことに心を奪われていたデヴォンは、ディアブロが唇を重ねてきたとき、まったく抵抗できなかった。

彼の唇は硬く、鋭く、強引な舌は彼女の甘さを求めていた。ディアブロは彼女を押し倒し、唇や顎《あご》の周りに肌を刺すような小さなキスを浴びせた。デヴォンの喉《のど》の奥から低いうめき声が漏れた。体の芯《しん》は潤って、彼の命令に喜んで従う準備が整っていた。

「ああ、なんてことだ。おまえが欲しくてたまらない」ディアブロはあえぐように言った。「ホイール・オブ・フォーチュンでのあの夜以来、おれはもう一度おまえを愛すること以外なにも考えられなかった。おまえが欲しい。それに、おまえもおれのことが欲しくてたまらないようだな」

デヴォンは彼の言葉にはっとなった。「いや、触らないで！」しがみつくかわりに、か弱い腕で彼の大きな胸を押した。「あなたを求めてなんかいないわ。二度とあんなことをさせたりしない。そうする権利があるのはわたしの夫だけよ」

「どうやっておれを止めるつもりだ？」ディアブロは、獲物を狙《ねら》う肉食動物のようににやりと笑った。「あの夜、おまえはおれを求めた。きっともう一度求めてくるさ。さあ、婚約者のことは忘れて、おれを喜ばすことに集中してくれ」

「もう二度と、乗り気になんてならないわ」デヴォンはきっぱりと言った。「わたしはあのときみたいに、甘い言葉に簡単に誘惑されるほど純真無垢《むく》ではないの」

ディアブロはそれに答えるかわりに、デヴォンを抱き上げてベッドの上に放り出すとひざまずき、彼女の体を押さえつけた。「あきらめろ。おれはおまえがなにを望もうが、絶対にものにしてみせる」

「さあどうぞ」デヴォンは挑むようにそう言うと、彼の下でだらりと力を抜いた。「けりをつけましょうよ」

ディアブロは動かなかった。そんなふうに力ずくでやるつもりはない。彼女のほうから自分を求めるように仕向けたかった。自分が彼女を必要としているのと同じように、彼女も自分を欲しくてたまらないことを証明したい。両脚を開かせると、彼はその間にひざまずいた。興奮しながらも、彼女のほっそりしたふくらはぎを滑るようになで上げ、やわらかい太ももから胸、腹を愛撫し、再び太ももに触れた。デヴォンは息をのんだ。反応してはいけないと言いきかせても、体はまったく言うことをきかない。

ディアブロは夢中で彼女の胸を愛撫した。胸の先端を親指でこするように触れ、やわらかく豊かな乳房を揉《も》む。口で吸い上げると小さな突起がぴんと尖《とが》った。太ももの間にひざまずきながら、ディアブロの顔は険しくなった。瞳は灰色に陰り、鋼鉄のように冷たく情け容赦ない光をたたえている。突然ディアブロは、デヴォンが見たこともない男に変わっていた。彼女のなかにある、原始的でなじみのないなにかを昂《たか》ぶらせようとする、恐ろしい男の顔に。

「キット、やめて……」デヴォンは、あの禁じられた名前を呼んだことに気づかなかった。必死に脚を閉じようとしたが、ディアブロは脚を押し開いたまま、やわらかくて温かいところに優しく触れてくる。

「なにも言うな、おれは痛くしたりしない」優しく言うと、ディアブロは愛撫を続けて彼女の反応を引き出した。けれども彼はそれ以上の、単なる反応以上のものを望んでいた。

脚の間にキスをされた瞬間、デヴォンの体はびくっと反応した。熱く湿ったところを攻撃され、今まで存在すら知らなかった激しい欲望が湧《わ》き上がる。「いや、だめよ！」

自分の体が勝手に反応してしまうことに、彼女は追い詰められたような気持ちになった。焼けつくような、親密な愛撫はまるで拷問だ。デヴォンは燃えさかる炎となりながらもなお、彼が入ってくるのを拒もうと、必死に戦っていた。

だが、ディアブロは腰をしっかりと抱え込み、よりいっそう彼女を引き寄せ、舌で優しくまさぐり続ける。デヴォンがいやがり、恐れているのを感じながらも、やめようとはしなかった。「怖がらなくていい。おれに身を任せてくれ」そう言いながら、優しい拷問を続ける。巧みな舌で、彼女の湿った中心部を探り、なで上げ、まさぐり続ける。

「キット!」デヴォンは息も絶え絶えになり、あえぎ声をあげた。恍惚《こうこつ》感に続いて、しびれるような解放感に捕らわれた。ふと気がつくと、ディアブロが服を脱ぎ捨て、彼女の上で身構えていた。彼のものが鋭い槍《やり》のようになり、入ってこようとしている。

「デヴォン、おまえは小悪魔だ。いったいおれになにをした? おれはおまえに夢中だ。もっと慎重だったら、おれ自身――」彼は言葉を詰まらせた。そして、あきれたような表情をして顔をゆがめた。その先を続けるには、もっと時間と熟慮が必要だ。まだ言わないでおいたほうがいい。

彼女の奥深くまで身を沈めると、頭のなかが真っ白になった。狂おしいほどの愛の責め苦を受けて彼女の湿った温かさが彼を包み込んだ。ディアブロは悦びのあまり身震いしながら、荒々しく突き上げた。かすれた声で彼女の名前を呼んだとき、ふたりは共に絶頂へと駆け上っていった。

8

「痛かったか？」デヴォンが弱々しくすすり泣いているのに気づき、絶頂にいたディアブロははっとした。耳障りな声が、この上なく幸せな瞬間に差しはさまれたのだ。

「大嫌い！」彼女は叫んだ。「こんなこと、二度とあってほしくない。もう絶対にないって誓うわ」

「気持ち良くなれば、おまえはおれに抵抗できない。悪魔は常に勝利する。おまえのような無垢《むく》な娘をむさぼり食うのさ」

「あなたの愛人はどう思うかしら？」

「おれの愛人？　誰《だれ》のことを言っているんだ？」ディアブロの瞳《ひとみ》がダイヤモンドのようにきらきらと輝いた。これはおもしろくなってきたぞ。

「わたしをばかだと思っているの？」デヴォンは激怒した。「タラがあなたをどんなふうに見つめているか知っているのよ。どうしたらそんなに無神経に、そんなに冷たくなれるの？」

ディアブロはショックを受け、ついでいぶかった。「タラを、おれの愛人だと思っているのか？」

「そうなんでしょう？」デヴォンが食ってかかった。

「いいや。彼女はおれの家政婦で、それ以上ではない。妬《や》いているのか？」デヴォンが他の女に嫉妬《しっと》していると思うと、うれしくてたまらなかった。

「いいえ、わたしが思ったのは――」

「おれの人生に、おまえ以外の女はいない」ディアブロは声を落とし、感情を込めて言った。「ベッドにおまえさえいれば、他の女など欲しくもない」

デヴォンのほっそりした体が震えた。彼の瞳に痛切なまでの優しさを見つけ、彼女は一気に心を動かされたのだ。ディアブロと一緒にいたい、彼が望むすべてになりたい。込み上げてくる、そんな欲求と戦った。海賊という卑劣な職業や、腹立たしいほどの傲慢《ごうまん》さにもかかわらず、ディアブロは彼女の心のなかに長い間閉じ込められていた感情を解き放ってしまった。どうしてウィンストンじゃなかったのかしら？ 答えは簡単だった。婚約者の中途半端な魅力は、ディアブロの圧倒的な魅力とは比べものにならない。彼は、まさに周りの空気がぱちぱちと音を立てるほど、しびれるような魅力をたたえているのだから。

しかし、たとえ海賊に惹《ひ》かれていたとしても、自分の未来は自分と同じ人種であるウィンストンとともにある。あらゆる罪を犯し、お尋ね者となっている男とではない。彼がいずれ絞首刑になるのは避けられないだろう。どうかそれに立ち会わずにすみますようにと、デヴォンは願った。

「寒いのかい？」ディアブロは心配そうにたずねた。彼女が震えているのは、自分と同じように、心を動かされているせいだと思いたかった。デヴォンが答えを口にする前に、彼は守るように彼女を引き寄せた。「おまえの感じ方が好きだ」ディアブロの手が、彼女のやわらかな体の丘や谷をゆったりと旅し始めた。「おまえのおかげで、果てしなく愛し合えるだけの力やスタミナが湧《わ》き上がる。おまえが腕のなかにいれば、おれは疲れ知らずだ」

「もう、いいかげんにして！」デヴォンは動揺してわめいた。「だめよ！」

「まあ黙って見てろ」ディアブロは残忍に笑った。「なにをしようが、なにを言おうが、おまえはおれから離れられない。絶対に無理だ」激しい言葉に、デヴォンの胸は恐怖で震えた。そして彼女はその言葉を、繰り返し何度も思い出すことになるのだった。

いつ解放してもらえるのかわからないまま日々が過ぎていき、デヴォンは絶望していた。ディアブロに夜ごと優しく抱かれ、涙を流すことも少なくなかった。彼独特の愛し方になじんでいくにつれ、心に傷を負わずに別れることはできないだろうと恐ろしくなった。彼は大胆で、傲慢《ごうまん》で、怖いもの知らずで、情が深い。そして、堕落しきっている。抱きしめられるたびに、彼女は抵抗し、必死で自分の心の大切な部分を与えまいとした。それが、正気を保つ唯一の方法だと思ったからだ。父親のもとに返してくれと何度も懇願したが、ディアブロは約束するどころかきく耳すら持たなかった。ディアブロは大半の時間を、自分の船や部下を指揮することについやした。屋敷を留守にするときは抜かりなく、信用できる部下のひとり――たいていはアクバル――をデヴォンの守りにつけた。デヴォンはどう見ても彼の屋敷の女主人となっていて、使用人は全員、彼女の命令を厳格に守っていた。タラは食事メニューや日常の家事についてて毎日デヴォンに助言を求め、確認をしてくる。

ディアブロが自分の生活におけるデヴォンの役目を説明してから、タラはいやいやながらもデヴォンを丁重に扱うようになった。洞察力があるタラにはすぐに、デヴォンが主人にとって単なる愛人以上の存在であることがわかった。自分の雇い主が、こんなにもひとりの女性のことで頭がいっぱいになるとは思ってもみなかった。加えて、デヴォンがその高い地位をありがたく思わず、英国に戻される日を心待ちにしているのが、タラには一目瞭然《いちもくりようぜん》だった。しかし、そんな日が来るとはとても思えず、パラダイスで展開される小さなドラマを見物するのはなかなかおもしろいと思うようになっていた。

その間、タラはすぐ近くに獰猛《どうもう》なアクバルがいることを喜んでいた。以前からずっと、このトルコ人の大男に興味をいだいていたのだ。もっとも、彼がタラに関心を向けることはなかった。しかしタラは、この男が女性に対してこれほどまでに鈍感な理由をいずれ突き止め、なんとかしようと思っていた。

デヴォンの到着からほぼ一カ月がたったころ、ディアブロは、デヴィル・ダンサー号の修理がすべて完了し、いよいよナッソーでル・ヴォートゥールと会い、カイルをパラダイスに戻すときがきたと告げた。この間、アメリカの植民地で略奪品を売りさばいてくる時間は十分あったはずだ。

「おれを恋しく思ってくれ」ディアブロはせつなげに言った。「おれはきっとおまえのことを恋しく思うだろうな。明日からの二日間がまるで永遠のようだ」

驚いたことに、デヴォンは自分を魅了した破廉恥な悪魔が恋しくてたまらなかった。

二日後、彼がパラダイスに戻ると、心臓がどきどきするほど興奮した。ディアブロは喜びを爆発させてデヴォンに挨拶《あいさつ》した。彼は、一儲《ひともう》けさせてくれたル・ヴォートゥールとの取引の結果にも満足していた。その夜はカイルが一緒に夕食を取ることになっていた。

ディアブロを喜ばせたくて、デヴォンはその日めかし込んだ。なぜ最高の自分を見せたいと思うのか、自分でもよくわからなかった。ただ、ディアブロのいない二日間が永遠にも思えるほど長く感じられたのだ。

ディアブロに贈られたドレスのうち、美しいターコイズブルーの絹の一着にはまだ袖《そで》を通していなかった。最初は派手すぎると思っていたのだが、気が変わって、この機会に申し分ないと思うようになった。ほんの小さなキャップスリーブがついているが、肩がほぼむき出しになる。身ごろが体にぴったりとしていて、裾《すそ》には幅の広いフリルがついているため、ほっそりとした体型を完璧《かんぺき》に引き立ててくれる。タラに手伝ってもらい、ふさふさとした金髪を一番似合う髪型に整えた。その晩、食堂へ入っていくと、ディアブロはうっとりした表情を浮かべた、カイルも同様だった。

食事は楽しく、打ちとけた雰囲気だったが、明らかにディアブロはデヴォンしか見ていなかった。銀色の瞳で思い焦がれるように、むさぼるように彼女を見つめていた。ふたりきりになれば、どんなに彼女が欲しくてたまらないか、教えられるのに。彼は半ば残念そうに、カイルにデヴォンをもてなすよう頼んだ。その間に、ル・ヴォートゥールが自分たちのために略奪品を売りさばいてあげた利益の分配を、事細かに手配するつもりだった。彼は急いで終わらせるからと約束して、書斎に姿を消した。

「どんな暮らしをしていたんだい？」カイルはたずねた。濃いダークブルーの瞳で、彼女の胸の内を探るように見つめている。

「とても快適に暮らしていたわ」彼女は短く答え、多くを語らなかった。

「パラダイスにいて幸せなのか？」

「幸せよ、監獄にいる人みたいにね」

「きみは輝くようにきれいだ。ディアブロは、きみを痛い目にはあわせなかったんだな。あいつはきみの身代金についてなにか言ってなかったかい？　デヴィル・ダンサー号の修理がほぼ完了したから、間もなく奴は海に出る。乗組員は陸にうんざりしていて、また仕事に精を出したくてたまらないんだ」

「ディアブロは、パラダイスを出発することについてはなにも言ってなかったわ」デヴォンはそう言うと、怒りをあらわにした。「わたしをいつまで拉致《らち》しておきたいのかしら？　彼が出発したら、わたしはどうなるの？　家に帰りたいのよ、カイル！　どうして彼はわたしを解放してくれないの？　身代金は要求しないつもりかしら？　わたしは彼の情婦になんてなりたくないわ！」

ル・ヴォートゥールが開いた窓のすぐ外にこっそり立って盗みぎきをしているのに、カイルとデヴォンは気づいていなかった。ディアブロとカイルがナッソーを発ったあと、ル・ヴォートゥールはホイール・オブ・フォーチュン・インでスカーレットと出くわし、彼女が復讐《ふくしゅう》に燃えて、ディアブロが美しい人質にのぼせあがって、いかに情け容赦なく自分を捨てたか、わめき散らすのをきかされていた。話をきけばきくほど、彼はスカーレットと共謀してディアブロからデヴォンを奪い、ブラックバートを殺された借りを返せると確信した。腹黒い計画を密かに企んでいると、スカーレットは喜んで協力したいと言ってきた。

スカーレットからパラダイス島の秘密を手に入れるのも、ディアブロから美しい人質を引き離すためにスカーレットの協力を求めるのも、容易だった。ル・ヴォートゥールは略奪品の処分という共同事業が終わったら、ディアブロが自分をパラダイスに招いてくれるのではないかと期待していたのだが、ようやく彼にもわかった。ディアブロは非常に用心深く、信用できない人間にはいっさい秘密を漏らさないのだと。そうであれば、策略に富むディアブロに打ち勝つためには、かなり悪知恵を働かせなければならない。

ル・ヴォートゥールは、ディアブロが出航した直後にナッソーから出航した。スカーレットに教えてもらった航路をたどり、珊瑚礁《さんごしょう》の割れ目を見つけ、一度か二度船体をこすっただけで通り抜けた。そして、ビクトリー号を人目につかない礁湖までは乗り入れず、河口に停泊させると、暗がりのなか、ディアブロの村まで小さなボートを漕《こ》いでいった。ボートをはるか海岸まで茂った草木のなかに隠すと、暗闇《くらやみ》に乗じて再びスカーレットに教えられた通りにディアブロの家へ向かった。こうして、ディアブロの窓辺で盗みぎきをすることになったのだ。計画がうまく運べば、間もなくデヴォンを手に入れ、スカーレットをディアブロに残していける。彼は、陰謀の一番肝心なところをスカーレットに明かしていなかった。なぜなら、もしディアブロが死ぬとわかったら、彼女は決して手を貸そうとはしないからだ。

ル・ヴォートゥールはデヴォンの話をすべてききき、有意義な情報を得ただけでなく、大いに驚いた。女を身代金目的で拘束しているとディアブロからきいてはいたが、デヴォンが喜んでディアブロと一緒にいると思い込んでいたのだ。実のところル・ヴォートゥールは、ディアブロがデヴォンの家族から身代金を要求しているとは、とても思えなかった。

デヴォンが感情を爆発させてディアブロを批判する言葉に、カイルは唖然《あぜん》とした。どうやって、彼女の良心の痛みを和らげ、ディアブロがしたことへの屈辱感を癒してあげればいいのかわからなかった。デヴォンを誘惑するディアブロの手腕に、略奪品の自分の分け前を賭《か》けるまでもなかった。血の気の多い相棒には、女を引きつけてやまない魅力と手腕があることは、これまで何度も証明済みだ。

カイルがディアブロの振る舞いを許すことも非難することもできないでいると、デヴォンはむせび泣きながら背を向け、部屋を出て、扉の外の闇へと逃れた。カイルは彼女を追わなかった。なかに残ってデヴォンの苦しい立場をディアブロに話すつもりだったのだ。ディアブロが海に戻るつもりなら、デヴォンを家族のもとに帰してやるべきだと説得するつもりだった。

窓の外の暗がりから、ル・ヴォートゥールが期待にほくそ笑みながら見守っていると、デヴォンが屋敷から逃げ出してきた。まさに彼が待ち望んでいた展開だ。彼はディアブロが先に席を離れるのをきいていたし、書斎に入るのも見ていた。おそらくカイルもすぐそちらに行くだろう。ル・ヴォートゥールは喜びのあまり声を立てて笑った。まさにその瞬間、デヴォンの胸の内を伝えるべく、カイルは食堂をあとにして猛然とディアブロの書斎へ向かった。

デヴォンは立ち止まることなくベランダへと急いだ。肩越しにちらりと振り返るとカイルが追ってきていなかったので、ほっとしながら、丘から村へと通じる小道まで歩いていった。危険を冒してまで、もっと遠くまでひとりで進む勇気はなく、そこで立ち止まった。ものすごい勢いで歩いてきたため、息が上がっていた。この島から二度と出られないのかしら？　お父様はわたしが死んだと思っているの？　もしかしたら、わたしを探しているのではないかしら？　若くはないご自分の身も省みず、わたしの運命を心配しているのでは？　デヴォンは、自分が誘拐されたことで父親が健康を害していないか、心配だった。

入り江に錨《いかり》を降ろした二隻の船が、光り輝く月光を浴びて波に揺られているのを、デヴォンはもの憂げに眺めた。万が一ここを生きて出られたら、この島の穏やかな美しさを死ぬまで忘れないだろう。輝く海面やそよぐヤシの上できらめく月光にうっとりしていて、背後からかすかな足音が近づいてくるのに気づかなかった。

「すばらしい眺めだな」

デヴォンはびくっとした。「ル・ヴォートゥール！　なんてこと！　どうやってここへ？　ディアブロはあなたが島にいるのを知っているの？　わたしは――」

「ディアブロのことはいい。そんなに彼が怖いのか？　きみがわたしのものなら、決してそんなに粗末に扱ったりはしない。実のところ、わたしはきみのためにここにいるのだから」

「ディアブロなんて少しも怖くないわ」デヴォンは強く言い張りながら、昨晩、ディアブロがどんなに優しく愛してくれたか思い出していた。分別がなかったら、彼が本当に大切にしてくれているのだと思い込んでしまうところだ。デヴォンは彼に保護され、大切にされていると思うようになっていた。すぐにでも出ていかなければ、心のなかでふくらんだ小さなつぼみが間もなく愛の花を開かせてしまう。だからデヴォンは、そうはさせまいと固く決意していた。「わたしのためにパラダイスにいるって、どういう意味かしら？」

「きみがディアブロと別れたがっているのはわかっている」ル・ヴォートゥールははっきりと言った。

デヴォンは驚いて口を開いた。

「どうやって知ったのか、考えているんだな」ル・ヴォートゥールは静かに笑いながら言った。「数分前、きみとカイルが話しているのをきいていたからさ」

「立ちぎきしていたのね！」

「ああ」ル・ヴォートゥールは冷やかに認めた。

「わたしがここに捕虜として捕らえられているのは、秘密でもなんでもないわ。ディアブロがわたしを身請けするつもりでも、わたしはいっさい言うことをきくつもりなんてないの」

「きみがわたしの捕虜ならば、一生ベッドに縛りつけておくのに」

この海賊はかなりの二枚目だが、ディアブロとは大違いだ。デヴォンはル・ヴォートゥールのなかに、ディアブロにはない残忍さを感じていた。彼には、ディアブロのすべての欠点を足してもそれをはるかに上回るほどの欠陥がある。デヴォンは顔を真っ赤にして、彼の探るような視線から目を背けた。この男こそわずか数週間前、ホイール・オブ・フォーチュン・インで、ディアブロのベッドにいる彼女を見つけた男だったことを思い出していた。

「お願い、わたしを放っておいて」

「手を貸そう」ル・ヴォートゥールはしゃがれた声でささやいた。「わたしを信用してくれれば、きみを英国に戻してあげよう。それが、きみが心から望んでいることならば」

「信用しろですって？　わたしはあなたのことを知らないも同然なのよ。どうしたら信用できるというの？」

「ここから出たいのだろう？」

「ええ、もちろんよ」

「わたしの船を自由に使ってかまわない。きみをここから出してあげるために用意してあるんだ。わたしと一緒に来れば、無事、英国に到着するまで見届けてあげるよ」

彼の黒曜石のような瞳のなかの利己的な光は、暗闇に覆い隠されていた。

「あなたと一緒に出航するというの？　できないわ……」デヴォンは口ごもり、あらためてル・ヴォートゥールの提案を検討してみた。

はじめは、悪名高い海賊と一緒に出ていくなんてとんでもない話のように思えた。別の人間の捕らわれの身になるだけだ。一方で、ディアブロの圧倒的な影響から逃れなければという思いもあった。ル・ヴォートゥールは信頼できる人物とは思えないが、彼の提案に耳を傾け、真意がどこにあるのかを探っても損はないだろう。

「どうしてわたしを助けてくれるの？　それで、あなたにどんな得があるのかしら？」

「ああ、きみが無事、帰宅したことを父上が喜んでくれれば、それなりの大きな取引になるのでね。かなりの資産家ときいている」

デヴォンは抜け目なくうなずいた。「ご存じのように、わたしの父はミルフォード伯爵よ。わたしを無傷で、指一本触れずに無事英国まで送り届けてくだされば、かなり気前良くお支払いすると思うわ」彼女は力説した。

「どうしてこんな美しい女性を傷つけられるだろう?」ル・ヴォートゥールは陽気に否定した。「とくに、わたしを金持ちにしてくれる女性をね」

「わたしにこれ以上は何も要求しないと約束できる?」

「要求? きみにはわかってもらいたい。わたしはフランス人で、紳士だ」彼が目の前で胸を張ると、百九十センチほどの巨体がそびえ立つようだった。

デヴォンは彼が、紳士という言葉の意味を知っているとは思えなかった。「いつ出発するつもり?」彼女が海岸のほうに目をやると、月明かりに照らされたデヴィル・ダンサー号の輪郭だけが見えた。ル・ヴォートゥールの船はどこ? それにしても、彼はどうやってパラダイスを見つけたのだろうか?

「すぐに、本当にすぐにだ。スペインのガレオン船が三隻、最近フロリダを出発したともっぱらの噂《うわさ》だ。船倉には金銀を積んでいるらしい」真実なのは、その言葉の一部だけだった。「わたしがナッソーで面会したときに、この話をすると、ディアブロは乗り気で、財宝を奪おうと目を輝かせた。船は最高の状態だし、乗組員は海に戻りたがっていると。一方、わたしのビクトリー号はスペイン人と戦える状態ではない」

デヴォンは徐々にル・ヴォートゥールの言葉の意味を飲み込んでいった。でも、どこまで彼を信用できるだろうか。彼が自分を魅力的だと思っているのはわかっている。金銭欲が肉欲に勝ってくれるだろうか？　今までのところ彼は、こちらが不安になるようなことはいっさいしていない。単にお金と引き換えに島から離れる方法を申し出ているだけだ。もし、彼が少しでも彼女を傷つければ、必ず父親の知るところとなり、報酬の支払いは拒否され、彼の苦労は水の泡となるだろう。

「心配はいらない」ル・ヴォートゥールが彼女の心を見抜いたように忠告した。「きみを無傷で送り届けると誓う」

「あなたの船はどこ？　パラダイスへの別の入り口を知っているの？」彼女は狼狽《ろうばい》し、混乱していた。

「細かいことはわたしに任せてくれればいい」とル・ヴォートゥールは助言した。

「そのときが来たらここに来る」

「でも、どうやって……」

「デヴォン、そこにいるのか？」

「ディアブロ！」デヴォンはシーッと言って、ル・ヴォートゥールに警告した。「ディアブロが決してわたしを手放さないことはわかっているでしょう?」

「すべてわたしに任せてくれ。もう行かなければ。見つからなくてよかった。本気でディアブロから逃れるつもりなら、わたしがここにいることは言わないでくれ。また連絡するから、そのつもりでいてほしい」狡猾《こうかつ》なル・ヴォートゥールは忍び足で闇のなかに姿を消した。

「こんなところで、なにをしているんだ?」ディアブロは、丘の頂上にひとりで立っているデヴォンに、けげんそうにたずねた。

「ひとりなのか?」

「もちろんよ。月と星を数に入れなければね」

「美しい夜だ。ここでおまえがふらふらしているのも無理はないな」彼女ににじり寄ると、後ろから抱きしめ、金髪が輝く頭の上に顎《あご》を乗せた。

「ル・ヴォートゥールとの取引は儲けになったの?」デヴォンはぼんやりとたずねた。

「期待していたよりもな。カイルが一緒に行って、ル・ヴォートゥールが契約で取り決めたことをちゃんと実行するか見届けた。おれたちの略奪品は高値で売れたんだ。ル・ヴォートゥールに仲介手数料を払っても、部下が満足するだけの分け前を渡せるだろう」

自分の分け前にカイルの取り分が上乗せされることは黙っていた。賭けをしたとはいえ、友人の稼ぎをすべて奪うつもりなどなかったのだが。カイルには、デヴォンのこまやかな愛情を考えずに、自分自身の快楽のために彼女を利用していると、手厳しく非難された。デヴォンを父親に返すように強く迫られたときには、とうとう取り乱し、自分はデヴォンを愛していて、彼女を手放すのは食事や呼吸をやめるのと同じだと認めたのだった。

「ということは、ル・ヴォートゥールを信用しているの？」デヴォンは物思いにふけっているディアブロをぐいっと引き寄せて、探りを入れた。彼の答えをきいて、フランス人の海賊に対する自分の不安が和らぐことを期待していた。

「彼が満足な働きをしてくれる限りはな」ディアブロは眉《まゆ》をひそめた。デヴォンが詐欺師のような海賊に興味を持っていることにいらいらしていた。「どうしてそんなにル・ヴォートゥールのことを知りたがる？　あいつが二枚目で、しゃれた服を着ていることは認めるが」

デヴォンは自分が過ちを犯したことに気づき、すぐに言った。「わたしはあの男の服装になんか全然関心がないわ。ただ話題にしただけよ」

「おまえがおれの腕のなかにいると、話などする気になれないんだが」ディアブロは彼女の首に鼻をこすりつけながら言った。「さあ、戻ろう。カイルもいなくなった。おれは、夕方からずっとおまえの服を脱がせることばかり考えていたんだ。認めざるを得ないよ、そのドレスを着ているおまえはほれぼれするほど美しいと。だがおれの最大の楽しみは、おまえの美しさを隠しているドレスや下着をすべてはぎ取ったあとにやってくる」

デヴォンは大きく息をのんだ。彼の声は低く、今まできいたなかで一番官能的だった。何度も彼の圧倒的な魅力に抵抗しようとしてきたが、自分自身のなかから自然に湧き上がる野性的な感情のせいもあって、気持ちが揺らいでしまう。彼が近くにいるとどうしても、触れたい、触れられたいと思ってしまうのだ。自由奔放に彼女をものにし、気も狂わんばかりに彼女を恋する、この生命力にあふれる男に愛されることだけが大切だという気がしてしまう。ディアブロの愛情に、彼と同じような自由奔放さで応えている自分自身に気づいてしまっただけでも、ここを去る十分な理由となるようにも思えた。このままでは、救われる見込みがなくなってしまう。永久に彼に束縛されてしまう。

もっとも、ディアブロに関する限り、永遠などという言葉は意味を持たなかった。どこへ行っても、絞首刑執行人にしつこく追い回されているからだ。彼と関わりを持つなど、あまりに先行きが不安だし、危険すぎる。いつどこで死が待ち受けているかわからないのだから、いつか必ず苦しみや別れが訪れることだろう。そんなことを考えるだけでも、デヴォンにはつらすぎた。だからこそ、心の平安のために、彼のもとを去らなければならないのだ。それでも、彼と別れるまでの間は、この愛を楽しもう。彼のことはいずれは、自分が愛してしまった男として、淡い記憶となるだろうから。

「わたしがどうしたいかわかる?」デヴォンは衝動的に提案した。

「おれのできることであれば、なんでもやってやる。ただ、解放してほしいとだけは言うなよ。おれには無理だ」

「ここで愛し合いたいの。月と星の下で、ひんやりした草をベッドにして」

彼女の優しく刺激的な言葉に、彼は一瞬にして硬くなってしまった。やっとの思いで口を開くと、しわがれた声で言った。「おまえの口から愛してほしいという言葉をきけるなんて、期待以上だ」彼は腕のなかでデヴォンの向きをくるりと変えさせると、唇を重ねた。すべてを焼き尽くすような、情熱的なキスだった。

デヴォンは彼の肌の感触を確かめたくなり、シャツの下へ手を滑り込ませた。なでさすると、彼が張り詰めるのがわかってうれしかった。まるでビロードのさやに収められたはがねのようだ。じらされてディアブロがうめいた。

キスをして、その蜜《みつ》の甘さを十分に味わいながら、ディアブロは彼女をゆっくりと地面に横たえるとすぐに、彼女にもっと触れてもらえるよう、肩をすくめてシャツを脱いだ。デヴォンは時間と場所の感覚がなくなり、彼の胸に鼻をすり寄せると、平らな胸にある小さな隆起を唇で探り当て、心ゆくまで噛《か》んだり、吸ったりした。それに応じてディアブロはぴくっと動いた。

「ああ、なにがきっかけで、おまえがそこまで情熱的になったのかが知りたい。おれのすばらしい魅力のせいだと思いたいが、どうやらそれだけではなさそうだな」

「理由なんてきかないで、ディアブロ」デヴォンは惑わすようにささやいた。「今はただ、楽しみましょう」

「そして、これから来るすべての夜を」彼はえくぼを浮かべて、悪魔のように微笑んだ。「おまえが好きでたまらない」

この瞬間は、二度と取り戻せない。ディアブロは手際良くデヴォンの服を脱がせた。彼女の裸身は月光の下、なめらかな石膏《せっこう》のように輝いていた。ディアブロは切迫感に襲われ、これ以上待てなくなってしまった。ズボンを脱いだり、優しく言葉をかけたり、キスをしたりするどころではない。今この瞬間、永遠に彼女を我がものにしたいという欲求しかなかった。震える手でズボンのボタンを外すと、硬直した彼のものが最高のほうびを求めて飛び出した。

「すまない、もう待てない」

ディアブロはやわらかな草の上で彼女の脚の間にひざまずくと、平らでビロードのような腹部から乳房へとキスをしていき、甘く溶け出した彼女自身の温かさのなかへと巧みに身を沈めた。彼のものが奥深く入り込んでくると、デヴォンは心の底からうめいた。彼が求めているのと同じくらい、彼女も求めていた。

ディアブロは、渇望感にかられて、繰り返し深く突き入れては引き、激しく彼女を攻め立てた。デヴォンのか弱い体が震え、情熱的なリズムを共有する。彼に合わせようとデヴォンは自然と腰を持ち上げた。彼はペースを守ることで、できる限り最高の喜びを彼女にもたらしたかった。自分の内にある猛烈な欲求に駆り立てられ、小さな心の声が、すぐに終わりにしなければならないとささやきかけてくる。良いことは長くは続かないのだと。永遠の愛を与えるには、彼の愛は一方的すぎるし、人生もあまりに不安定だ。デヴォンは彼が愛することを許される相手ではない。

デヴォンが体をこわばらせて叫び始めたとき、ディアブロは考えることをいっさい放棄した。最後の震えが彼女の体を貫いた次の瞬間、ディアブロ自身もどっと押し寄せてくる情熱を爆発させせた。デヴォンは満たされて彼の腕のなかに横たわった。もう英国もウィスントンも遠いことにしか思えなかった。

やわらかな彼女の肉体をなでながら、ディアブロは自分の心臓が激しく鼓動しているのをきいていた。彼はあえぎながら言った。「おれは、愛せる女を見つけられるなんて思いもしなかった。おまえがおれの人生に現われるまでは。ただ……」

「ただ、なに?」デヴォンは息を切らしながらも期待を込めてたずねた。彼女に恋していると言ってくれたら、きっぱり別れることはできないだろう。

「……気にするな。とにかくもう遅い。何年も遅すぎたんだ。それに、もう一度おまえを抱きたい、今度はベッドの上でもっとゆっくりと」彼女を抱き上げると、屋敷へ向かってゆっくりと歩いていった。

「ディアブロ、待って。わたしたち、服を着てないわ。タラがなんて思うかしら？」

「タラはここにはいない。夜は村で未亡人の母親と過ごすんだ」

彼の言葉に安心して、デヴォンはディアブロの力強い腕のなかでくつろいだ。欲望に満ちた目が、ふたりの歩みを追っていることには気づかないまま。

ル・ヴォートゥールは密かにそこに残り、絶頂に達するふたりを目撃していた。彼らが激しく愛し合っている間、彼の体は美しい金髪の女性を我がものにしたいという思いで火照っていた。デヴォンはディアブロに抱かれて情熱を知ってしまったようだが、彼女にはおれの欲望を燃え上がらせる純真さがまだある。ディアブロが彼女の処女を奪ったのは間違いないが、彼女が寝た相手は他にはいないに違いない。デヴォンは本当にみずみずしいほど若く、汚《けが》れがない。ル・ヴォートゥールは彼女を自分のベッドへ迎えるためなら、どんな約束でもしようと思った。

そもそも、ル・ヴォートゥールはディアブロを憎んでいた。あの悪魔を殺すため、何年も接近する機会をうかがってきた。ディアブロに取り入って、自分にとって友人以上の存在であった人のかたきを取ろうと狙《ねら》っていたのだ。その人に対し、ディアブロは不当行為を重ねてきた。何年も前、ディアブロは船員の反乱を指揮し、ブラックバートの死を招いた。彼こそ、ル・ヴォートゥールにとって実の父親より父親らしい存在だったのだ。そのうえ、ディアブロはブラックバートの船を奪い、自分のものだと主張して、デヴィル・ダンサー号と改名したのだ。ついにディアブロは、裏切りの本当の意味を知ることになるだろう。レディ・デヴォンはそうとは知らずに、愛する人を失脚させる道具として利用されることになるというわけだ。

ル・ヴォートゥールは声を殺して笑った。彼にはわかっていた。娘を無事に送り届ければ、ミルフォード伯爵は法外な金額を支払うだろうと。たとえ何人の男が彼女の体を分かち合っていたとしてもだ。自分の船に乗せてしまえば、デヴォンをものにするのは簡単だ。それが約束に反しているとしても。彼はなにもかも手に入れることになるのだ。デヴォンの魅力的な体も、父親の金も。ル・ヴォートゥールは目的のために嘘《うそ》をつくことなど平気だった。彼のような男たちは――そこにはディアブロも含まれているのだが――策略を弄《ろう》して自分の目的を達することに慣れている。ディアブロが美しいレディ・デヴォンを心から好いているのがわかり、復讐がより喜ばしいものになった。あの女があいつを裏切ったとわかっても、あいつは同じ気持ちでいるだろうか。

「デヴォン、具合でも悪いのか？」ディアブロが夕食の皿から目を上げ、眉をひそめてたずねた。「この二日間、ほとんど食事に手をつけていないじゃないか」

彼の声にデヴォンは飛び上がった。「えっ、なに？　ああ、ごめんなさい。具合なんか悪くないわ。ただちょっと……気が散っているだけ」

実際は、気が散るどころではなかった。ル・ヴォートゥールと話をしてから二日になる。待たされていることからくる緊張感で、彼女は神経をすり減らしていた。いつもディアブロと一緒にいて、優しく愛撫《あいぶ》されるたびに、もうすぐ永遠に彼のもとを去るのだということを意識して、心に釘《くぎ》が打ち込まれるような日々だった。ふたりの別れは、死と同じように避けられないことなのだ。たとえ自分の心がなんと言おうと、ふたりは世界をまったく異にする人間だ。愛は移り気で、忘れたころに忍び寄ってきて、気づいたときにはどうにもならないほど人を打ちのめす。デヴォンはそんなことをじっと考えていた。

「おれは、どうすればおまえの元気が出るかわかっているぞ」ディアブロはほのめかした。貪欲《どんよく》な表情を浮かべながらにやりと笑う。「おれは疲れ知らずで……」大声がして、話が中断された。タラが部屋へ駆け込んできた。

「どうしたんだ？　タラ」ディアブロは騒ぎにむっとして、顔をしかめた。家のなかのごたごたは、家政婦に任せるのが一番だ。彼は使用人の言い争いに悩まされるのが大嫌いだった。

「それが、旦那《だんな》様――」

「へええ、ディアブロ。それが友人を迎える態度?」部屋に足を踏み入れると、スカーレットはふたりが親密にしているさまを冷ややかに観察した。

「スカーレット、いったいおまえはここでなにをしているんだ?」ディアブロはすぐさま立ち上がり、顔をしかめた。表情が険悪になっている。「確かおれたちは、ナッソーでけんか別れしたんじゃなかったのか」

「あたしはあんたを恨んでなんかいないよ」スカーレットはずうずうしく言い返した。「それに、ささいな口げんかは商取引にはふさわしくないからね」

「その通りだ」ディアブロは認めた。スカーレットはなにを企んでいるのだろう。あっさり破局を受け入れるなんて、この女らしくない。スカーレットがどんな人間かよく知っているディアブロは、彼女が密かに策略を巡らしているのではないかと疑っていた。こいつが旧交を温めるためにパラダイスに来るわけがない。

「よし、スカーレット。どうしてパラダイスに来たのか、理由を話してくれ」

「あんたの愛人の前じゃできないね」スカーレットは意地悪く言うと、デヴォンのほうを顎でしゃくった。

「レディ・デヴォンのことを言っているなら、言葉に気をつけてもらいたい」ディアブロが警告した。「書斎に来い。あそこならふたりきりで話せる」それからデヴォンに向かって言った。「すまない。スカーレットがなにを企んでいるのかわかったら、すぐに戻るから」

「先に寝てていいわよ」スカーレットはディアブロが部屋を出たあと、デヴォンを愚《ぐ》弄《ろう》するように言った。「あたしの仕事は間違いなく時間がかかるから」かすれた声でそう言って、仕事以上のことをするとほのめかした。

「好きなだけ時間をかけたらいいわ、スカーレット。わたしはディアブロの番人じゃないもの」デヴォンは傲然と言い返した。

スカーレットがディアブロの後ろを誇らしげに歩いていくのを見て、デヴォンはいらだった。ぴったりしたズボン、袖のついたブラウス、色鮮やかなベストを身につけた長身の彼女は、確かにすばらしかった。彼女が行ってしまうとすぐに、ル・ヴォートゥールの話していた「友人」はスカーレットだということにデヴォンは気づいた。スカーレットが突然現われたのは、ル・ヴォートゥールが自分を島から連れ出すという計画と関係があるのだろうか？

デヴォンにとって、自分がディアブロを愛していると認めることは、非常に難しいことだった。けれど、どんなに必死になっても、もはやならず者の海賊に対する自分の感情を否定することはできない。デヴォンは固く決意した、ル・ヴォートゥールが迎えにきたら、やはり出発しようと。ディアブロには心を引き裂かれてしまうだけだが、ウィンストンは頼れる男だ。スカーレットが首尾良く彼を誘惑しても、どうでもいいのだと自分に言いきかせた。ディアブロを思うあまり、心を傷つけられるのはいやだった。デヴォンは自分の部屋に戻ると、決して愛することのできない男との暗い未来について、そして、首つり縄が待ち受けている愛する男ディアブロのことに思いを巡らせた。

「さあ、スカーレット」ディアブロは、指で机の上をこつこつたたきながら言った。「どうしてパラダイスへ来たのか教えてくれ」

スカーレットはもったいぶってゆっくりと、ディアブロの向かいの席に腰かけ、信じられないほど長い脚を組んだ。そして、緑色の瞳が持つ魅惑的な力を最大限に発揮して、彼を見据えた。「あんたが興味を持ちそうな情報があるの」

「どんな情報だ?」ディアブロは抜け目なくたずねた。

「レディ・デヴォンにかなりの報奨金が出るのは知っていた? 報奨金の額から判断すると、伯爵は娘を取り戻そうと躍起になっている。三週間前、スティード・ボネットの船が海軍のフリゲート艦に捕まったんだけど、船の破壊を免れるかわりに、ナッソーへ伝言を伝える約束で、航海することを許されたの」

ディアブロはすでにナッソーでその噂を耳にしていた。ル・ヴォートゥールとカイルに会いに出かけたときのことだ。カリブ海では、噂はすぐに広まる。組織網が新聞よりもうまく機能するのだ。噂はカリブ海中の船から船へと伝えられ、海賊が立ち寄るすべての港に広まる。

「ああ、きいている」

「あんたはどうするつもり？ あの女は自分と同類の人間といるべきよ。あんたが引き留めると言い張っても、面倒なことになるだけ。彼女があんたみたいな人間とは違うのがわからないの？ でも、あたしとあんたは似た者同士。あたしたちはふたりとも、お互いが喜んで与えられる以上のことは求めない。あんたは二枚目のならず者よ、ディアブロ。それにあたしが知っているなかで最高の愛人」

ディアブロの唇の端に、うれしそうな笑みが浮かんだ。「とてもじゃないが、おれはデヴォンを英国へ戻せない」

「レッド・ウィッチ号はあんたが自由に使ってかまわないよ、ディアブロ。あたしは喜んでお嬢さんを彼女のパパに返して、報奨金を受け取ってくるよ。あたしはあんたほど悪名を轟《とどろ》かせてないし、この首にかけられた懸賞金もそれほど大金じゃない。苦もなく英国へ入って、出てこられる」

「おまえは本当に親切だが、おれはデヴォンを帰すつもりはないんだ。今も、おそらく将来も。おまえと一緒に帰すつもりも、もちろんない」

スカーレットの展望に影が差した。彼女は、ル・ヴォートゥールの計画に協力する前に、まずはディアブロが進んで新しい愛人を捨てるように仕向けるつもりだった。しかし、ディアブロがあの女に夢中で、別れるつもりがまったくないことを知り、ひどく落胆した。デヴォンのほうは、いやいやながら捕虜となり、ディアブロの保護から逃れたがっているというのに。スカーレットには、もう他に選択肢は残されていなかった。ディアブロの身のためだ、ル・ヴォートゥールの企てに加担するしかない。

「おまえが言いたいのはそれだけか、スカーレット？　もう遅い。それに——」

「彼女はきっと起きてあんたを待ってるね」スカーレットは吐き捨てるように言った。「数日前、ナッソーではあんたを恋しがって悪かったよ。でもル・ヴォートゥールから、あんたの冒険がとても儲《もう》かっているときいたんだ。航海の準備はできてるの？」

「おれが命令すれば、デヴィル・ダンサー号はいつでも海に出られる」

「それでも、あんたはあの若いあばずれ女から、どうしても離れられないんだね」

ディアブロの瞳がどんよりと曇って、スカーレットを冷ややかに見つめた。「もう十分だ、スカーレット！　自分の物差しですべての女を判断するな。デヴォンは令嬢だ。おれが奪うまで、汚れを知らない処女だったんだからな」

彼の言葉は、デヴォンに対するスカーレットの憎しみを一段と募らせただけだった。ディアブロに自分自身を取り戻させるためなら、彼女はなんでもやるつもりだった。このままでは、彼はデヴォンのせいで間違いなく絞首台へと逆戻りしてしまう。デヴォンにあまりに夢中になりすぎていて、それが見えなくなっているだけなのだ。

「船倉に金銀を積んだスペインのガレオン船が三隻、襲撃できる距離にいると言ったらどうする?」

ディアブロはスカーレットを用心深く見つめた。「どうやってそれを知ったんだ?」

「つい最近、この目で見たんだよ、フロリダの海域から追っていたから、どこで見つけたかも正確に把握している。自力で捕まえるつもりだったけれど、あいつらは武装しているし、手助けなしであえて自分の船と乗組員を危険にさらすことはできなかった。あんたに話しているのは、助けてほしいからなんだ。あたしと合流して、略奪品を山分けしない?」

嫌われ者のスペイン人を襲撃する考えに、ディアブロの関心が高まった。すでに鼻につんとくる海の匂《にお》いをかいでいたし、唇には波しぶきの味すらしていた。スペインのガレオン船! あいつらから貴重な積み荷をふんだくれるなら、なんだってやる。山分けしたとしても、死ぬまでずっと隠居できるだけのものが手に入るだろう。おそらくデヴォンにも十分なことをしてやれる。いや、と彼は自分をたしなめた。デヴォンは違う世界の人間で、いつか彼女と同じ人種のもとへ帰さなければならない。どんなに自分が深く愛そうとも、越えようのない溝を飛び越えて結びつくことは不可能なのだ。

ナッソーで最初に噂を耳にしたとき、ディアブロは単なる与太話だと思っていた。誰も確かなことは知らないようだったし、神出鬼没の艦隊を自分の目で見た者もいないようだったからだ。しかし、スカーレットに嘘《うそ》をつく理由はない。それでもなお、ディアブロのなかのなにかが、おかしいと告げていた。海賊はしきたりに従って生きているはずなのに、どうして彼女はこんなことをしているのだろう。「この話を、他の誰かにしたか？」

「誰にも。あたしがそんなばかだと思う？　ナッソーであんたが見つからなかったんで、真っすぐパラダイスに来たのよ。あんたはわたしを助けてくれる人のなかで、唯一信頼できる人だから」

「おそらくル・ヴォートゥールは知っているだろうが、あいつのビクトリー号は追跡できる状態ではない。彼はナッソーで一カ月、船を乾ドックに入れて、必要な修理をするつもりだそうだ」

「それじゃ、わたしと一緒に来てくれる？」

ディアブロは、スカーレットの申し出を数分間検討した。同じような冒険で、彼女が助けを求めてきたことはこれまでもあった。それなら、どうして今回断わらなければいけないのか？　これまでも一緒に組んでうまく取引をしてきたし、きっとまたそうできるに違いない。ナッソーではけんか別れをしたが、スカーレットは自分の軽はずみな言動を後悔し、友情を取り戻す手段として、今この話を持ちかけてきているようだ。この計画の一番の難点は、デヴォンをひとりパラダイスに残すことだった。しかし、彼は解決策を思いついて小さく笑った。カイルは激しく抵抗するだろうが、デヴォンを守るために残ってもらおう。

「いつ出発する？」

ディアブロの答えをきくと、スカーレットの顔から大きな笑みがこぼれた。「善は急げよ。他の誰かに先を越される前にガレオン船を捕まえたいならば、なおさら」

「乗組員の何人かはナッソーにいる。朝潮に乗って走れば、彼らを拾ってから、ニュープロビデンス島の西側でレッド・ウィッチ号と合流することができる」

「わかった、じゃあそこで会いましょう。送らなくてけっこうよ、道はわかってるから」

スカーレットが部屋から消えたとき、ディアブロはすでに台帳に向かっていた。彼女は正面玄関からは出ずに、注意深く暗がりをつたいながら、こっそり階段をよじ登った。この屋敷のなかのことは知っている。彼女は真っすぐデヴォンの部屋へ向かった。ノックもせずに扉の取っ手を回すと、素早く部屋に足を踏み入れた。

9

デヴォンは、ディアブロから贈られた透け透けのナイトガウンを身にまとい、窓辺から星のきらめく夜空を物憂げに見つめていた。ろうそくの明かりが、薄く透き通った生地の下にある体の輪郭を映し出し、金色に染め上げ、腰までかかる輝く髪と調和していた。かちっという掛け金の音にディアブロが来たのかと期待したが、扉のほうを見るなり彼女の唇から歓迎の言葉が消えた。

「あなただったのね！　わたしの部屋でなにをしているの？　ディアブロはどこ？」

スカーレットは悪意に満ちた眼差しでデヴォンを見つめた。スカーレットは気づいていたのだ。この絶世の美女がディアブロを待っていて、間もなく彼のベッドでその情熱を受けるただひとりの女になるということを。スカーレットは手をぎゅっと握り締め、かろうじて怒りを押し殺した。もう少しで襲いかかってしまいそうだった。

「あんたに言いたいことがあるのよ」スカーレットはかみつくように言った。

「どうしてパラダイスへの航路がわかったの？」窓から離れながら、デヴォンのほうからたずねた。

「あたしがディアブロの島を知らないわけがないでしょ。信用されてるの」スカーレットは薄ら笑いを浮かべた。

「言いたいことを言ったら、さっさと出ていって」デヴォンは短く言い返した。

「明日出発できるように準備をするんだね。ディアブロが朝潮に乗って出航するから、あんたはル・ヴォートゥールを待ってればいい」

デヴォンは青ざめた。スカーレットは、間違いなく自分がディアブロから逃げようとしているのを知っている。そして、彼女はル・ヴォートゥールに協力することにしたらしい。スカーレットはどうやってディアブロを説得し、これほど急に出発するように仕向けたのだろう？　デヴォンはスカーレットのことは信用できないと思った。彼女はル・ヴォートゥール以下だ。「わかった、準備するわ」

「見つからないうちに出ていかないとね」スカーレットはまるで毛並みの良い猫のように、忍び足で扉に向かい、取っ手に手を伸ばすと立ち止まった。「どうして？」彼女は好奇心にかられてたずねた。「どうしてあんたはディアブロから逃げたいの？あれほどの二枚目は、そういるもんじゃないよ。あたしは、あいつよりいい愛人を知らないし、おまけにあいつはあんたを本気で好いているみたいだ。ひょっとして、あんたは自分があいつより優れているとでも思っているんじゃない？」

「あなたにはわからないわ」デヴォンは尊大な口調で言った。スカーレットにはなにも話すつもりなどなかったし、ディアブロのもとを去るのがいかにつらいかなど打ち明けたくはない。そんなふうに思っていることは、なんとしても自分の胸の奥底に留めておかなければならないのだ。

スカーレットはあきれたように鼻でせせら笑うと、ゆっくりと背を向け、入ってきたときと同じように静かに部屋を出ていった。

ディアブロは首の後ろをこすって疲れた筋肉を和らげると、階段を物欲しそうに見つめた。スカーレットが出ていったあと、使用人のひとりを村へ使いにやり、カイルを呼び寄せた。ディアブロがスカーレットから得たスペインのガレオン船に関する情報をすべて伝えると、カイルは不服そうにぶつぶつ言いながらも、乗組員を集めてすぐに航海の準備をするために出ていった。ここに残ってくれとディアブロが頼むと、やはりカイルは強く抵抗したが、ディアブロは断固として譲らなかった。留守中、デヴォンの面倒を信頼して任せられる人間は他にいないのだ。

ディアブロがやるべきことはもう、デヴォンとベッドを共にし、朝までゆっくりと情熱的に彼女を愛することだけだった。階段を一段おきに駆け上がり、足音を忍ばせて彼女の部屋へ足を踏み入れた。予想通り彼女は起きていて、椅子《いす》に座り、黒いビロードのカーテンのような闇夜《やみよ》を、わびしそうに見つめていた。

「その物思いに沈んだ眼差しは、おれを恋しがっているせいだといいんだが」ディアブロはからかった。

「ディアブロ!」デヴォンはさっと立ち上がり、矢も盾もたまらず彼の腕のなかへ飛び込んだ。「ずっと待っていたのよ」

「さあ、ベッドへおいで。夜は終わりかけているが、おまえを愛さずには出発できない」

「出発?」彼女の声に、思わず驚きと失望が混ざった。「わたしもあなたと一緒に行くの?」

「今回は違う。これは——仕事なんだ。カイルがおまえのために残って楽しませてくれるさ」

「楽しむ必要なんてないわ」デヴォンは落胆した。カイルに後をつけまわされたら、島を抜け出せなくなってしまうかもしれない。「護衛なんかいらないわ。それに、カイルはあなたと一緒に行きたがっているでしょう?」

「それでも、あいつは残る。他の乗組員と同様、略奪品の分け前は受け取れるしな」

デヴォンが次の言葉を言う前に、ディアブロは彼女を腕にすくい上げ、ベッドに連れていった。服を脱ぐ彼にデヴォンは目を奪われた。ほのかな明かりが、堂々とした体の隆々たる筋肉を照らし出している。ディアブロはゆったりと優雅に動き、彼女の前に誇らしげに立った。デヴォンは彼の魅力的な体や、男の放つ性のオーラそのものを強く感じていた。悦びを与えてくれる彼のものが、太ももの間の暗い茂みから、力強く立ち上がっている。彼女が大胆にも手を伸ばし、ビロードに包まれたような棒をなでると、どくどくと脈打っているのが伝わってきた。

ディアブロは彼女の腕をつかんだ。「だめだ、夜はすぐに終わってしまう。おまえを愛させてくれ」

こんなふうにディアブロと一緒にいるのはこれが最後だと思うと、彼を求める気持ちが、彼女のなかで炎となって燃えさかった。この男に自分の印を焼きつけ、時空を超えて彼の記憶に刻みつけたい。「わたしの番よ、キット。わたしがあなたを愛したいの」

抵抗する間も与えずに、デヴォンはベッドの上に彼を導いた。期待に息を荒くしている彼を見つめたまま、肩をすぼめるようにしてナイトガウンを脱ぐ。「おれは完全におまえのものだ」ディアブロがあえぎながらそう言うと、デヴォンは彼の上に自分を重ねた。

デヴォンは彼に最高の悦びを与えたかった。ディアブロが教えてくれたすべてを使って手と唇で巧みに彼のことを愛撫《あいぶ》する。腰にまたがったデヴォンに、湿ったさやへと自分のものを導かれると、ディアブロは頭がどうかなりそうだった。彼女がリズムを刻むと、彼も熱心にそれに合わせた。血管中を血液がどくどくと激しく駆け巡り、欲望の虜になると、ディアブロは彼女の腰をつかんで動きを止めた。耐えられなくなり、爆発するように荒々しく、深く突き上げる。

デヴォンは心地良い苦悶《くもん》にうめき、彼の荒れ狂う情熱に包まれた。彼女自身が炎であり、情熱であり、愛の燃えるような化身だった。身震いするような恍惚《こうこつ》へと舞い上がりながら、彼女は叫んだ。「キット！」

ディアブロはやめなかった。自分をこれほど強く、これほど雄々しく感じたことはない。消えかけた炎を再び燃え上がらせ、赤々と輝きを放つまで愛の責め苦を続け、ついに限界に達すると彼自身の精を彼女のなかへと解き放った。

「起きているか？」

「ええ。もう行かなくてはいけないの？」

「いや、まだだ。もう一度愛し合う時間がある。だが、まずおまえに言っておかなければならないことがあるんだ」

デヴォンは緊張した。自分は本当に彼の言葉をききたいのだろうか？　本能的に彼の言いたいことを感じ取り、どうか言わないでほしいと思った。彼女は愛情を感じることなく別れたかった。決して成就しない気持ちを、互いに明かすことなく。「キット、なにも言わないで。もう時間がないわ」

「これ以上ふさわしいときはないんだ。愛している、デヴォン。おれは、自分がこんなことを女に言うとは思っていなかった。だが、おまえはおれが知っているどんな女とも違う。これからずっとおまえと一緒に過ごしたい。おれの子供を産んでほしい。おれは——ああ、おれはおまえと永遠に一緒にいたい。そうするための方法を、手を尽くして見つけるつもりだ」

「キット、だめよ。自分がなにを言っているのか、あなたはわかっていないわ」ディアブロの言葉に、デヴォンは感動していた。それが本気であろうとなかろうと。彼女自身の心が、彼へのあふれる愛でいっぱいになり、自分の気持ちを叫び出さないでいるのがやっとだった。

「言っていることはよくわかる。おまえにはわからないだろうが、おまえの口からおれの本当の名前をきけるだけでどんなにうれしいか。ディアブロ以外に名前があることを、忘れてしまうところだった」

「キット、きいて！」デヴォンは懇願した。「わたしは戻らなくてはならないの。わたしたちのこの情事は、立ち消えになる運命なのよ。これは、わたしたちの愛情だけの問題ではないの。考えなくてはいけない人たちがいるんだから。わたしの父、そして――わたしの婚約者。あなたとわたしは違う世界の人間よ、決してうまくいかないわ。きっと、いつかあなたは捕らえられ、絞首刑になったという知らせが届く。それがわかっていて、いったいどうして一緒にいられるって言うの？」

「おれのおまえへの気持ちは単なる情事以上のものだ。おれたちが、同じ文化の同じ時代の生まれであれば、ことは違うとでも言うのか？」

「たぶんね」デヴォンはゆっくりと認めた。「でも、あなたが何者で、どう人生を終えるかもわかっているのに、そんな推測をしてなんになるのかしら？」

「戻って来たら、きいてもらいたい話がある。ショックだろうが、おれに対するおまえの気持ちはきっと変わるだろう」

「あなたがなにを言っても、状況が変わるとはとても思えないわ」

「おれはおまえに心を打ち明けたんだ、デヴォン。あやしい秘密を持った、女を征服することが自慢だったようなおれが、自分の半分ほどもない小さな体の天使にひざまずかされるとは思ってもみなかった。ああ、デヴォン、どうしておまえはおれが愛するように愛してくれないんだ？」

デヴォンは顔を赤らめながらも、愛の言葉を口にしないよう懸命に耐えていた。言ってしまえば、互いがさらに苦悩するだけだ。「それで現状に変化が生まれるというのであれば、喜んであなたを愛するわ、キット。わたしだって、心からあなたを愛しているると言いたい。でも、破綻《はたん》への道を歩んでいるのが最初からわかっているのですもの、なにを言っても無駄でしょう?」

「そうだな」ディアブロはにやりと残忍に笑った。「とくにおれが、もう一度おまえと愛し合いたいと心から求めている場合はな。おれがいない間、おれが言ったことを考えてみてくれ。戻ったときに別の形で説明すれば、おまえも納得するだろう」

「あなたは悪魔かもしれないわ。でもベッドのなかで愛し合うときは、わたしを天国に連れていってくれる」デヴォンはため息をつき、彼の温かさのなかに溶けていった。

「天国へ連れていって、キット」

「喜んで。おまえと一緒なら」

　ディアブロは行ってしまった。二度とあの魅惑的な微笑みを見ることはないだろう。深い後悔の涙が、デヴォンの頰《ほお》を伝った。暁が空を染める直前の、情熱的な別れを思い出していた。ディアブロは、自分がいなくなるとは夢にも思っていない。彼は別れぎわに再び彼女への愛を誓ってくれたが、それはデヴォンにとっては破滅を意味するものでしかなかった。デヴォンはすすり泣きながら、彼の幸運を祈ることしかできなかった。心がかき乱され、口もきけなかった。少しでも口をきけば、彼を愛している、決して忘れない、ウィンストンでは絶対に、心のなかにいるディアブロのかわりにはならないと口走ってしまっただろう。だが、デヴォンは口をつぐんだままだった。いつか自分たちが引き裂かれ、絞首台に吊《つ》るされる彼を見るかもしれないとわかっていながら、どうしてディアブロと一緒にいられるだろうか？　子供を授かって人生が複雑になる前に、今、彼と別れたほうがいい。自分たちの子に、父親が悪名高き海賊で、数え切れないほどの人物の死に関与しているなどと、どうして話せようか？

食欲はほとんどなかったが、デヴォンは朝食のために食堂へ向かった。なにか隠しているのではないかと、疑われるのを恐れたからだ。タラは非常に洞察力が鋭く責任感も強い。デヴォンの振る舞いからなにかを感じ取ったら、カイルに警告するかもしれない。

デヴォンが食事を終えようとしていたまさにその瞬間、カイルが姿を現わした。明らかに浮かない顔をしている。無理もなかった。外海での冒険に慣れている男にとって、女を見張るために陸《おか》に残るなど、仕事のうちに入らないに違いない。

「迷惑をかけてごめんなさい、カイル」彼女は心から言った。「あなたがどんなにディアブロと一緒にいたいかわかってるつもりよ。わたしのことがなかったら、デヴィル・ダンサー号に乗れたでしょうに」

「ああ」カイルは浮かぬ顔で認めた。「しかし、おれをここに残すということは、ディアブロがきみを大事に思っている証拠だからな」

デヴォンは顔を赤らめた。カイルと目を合わせることができない。今日中にディアブロのもとを去るつもりだと知ったら、彼はなんと言うだろう？　そしてふと、不安になった。ル・ヴォートゥールは、カイルが彼女に付き添っているのを知ったら、どうするだろう？　カイルを傷つけたりはしないだろうか？

デヴォンは旅支度をするため、彼にひと言断わり、席を外した。カイルは彼女の奇妙な態度に当惑しながら、ゆっくりと階段を上がっていく彼女の様子を見守った。デヴォンと刺激的な会話を楽しむつもりだったのだが、そうはならなかったことに戸惑っていた。女の気まぐれに不慣れだったカイルは、肩をすくめると屋敷を出て、ディアブロから任されている農園の厄介な仕事を見に出かけた。

ル・ヴォートゥールは近くの島の浅い入り江に身を潜め、レッド・ウィッチ号とデヴィル・ダンサー号が浅瀬を通過し、パラダイス島を離れていくのを見て、喜びを隠せなかった。スカーレットは、ディアブロをねぐらから連れ出すという役割を見事に果たしたのだ。ル・ヴォートゥールは船が見えなくなるのを待ってから珊瑚礁《さんごしょう》を航行し、ディアブロの秘密の入り江へと続く航路を進んだ。ビクトリー号を湾のなかに停泊させたあと、ル・ヴォートゥールの部下が、あとに残っていた女子供をおとなしくさせるのはそれほど難しくはなかった。もう、誰《だれ》もル・ヴォートゥールを止める者はいない。彼は悪魔の巣窟《そうくつ》へと堂々と歩いて向かった。

屋敷に到着すると、いっそう用心して身を潜めた。ディアブロが自分の大切なものを守るために人を残していないか確かめるつもりだった。ちょうど隠れる場所を求めて小走りに移動していたとき、カイルが歩いて出てくるのを見つけた。

屋敷の脇《わき》の、こんもりしたブーゲンビリアの茂みに隠れて、ル・ヴォートゥールはカイルが家の裏に向かうのを見ていた。サトウキビ畑に行くつもりだろうと判断して、彼が見えなくなるのを待ってから姿を現わした。誰もいないのを確認すると、正面の扉から人目につかないように屋敷のなかへと入っていった。

幸運にもタラは厨房《ちゆうぼう》で仕事をしていて、他の使用人も別の場所で仕事をしていた。ル・ヴォートゥールはスカーレットからデヴォンの部屋の位置をきいていたので、階段を上るといきなり彼女の部屋へ入った。

デヴォンはちょうどの身の回り品をかばんに詰め終えたところだった。さっと振り返ると、ル・ヴォートゥールがすぐそばにいた。「ノックをしてほしかったわ」怯《おび》えるというより、憤慨してかみつくように言った。

「使用人に気づかれたくなかったんでね。準備はいいかい？」

「ディアブロはカイルを残していったわ」

「知っている」ル・ヴォートゥールは心配そうに答えた。「あいつはついさっき屋敷を出ていったばかりだが、急ぐに越したことはない。我々が無事に乗船したら、わたしの仲間が錨《いかり》を上げる手はずになっている」彼はデヴォンの腕をつかんで急がせた。

「待って！　わたしのかばん。必要なものを少し詰めたの」

ル・ヴォートゥールは、かばんを持ち上げると、階段を下りるように彼女をせき立てた。デヴォンは、ささやかな思い出の品として、自分の首につけていたロケットを残していくつもりだったが、間際になって、やはり亡き母の肖像が入っているそれを手放すことはできないと思い直した。ディアブロには、ふたりで共に過ごした時間を思い出にして耐えてもらうしかない。

ル・ヴォートゥールの手が玄関の扉の取っ手に置かれたとき、思いがけなくカイルが屋敷の裏から玄関の広間へ入ってきた。ル・ヴォートゥールは驚きのあまり、とっさに身を隠すこともできず、デヴォンのかばんを落とすと、短剣を取り出し、カイルの心臓を狙《ねら》って繰り出した。だが、カイルは冷静沈着にすんでのところで身をかわし、刃先は彼の腕をかすめて脇腹へ刺さった。

デヴォンが叫び声をあげると、カイルは床へゆっくり体をねじりながら倒れた。

「殺したのね！　あなたは冷酷なけだものだわ」

「いいや、殺しちゃいない」デヴォンが感情を爆発させたことにいらだち、ル・ヴォートゥールはこの場を離れたくてたまらなくなった。「あいつは死にはしない。島全体を警戒させるような、その金切り声だけはやめてくれ。きみは島を出たいんだろう?」

「もちろんよ。でも誰も傷つけたくなかったわ。カイルは本当に大丈夫なの?」

「これはどういうことだ?」やっと声が出るようになると、カイルはたずねた。「きみはディアブロのもとを去るのか? ル・ヴォートゥールはどうやってここを見つけたんだ?」

「許して、カイル」デヴォンはすすり泣き、事態の成り行きに胸が張り裂けそうだった。「こんなことになるとは思っていなかったの。誰にも気づかれずに静かにここを出ていきたかった。ル・ヴォートゥールに、英国へ連れ戻してもらうことになってるの」

「そいつは信用できないぞ」カイルは警告した。出血のため、声がどんどん弱々しくなっていく。「おれの言ったことを覚えておくんだ。ディアブロは、きみを簡単に行かせはしない。ル・ヴォートゥール、おまえはもう余命いくばくもない。せいぜい時間を大切にするんだな」

ル・ヴォートゥールは意地悪く笑った。「わたしは人間も悪魔も恐れない」彼はデヴォンのかばんを拾うと、彼女の腕をつかんで扉まで引っ張って行った。

「デヴォン、行くな。きみは自分のしていることがわかっていないんだ」カイルが最後の力を振り絞って懇願した。

「こんなふうに彼を残していけないわ」デヴォンはあとずさりし、カイルのほうへとル・ヴォートゥールを強く引っ張ったが、彼の力には抗えなかった。

彼はデヴォンを無事に父親の手に戻して報奨金を得たいと欲するのと同じくらい、デヴォンが欲しかったのだ。そのまま屋敷をあとにして、村までずっと彼女を引っ張るように急《せ》かした。

ビクトリー号はたった一隻、隠れた入り江に停泊していた。甲板のあたりで男たちが出航に向けて走り回っているのが見える。ル・ヴォートゥールが待たせていた長艇にデヴォンを押し込んでいる間、そばでは村人が手も足も出せず、立ち尽くしていた。数分のうちに彼らは船まで漕《こ》いでいき、デヴォンはぞんざいに船上に放り込まれた。間もなくビクトリー号は係船用具を外し、ル・ヴォートゥールは細い川をうまく通り抜け、島を守っている危険な珊瑚礁を滑り抜けていった。

島や岩礁のない海域へ出ると、ル・ヴォートゥールは舵《かじ》を副船長に任せ、手すりに立っているデヴォンのところに戻ってきた。彼女は水平線に消えていくパラダイス島をわびしそうに見ていた。わずかな間でも、彼女にとってこの島は本当のパラダイスだった。

「心配するな」と彼はなだめた。「風向き次第で、二、三週間のうちにきみは家族のところに戻れる。そのおかげでわたしはますます金持ちになるというわけだ。きみが旅を楽しんでくれるとうれしいんだが。さあ、来るんだ。船室を案内しよう」

ル・ヴォートゥールの下品な笑いに彼女は身の毛がよだつ思いがしたが、いわくありげなほのめかしは無視しようと決めた。腹黒い海賊と決してふたりきりにならず、不名誉な立場に陥ることさえ避けていれば、二週間ほどで英国へ到着できるだろう。

しかし、デヴォンに割り当てられた船室は、間違いなく船長の部屋だった。豪華な装飾が施され、完全に男性的な部屋だったのだ。ル・ヴォートゥール以外に、これほど立派な部屋を使っているものがいるはずはない。彼が船橋に戻って針路を決め、航路に関して命令を出している間、デヴォンは注意深く周囲を観察した。

無邪気なほど世間知らずな彼女は、ル・ヴォートゥールの念頭にあるのはまず自分を無事に帰して身代金を回収することで、他の部屋に寝泊まりするつもりだろうと信じていた。そうである限り、自分は安全だろう。これまでのところ、ル・ヴォートゥールは彼女のそんな考えを変えさせるようなそぶりを見せてはいなかったので、彼女はその希望に必死にしがみついていた。

デヴォンはひとりで夕食を取ったあと早めに床につくことにした。扉に鍵《かぎ》がないことに気づき、明日つけてもらおうと心に決めた。

眠りに落ちる前にカイルの速やかな回復を祈り、せつない気持ちでディアブロのことを思った。これ以上ないほど愛し、二度と手に入れることができない男のことを。ル・ヴォートゥールは、デヴォンがいる部屋の前に長い間立ち尽くしていた。彼の腰は、自分のベッドに寝ている美しい金髪の女神を我がものにしたいという欲求にうずいていた。しかし、ここは強い欲望に支配されるのではなく賢明に行動するほうがいいと考えて、やっとの思いで背を向けた。今、ときは自分の味方をしている。最初はデヴォンを誘惑するつもりで、失敗したら、より強引な手段に出るつもりだった。彼女とディアブロが、地面の上でまるで獣のように交わるのを見たあと、ル・ヴォートゥールは、彼女をものにし、ディアブロがしたのと同じように興奮させてやろうと心に決めていた。

それから数日間は平穏に過ぎていった。二度とディアブロに会えないと思うと、デヴォンの気分は沈んだ。彼のことをディアブロではなく、キットとして考えるようになっていて、その名前のほうが彼にぴったりだと思うようになっていた。キットは人々が言うような悪魔ではなかった。かつてカイルは、キットは決して故意に人を殺さないと言っていた。商船を攻撃するときも、服従させるために船首に銃弾を撃ち込んで威嚇し、辛抱強く降伏するのを待つので、抵抗されることなく船を乗っ取れることが多いと。ただ、デヴィル・ダンサー号が海軍の船舶に挑発されたときだけは、結果として戦いになり、人が傷ついたり死んだりしたという。さらにキットは、捕虜に対して決してひどい扱いをすることがなかった。身代金を要求する場合もあったが、通常乗客は積み荷のない船で帰された。

キットという名前だけでは、ディアブロの生い立ちを知る手がかりにはほとんどならない。彼のことをはじめはスペイン人だと思っていたが、訛《なま》りがまったくない完璧《かんぺき》な英語を話すところをみると、そうではなさそうだ。話し方は労働者階級特有のそれではなく、非の打ちどころがない。あの男は謎《なぞ》であるだけでなく、矛盾も抱えている。優しく、思いやりがあり、穏やかで愛情に満ちている一方、傲慢《ごうまん》で尊大で、無節操な行動で有名な海賊。そうした彼の行動には、尾ひれがついて口から口へ、国から国へと伝わっていた。どれが本当の彼なのかしら？　デヴォンはそれを決して知ることができない運命にあった。なぜなら、ふたりの道は二度と交わらないのだから。

四日目は朝から、空は雲に覆われ、身の締まるような風が吹いていた。「嵐《あらし》が来そうだわ」そのとき、ル・ヴォートゥールが甲板にいる彼女のところに近づいてきた。

「さあどうかな。おそらく、少し強風が吹くぐらいでたいしたことにはならないだろう。夏の短い嵐など、どうということはない」

ル・ヴォートゥールは、近づいている暴風雨は長くは続かないと、本気で信じていた。それに、今夜こそデヴォンを誘惑しようと決めていた。これまで来る日も来る日も、彼女をものにするかどうか思い悩み、自分の忍耐を痛ましいほど試していた。自分のフランス人気質を考えると、我ながら驚くほど我慢強いと感心したが、これ以上小娘を楽しむのを待てなかった。

ル・ヴォートゥールは大嵐は来ないと断言したが、彼女はその判断にまだ疑いを抱いていた。「ところで、扉の鍵のことだけれど、まだついていないの」鍵をつけてほしいという頼みを、彼はこれまで、時間が許せばすぐにやると言葉をにごして、無視してきた。

「わたしの船に足を踏み入れてから、不安になるようなことがあったかい？　誰かわたしの部下がきみに近づいて声をかけたのか？」

デヴォンは、ル・ヴォートゥールが自分の船と部下を厳しく支配していることを、しぶしぶ認めた。なにかあると、彼は即座に残虐な罰を与える。この数日間、何度となく、むちの音に続いて苦痛によるうなり声、うめき声、叫び声をきいていたのだ。これまでのところ、ル・ヴォートゥールの部下の掌握術については、なんとか口をつぐんでいた。

「いいえ、辱めを受けたことはないわ」

「今後もそんなことはない」彼は傲慢に言い放った。「乗組員は、わたしが絶対服従を求めているのを知っているのだ。さあ、もうたくさんだ。今夜ふたりのために特別なごちそうを用意するよう料理長に命じている。我々の同盟関係を祝う、ささやかな食事だ」

「同盟なんてとんでもないわ」デヴォンは反論した
「他になんと呼べばいい？　お互いの利益になるんだ。きみは自由を得、わたしは――わたしの欲しいものを得る」ル・ヴォートゥールは謎めかして言った。「さて、夕食だが……」

デヴォンは断わりきれぬまま深く考え込んだ。今、ル・ヴォートゥールを怒らせてはまずい。彼女は自ら自分を弱い立場に置いたことを、すでに悔やんでいた。誰も傷つけたくなかったたし、カイルがけがから回復することを切実に願っている。ディアブロのことは、あえて考えないようにしていた。考えると、耐えられないほど苦しかったから。

「もちろん、あなたと一緒に夕食をいただくわ」デヴォンはいやいやながら承諾した。

「あなたには感謝しているの。でも、カイルに対する軽はずみな行動は、心から残念に思うわ。あれは愚かな行動だったたし、死を招いたかもしれないもの」

「だが、必要だった。我々が邪魔をされずに出ていくにはね。断言するが、あの男は間違いなく生きている。それでは、今夜会おう」ル・ヴォートゥールは彼に似合わぬ礼儀正しい仕草で、デヴォンの手を自分の唇に持っていった。そして踵《きびす》を返すと気取った足どりで、大股《おおまた》に歩き去った。

デヴォンは心をかき乱され、船室のなかを歩き回った。自分を自らル・ヴォートゥールの手にゆだねるという重大な過ちを犯したことに、気づいていた。彼は手を触れてこようとはしないものの、黒い瞳《ひとみ》は目が合うたび、むさぼるように自分を見ている。彼の探りを入れるような視線がいやでたまらない。あまりにも頻繁に、胸のあたりに視線を落とすことも。カイルは正しかった。ル・ヴォートゥールは信頼できない。彼女は、これからなにが起こるかを察知し、それに対処する準備をした。

少しすると、ル・ヴォートゥールがふたりの乗組員を伴って現われた。ふたりが運んできたさまざまな料理からは食欲をそそる香りが漂ってくる。ル・ヴォートゥールは青いビロードのフロック・コートにレースがついた白いシャツを上品に着こなし、しゃれ男のようにめかし込んでいる。船室を闊歩《かっぽ》し、食事や飲み物が食卓に置かれたのを確認すると、けだるそうに手を振って男たちを下がらせた。

「きみは非常に美しい」ふたりきりになると、彼はうれしそうにささやいた。

デヴォンは持ってきたドレスの一着を着ただけで、美しさをとくに際立たせるようなことはなにもしていなかった。

「いただきましょうか？　とてもおいしそう。お腹がぺこぺこなの」

「ああ、そうしよう」ル・ヴォートゥールはそう言ったが、デヴォンをいやらしい目つきで見ていて、その顔つきはますます鷹《たか》のようになっている。まるで食事よりも、彼女を味わいたがっているかのようだ。意味ありげな目つきに、デヴォンはいらだちを覚えた。

夕食の間じゅう、雨が激しく窓をたたいていた。ひゅーひゅーとうなる風のせいで食事もままならなくなり、やがて料理が食卓から床に滑り落ち、とうとうふたりは食事を中断した。

「大丈夫よ」デヴォンは不機嫌なル・ヴォートゥールを安心させるように言った。「どっちみち、食べ終えていたんだし」

「こんな夜になるはずじゃなかったんだ」彼は立ち上がり、謝罪した。揺れる床に足を踏ん張りながら手を貸してデヴォンを立ち上がらせ、ベッドの上へと導く。「嵐が収まるまでここにいるほうが安全だ」しかし、デヴォンの期待に反して彼は出ていかず、隣に腰を下ろした。

「甲板で、あなたのことを必要としてるんじゃない?」デヴォンの声は、湧《わ》き上がる恐怖で押し殺されそうだった。

「ペックは大嵐のなか、航海するのが非常にうまい。さっきも言ったが、嵐は短い間のことだろう。むしろここで、我々自身の嵐を起こすことができるように思うのだが」

「出ていってほしいの。あなたの義務をまっとうしてほしいわ」デヴォンは憤然として言った。

「きみはもう純真無垢《むく》ではない。わたしがなにを欲しがっているか、わかっているだろう？」ル・ヴォートゥールは面長な顔に獲物を狙うような表情を浮かべ、デヴォンに手を伸ばした。「わたしと一緒に航海するということが、なにを意味しているか、最初からわかっていたはずだ」ル・ヴォートゥールは彼女の腰をつかむと、無理矢理自分の腕のなかへと引き寄せた。

「約束したじゃない！」デヴォンは拳《こぶし》で彼の胸を何度もたたきながら、泣き叫んだ。

「父のもとへ無傷で送り届けるって」

「きみを傷つけるなんて、とんでもない」ル・ヴォートゥールはなだめるように言った。「ディアブロがきみを楽しんでいたのは知っている。わたしも同じ恩恵にあずかりたいだけだ」

「離して！　あなたはディアブロとは違う。わたしたちの間に起こったことは、あなたには関係ない。わたしがひと言言えば、きっとお父様は一銭も払わずにあなたを追い出すわよ」

「きみの父親は必ず金を支払う――しかもたっぷりとね」ル・ヴォートゥールは笑っ

た。「きみを人質にしている限り、値をつけるのはわたしだ。そのうえ、報奨金が手に入るまできみは父親には会えない。すべてが終わるころにはわたしはいなくなっていて、非難の声をあげても遅すぎるというわけだ。とにかくわたしはきみが欲しいんだ——今すぐに」

欲求を抑えられなくなったル・ヴォートゥールは強引に唇を奪った。彼女は大きく息を吐いた。彼は、太ももや胸、腰などあらゆるところに手を伸ばし、デヴォンが痛みのあまり大声をあげるまで尻《しり》をまさぐった。彼女のほっそりとした体のどこからか新たな力が湧き起こり、まるで荒れ狂う嵐と同調するかのように、激しく抵抗した。覆いかぶさってくる、体格のいいル・ヴォートゥールの重さを感じながら。

「けだもの！」デヴォンがあえぎながら言うと、ル・ヴォートゥールは彼女を征服しようといどみかかった。

「こんなふうにやりたくなかったんだが」ル・ヴォートゥールは苦しそうに息を切らした。「きみのほうからおとなしく従ってほしかったが、そうしないなら、腕ずくでもやるつもりだ。どっちがいい？」

「なんて人なの、ル・ヴォートゥール！　どうしてディアブロとカイルがあなたを信用しなかったかが、やっとわかったわ。わたしがあなたのようなろくでなしに、おとなしく従うわけがないでしょ」

「わたしはディアブロよりずっとましな愛人だよ。スカーレットが保証してくれるはずだ」

ディアブロとスカーレットのそんな関係は、デヴォンをさらに激しく怒らせた。しかしすぐに、ル・ヴォートゥールの強い欲望を前にしては、その努力も無駄だと気づいた。体を強く引き寄せられ、服が引き裂かれる。ボディスが引きはがされると、ル・ヴォートゥールの黒い瞳はみだらに輝き、あらわになったデヴォンの青白い胸をねめまわした。

「おお！　なんてすばらしいんだ！　一度わたしを知れば、きっと他の男などいらなくなる」

「傲慢で、うぬぼれた下品な奴」

ル・ヴォートゥールの顔がこわばり、デヴォンの服をさらに引き裂いた。彼女が軽率な言葉を浴びせたせいで、彼のうわべを取りつくろっていたものが吹き飛び、冷酷な性格がむき出しになったかのようだった。「尻軽女め」彼は脅すようにあざ笑った。「わたしでは不足だとでもいうのか？　ディアブロにあって、わたしに欠けているものがあるとでもいうのか？」

「心よ！」デヴォンは言い放った。「今出ていけば、お父様には言わないでいてあげる」

ル・ヴォートゥールはあまりに興奮していて、遠く離れた英国にいる伯爵のことなどかまっていられなかった。体をずらし、自分の窮屈な衣服を引きちぎろうとする。デヴォンはもう少しで力ずくで奪われそうだと気づき、叫び声を上げようと口を開いたものの、その声はむせび泣くような風に消されてしまった。嵐がこのまま猛威をふるってくれればいいのだが。ル・ヴォートゥールは抗い難い欲望に夢中になり、なにも気づいていないようだ。突然、運命の女神が現われ、デヴォンを彼の下劣な企みから救ってくれた。

船が吐き気を覚えるほど大きく傾き、数時間にも感じられるほどの間、不安定なまだったが、やがて水平に戻った。その拍子にもみ合うふたりの体はベッドの端まで転がり、どしんと床へ滑り落ちた。

「ああっ!」ル・ヴォートゥールは叫び声を上げ、よろよろと立ち上がった。彼が扉に手を置いたとたん、危険が去っていないことを知らせるかのように、がしゃんという大きな音がきこえてきた。「これで終わったわけじゃないぞ!」デヴォンに罵声《ばせい》を浴びせると、たたきつけるような雨と激しく吹きつける風に逆らうようにして扉を開け、彼は出ていった。

デヴォンは小さな声ですすり泣き、ベッドに這《は》い上がってベッドカバーの下に滑り込んだ。カバーは両脇に長く垂れ、デヴォンをしっかり包んでくれた。神様は彼女の願いをきき入れ、一時的に救済してくれた。でも、ル・ヴォートゥールが戻ってきたらどうなるだろう？　落胆しつつ、デヴォンは自問した。もう一度、こういう場面を切り抜けなければならないのだろうか？

嵐は激しく咆哮《ほうこう》し、この恐ろしい暴風雨を生き延びられるだろうかとデヴォンは心配になり始めた。海は見境なく、欲しいものを嫉妬《しっと》深くつかんで離さず、なにもかも破壊する冷酷な女王のようだ。デヴォンは、このまま自分が不名誉な死に方をするのだと確信していた。二度と消息もきかれず、姿を見られることもないのだろう。みなは自分のことを恋しく思ってくれるだろうか？　お父様は間違いなく恋しく思ってくれるだろう。おそらくウィンストンも。それにひょっとしたら、ディアブロも少しの間だけ——彼女のかわりを見つけるまでの間だけは恋しく思ってくれるかもしれない。ディアブロ——キット——は、パラダイスに戻って、デヴォンが去ったことや、彼女のせいでカイルが負傷したことを知ったらどうするだろう？　わたしのことを憎むかしら？　そうなれば一番いい。どうやって彼がパラダイスを去るように仕向けられたかはともかく、結局これははじめからスカーレットとル・ヴォートゥールがでっち上げた策略なのだ。ディアブロは、その策略に気づいて激怒する運命にあるのだ。彼はあとを追ってくれるほど、私のことを大切に思ってくれているだろうか？　彼自身のためを思い、デヴォンはそうでないことを願った。彼が英国へ戻るということは、死刑執行令状に署名するのも同然なのだから。

恐ろしい音がして、デヴォンは考えを中断させられた。うなる風をついて大きな叫び声や泣き声がきこえてくる。急がなければ。彼女は無我夢中でそう思いながらベッドから飛び降り、ずたずたに裂かれて切れ端のようになった服の上にさっとマントをはおった。船が沈む危険に瀕《ひん》していることを確信し、部屋から出ることを決心した。

片手を掛け金に置いたとき、扉が外から勢いよく開いて後ろに飛ばされてしまった。ずぶ濡《ぬ》れで、溺《おぼ》れたような状態の男たちが数人、ひとりの男の体を抱えながら船室へ押しいってくる。抱えられているのは、ル・ヴォートゥールだ。道をあけると、男たちは彼をベッドへ運んだ。ようやくデヴォンは、脚の長さぐらいの、尖《とが》った木材が彼の太ももから突き出ているのと、右腕が奇妙な角度に折れ曲がっていることに気づいた。

「なにが起こったの？」

「メインマストが折れてしまったんだ。船長はすぐにはよけられなかった」ル・ヴォートゥールの副官であるペックが怒鳴るように言った。

「命にかかわるの？」

「誰にもわからない」

「マストに押しつぶされて死んでしまった。ル・ヴォートゥールほど敏捷《びんしょう》じゃなかったのさ」

男の冷淡な返事にデヴォンは衝撃を受けた。「医者が亡くなったのなら、誰が彼の治療をするの？」

突然、また衝突音が空気をつんざき、男は大急ぎで言った。「あんたのできることをしてくれ。手伝えそうな奴をひとり残しておこう。だが、残りの人間は甲板で必要だ」そう言うと、男は部屋を出ていった。明らかに年をとっていて甲板では役に立ちそうもない、小柄で白髪まじりの海賊だけを残して。

デヴォンはどこか恐怖と似通った感情でル・ヴォートゥールを見つめた。彼がひどいけがをしているのは明らかだ。彼が自分にしようとしたことを思えば、ここで殺してしまってもいいほどだが、それはできなかった。彼がどんな人間であろうとも、人間である以上、人道主義的見地から助けてあげなければならない。デヴォンはそう考えたが、治療に精通しているわけでもなく、たいしたことができるとも思えなかった。

「どうするつもりだい？」年老いた海賊がたずねた。出血している船長を自信なげに見つめている。

「あなたの名前は？」

「医者はどこ？」

「ギャビーと呼ばれている。ギャーギャーおしゃべりだからさ」

「では、ギャビー、どうしたらいいかしら？　わたしはできることをしたいの。でも、こういうことは一度もやったことがなくて」

「おれは医者をちょっと手伝ったことがある。でもたいして知識があるわけじゃない。おれの考えじゃ、その木の破片をまず抜かなきゃならねえな。そうすれば出血が止まって、右手の固定にかかれる」

デヴォンは突然襲ってきた吐き気に歯を食いしばりながら、ギャビーがル・ヴォートゥールの脚から大きな木の破片を抜くのを手伝った。そして、ぽっかりと空いた傷口にラム酒をたっぷりかけて洗浄した。彼が気絶している間に、出血を少しでも止める必要がある。幸運にも太ももの骨は折れていなかった。清潔な布で傷口を縛ったあと、彼らは骨折した腕の手当てに取り掛かった。

デヴォンは、ギャビーに添え木になる板を探しに行かせ、その間にル・ヴォートゥールの右腕を調べた。肘《ひじ》と手首の間の前腕が折れているようだ。ギャビーが戻ってくると、ふたりして骨を引っ張って正しい位置に戻し、ひもで腕を板にくくりつけた。そして、ギャビーが回収してきた医者のかばんからアヘンチンキを取り出し、たっぷりと一回分ル・ヴォートゥールの口に流し込んだ。

その後、デヴォンは椅子に崩れるように座り込み、目を閉じた。その間にギャビーはル・ヴォートゥールの身なりを整え、ナイトシャツを着せた。そのときになってデヴォンはようやく嵐が収まり、どうにか船が暴風雨を乗り切ったことに気づいた。自分が、無傷でまだ生きていることにびっくりしたが、ビクトリー号の被害は深刻であるに違いない。

数日間、乗組員たちは忙しすぎてデヴォンにかまう暇もなかった。船を修理するために休みなく働いていたのだ。彼女は人目を引かないよう、安全な船室のなかにいることにしていた。痛みで動けないル・ヴォートゥールもそのまま船室に留まっていたため、デヴォンは粗末なベッドで眠るしかなかった。ギャビーは自由に出入りし、食事を運んだり、傷ついた船長のために個人的な仕事をこなしたりしていた。ペックはル・ヴォートゥールの回復状況を確認するため毎日顔を出し、彼が意識を取り戻してからは命令を受けて出ていった。部下たちが新しい船長を選ばずに、進んで引き続き彼の支配下にいるということが、ル・ヴォートゥールの指導力を十分に物語っていた。

奇跡的に、いやひょっとするとたっぷりとラム酒を浴びたおかげなのか、ル・ヴォートゥールの傷は化膿《かのう》せず、ゆっくりとだが確実に回復していった。一週間後、彼はがっしりした海賊ふたりに支えられながら、他の船室まで足を引きずって歩けるようになった。虚栄心が強すぎる彼は、体調が思わしくない自分をデヴォンに見られたくなかったのだ。しかし、右腕が元通りに回復しないのは明らかだった。もう少しでデヴォンを手に入れられるところだったのに、運命の女神が陰謀を企み、かなりの時間をかけて計画し、我がものにせんと企んでいた獲物を奪われた。今となっては、傷のせいで、彼女の体を楽しむのも慎まざるを得ず、伯爵の報奨金を手にするだけでよしとしなければならない。体はかつての目的を追求するような状態ではないし、ここしばらくはまったく回復の見込みがなさそうだった。命が助かっただけで大いに感謝しなければならないところだが、彼のような種類の人間は、感謝ではなく憤慨するものだ。

ル・ヴォートゥールが無力になったことをもっとも感謝しているのはデヴォンだった。デヴォンを誘惑する計画は頓挫《とんざ》したものの、彼は依然として彼女の父親から報奨金を満額受け取りたいと願い、乗組員が彼女にみだらなことをしないよう監視していた。足を引きずりながら独力で歩けるようになると、彼はデヴォンのいる船室を訪ねた。

「旅はまったく計画通りには行かなかった。本来であれば今ごろはもう、わたしたちは親密になっていたはずなのだが」

「あなたのことを、気の毒だなんて思っていないわ。傷を負わなければ、あなたはきっとわたしを力ずくで奪っていたんでしょうから」

「力ずくで奪うとは穏やかじゃないな。ただ協力してくれればよかっただけなのに」

「なにが望みなの？　ル・ヴォートゥール」デヴォンは巧妙に話題を変えた。

「もしわたしの体調が万全なら、なにが欲しいか教えてやれる。しかし現状では、きみを堪能できるようになる前に英国へ到着してしまうだろう」彼は苦々しげに不平を言った。「今から四、五日でテムズ河の河口に着くと思う」

ああ、これでうちに戻れるんだわ。デヴォンは感情が湧きあがるのを抑えられなかった。ディアブロと知り合い、彼を愛してしまった自分が、簡単に以前の生活へ戻れるだろうか？　進んでディアブロとベッドを共にしたあとで、ウィンストンと顔を合わせるのはたやすいことではないだろう。さらにもっと難しいことがある――ウィンストンと結婚することだ。もし、彼がまだ自分を求めていればの話だが。暗い未来にあって、父親との再会だけが、明るく輝く唯一の光になりそうだった。デヴォンは、愛してしまったハンサムな海賊なしで生きていくことを、これから学ばねばならない。

突然恐ろしい疑問が頭に浮かんだ。

「どうやってロンドン港へ入港するの？　拘束されたらどうするの？」

「英国旗をマストにはためかせる」ル・ヴォートゥールは悪賢く笑った。「我々が疑わしいことをしなければ、それで切り抜けられるはずだ。当局が気づく前に、わたしはロンドンを出ていく計画だ。どこに行けば父親を見つけられる？」

「おそらく、ロンドンの別邸だわ。母が亡くなってから、父はあまり田舎を好まなくなったの」

「すばらしい」ル・ヴォートゥールはほくそ笑んだ。

ビクトリー号は難なくテムズ河を上りロンドン港へ入った。残念なことに、デヴォンはすぐには上陸できず、ル・ヴォートゥールが彼女の父親に連絡し、報奨金を受け取るまでそこで待たされることになっていた。彼が上陸してからは、彼女はただ部屋のなかを歩き回ることしかできなかった。彼は、逃亡を防ぐために戸口に守衛を置いていった。

デヴォンが唯一残念だったのは、いつも首にかけていた母の肖像の入ったロケットを手放さなければならなかったことだ。父が、証拠もなしにル・ヴォートゥールを信じないことはわかっていた。だから、父親がル・ヴォートゥールに証拠を求めたときに唯一差し出せるロケットを、彼に渡すしかなかったのだ。

10

「娘がきみの船に乗っているというのかね？　無事で、けがもなく」ミルフォード伯爵は鋭い口調で言った。

「その通りです。いかにしてわたしが命をかけ、けがを負ってまでも、お嬢様をあの悪魔の巣窟《そうくつ》から助け出したか、レディ・デヴォンご自身の口から、おききになってください」ル・ヴォートゥールはすらすらと答えた。

「ああ、なんてことだ。娘はどこにいる？　なぜここにおらんのだ？　まさかわたしをだまそうというのではあるまいな？」ミルフォード伯爵は顔を真っ赤にし、凄《すさ》まじい怒りに顔を歪《ゆが》めた。「娘がさらわれてから、どんなに苦しい思いをしてきたことか。おまえは何者だ？」

「レディ・デヴォンはわたしの船においでです、ムッシュー。ご無事で体調も良好です」ル・ヴォートゥールは伯爵の激しい怒りにも動じずに答えた。「わたしはル・ヴォートゥールと申します」

「ル・ヴォートゥールだと！」伯爵は相手が何者であるかを即座に理解して、吐き出すように言った。「いまいましい海賊め！　ディアブロとぐるで、わたしから金をだましとろうというんだろう？　そうはさせるものか。当局を呼ぶ前に出ていけ。おまえの首に賞金がかかっているのをわしは知っておるぞ」

「ふん。わたしを誤解していらっしゃる、友よ」

「わたしにはおまえのような友人はおらん。おまえの言うことは真っ赤な嘘《うそ》に違いない。デヴォンのフィアンセとわたしは、この数週間なにもしていなかったわけじゃない。海軍でさえあの悪党、ディアブロの手がかりをつかめなかったのだ。もう二度とデヴォンに会えんのではないかと絶望しているというのに。あのならず者の約束、娘を返してくれるという約束は口先だけだった」

「これがなんだかおわかりです？」ル・ヴォートゥールは、細い金鎖のついたデヴォンのロケットをミルフォード伯爵の鼻先にぶら下げた。

「どこで手に入れたんだ？」

　伯爵はル・ヴォートゥールの手からロケットをひったくると、じっくりと調べ、留め金を外した。ロケットのなかの亡き妻の肖像を見て、この海賊の言っていることは本当だと納得した。デヴォンはよほどのことがなければ、この形見の品をすすんで手放したりはしないだろう。

「さあ、信じていただけましたか?」あざけるようにル・ヴォートゥールは言った。「お嬢様に危害を加えることはありませんし、無事にあなたのところへお連れするつもりです」

「いくら欲しいんだ?」ミルフォード伯爵には支払う用意があった。愛する娘のために、莫大《ばくだい》な金額でも支払うつもりだった。

「伯爵は賢明でいらっしゃる。話が早い。ムッシュー、あなたと議論するつもりはありません。金貨で三千ポンドいただきましょう。お嬢様をお連れするのは非常に困難で、多額の出費をこうむったのですから」ル・ヴォートゥールは分け前の三分の一を要求しているスカーレットのことや、この思いがけない大金の分け前にありつこうとしている船の乗組員たちのことを考えていた。

伯爵の口がぽかんと開いた。「なんてことだ。ぼったくりじゃないか。そんな大金、手元にはない」

「しかし閣下は、これぐらいの金は苦もなく用意できるお方だ」ル・ヴォートゥールはあっさり言ってのけた。「必要な額を調達できるだけの時間を差し上げましょう。半額を今いただいて、残りはお嬢様をお返しするときにいただくというのではどうでしょうか。お嬢様の命にその値打ちがあるとお考えなら、わたしが英国にいることは誰《だれ》にも言わず、当局にも通報なさいませんように」

伯爵は権力者で、その立場に見合った考え方をする人であり、早まった判断に飛びつくような人ではなかった。そのうえ、伯爵は娘のことを自分の命よりも大事に思っていた。答えはすぐに出た。このような状況で、伯爵に残された選択肢はひとつしかない。

「金は出す。半分は今、残りの半分はデヴォンが解放されたら渡す。それから、おまえが安全なところに逃げるまで、当局にはこのことはいっさい知らせないことを約束しよう」

ル・ヴォートゥールは、ばかではなかった。伯爵の言葉は信用できると判断した。

「いいでしょう」

彼は伯爵が金庫を開け、千五百ポンドを数えるのを強欲な目で見つめていた。伯爵が言ったことは本当だった。金庫のなかはほぼ空になったのだ。「ひとつ条件がある」伯爵は、金貨の詰まった袋をル・ヴォートゥールの手の届かないところに掲げた。

金の詰まった袋から視線を移し、ル・ヴォートゥールはいぶかしげな表情をした。

「ごまかしはなしですよ、ムッシュー。さもないとお嬢様の身になにが起こるかわかりません」

「ごまかしなんてできる立場にない」伯爵はぴしゃりと言った。「娘の命には代えられない。わたしは、どこへ行けばディアブロを捕まえられるかを知りたいだけだ。奴に裁きを受けさせ、わたしの娘にしたことへの罪で絞首刑にしてやるつもりだ。わたしがナッソーへ送り出した者の捜索ではほとんどなにもわからなかった。わかったのはバハマのどこかにディアブロの隠れ家があるということだけだ。誰もその場所を知らないし、知っている者はディアブロを恐れて口をつぐんでいる。デヴォンが短い間だがナッソーにいたことは、みな知っているようだった」

「おっしゃる通り。ディアブロは多くの者に恐れられていて、奴に背くものはほとんどいません」ル・ヴォートゥールは不機嫌そうにぼそぼそ言った。「ディアブロの島は守りが固く、難攻不落と言ってもいい。ある秘密を知らない限りは」ル・ヴォートゥールは他の海賊がディアブロに示す畏怖《いふ》と尊敬の念を思い出し、腹が立った。ディアブロの名前は黒ひげ、キャラコ・ジャック、スティード・ボネットら名だたる海賊たちと並び称されているのだ。

「しかし、きみは、どこでどうすれば奴を見つけられるか知っているのだろう？　金を払えばそれを教えてくれるんじゃないか？」抜け目なく、伯爵は言った。

ル・ヴォートゥールに異存はなかった。ディアブロを売り渡すことこそ、はじめから目論《もくろ》んでいたことだった。「もう五百ポンドでお教えいたしますが」ずる賢く言った。「わたしはそのディアブロのパラダイスから来たので航路もわかっています。でも、もし、その島を見つけたとしても、ディアブロを捕まえるのは難しい。ディアブロはパラダイスにほんのわずかの間しか滞在しないし、島は珊瑚礁《さんごしょう》に囲まれ、島をよく知る者しか近づくことができません。喫水の浅い船でしか近づけないし、珊瑚礁の切れ目がどこにあり、珊瑚礁の内側に入る秘密の入り口と航路を正確に知らなくては島には入れないからです」

「教えてくれ。わたしはディアブロが捕らえられ、罰を受けるのを見たいのだ。あの悪魔を、犯した罪の報いで絞首刑にしたい」

ル・ヴォートゥールにとって、ディアブロの秘密を漏らしても失うものはなく、得るものは大きかった。ディアブロと決着をつけることは、長年にわたる約束を果たすことにもなる。それはディアブロがブラックバートを死に追いやり、彼の船を乗っ取ったときに誓った約束だった。その借りは長い間そのままだったが、ディアブロが、あの反乱を指揮し、ブラックバートの死を招いたつけを今こそ支払わせなくてはならない。しかし万が一、伯爵の計画が失敗しても、ル・ヴォートゥールは自分がディアブロを売ったことは誰にも知られたくなかった。もしあの悪魔に知れたら、報復のために自分はすぐさま死に追いやられるだろう。

ついにル・ヴォートゥールは言った。「ディアブロは友人でもなんでもない。この話し合いについて、誰にも、ひと言も漏らさないと約束してくれるなら、奴の秘密を教えましょう。お嬢様にも秘密です。彼女は嵐《あらし》の海でわたしが負傷したとき、わたしの命を救ってくれました。わたしは絶対に彼女に悪く思われたくないのです」

伯爵は、デヴォンがル・ヴォートゥールのような、まったくもっていけすかない男に救いの手を差し伸べるなど想像もできなかったが、デヴォンがすべての人間に対して優しく、思いやりにあふれる娘だということを思い出した。「約束しよう、デヴォンには言わない。しかし、娘の婚約者は別だ。彼はわたしと同じくらい強くディアブロを裁いてやりたいと思っているのだ」

ル・ヴォートゥールは伯爵の言葉を少し考えた。「あなたは誠実な方だ。いいでしょう。パラダイスへの航路を話しますから、しっかりきいてください。いや、紙とペンを持ってきてください。地図を描きましょう」

十五分後、ル・ヴォートゥールは屋敷をあとにし、自分の船へ帰っていった。一方、伯爵は海賊に支払うため残りの金を下ろしに銀行へと急いだ。二人はビクトリー号が停泊しているロンドンの港の埠頭《ふとう》で会うことになっていた。

デヴォンはビクトリー号で手すりにつかまってたたずんでいた。チャタム家の紋章をつけた馬車が近づいてきて、埠頭の脇《わき》に止まると、デヴォンの心臓は震えるとともに高鳴った。扉が開き、愛する父の顔が彼女を探してデッキを見渡した。埠頭へ渡した板へとデヴォンが必死で駆け出そうとするのをペックが止めた。ペックはル・ヴォートゥールのほうを見て、命令を待っている。

「まだですよ、お嬢様」ル・ヴォートゥールが警告した。「わたしとお父上には、まだ話し合わねばならないことがあります」

ル・ヴォートゥールはちょうど一時間前に戻ってきていた。デヴォンには伯爵がこちらに着いて、身代金が手渡され次第、解放すると告げていた。デヴォンはすでに、話し合いは合意に達し、この汚らわしい船からすぐにも下りられるだろうと考えていたため、ル・ヴォートゥールにデッキに出ることを許されると、我を忘れて飛び出した。そして今、愛しい父の顔がこの数週間でめっきり老け込んでしまったのを見て、ディアブロのもとを去ったのは正しかったと思えた。たとえそのせいで、自分の心が永久に消えない傷を負ったとしても。デヴォンは、ル・ヴォートゥールが負傷した足をかばって引きずりながら、渡し板を歩いていくのを注意深く見ていた。右腕をまだ布で吊《つ》るしているが、けがは快方に向かっているようだ。

ミルフォード伯爵は、使用人が降りるのに手を貸す前に馬車から出てきた。彼の心配そうな視線は、デヴォンのほっそりした体にくぎづけだった。

「金貨ですね」ずんぐりした伯爵に向かってル・ヴォートゥールが言った。

「そうだ。すべて金貨だ。デヴォンを返してくれ」

ル・ヴォートゥールはうなずき、振り返ってペックに合図した。ペックはデヴォンを渡し板のほうへと押し出した。デヴォンは駆け出し、父親の温かい腕に飛び込んだ。それからやっと伯爵は金貨の袋をル・ヴォートゥールの手に渡した。大急ぎで伯爵がデヴォンを馬車に乗せると、彼女は父の広い胸に顔をうずめ、泣き崩れた。うれしそうに金を数えているル・ヴォートゥールを港に残して、馬車はすぐさま動き出した。

「ああ、愛しいデヴォン」伯爵はぎこちなくなだめた。「もう終わったんだ。安心していいんだよ」

伯爵は知るよしもなかったが、愛情のこもったその言葉は、デヴォンの涙を激しく誘うだけだった。デヴォンはディアブロが自分を愛しい人と呼んでいたことを思い出したのだ。ときにからかうように、ときになだめるように、でも、いつも愛情を込めて。

「そんなに恐ろしかったのか?」伯爵はデヴォンの涙が収まる気配がないのを見て言った。

「いいえ、お父様。そんなではなかったのよ。そんなふうに思わせてごめんなさい。ディアブロはわたしに危害を加えなかったわ。それどころかとても穏やかだったの。わたしのことをひどく扱ってもいいだけの十分な理由があったのに。わたし……わたし、ディアブロを撃ってしまったの。彼の船に乗せられたその日に。重傷ってわけじゃなくて、一時、なにもできなくなっただけだけど」

ミルフォード伯爵の血色の良い顔は、ショックで無表情になった。「なんてことだ、おまえ。ディアブロを撃ったのに、生きて帰ってきたなんて。あいつは冷血な殺し屋だぞ。すぐにおまえを殺さなかったなんて、信じられん」

「ディアブロは……彼は世間で思われているような人じゃないわ」デヴォンは愛し始めてしまった人のことを弁明しようとして、弱々しく答えた。

ミルフォード伯爵はいぶかしげにデヴォンを見た。「あの悪党は、おまえをたぶらかしたのか？　奴は大勢の命を奪い、何千ポンドもの金品を奪い、数え切れないほどの船を沈めてきたんだぞ。どれだけの女を破滅させたかはあの悪魔しか知らんことだろう。道徳心などかけらも持っちゃいない。嘘とペテン。それが奴の流儀だ。その証拠に、奴はおまえを返すと約束したが、その約束を破った」

「ディアブロは確かにわたしを英国に帰そうとしていたのだけれど、嵐のせいで針路からそれてしまったの。ちょうどそのとき、ディアブロはひどいけがをしていて、わたしの解放の指揮がとれなかったの。ディアブロは……」

「やめなさい、デヴォン。奴の長所などもう聞きたくもない！　つらかった毎日を思い出させたくないが、場合が場合なだけに、致し方ない。捕らえられていた間、ディアブロはおまえになにか……その、危害を加えなかったか？」

デヴォンは目を閉じた。父がなにをたずねているのかは、はっきりとわかっていた。

親なら当然たずねることにすぎないが、簡単には答えられなかった。とうとうデヴォンは、真実に近く、ディアブロも父も傷つけないであろうことを告げた。

「もし、ディアブロに強姦《ごうかん》されたかということをおたずねなら、答えはいいえです。さっき言ったように、彼はわたしに危害を加えるようなことはいっさいしませんでしたから」デヴォンは頰《ほお》を赤らめた。それが用心深い返答からはうかがえない真実を物語っていた。

デヴォンが言えなかったのは、はじめは誘惑されたのだが、そのうち互いに楽しむようになったということだった。あきれるほど短時間に、自分はディアブロの愛の行為を喜んで受け入れ、彼の愛を切望し、奔放にそれに応えるようになった。そんなことを、父に告げられるはずがない。

デヴォンの答えをきいても、伯爵の苦悩はたいして和らぎはしなかった。デヴォンが無傷でディアブロの手中から逃れたとは思えない。あの悪魔が、デヴォンのような、若く美しい女性を破滅させているというのは広く知られていることだ。しかし伯爵は、自分とデヴォンの正気を保つために、あえてその言葉を信じることにした。

「ああ、ありがたい。わたしは大変心配していたんだ。奴が、その……、まあいい。すべてうまくいったということだ。もうつらかったことを考えてはいかん。あの腹黒い悪魔は、犯した罪ですぐにでも絞首刑になると約束する」

父の愛にひたり、ほっとしていたデヴォンは、その考えにぞっとして黙り込んだ。頭の良いデヴォンは、父にとっては娘の幸せが一番大切で、娘に害を与えるものから守るためにはどんなこともするだろうということが十分理解できた。馬車がチャタム邸の前で音を立てて止まるまで、沈黙は続いた。ミルフォード伯爵が先に降り、デヴォンが降りるのに手を貸した。ミルフォード伯爵は心配そうにデヴォンの細い肩を抱いて、扉へと向かった。しかし玄関に入る前に、もう一台の馬車がものすごいスピードで角を曲がり、チャタム家の馬車の後ろに横滑りしながら急停止した。デヴォンとミルフォード伯爵が振り返ると、やせて中背、髪は茶色っぽく、ちょびひげを生やした男が飛んでくるのが見えた。

「デヴォン、ああよかった。無事だったんだ！」

「ウィンストン、どうしてあなた……」

「わたしが知らせておいたのだよ」ミルフォード伯爵は急いで説明した。「当然だろう。ウィンストンは未来の夫なのだからな。おまえが誘拐されて以来、わたしたちふたりはずっとつらい思いをしてきたんだ。かわいそうに、彼は本当に取り乱していたんだよ」

「わかったわ、お父様」デヴォンは言った。本当はただもう自分の部屋に行って、ベッドに倒れ込みたかったのだが。

「入りなさい、ウィンストン。通りで、家族の話し合いはできないからな」伯爵は彼を家のなかへと誘った。

慣れ親しんだ居心地のいい父親の書斎で、デヴォンは伏し目がちにウィンストンをじっくり観察した。ミルフォード伯爵はル・ヴォートゥールの来訪とデヴォンの無事の帰還についてウィンストンに語ってきかせていた。自分は、将来結婚する予定の、このめかし込んだ男のことを今までちゃんと見たことがあっただろうか？　デヴォンはぼんやりと自問した。あまり男らしくないが典型的なハンサムであることは認める。でも、ディアブロの男性的な顔立ち、体つきと比べると、なよなよとしてひ弱だ。鈍い茶色の髪は額にひょろひょろと垂れ、瞳《ひとみ》はかすかに青みがかっている。肌には長い間屋外で過ごすことに慣れた男性の輝くような浅黒さ、健康さはない。しゃれ男のように孔雀《くじゃく》色のサテンで着飾っているが、彼の青白い顔色にはまったく映えない。

それにしても、ウィンストンにもなにか自分を惹《ひ》きつけるものがあったはずだ。たぶんそれは、彼の自分に対する献身ぶりだったのだろう。もしくは、かつては称賛に値する特性と思っていたが、今では女々しいとしか思えないお行儀の良さだったのだろう。自分に対する情熱に惹かれたからではない。ウィンストンはそういうものはいっさい持ち合わせていないのだ。かつては、そのような控えめな男性が望ましいと思っていたが、ディアブロの情熱的な愛を知ったあとでは、そんな男性にはちっとも魅力を感じない。ふいにデヴォンは、伯爵とウィンストンが話をやめ、けげんそうに自分のことを見ているのに気づいた。

「どこか具合でも悪いのか？」ミルフォード伯爵は心配そうにたずねた。デヴォンのぼんやりとした様子に気づき、精神的に不安定になっているのではないかと心配したのだ。伯爵はデヴォンのような経験を乗り越えてきた女性を知らない。デヴォンの勇気と不屈の精神を非常に誇りに思った。

「なんでもないの、お父様」伯爵を安心させるように優しく言った。「もう二度とお父様に会えないんじゃないかと思っていたのに、家に戻ってこられてほっとして、かえって疲れが出てしまったみたい。もう下がらせていただきたいの」

「もうちょっといいかい？」ウィンストンが熱心に言った。

「もちろんよ、ウィニー」デヴォンはウィンストンの信頼を裏切ってしまったことに強く負い目を感じながら答えた。

「すぐにでも結婚したいんだ。ミルフォード伯爵もそれを望んでおられる」

「すぐに？　どうしてそんなに急ぐの？」

「ウィンストンの言う通りだよ、デヴォン。わたしたちはおまえがゴシップ好きな連中にあれこれ噂《うわさ》されて傷つけられるのはいやなんだ。連中はおまえが帰ってきたことを知ったら、大騒ぎするだろうよ」伯爵も言った。

「そうだよ、デヴォン。きみの名誉を守るためにはすぐに結婚するしかないよ」ウィンストンは付け加えた。

「わたしの評判なんてどうでもいいわ！　わたしはなにも間違ったことなんかしていないもの。誘拐してくれと頼んだわけじゃないんだし」デヴォンはぴしゃりと言った。

ウィンストンは辛抱強く説明した。「わかってるよ。だけど、世間の人は、きみの純潔は失われたのだろうかとまず考えるだろう」

「そうだったらどうだというの？　それがあなたにとって重要なことなの？」デヴォンはずばりと言った。

「いや、あの、もちろんそんなことないよ。そんなの全然問題ないさ。きみは無事に、健康なまま戻ってきたんだからね」

喜んで捕らわれていたわけではないというのに、世間は自分をおとしめるのだ。デヴォンは愕然《がくぜん》とした。ウィンストンが、すぐにも結婚しようと躍起になっているのは自分の名誉のためだ。しかしデヴォンはこの結婚にちっとも魅力を感じなかった。それに、ここ数週間にあまりにもいろいろなことが起こったので、自分の気持ちをよく整理して、将来を考える時間が欲しかった。

「大急ぎで結婚しても、問題がすべて解決するとは思えないわ、ウィニー。わたし、考える時間が欲しいの。まだ家に戻ってきたばかりなのよ。急いでことを進める前に

ないはずだよ」

ウィンストンは形の良い眉《まゆ》をひそめた。不本意なのは明らかだ。「ぼくたちは、二、三週間のうちに結婚する予定だったんだ。ぼくの言ってることはそんなに理不尽ではないはずだよ」

デヴォンも、デヴォンの父親も知らないことだが、ウィンストンは破産寸前で、債権者に借金を返すためには、デヴォンの莫大な持参金がどうしても必要なのだった。そのため、ディアブロがデヴォンになにをしていようと、デヴォンと結婚するつもりだった。ウィンストンは、デヴォンがもはや処女ではないであろうとほとんど確信していたが、そんなことはどうでもよかった。デヴォンの処女を奪うという不快な仕事をかわりにしてくれて、救われた気分ですらあった。

かたくなな態度のデヴォンに、ミルフォード伯爵が助け舟を出した。「娘は恐ろしい目にあって、疲れ果てているのだ。この話は今日のところはこれまでにしよう。デヴォンも時間をかけてよく考えたら、また考えを変えるだろう」

「もちろんです。デヴォンが明らかに取り乱していて休息が必要なときに、強引に話を進めたりして、ぼくも思いやりがなさすぎたかもしれない。おやすみ、デヴォン」

ウィンストンはそう言うと、身をかがめてデヴォンの額にお行儀の良いキスをした。彼の唇は冷たく乾いていて、デヴォンは思わず身震いした。

デヴォンはお返しにうなずいた。ウィンストンを見送れるのがうれしかった。いつ、こんなに自分の気持ちが変わってしまったのだろう？　デヴォンはぼんやりと考えた。かつてはウィンストンには男性に望むすべてが備わっていると思っていた。ディアブロに魔法をかけられるまでは。

「外まで送っていこう、ウィンストン」ミルフォード伯爵は言った。デヴォンは部屋を出るふたりとともに立ち上がった。「わたしは失礼して部屋に下がらせていただきます」ふたりはデヴォンが階段を上るのを見送った。

「わたしはデヴォンを困らせたくないんだ」ミルフォード伯爵はふたりきりになるとウィンストンに注意した。「あれもきっと延期することなく結婚するほうがいいと思うようになるさ。それまでちょっと考える時間が必要なだけだ。今はもっと重要なことを話し合わなければならんぞ。どこでどうやってディアブロを捕まえられるかがわかったんだ」

「デヴォンが、どこに奴が隠れているか話してくれたんですか？」

「いや、ル・ヴォートゥールという海賊が教えてくれたのだ。金を払ったら、あっさり情報を提供しおった。奴は良心の呵責《かしゃく》などというものはまったく感じないらしい。地図まで描いてくれたよ」

「奴を追わせてください」ウィンストンの瞳は名誉を夢見て輝いていた。「考えてもみてください。あの社会の敵をたたきのめしてやれば、わたしの評判は上がるでしょう。国王陛下も、わたしの存在に気がついてくださるかもしれない。海軍から軍艦を三隻、わたしのラークスパー号に合流させるのは簡単だと思います」

「軍艦じゃだめだ。ル・ヴォートゥールは言っておった。ディアブロの本拠地は珊瑚礁に囲まれていて、細い水路の先の隠れた港には喫水の浅い船しか近づけんのだ。地図には珊瑚礁の切れ目がどこにあるか、入り口の正確な位置も書いてある」

「浅喫水船《せんきっすいせん》か」ウィンストンは考え込んだ様子で言った。「調達するのは少し難しいですね。でも不可能じゃありません」

「そういう船を見つけて準備するのにどれくらいかかるかね？　わたしはあのひとでなしを法の下に引きずり出したいのだ」

「ひと月から六週間で奴の扉をたたいて、ロンドンに帰ってきますよ」ウィンストンは豪語した。

「よろしい、よろしい」伯爵はぱっと顔を輝かせた。「六週間後に式を挙げることにしよう」

「デヴォンがいやだと言ったら？」

「そんなことにはならないさ」伯爵は請け合った。

青緑色の水面を切るようになめらかに進むデヴィル・ダンサー号の船橋をディアブロは歩き回っていた。もううんざりだ。落ち着かず、いらいらする。デヴィル・ダンサー号とレッド・ウィッチ号はもう何週間も大西洋を縦横に動き回っていたが、スペインのガレオン船はいっこうに見つからない。ディアブロはお宝を積んだスペイン船などいないのではないかと大いに疑っていた。しかしそんな嘘をついてスカーレットにどんな得があるだろうか？　今夜、真相を突き止めよう。ディアブロはレッド・ウィッチ号に信号を送り、スカーレットをデヴィル・ダンサー号での夕食に招いた。二隻ともその夜はプエルトリコの海岸から離れた入り江に停泊することにしていた。

スカーレットがデヴィル・ダンサー号に乗り込むころ、月の光は水面に何千ものダイヤモンドのようにきらめいていた。スカーレットは真っすぐ、ディアブロの船室に通された。スカーレットはぴったりとしたパンツ、ゆったりとした白いブラウス、長い脚に張りついたような長いブーツがよく似合い魅力的だった。いつもと変わらぬ黒ずくめの服装のディアブロは、スカーレットの美しさもディアブロを誘惑するようなポーズも見てはいなかった。見向きもされないことに慣れていないスカーレットは、ディアブロの勧める椅子《いす》までずかずかと歩いていき、怒ったようにどさっと座った。

「もうすぐ食事が運ばれてくるだろう。待っている間になにか飲むか？」

「ブランデー。あるなら」

「もちろん」

せっせと飲み物を用意しているディアブロを、スカーレットはうっとりと見つめた。スカーレットはディアブロのシャツの下で盛り上がる筋肉、歩くときの引き締まったヒップの動き、ぴったりとしたズボンのラインにくっきりと現われている男らしさを見るのが好きだった。しかし、ディアブロの人生にデヴォンが現われてから、スカーレットのどんな誘惑の試みもうまくいかなくなっていた。スカーレットはあの魔女はもう行ってしまったのだと言ってやりたくてしょうがなかったが、ディアブロ自身でそのことに気づくのが自分にとって一番都合がいいと抜け目なく思った。

料理が運ばれてくる間、スカーレットはおいしそうにブランデーをすすった。

「今日の料理はお粗末なんじゃないかと心配してるんだが。それが今日、おまえに来てもらった理由のひとつだ。うちの船の蓄えはほとんどなくなってきた。おまえの船もそうじゃないのか?」ディアブロは言った。

「あんたがあたしを招待したのは、あたしといるのが好きだからだと思ってたわ」スカーレットはこびるように言った。

ディアブロは顔をしかめた。「こんな無駄な追跡はいやになった。あっちへ行ったりこっちへ行ったり、でもなにも見つからない。船倉は空っぽで、乗組員たちはすることがなくていらいらするばかりだ。商船一隻見当たらない。スカーレット、スペイン船の話はきみのでっち上げじゃないかと思い始めている」

「どうしてあたしがそんなことしなきゃなんないの?」スカーレットはとぼけた。

「そうだ。なぜだ」ディアブロは重ねてきいた。「そんな嘘をついて、なんになるんだ?」

「なにもないじゃない。嘘なんてついてないわ。食事を済ませたら? ディアブロ。食料が少なくなっているにしてはすばらしい夕食だわ」

しばらくディアブロは食べることに集中した。そして皿を押しやり、立ち上がった。

「明日、バハマに向かう。おまえは好きなようにすればいい。ただしおれの助けはもう当てにしないでくれ」

スカーレットは自分の皿を押しのけ、立ち上がった。誘惑するように体をくねくねさせながら歩いてディアブロのもとへ行く。束縛するもののないスカーレットの乳房の先端は、ディアブロの広い胸板をなでるくらいすぐそばにあった。

「あんたはあの女のところに帰るつもりね」スカーレットは問い詰めた。なまめかしいささやき声だった。「あの女があなたにあげるものは、あたしだってあげられる。いいえ、あたしはそれ以上のものをあげられるのよ。デヴォン・チャタムのようなレディが男を楽しませるどんなことを知ってるっていうの?」スカーレットの手はからかうようにディアブロの胸をなぞり、巧みにシャツのボタンを外す。「あたしはしてあげられるわ。あたしのほうがずっといろいろしてあげられる。あたしたちは似ているところがたくさんあるんだから」

大胆にもスカーレットはディアブロのタイトなズボンのなかで張り詰めているところに手を入れた。ディアブロの男性自身がそれに応えるように跳ねると、スカーレットは愉快そうに声を立てて笑った。「あんた、あたしが欲しいのよ。認めなさい！」

「スカーレット、おれも男だ」ディアブロはスカーレットの手首をものすごい力でつかみ、歯ぎしりしながら言った。「巧みに操られれば体はごまかしにも反応するかもしれない。でも頭と心はまったくきみを受けつけない。驚くかもしれないが、おれはデヴォンを愛している。彼女のようにおれの心を動かした人はいない」

「愛？　はん！　あんたは人を愛することなんてできない人よ。あんな女のことは忘れて、もう一度、あたしの恋人になって」

「だめだ、スカーレット。おれが愛したいと思う女はただひとり。明日その人のところへ戻る」

「あんたはかわいそうに、のぼせあがった大ばかものよ！　目を覚ましなさい。お嬢様はあんたなんかに用はないのよ」

ディアブロは銀色の目を恐ろしいくらい細めた。

「どういう意味だ？」

スカーレットは危険を感じ、すぐにディアブロをなだめようとした。「べつに。なんでもないわ。ただレディ・デヴォンのような女性は、あんたの人生にふさわしくないってわかってほしいだけよ」

「さっさと帰ってくれ、スカーレット。デヴォンのことでとやかく言われたくない」

ディアブロが激しい怒りと感情を抑えるため、強く自制しているのを感じ取ったスカーレットは、くるりと踵《きびす》を返して船室から逃げるように出ていった。無傷で逃げられたのは幸いだった。スカーレットは、ディアブロの怒りが爆発した結果を見たことがあった。そして、自分がそんな目にあう気はさらさらなかった。


ディアブロは、珊瑚礁の上をいつものように楽々と航行していたが、なにか不吉な予感がするのを抑えられなかった。スカーレットと話をしてからずっとその予感に悩まされていた。デヴィル・ダンサー号が、小さいが快適な港に入っていくと、人々は戻ってきた男たちを出迎えるために浜に集まってきた。船がただひとつの埠頭に入り、ディアブロが埠頭に渡した通路を足早に歩くころには、カイルがディアブロを迎えに出ていた。カイルの浮かぬ表情と、胸のところで腕を吊っている姿に、ディアブロの不安はいっそうかき立てられた。

「デヴィル・ダンサー号は船倉がお宝でいっぱいな割には、沈み込んでいないじゃないか」カイルは冷静に言った。「スペイン艦隊に逃げられたのか?」

「さもなければ、そもそもガレオン船などいなかったかだ」ディアブロは不機嫌そうに言った。「すべてはスカーレットの作り話なんじゃないだろうか。そんなことをしてなんの得になるのかはさっぱりわからないが。見つからないガレオン船はもうたくさんだ。デヴォンはどうした? なぜきみと一緒に浜に来てないんだ? あのかわいい意地悪女が、おれを恋しがってるといいんだが」

ディアブロの恋する瞳を見て、カイルはデヴォンとル・ヴォートゥールに何千回目かの悪態をついた。「ああ、キット、すまない。その、あっという間だったんだ。なにもできなかった」カイルの要領を得ない返答は、ディアブロの胸に不安として突き刺さった。

呪《のろ》いの言葉がディアブロの血の気のない口からついて出た。「さっぱりわからない、カイル。なにがあったんだ? デヴォンになにかあったのか?」質問しながらも、鋭い直観で、もう答えを知っているような気がした。

「簡単には説明できないんだ、キット」カイルは深く悔やんでいる様子だった。「デヴォンは行ってしまった。ぼくはきみの信頼を裏切ってしまった」カイルはこんなに惨めなくらい自分の無力を感じたことはなかった。

「どういうわけか、そんな気がしていたよ」ディアブロは険しい顔をした。「なにがあったんだ？　どうやってデヴォンは島から出たんだ？　力ずくで連れ去られたのか？　なんてことだ。彼女を連れ去った奴を殺してやる！」

「力ずくではなかった。デヴォンはル・ヴォートゥールに自分からついていったんだ」カイルは悔やむように言った。

「ル・ヴォートゥールだと！」ディアブロは激怒して吐き出すように言った。ふいにカイルの包帯で吊った腕に目をとめた。「奴のしわざか？」

「ああ、奴を止めようとしたんだが、武器を取り出す間もなく刺されてしまった。誓って言うが、キット、もう二度と不意打ちは喰《く》らわない」

「ル・ヴォートゥールがきみにけがを負わせるのを、デヴォンがなにもせずに黙って見ていたなんて信じられない。奴はきみを殺していたかもしれないんだぞ。デヴォンは自分がどんな男と関わっているか知らなかったのか？　いったいなんでル・ヴォートゥールなんかと一緒に？　奴はデヴォンが我慢できるような男じゃないのに」

「デヴォンをみそこなっちゃいけない、キット。彼女はル・ヴォートゥールがぼくにしたことを許さなかった。彼女がいなければぼくは殺されていただろう。ル・ヴォートゥールは、英国に連れていってやると彼女に申し出たんだ。デヴォンは奴と取引することを思いついたらしい」続いて言った彼の声には非難するような響きがあった。

「きみは約束通り、デヴォンを父親のもとに帰すべきだったんだ」

「説教はやめてくれ、カイル」ディアブロは制した。その目は鋼《はがね》のごとく冷たかった。「デヴォンを弁護するのもやめてくれ。デヴォンはおれに隠れて逃亡を計画し、手はずを整えた。良心のかけらもない男と」

「おれもデヴォンにそう言ったさ、キット。でも彼女には彼女の考えがあったんだ」

「わかった」ディアブロは冷ややかに同意した。「けがの具合は？　仕事はできるか？」

「ああ。命令は？」

「デヴィル・ダンサー号の補給はいつ終わる？　長い航海に出るつもりだ」

「デヴォンのあとを追うんじゃないだろうな？」カイルは愕然《がくぜん》とした。

「いつ終わる？　カイル」

「うまくいけば、彼女はもう英国に着いているだろう。もうひと月以上前に出ていったんだ」

「いつ終わる？」

「二十四時間で」

「では、そのように取り計らってくれ。修理と乗組員の交代についてはアクバルと相談してくれ」

「なぜだ、キット。なぜそんなにしてまでデヴォンを追うんだ。彼女は明らかにきみを必要としていないじゃないか」

「忘れたのか？　おれはパラダイスに住む大勢の人たちの命に責任があるんだ」ディアブロはきっぱりと言った。「デヴォンはパラダイスの秘密について知りすぎている」

「じゃあ、つまり……」

「偶然を信じていたら、おれはここまで生きてこられなかった。デヴォンは父親や婚約者にここの秘密を漏らしたりしないだろうと思いたいが、現実的になれば彼女が黙っていると信じることもできない。おれはタラに話があるから屋敷に帰る。仕事に遅れが出ないように見ていてくれ」

ぞんざいにうなずいてカイルを下がらせると、ディアブロは踵を返し、大喜びで乗組員を迎えにきた女たちと子供たちのそばを足早に通り過ぎた。

平然とした表情とうつろな瞳の奥に、ディアブロはひどい痛みを隠していた。デヴォンはいとも簡単に自分を捨てた。この自分が、いともか弱き乙女にほとんど息の根を止められそうになっているとは誰も夢にも思わないだろう。自分の胸の内をあらわにして、恋煩いの若者のように気持ちを打ち明けたら、デヴォンはさぞかし笑うことだろう。デヴォンが自分と同じ気持ちになれなかったのも無理はない。心は動かされていなかったのだから。自分の心は完全に愛から生まれた情熱で、熱く力強く鼓動していたのに。

11

「帆を上げろ」

ディアブロはきびきびとやってきて言った。「どこにいる?」

「右舷《うげん》後方」

ディアブロは右舷を向き、小型望遠鏡で水平線を見渡した。「船に旗はないな。あの船に見覚えがあるか? アクバル」ディアブロは望遠鏡を巨漢のトルコ人に渡した。

「まだ遠くてわからない」

「見てもいいか?」カイルが望遠鏡に手を伸ばした。「うーん。はっきりわからないが、なんとなく見覚えがある。ル・ヴォートゥールのビクトリー号じゃないか?」

「なんだと? そう願いたいものだな」ディアブロが力を込めて言った。

「そうだったらどうする?」アクバルが食ってかかるように言った。「あのご婦人がまだ船にいたら?」

「いまごろデヴォンはロンドンだと思うが。ル・ヴォートゥールの愛人としてビクトリー号に残っているのでなければな」ディアブロは答えた。

「おいおい、ディアブロ」カイルは鼻で笑った。「あの娘は絶対そんなことは……」

「あの預言者みたいなひげ、ル・ヴォートゥールだ！」アクバルが愉快そうに叫んだ。

「どこにいたってビクトリー号は見分けられるさ」近づいてくる船の進路をむさぼるように夢中で追っているアクバルに、カイルは望遠鏡を返した。アクバルは、自分の言葉を確かめようとしていたディアブロに望遠鏡を渡した。

「おまえの言う通りだな」ディアブロは冷ややかに満足の笑みを浮かべた。「男たちを戦闘配置につかせろ」

アクバルの号令で、男たちは三日月形のカトラス剣や短剣、ピストル、斧《おの》で武装し、急いで配置につくために船内をどたばた走り回った。すべての準備が整うと、ディアブロは一歩前に進み出た。ディアブロの声は、興奮して大騒ぎしている男たちの上に、はっきりと響き渡った。

「おまえたち、戦いの用意はできたか？」

「おお！」それ以上望めないほどのどよめきがあがった。それこそディアブロが望んでいたものだった。

「あの船はおれたちのものだが、戦利品はあまり乗せていないだろう」ディアブロは言った。

「あれはル・ヴォートゥールだ。船の外見でわかった」ダンシーが叫んだ。

「そうだ」ディアブロは認めた。「奴はおれの女を盗み、卑劣にもカイルを襲った。おれは復讐《ふくしゅう》を誓う。おまえたち、おれについてくるか？」

「おれたちはついていく」代弁者を自任するルークスが叫んだ。

「戦利品がなくても嘆くことはない。おれに忠誠を誓う者には、埋め合わせにおれから報酬を出す。幸運を祈る」

「船を沈めるのか？」デヴォンがビクトリー号にいるかもしれないと思ったアクバルがきいた。

「いや、アクバル、デヴォンがいないと確認できるまで待て。十分に近づいたら、船首前方へ威嚇射撃し、どうなるか様子を見る。おそらくル・ヴォートゥールは戦わずして降伏するだろう」

ル・ヴォートゥールはすぐにデヴィル・ダンサー号に気づき、呪《のろ》いの言葉を吐いた。あの悪魔が自分を探しにやってくるだろうことは予想がついていたが、英国海軍がディアブロを始末してくれただろうと期待していたのだ。しかし、今やル・ヴォートゥールも対決を避けるつもりはなかった。それどころか、対決を待ちかねていた。すでに手下たちは戦闘配置につき、船の防御の準備をしている。空は雲ひとつなく、太陽は明るく温かい。ル・ヴォートゥールは、今日は死んだブラックバートの敵《かたき》を討つのにおあつらえむきの日だと確信した。

「撃て!」アクバルが叫んだ。右舷の銃が火を噴き、灰色の硝煙が漂った。ディアブロの指示通り、弾はビクトリー号の船首を飛び越えていった。右舷の銃に再装塡《そうてん》する間に、デヴィル・ダンサー号は素早く進路を大きく変えた。対するビクトリー号からの一斉射撃は、デヴィル・ダンサー号に届かなかった。

「ル・ヴォートゥールは戦いを望んでいる」アクバルは楽しげに高笑いした。ふたつの船の性能は互角だが、あのフランス人は実力と抜け目のなさにおいてディアブロにかなわないと思っていた。

「大砲を船の外側に向けろ。もし、デヴォンが船に乗っていたとしても彼女を傷つけることなく、ル・ヴォートゥールを屈服させてやる」ディアブロはぶっきらぼうに命令した。

「おれはいつも言っていた。あの女はディアブロの厄介の種になるってな」アクバルは声を潜めてぼやいた。「あの女がル・ヴォートゥールと行くことを選んだんだからよ。どうなったって心配することはないんだ」

「おまえはやることがあるだろう、アクバル。ちゃんとやれ」ディアブロの口調は有無を言わせないものだった。アクバルは声をあげて次の一斉射撃を指示した。それは船の上のほうを狙《ねら》ったものだった。

アクバルの努力は十分に報われ、砲弾はビクトリー号のマストの先端を削ぎ取った。ル・ヴォートゥールの砲手たちは応酬したもののまともに狙いをつけられず、弾はデヴィル・ダンサー号の船首のはるか上空を越えて、空しく海へ沈んでいった。それはまた、カイルの見事な舵《かじ》さばきのせいだったかもしれない。ともかくも、ディアブロの砲手たちはなんとかふたつ目のマストも破壊することに成功した。そのとき、デヴィル・ダンサー号は直撃弾を受けた。しかし幸いにも、弾は水面より上の船体に穴を開けただけで、運良くデッキの上の弾薬保管庫をそれた。銃撃で上がった火は素早く消された。

ビクトリー号の船体側面にいくつか小さな火の手があがったのに気づいたディアブロは、満足げににやりと笑った。どれも船が沈むような深刻なものではないが、多くの乗組員たちが火を消すのに追われ、ビクトリー号からの発砲はほぼやんだ。ディアブロはこの機をとらえて、混乱しているビクトリー号に乗り移れるようにデヴィル・ダンサー号を近づける作戦をとった。

「渡し板を伸ばせ！」ディアブロは戦闘に興奮して大騒ぎをしている乗組員の歓声をついて叫んだ。「ル・ヴォートゥールはおれがやる」乗組員たちがビクトリー号へと押し寄せていくと、ディアブロは叫んだ。

乗組員たちはまだくすぶっている瓦礫《がれき》をよけ、当面の敵と戦い、数分のうちにはビクトリー号に乗り込んでいった。久しく戦闘で大暴れすることがなかった男たちはみな血に飢えていた。

ディアブロは、口をひん曲げたル・ヴォートゥールがカトラス剣を手に後甲板に立っているのを見つけた。「出て来い。悪魔」ル・ヴォートゥールは挑むように言った。「わたしはこのときを長い間待っていた。おまえがブラックバートを殺して船を奪った日からな」

ディアブロは困惑し黒い眉《まゆ》をひそめた。「ブラックバートは自ら死を招いた」ゆっくりと後甲板への梯子《はしご》を上がっていった。「おれがいなくても誰《だれ》かが反乱を率いただろう。バートは残忍な変質者だった。奴がいなくなって世界は以前より良くなったさ。おまえはそうは思わないのか?」

「ブラックバートはわたしにとって父親のような存在だった。彼の敵《かたき》を討つ日を何年も待っていた」ル・ヴォートゥールは息を吸い、ディアブロの胴体にカトラス剣で一撃を加えようと狙いをつけた。刃はびゅんとうなったが、わずかに届かなかった。

ル・ヴォートゥールが再び繰り出した剣を余裕しゃくしゃくでかわしながらディアブロはたずねた。「デヴォンはどこだ? ビクトリー号にいるのか? もしも彼女になにかしたのなら、ただではおかないぞ」

ル・ヴォートゥールは、再びディアブロの無防備な胴体を切りつけようとしながら笑った。「おまえの情婦は喜んでおれについてきた」

信じ難いほどの怒りが込み上げ、ディアブロは歯を食いしばりながら、ル・ヴォートゥールの攻撃をかわすため横に飛びすさった。「この野郎、デヴォンはこの船にいるのか？ いないのか？」

「遅かったな、ディアブロ。あのお嬢さんは英国だ。彼女はごちそうだな。彼女がいなくなって、おまえがそんなに落胆するのもよくわかるさ。彼女がビクトリー号ご滞在中、おれたちは、とても……親しくなった……。それもおれたちがかわした取引の一部だったのさ」ル・ヴォートゥールははったりをかました。意味ありげに歯を見せて笑い、嘘《うそ》を飾り立てる。

「嘘だ。腹黒い大嘘つきめ！ デヴォンがおまえなんかに触れさせるはずがない」

ふたりは黙って殺し合いに集中した。あたりの戦いも激しさを増している。双方の乗組員たちは負けず劣らず狡猾《こうかつ》で勇敢で、戦いは互角だった。しかしすさまじいまでの忠誠心に突き動かされているディアブロ側が徐々に優勢になっていった。そのころにはディアブロはいくつか切り傷を負っていたが、それはル・ヴォートゥールも同じだった。突然ル・ヴォートゥールのふたりの手下がカトラス剣を振りかざしながら、後甲板の梯子《はしご》を駆け上がり、デヴィル・ダンサー号のふたりもそのあとを追った。

そのとき不用意にも、ディアブロの手下がディアブロを押してしまい、ディアブロはバランスを崩し、膝《ひざ》をついた。勝利を確信したル・ヴォートゥールは喜びの高笑いをあげ、体勢を崩した敵に突進した。しかし、数え切れないほど多くの危険をくぐりぬけてきたディアブロは、狡猾なル・ヴォートゥールの攻撃をかわすべく機転をきかせた。よろめいた瞬間、無防備な胸部をわざとさらし、ル・ヴォートゥールがそこに突きを入れてくるよう仕向けたのだ。ル・ヴォートゥールはにやりと悪意のこもった笑いを浮かべ、踏み出した。が、ディアブロは素早く転がり、彼の防御をかいくぐって、ル・ヴォートゥールの体の下でカトラス剣を突き上げ、腹部に突き刺した。ル・ヴォートゥールの大きく見開いた目は次第にうつろになり、体は倒れていった。そして床に崩れ落ちる前に息絶えていた。

戦闘はル・ヴォートゥールの死によってすぐさま終結した。船内がくまなく探索され、ル・ヴォートゥールの船室にたくさんのお金やお宝とともに隠されていた金貨も見つかった。船倉はディアブロがにらんだ通り、空っぽだったが、ビクトリー号は驚くほど大量の戦利品をデヴィル・ダンサー号の乗組員にもたらした。

ビクトリー号の生き残った乗組員たちは、選択肢を示されると、ディアブロの仲間になることを強く望んだ。すべての負傷者がデヴィル・ダンサー号に移され、ビクトリー号に火が放たれた。ディアブロの顔からは表情が読み取れなかった。ディアブロは感情を面《おもて》に出さず、ビクトリー号が直立し、滑るように海に沈んでいくのをじっと見ていた。ただそれは自分に苦悩をもたらしただけの男の最期だとディアブロは思った。今は英国にいるデヴォンが、ディアブロのすべてだった。だが、もはや失ってしまった。かつては興奮と冒険に満ちた自分の人生が突如として、意味のないものになってしまった。

「命令は？　ディアブロ」カイルがディアブロの暗い気持ちを察してきいた。「デヴォンを追って英国に行くのか？」

「いや、カイル。もう遅い。デヴォンは自分で決めたんだ」その瞳《ひとみ》は悲しげだった。

「帰ろう」

「デヴォンはパラダイスの秘密を漏らしたりしないさ」カイルは力なく言った。「そんなことをしたら、パラダイスに暮らす人々になにが起きるかわかっているだろう」

二、三百マイル南方のパラダイスと呼ばれる小さな島でなにか起きているかを知っていたら、カイルはそんなに自信たっぷりに言いはしなかっただろう。

ディアブロはデヴィル・ダンサー号をいつものように楽々と操り、珊瑚礁《さんごしよう》の海を航行していた。しかし、船が隠れた港に近づくにつれ、この小さな集落を襲った大惨事が目の前に広がっていった。海岸沿いの建物は瓦礫の山と化し、その奥にあった小屋などは地面に倒れていた。ほんのわずかしかいない生存者は急ごしらえの掘っ立て小屋からよろめくように出てきて、渡り板を全速力で駆けてきたディアブロを迎えた。けがをした人々をひざまずいて慰めていたひとりのやせた女性が立ち上がって、ディアブロを迎えた。彼女は疲れきって背を丸めていた。カイルとアクバルがディアブロに駆け寄った。三人は、破壊された建物や大切な人の命を奪われた人々を目の前にして呆然《ぼうぜん》と立ち尽くすしかなかった。

「二、三日前でした」タラが言った。その声はぼんやりとしていつものタラの声ではなかった。

「ああ、タラ、誰がこんなことをしたんだ？」

「英国人です。ラークスパー号が率いる三艘《そう》の船が入り江にやってきて、いきなり砲撃を始めました。彼らには慈悲も情けもありませんでした。この島には女子供と年寄りしかいないことなどどうでもいいようでした。彼らは入り江に船が停泊していないことを自分の目で確かめたはずなのに」タラは悲しげに茶色い瞳で懇願するようにディアブロを見上げた。「どうしてなのでしょう、ディアブロ様？　どうして彼らはこんなことを？　どうしてパラダイスへたどり着けたんでしょう？」

ディアブロは答えなかった。ディアブロの顔には見るに耐えないほど苦悩が表われていた。官能的な唇は一文字に結ばれ、銀色の瞳は死んだように冷たく、暗かった。

彼は突然その答えに気づき、その大打撃に押し出されるように肺から息を吐き出した。

「あの裏切り者のふしだら女を殺してやる！」

「ディアブロ、まさかデヴォンのことを言ってるんじゃ……」カイルは言葉を途切らせた。

「他に説明がつくか？ カイル」ディアブロは容赦なくさえぎった。デヴォンが裏切ったとは考えられなかったが、他の可能性は思いつかない。ディアブロはタラに目を向けた。「助かったのはこれだけなのか？」

乗組員たちもどよめきながら渡し板を降りてきて、自分の大切な人を求めて生存者の間を探し回っている。

「屋敷にもう少しいますし、サトウキビ畑で働いていたアラワックの人たちはほとんど無事でした」タラは答えた。

「屋敷は無事なのか？」

「海岸から見えないので、攻撃されなかったのでしょう。英国人たちは、着いたときには、あなたが出ていったあとだったので腹を立てたに違いありません。それで目につくものを手当たりしだい破壊したんです。そうして去っていきました。亡くなった人の遺体は埋め、けがをした人の手当てはほとんど終わりました」

「よくやってくれた、タラ。ありがとう。すべて責任はおれにある。この……このいわれのない虐殺の。ここにデヴォンを連れてくるというばかなことをしなければ、こんなことは起こらなかった」

アクバルは心の底から同意し、ぶつぶつ言った。その黒い瞳の奥には激しい憎しみが燃えている。

カイルはそうではないことを祈っていたが、デヴォンを指し示す圧倒的な証拠を受け入れざるを得なかった。他の誰が自分たちを裏切るというのだろう？

「すぐに建物を建て直そう」ディアブロが言った。

「なぜ？」カイルは肩をすくめた。「英国人は秘密の入り口を知っている。いつでもここにたどり着けるだろう」

「今度は島の向こうの海岸に作る」

「珊瑚礁はどうするんだ？　珊瑚礁は島の周りを囲んでいる。どうやって出入りするんだ？」

「こういうときのためにおれは調べておいたんだ」ディアブロは明かした。「覚えてるだろう。デヴィル・ダンサー号を修理しているときなど、おれがいなくてもいいときにこの島をくまなく探索していたのを。まだ誰にも言っていないが、もうひとつ航行可能な場所がある。試したことはないが、デヴィル・ダンサー号は通り抜けられるに違いない。カイル、生存者を船に移すよう取り計らってくれ。すぐに出発して、再建を始めよう。幸い、ル・ヴォートゥールの男たちの手もある」

「屋敷はどうします？」タラがきいた。

「もうひとつの岸からも同じくらいの距離にあるし、わたしにはおあつらえむきだ。これからもパラダイスにいるときは使う。その間、おれはやらなくてはいけないことがある」

「やらなくてはいけないこと？」カイルはディアブロがなにか早まったことを考えているのではないかと懸念した。「もしやきみは……」

「そうだ、カイル」ディアブロは冷静にうなずいた。「レディ・デヴォン・チャタムとは終わりだ。あの嘘つきのあばずれは生まれてきたことを後悔するだろう」

「ずっとどこに行ってたの？　ウィニー」デヴォンはぼんやりときいた。「長いこといなかったわよね」

「ぼくがいなくて寂しかった？」ウィンストンはかすかに微笑んだ。ウィンストンはてっきり、デヴォンは自分が遠征に出かけて不在だったことにすら気づいていないものと思っていた。「ぼくたちの結婚式の準備は進んでいるのかい？」

「お父様からおききになってないの？」

「まだ、お父上にはお会いしていないんだ」ウィンストンはまだちゃんと挨拶《あいさつ》をしていなかったことを思い出し、デヴォンの額に軽くキスをした。「なにか問題でもあるのかい？」

問題ですって？　デヴォンはウィンストンのこの無邪気な質問にあやうく声を立てて笑いそうになった。まったく、自分には不釣合いな男、社会に対し恥ずべき罪を犯したとして指名手配になっている男を愛していること以上の問題があるというのだろう？　デヴォンの心のなかではウィンストンも含め、他のどんな男もディアブロに取って代わることはできないのだ。しかし、デヴォンは、独身のままでいたらどんな未来が待っているかもわかっていた。父が生きている間はその庇護《ひご》を受けるだろう。しかし、男の相続人がいなければ、父の称号と財産の大部分は、遠縁の者のところにいってしまう。だからミルフォード伯爵はデヴォンが結婚し、男の子を生むことを切望しているのだ。なにもデヴォンの嫌悪するような男との結婚を強いているわけではない。でももし独身のままなら、彼女は遠い親戚《しんせき》に頼って生活せざるをえなくなるだろう。

「まだぼくの質問に答えてくれてないよ。デヴォン」ウィンストンはしつこく言った。

「その……ちょっと問題があって」言葉につまりながらデヴォンは言った。「十月まで結婚できないの」

「何週間も先じゃないか！」ウィンストンは声を上げた。債権者たちがそんなに待ってくれるだろうかと心配になった。

「たった四週間よ。これからの一生に比べたらなんでもないわ」その一生という言葉に、デヴォンの細い体は身震いした。

「四週間が一生に思えるよ。どうして遅れるの？」ウィンストンは優しく慇懃《いんぎん》に言った。

「わたしのドレスと花嫁介添人のドレスが間に合わないの。女の子にとって結婚式は一生に一度のことでしょ」

デヴォンがウィンストンとの結婚を決めたのは、ほんの一週間前だった。そのときまでデヴォンはこの結婚は絶対にいやだった。気がかりなことが毎朝起こるようになり、それで考えを変えた。ディアブロの子供を身ごもっていることはもはや疑いようがないように思われた。これまで一カ月以上月のものが来なかったことはなく、本能で自分はディアブロの赤ちゃんを産むのだと感じていた。もうウィンストンと結婚するしかない。父親のわからない子供を産んで、父の名誉を傷つけるわけにはいかない。

ウィンストンはため息をついた。遅れるのは困る。「十月一日にしよう。それ以上遅らせるわけにはいかない」ウィンストンは強く言った。「きみをお嫁さんにするのを、ぼくはもう長いこと待っているんだ」

「十月一日ね」デヴォンは同意した。ふいにデヴォンは話題を変えた。「この数週間、どこに行ってたの？　お父様は、あなたがラークスパー号で任務についていると言っていたけれど、もう除隊したんじゃなかったの？」

「通常の任務だよ」ウィンストンは平然と嘘をついた。「心配することはない。結婚したら退くつもりだからね。そうしたらすべての時間はきみに捧《ささ》げよう」

「あなたのお父様のお加減は？　最近、お父様のことを聞いていないけど」

「変わりない。父は自分の周りのことはほとんどわからない。それでも生きていることで我々に逆らっているんだ」

デヴォンはウィンストンの無神経な言葉にショックを受けた。「ごめんなさい」小さくつぶやいた。

ちょうどそのときミルフォード伯爵が部屋に入ってきた。ウィンストンを見つけると顔を輝かせた。「よく戻ってきた。いつ着いたんだ？」がなるような大声で言った。

「数時間前です」

「デヴォン、いい子だ。わたしはウィンストンと話がある。外してくれないかね」

「ええ、お父様。わたしもウェディングドレスのことで仕立て屋のところに行かなくてはいけないし」デヴォンは扉のところで立ち止まり、言った。「帰ってきてくれてうれしいわ、ウィニー」

デヴォンの言い方はまったく熱意に欠けていたので、ミルフォード伯爵は眉をひそめた。デヴォンにウィンストンとの結婚をせき立てるのは正しいことなのだろうかという疑問が頭をよぎった。しかし、今はもっと差し迫った事柄が伯爵の心を占めていた。

「それで、ウィンストン。早くきかせてくれ。任務は成功したのかね？」

「部分的には」ウィンストンは不快そうに言った。「ディアブロは奴の島にいなかったんです。しかし我々はやってやりましたよ。ディアブロは瓦礫の山にご帰還です」

「奴の集落を砲撃したのか？　それは正しいことか？　わたしが欲しいのはディアブロの命だ。罪のない人々の命ではない」

何人もの命が失われたときいて、ミルフォード伯爵は不愉快な気分になった。今まではわからなかったが、この若者の気質の、深刻な欠陥に気づいてしまったのだ。

「ディアブロの庇護のもと、奴の本拠地にいる人々に、罪がないとでも言うのですか？　みんな海賊です。無法者だ」ウィンストンは反論した。

ウィンストンは砲撃を開始する前に、女子供と年寄りしか確認できなかったことは黙っていた。ウィンストンの部下のなかには、虐殺したことを悔やんでいる者もいた。しかもそのときにディアブロは住まいを留守にしていたのだ。けれどもウィンストンは人の命を奪ったことをなんとも思っていなかった。

「まあそうだろう。しかしわたしは気に入らんな」伯爵はしかめ面で言った。「きみとデヴォンは結婚式の日取りを決めたのか？　デヴォンはぎりぎりまで結婚を先延ばししているようだが」

「十月一日です」

ミルフォード伯爵はうなずいた。「結婚はデヴォンにとって必要なことだ。この事件はデヴォンを変えてしまった。正直言って心配しているんだ。あの悪魔にさらわれる前のデヴォンとは同じではなくなってしまった」

「このようなことを申し上げるのははばかられるのですが、デヴォンはあの悪魔に無理矢理強姦《ごうかん》されたんでしょうか？　デヴォンが否定しているのは知っています。でもたぶん、そんな恐ろしいことを口にするのはいやでしょう」

「デヴォンはわたしに嘘をついたりはしない。きみは結婚を考え直しているのかね？」伯爵はむっとして言った。

「もちろん、そんなことはありません」ウィンストンはあわてて打ち消した。「デヴォンがいいと言えば明日にでも結婚したいくらいです。デヴォンが大勢の求婚者のなかから、ぼくを選んでくれて本当に幸運だと思っています」喉《のど》から手が出るほどお金が必要だから、カリブの海賊たち全員にデヴォンが強姦されていたとしても、彼女と結婚するつもりだということは言わなかった。

「わかった。十月一日だな。きみがデヴォンを幸せにしてくれるだろう」

実際のところ、ミルフォード伯爵はウィンストンの人間性に大いに疑問を抱き始めていた。愛するデヴォンを、尊敬に値しない男にやることはできない。伯爵はこのところクラブで、ウィンストンの性的な好みについてひどい噂《うわさ》を小耳にはさんでいたが、あまりにもとんでもない話だったので、本気にしていなかった。そもそもミルフォード伯爵自身は人物を公平に判断し、噂話に耳を傾けるようなことはめったにしない。だが今日、罪のない人々を無差別に砲撃したときいて、伯爵の不安はつのった。それでも、デヴォンが自分の選択に満足している限り、口をはさむつもりはなかった。

上流階級の人間が多く住むロンドンのグローブナースクエアにあるその広大な屋敷は、改修の必要がありそうだが、見事な邸宅だった。正面玄関で、豪華な身なりをした男が身構えていた。男は、紫がかった上品なグレーのサテンのベストと揃《そろ》いのパンツ、上質な正絹のタイツを身につけ、当世風の高いヒールに大きな銀のバックルがついた革靴を履いていた。装飾的なかつらをかぶり、最高級のトレド鋼の剣を細いウエストに差し、ブリュッセル製のレースを袖《そで》とシャツの胸元から垂らしている。その体が筋肉美の完璧《かんぺき》な見本でなかったとしても、ハンサムな容貌《ようぼう》は人目を引いた。

皮膚の硬くなった大きな手で、真鍮《しんちゅう》のノッカーを持ち上げ、激しくたたいた。どうしてリンリー邸に来たのか、男は自分でもはっきりとした理由はわからなかった。

しかし、彼のなかの奥深くにあるなにかが思い出のなかにあるこの場所に導いた。ここを我が家と呼んでいたのはもう十年以上も昔のことだが。彼の訪問に応えて家の者が出てくる間、そわそわと落ち着かなかった。男は出てきた年配の執事が誰かすぐにわかったが、その落ち着いた物腰の高齢の執事は、この品のいい服を着た男が誰かわからないようだった。

「どういう御用でしょうか?」

「グレンビル公爵にお会いしたいのだが」

「申し訳ありませんが、公爵はご領地のお屋敷で死の床に臥《ふ》せっておいでで、お客様にはお会いできません。ですが子爵がお役に立てるでしょう」

「子爵?」公爵が病気ときいて、男は驚いたが、注意深く顔には出さなかった。

「はい。公爵のご子息です。幸い、今屋敷にいらっしゃいます」

「ぜひ、公爵のご子息にお目にかかりたい」

「どなたがいらしたとお伝えしましょう?」

「ウィンストンには……親戚が会いにきたと伝えてくれ」

しぶしぶ執事は脇《わき》に寄り、男を通した。執事のピータースは何年もリンリー家に仕えてきたが、親戚がいるという話は聞いたことがなかった。「ここでお待ちくださ い」

訪問者は、玄関ホールを囲む壁面を興味深げに見回し、壁を飾る肖像画のいくつかにとくに興味を示した。二、三分後にピータースが戻ると、男は先代の公爵夫人の肖像画を食い入るように見ていた。「お客様、子爵は書斎でお会いになるそうです。ただ時間があまりないとのことで。一時間後には別の約束があるそうです」

この上品な訪問者はうなずくと、ピータースが案内するまでもなく、真っすぐ書斎へと歩き出した。ピータースはいささか奇妙に思った。

山と積まれた未払いの請求書越しにウィンストンは、目の前に立っている立派な男をうさんくさげに見た。「ピータースは親戚が来たと言っていたが」ウィンストンは社交上の礼儀もかまわず、自己紹介もしないままぶっきらぼうに言った。「施しを求めてきたなら、よそに行ってくれ」ウィンストンはこの冷酷な目つきをした男が、金にしろなんにしろ必要としているとは思えなかったが、言葉を選ぶ必要も感じなかった。

「きみの金は必要ない、ウィンストン。きみの持っているものをすべて買っても、わたしの財産は手つかずと言っていいくらいだろう。お父上のことはお気の毒だ」男はまったく気の毒に思っていないようだった。

「脳卒中だ」ウィンストンは説明した。「話すことも、歩くことも、意思を伝えることもできない。あの老いぼれはどうやって命をつないでいるのやら。もし用件が父に関することならもう遅かったようだ。きみは誰だ？　ぼくに親戚はいない」

「よく見ろ、ウィンストン。十五年前のことを思い出せ。本当におれがわからないのか？」

ウィンストンは目を細めて、背の高いしなやかな体つきの男を見た。その日に焼けた精悍《せいかん》な顔に見覚えはなかった。家から出ていくよう言おうとしたそのとき、男の銀色の瞳になにか記憶を揺さぶるものを見つけた。ウィンストンは眉を寄せ、必死に思い出そうとした。おぼろげな記憶の底から何年も前のことがよみがえってきた。突然、ウィンストンの顔は死人のように白くなり、手の震えが止まらなかった。「嘘だ。ああ、そんなはずはない！　おまえは死んだんだ！　奴らはおまえを殺すと誓ったんだ」感情のうねりが押し寄せてむせび泣いた。それはウィンストンがショックを受けていること、ひどく怯《おび》えていることを明らかに物語っていた。

「それじゃあ、おれが誰だかわかったんだな」

言葉がウィンストンの口からこぼれ出た。それは悪事が行われたことを示す言葉、長い間、嘘と偽りのなかに覆い隠されていた秘密をあらわにする言葉だった。

「ぼくは知らなかったんだ、キット。誓って言う。すべて父がやったことなんだ。奴らを雇ったのは父なんだ。きみの父上が亡くなったあと、父とリンリー家の財産とをへだてているのは小さな男の子だけだった。父は欲が深かった。父はすべてを、富も称号も手に入れたかった……きみが受け継ぐべきものすべてを」

「それで彼は男を雇っておれを殺し、死体をテムズ川に投げ捨てた」キットは冷静に問い詰めた。

「ぼくは何年もあとになって知ったんだ。ぼくは……世間が思っていたように、きみは事故にあったか、犯罪に巻き込まれたものと思っていた」

「そうだ。裏切り行為は最低の犯罪だ。きみの父親……おれの叔父は何年もおれの金を管理していた」

「七年後にきみは死んだと判断され、称号も財産も父のものとなった。なにがあったんだ？　どうして今まで帰ってこなかったんだ？」

「きみが、おれは死んだはずだと言いたいのなら、その通りだ。幸いにも、おれは強欲さに助けられた。おれを殺すためにきみの父親が雇った男たちはもっと金を稼ぐ方法を見つけたのさ。奴らは強制徴募隊におれを売り飛ばした。おれは厳しい船長と過酷な状況の下、船の上で何年も奴隷のように働いた。十二歳の少年は若くして大人になった。一日一日がこの上ない悪行と想像を絶する残酷さのなかで過ぎていくんだからな」

「ああ、キット、そんなこと、思ってもみなかった。信じてくれ。でも……きみはどうやって……その、金持ちになったんだ？　ずっと海の上にいたのか？　どうしてもっと早く連絡をしてこなかったんだ？　きみの称号や財産のことは気にならなかったのかい？」

「かつては大いに気にしていたさ」キットは苦々しげに答えた。「何年も復讐を計画していた。しかし突然、もうそんなことはどうでもよくなった。おれが気にかけていたただひとりの家族はいなくなってしまった。新しい友人もできて、おれの人生はまったく別の方向へ進んだ。それにこの様子じゃ」あからさまに請求書の山を見ながら付け加えた。「中身のない称号のほかにはほとんどなにも残っていないようだ」

ウィンストンは後ろめたそうに顔を赤くした。「父はばかな投資をした。結果は悲惨だった。それにギャンブル。父のビジネスはいつもろくなことにならなかった。でもきみが今の父を見たら、父がきみにしたことの報いを受けていることがわかるだろう。父は生きているというよりは、死んでいるも同然の抜け殻のようなものだ」

「だからといって、自分がした仕打ちの償いにはならないだろう」キットは無情に言った。

「ぼくは一家の財政を立て直すため、自分の役目を果たしているところだ」ウィンストンは急いで付け加えた。「財産持ちの娘と明日、結婚する。彼女の父親はリンリー邸と田舎の屋敷を修復するための資金を用立ててくれた」

キットは突然、けたたましく大笑いした。「きみが？　結婚？　冗談だろう。きみの花嫁は知っているのか？　きみが……」

「キット、お願いだ！　ぼくの秘密はほとんど誰も知らないんだ」

「花嫁は知っておくべきだと思わないか？」

「花嫁に対する義務は完璧に果たせるさ。跡継ぎを儲《もう》けることだってちっとも難しいことじゃない」ウィンストンはいささか自信なげに宣言した。実際、彼はうまくやれるか見当もつかなかったが、やってはみるつもりだった。

「おもしろい」キットは考え込むように言った。「リンリー家の跡継ぎを儲けられるのはおれだけだと思っていたがな」

「きみは死んだんだ！」ウィンストンはすぐに言い直した。「つまり、みんなきみは死んだと思っている。なぜ戻ってきたんだ？　十五年前の不正を正すためか？　それでここに来たのか？　遅かったよ、キット。父はゆっくりと、苦痛に満ちた死を迎えようとしている」

「好奇心からだ」キットは正直に言った。「何年もの間、この帰るべき家のことを度々考えた。本当に残酷なやり方でここから引き離されたとき、おれは十二歳の少年だった。それからの十五年のうち、はじめの十年はまさに地獄だった」

「誓ってぼくは知らなかったんだ」ウィンストンは繰り返した。ひどく汗をかいていた。その気になれば、この男は自分の手足をばらばらに引きちぎれるくらいの力があるとウィンストンは思った。「なにを企んでいるんだ？　ぼくは結婚する。キット、ぼくの人生からすべてを奪うのはやめてくれ。後生だから、情けをかけてくれ」

「情けだ？　卑屈なことを言うな、ウィンストン。きみには似合わない。誰かおれに情けをかけてくれたか？　きみが父親と共謀していたかどうかはわからないし、明らかに叔父は話ができる状況にない。しかし、おれはきみが不正な手段で手に入れたものを奪いに来たんじゃない。さっきも言ったように好奇心からやってきたんだ。しかし怖がることはない。おれはすぐに英国を出ていくつもりだ」

キットはロンドンに留まるのは危険だと思っていた。ここには自分の正体を見抜く者がいるからだ。自分はある目的のためにロンドンにやってきた。だが失われた称号と財産の返還を求めるためではない。とはいえ、叔父と対決したいという衝動に抗えなかった。しかし、自分をつらい目にあわせたその男が死の床にあると知り、復讐の思いは消え失せた。当時、十八歳の若造だったウィンストンが、その犯罪に関わっていたかどうかは確信がもてなかった。

「ありがとう、キット」ウィンストンは震えながら息をついた。

ウィンストンは潔白を装っていたのだが、キットには真実を知るすべはなかった。実際、ウィンストンは、父親がリンリー家の相続人を始末するために雇った男たちと話しているのを立ちぎきしたのだ。キットに警告して、その邪《よこしま》な陰謀を潰《つぶ》す時間もたっぷりあった。しかし、そうはしなかった。いつの日か、すべては自分のものになるからだ。

「礼は言わないでくれ、ウィンストン」キットは短く言った。「きみにも罪があるなら、報いを受けるときが来るだろう。それまではきみが、きみの……きみの……花嫁と楽しめるよう祈るよ」キットは言いながら忍び笑いを抑えることができなかった。

「神よ、なにも知らない気の毒な人を哀れみたまえ。見送るには及ばない。屋敷のなかはよく知っているから」

屋敷の外で立ち止まり、キットはどんなひねくれた思いから、自分はリンリー邸にやってきたのだろうと思った。そこには、十五年前に彼を拒み、そしてもう取り戻すことができないものしかない。雇っていた馬車に素早く乗り込むと、御者に馬車を出すように合図し、なんとか気持ちを落ち着けしようとした。大いに楽しんで仕事に取り掛かろう。そのためにロンドンにやってきたのだから。

明日。デヴォンはぼんやりと考えながら寝る支度をした。明日、自分はウィンストンと婚礼のベッドに寝るのだ。ウィンストンにディアブロが自分の体にしたようなことをさせるなんて、そんなこと耐えられるだろうか？　自分が望んでいるのは、ディアブロだけだというのに、愛しているのはディアブロだけだというのに、他の男に触れさせるなんてどうすれば耐えられるだろう。けれども、デヴォンは自分の子供の将来がウィンストンとの結婚にかかっていることを十分承知していた。結婚後十カ月たたないうちに子供が生まれれば、あれこれ言われるだろう。遅かれ早かれウィンストンも噂の的にされるに違いない。

デヴォンは力なくため息をついた。実は、ウィンストンと結婚する覚悟はまだできていなかった。もしかすると明日の朝、父にすべて告白して、父の非難を受けているかもしれない。

少し開いた窓から目を移しながら、眠りたくても眠れないと思った。もう真夜中をとっくに過ぎていた。冷たい風が細く開いた隙間《すきま》から吹き込んで、カーテンをひらひらはためかせ、デヴォンの華奢《きゃしゃ》な体を震わせた。デヴォンには黒ずくめの人影が開いた窓の隙間を通り、影に溶け込むようにして静かに立っているのは見えなかった。突然、冷気がデヴォンを襲った。デヴォンは起き上がって、窓に近づいた。隙間風が眠りを妨げているのは明らかだった。

部屋にはちょうど、デヴォンの顔がわかるくらいの、かすかな明かりが差し込んでいた。ディアブロはデヴォンの魅惑的な顔と姿を食い入るように見ながら、憎しみに銀色の瞳を細めた。裏切り者の女を見るのは耐え難いと思いながらも、その美しさを称賛せずにはいられなかった。ディアブロは体の脇《わき》でこぶしをぎゅっと握り締め、暴れ出そうとする激情を抑えようと格闘していた。なぜ自分がデヴォンを殺そうとしているのか、本人に知らしめたかった。ディアブロは、罪のない人々に対するいわれのない攻撃の身の毛もよだつような詳細を、その死の前にデヴォンにきかせようと決心していた。彼女がパラダイスの秘密を漏らしたことで大惨事が引き起こされたことをとくとわからせたかった。

デヴォンは窓に近づいて、閉めようとした。しかしなにかに気をとられた。デヴォンは、自分のほかに誰かいるのを感じ、体の全神経が悲鳴をあげた。デヴォンは何度、あの力強い腕に優しく抱かれ、このスパイシーな、じゃ香の香りを吸い込んだことだろう？　どこにいても彼の香りがわかり、目隠ししていてもディアブロが部屋に入ってくる瞬間がわかる。

「ディアブロ……」その名がデヴォンの口から漏れた。夏のそよ風のように、しとやかにせつなく……そして、とても優しく。

ディアブロは暗がりから踏み出した。窓から差し込む月明かりが、ディアブロのこわばった顔の上に落ちたとき、デヴォンははっと息をのんだ。ディアブロの銀色の瞳から放たれる憎しみは激しく、不安を感じてあとずさりした。獲物を追い詰める豹《ひょう》のようにディアブロが迫ってきた。デヴォンの肩をしっかりとつかみ、くるりと自分のほうを向かせる。デヴォンはひるんだ。ディアブロに荒々しくつかまれ、混乱した。

触れるときは、ディアブロはいつも優しかった。自分が彼のもとを去ったから、彼はこんなにも豹変《ひょうへん》してしまったのだろうか？　それともル・ヴォートゥールとともに去ったから？

「ディアブロ、お願い、やめて！　痛いわ」

「裏切り者のあばずれが！　今すぐにもおまえを殺さないのは、どうして死ぬのか教えてやるためだ」ディアブロの表情は硬く、残忍で容赦がなく、その声は無慈悲だった。

デヴォンは震え上がった。この残忍な男に見覚えはなかった。そこにいるのは復讐に燃え、人を殺す決意をしている見知らぬ男だった。「わたしがなにをしたというの？」

ディアブロの大きな手が震えるデヴォンの肩から上へと向かい、デヴォンの細い首をつかもうとした。「とても簡単だ」ディアブロは脅すようにゆっくり言った。「このかわいい嘘つきの首を折るのは。ここをほんのちょっと押せば」デヴォンは頭がくらくらし、息をのんだ。「これはおまえが引き起こしたすべての無益な殺生《せっしょう》に対する復讐だ」ふいにディアブロの手の力が弱まり、デヴォンは激しく身震いしながら空気を吸い込んだ。肺がずきずきする。

「教えて、ディアブロ」デヴォンは苦しげに息をつきながら叫んだ。「わたしがなにをしたというの？　あなたの手にかかって死ななければならないなら、その理由が知りたいわ」

「自分のしたことを喜ぶがいいさ。おまえのせいで罪のない女や子供たちが大勢、命を奪われた。おまえはそうなることを承知で英国人にパラダイスへの行き方を教えたんだ」ディアブロは非難した。「おまえはわたしが島を離れていて無防備な人々を守る者が誰もいないことを知っていた。殺す前になぜそんなことをしたのか、おまえの口からききたい。そんなにおれを憎んでいるのか？」

ディアブロの顔は石の彫刻のようだった。ディアブロの優しいキスの思い出は、なんとはかないのだろう。確かにこの怒った冷酷な見知らぬ男は、そんな優しさを示すはずがなかった。しかしデヴォンにとって衝撃だったのは、ディアブロの言葉、いわれのない非難だった。パラダイスへの行き方は誰にも、父親にすら言っていない。実際、デヴォンは海賊の本拠地にいたときのことについてじっくりきかれないことを不思議に思っていた。ふいに彼女は喉《のど》が渇き、痛みを覚えたが、ディアブロに自分が無実だと信じてもらうためには説明するしかない。自分の命だけではなく、生まれてくる赤ちゃん……ディアブロの赤ちゃんの命もかかっているのだ。

デヴォンはピンク色の舌先で乾いた唇をなめた。「わたしはそんなことしていない。ディアブロ、あなたがどう思っていようと、パラダイスのことは誰にも話していないわ。絶対に」

「おまえはル・ヴォートゥールにカイルを襲わせた。おれがおまえの意思に反してパラダイスに留まらせたことに対する仕打ちがこれほどのものになるとは。ああ、デヴォン、おれはおまえを愛していたのに！　どんなにかおまえは、おれの陳腐な言葉を笑っていたことだろうよ。どうしておれを罰するために、罪のない人々を傷つけたんだ？」

「わたしは誓って関与してないわ！」デヴォンは抗議した。「英国人は自分たちで、行き方を見つけたんじゃないの？」

「ばかな！」ディアブロは怒鳴った。「秘密の入口を知っている者しか、島にはたどり着けない」

「あなたの知っている人が……」デヴォンは力なく示唆した。

「信じられないかもしれないが、海賊は掟《おきて》に従って生きている。秘密は選ばれたほんの一握りの者しか知らない。誰もあえておれを裏切ろうとはしないだろう。そうなんだよ、お嬢さん」ディアブロは皮肉っぽく冷たい笑みを浮かべた。「秘密をしゃべったのはおまえだ。おまえはその報いを受けるんだ」

首にかかる力が強くなり、デヴォンは目を閉じた。ディアブロの表情が怒りにゆがんでいくにつれ、もう言葉を発することができなかった。

ディアブロが顔をゆがめているのは、心が耐え難いほどの苦痛を感じているからだとは、デヴォンは知るよしもなかった。彼の手はデヴォンの細い首に込める力をゆるめまいとして震えた。デヴォンの青白い卵形の顔に苦悶《くもん》の表情が浮かぶと、復讐はほとんど不可能になった。

心から愛し、絶対の信頼を置いているデヴォンに必死に否定され、彼は一瞬ひるんだ。デヴォンが自分を裏切っていない可能性もある。彼女は息をのむほど美しく、とても優美な姿をし、彼の腕のなかでとてもはかなげだ。デヴォンがどんな罪を犯していたとしても、ディアブロはこんなに完璧な人間を壊すことなどできないのではないかと恐れた。英国人による破壊を見たときに、デヴォンへの愛は消えていた。しかし、彼は女を殺したことはなかった。デヴォンが潔白であるとはとうてい考えられなかったが、復讐への欲望よりもずっと強い力が、ディアブロをためらわせた。デヴォンは首にかかる力が弱くなったのを感じた。ディアブロの目にはまだ不信と疑惑の影がちらついていたが、デヴォンの心には生きようという意志が燃え上がった。本能的にデヴォンは、次に来る瞬間こそが生死を分ける決定的なものだと悟った。その秘密を明かそうとデヴォンを突き動かしたものは、自分の命ではなくもうひとつの命に対する責任感だった。ディアブロに知らせるべきときが来たのだ。

「殺して、ディアブロ」デヴォンはしわがれた声で言った。「わたしと一緒にあなたの子供も死ぬわ」

その言葉が信じられず、ディアブロは愕然《がくぜん》とした。「今度はなんて嘘を言い出すんだ！」

「嘘じゃないわ、ディアブロ、あなたの子供を身ごもっているの。あなたの子供がどうなっても構わないならわたしを殺して」

ディアブロは乱暴な呪いの言葉を吐いた。「もし、それが嘘だとわかったら、おれはおまえを必ず殺してやる」

体を真っすぐに起こし、デヴォンは冷静に告げた。「信じられないなら、今すぐ殺して」

長い沈黙が続いた。その間、ディアブロはデヴォンのお腹を凝視していた。「まだ、お腹が目立つ時期になってないわ」デヴォンはきかれてもいないのに言った。

突然、ひどく不快な考えがディアブロの頭に浮かんだ。「ル・ヴォートゥールの子供をおれの子だと偽るつもりか？」

デヴォンは息をのんだ。あまりの衝撃に、怒りの言葉を発する前に、ディアブロの顔を響き渡るほどの音を立ててひっぱたいていた。「あなたって見下げはてた卑劣な人ね！　わたし、あんな気持ち悪い男に触れさせたりしないわ！」

ディアブロはどういうわけか、このことに関してはデヴォンを信じた。しかし、ジレンマは消えなかった。デヴォンを憎むことはできるかもしれないが、彼女のお腹のなかの子供——もしも本当に身ごもっているのであればだが——自分の子供を憎むことはできない。いったい、どうすればいいのか？　洞察力のあるデヴォンはディアブロの困惑を見抜き、解決策を出した。「わたしは明日、結婚します。あなたは子供のことは心配しなくていいの。もちろん、わたしは子供を愛します。それにウィンストンは自分の子じゃないことを知る必要はないわ」

ディアブロは凍りついた。その言葉が頭のなかで響いていた。「ウィンストン？　ウィンストン・リンリー？　婚約者はウィンストン・リンリーなのか？」

「今まで名前を言わなかったかしら？　わたしは明日、ウィンストンと結婚します。ウィンストンは、今は子爵でしかないけど、でもお父様が亡くなったらグレンビル公爵になるわ」

「ああ！」ミルフォード伯爵の耳は遠いのか。もしそうでなければ、とっくに深い眠りから覚めているだろうに。「ばかなことを、デヴォン。どんなことに巻き込まれたかわかっているのか？　いったいなんで、きみの父親はウィンストンみたいな奴ときみが結婚するのを許してしまったんだ？」

「自分がなにを言っているかわかってるの？　ウィンストンは優しくて、思いやりがあって、わたしを愛しているわ。彼はあなたの、いえ、わたしの子に良い環境を与えてくれる。もしも男の子なら、将来はグレンビル公爵だわ」

獰猛《どうもう》とも思える笑みがディアブロの口元に広がり、顔をゆがめた。「ああ、そうだろう。いいや。ウィンストンには気の毒だが、おれの子供をくれてやるわけにはいかない」デヴォンがウィンストンの名前を口にした瞬間、自分がなにをすべきかはっきりとわかった。「服を着ろ。おれと一緒に来るんだ」ディアブロは命令した。

「あなたとなんてどこにも行かないわ」デヴォンは頑強に拒んだ。「ウィンストンに感謝すべきよ。あなたは子供に対する責任をとる必要がないのだから」

「なにが必要でなにが必要でないかはおれに判断させてくれ」ディアブロは厳しく言い返した。「すぐに着替えないなら、ナイトガウンのまま、連れ去るだけだ」

「大声を出すわよ。お父様が助けにくるわ」

「父親の命が惜しかったら、黙っておれの言う通りにしろ」

厳しい顔立ちに表われた、冷たい無慈悲な表情から、これは脅しではなくディアブロは本当にやるつもりだとデヴォンは悟った。体をこわばらせて衣装棚に向かい、最初に手に触れたドレスを引っ張り出した。デヴォンが素早く着替えている間、ディアブロはろうそくに火をつけ、引き出しや衣装棚から着るものを大きな枕《まくら》カバーに詰め込んでいた。ディアブロはてきぱきと、さしあたってデヴォンに必要なものを詰めていった。終わるとフックから温かいマントを取り、デヴォンの肩にかけた。

「まさか、窓から出ていくんじゃないでしょうね！」

「おれの子供を危険にさらしてか？　もし本当に子供がいるならだが」疑わしそうに付け加えた。「いや、正面玄関から出ていく」

「誰かがききつけるわ」デヴォンが希望をもって言った。

「そっと静かに行けば大丈夫だ。愛する父親の身に危害が及ぶようなことは、きみだって避けたいだろう？　さあ行こう」

「待って！　お父様に手紙を書かせて。お父様は年だわ。またわたしを失ったら、ショックのあまり死んでしまうかもしれない。お願い、ディアブロ、もしもわたしになんらかの感情を持ったことがあるなら、この小さなお願いをきいて」

デヴォンの真っ青な頰《ほお》をつたう大量の涙のせいだったかもしれない。その青い瞳に浮かぶ懇願のせいだったかもしれない。理由がなんであれ、ディアブロの硬くなった心に小さな亀裂《きれつ》が入った。彼はしぶしぶ許した。「手短にしろ」

ディアブロはデヴォンが机に向かって走り書きをしている間、そのまばゆいばかりの顔から目を背けなければならなかった。突然ディアブロはデヴォンの手から手紙をひったくると、くしゃくしゃに丸め、別の紙を置いた。

「こう書くんだ。合意の下におれと一緒に出ていく。あとは追わないでくれと。ウィンストンにもメッセージを残しておくんだ。ウィンストンとは結婚するつもりはないと。それからおまえの父親にはウィンストンのことについてもっと徹底的に調べるように勧めたほうがいい」ディアブロは指示した。

「なんですって！」デヴォンは少しためらった。

「おれが言った通りに書くんだ。いつかこの結婚からおまえを救ったことで、感謝される日がくるだろうさ……おまえがもしも長生きできたらだが」ディアブロは不気味に付け加えた。

ショックとディアブロの不当な非難、殺すと脅された悲しみでデヴォンはまだ感覚が麻痺《まひ》していた。デヴォンは手紙を書き上げるとそれをディアブロに渡した。ディアブロは中身をさっと読むと満足してうなずき、手紙を目につくところに置いた。そして、ろうそくを吹き消すと、デヴォンの手をつかみ、夜の闇《やみ》へと出ていった。刺すような後悔を感じながら、デヴォンはこの懐かしい我が家に二度と足を踏み入れることはないだろうと思った。

12

「おいおい。ディアブロ、いったいなにを考えてるんだ?」デヴォンを引きずるようにして、屋敷の正面玄関から出てきた船長を見て、アクバルは責めるように言った。「自分でできないんだったら、どうしてその女を殺す栄誉をおれに譲ってくれなかったんだ? おれは船長みたいにびびったりはしない」

「もういいアクバル。さっさとここを抜け出そう。うかうかしていると街じゅうが大騒ぎでおれたちを追いかけてくるぞ」ディアブロはうなった。デヴォンに危害を加える気になどなれないことは心の底では自分でもわかっている。

ディアブロはデヴォンの抗議を無視して彼女を馬車に押し込み、自分はその隣に飛び乗った。アクバルは大きな音を立てて扉を閉め、不吉な予言をぶつぶつつぶやきながら御車台に上り、馬にむちをくれた。馬車は暗い街を走り出した。

「こんなことでうまくいくと思わないで」怒りのあまりディアブロをにらみつけながらデヴォンは警告した。「ロンドンの港を出る前に捕まるわ」

ディアブロは一見魅力的に見える笑顔を浮かべた。「おれがロンドンの港に入るようなばかなことをすると思うのか？　休んだほうがいい。これから長旅になる」

デヴォンは扉をじっと見つめた。ディアブロはそれを見通したかのように言った。「おれの子を傷つけるようなことはさせない。馬車から飛び降りるのはあきらめろ。息子か娘か知らないが、無事に生まれたらなんでも好きなようにすればいい」

デヴォンははっと息をのんだ。「まさか、わたしから赤ちゃんを取り上げるなんてそんなひどいことしないでしょうね！　かつてはわたしを愛していたんでしょう」

「ああ、かつてはおまえを愛していた」ディアブロは静かに認めた。「それはおまえがこっそり、ル・ヴォートゥールと手を組んで、おれを裏切る前の話だ。おれはおまえに夢中だったのに、おまえは報復を企んでいた。おまえと比べたら、おれはまじめに相手にできないほどはるかに社会的地位が低いのか？　伯爵の娘と海賊、おまえはさぞかしおれの無邪気な愛がおかしかっただろうよ」

「おかしくなんかなかったわ、ディアブロ。本当よ」デヴォンは悲しげにつぶやいた。「どうしてわからないの？　別れなくてはならなかったのよ。わたしたちの恋ははじめからそういう運命だった。あなたが絞首台に吊《つ》るされる日がいつかやってくる。そう考えると怖くて、自分の本当の気持ちに従うことができなかったのよ」

「嘘《うそ》だ。みんな嘘だ！　だが心配することはない。おれは自分の子供の母親を殺したりはしない。もし本当に妊娠しているなら、子供が生まれるまでおまえの面倒はきちんとみる。生まれたらどこへでも行けばいい……ひとりで」ディアブロはぞっとするような冷笑を浮かべて言った。

ディアブロの残酷な言葉にショックを受け、デヴォンは口がきけなかった。自分の生んだ子供を置き去りにするなんて、考えただけで胸が引き裂かれるようだった。ディアブロは、考え込むようにして押し黙っている。鮮やかな思い出が胸に迫った。これ以上ないほどの甘美なとき。ディアブロに応えるデヴォンの温かい体、ディアブロの愛撫《あいぶ》を心待ちにし、受け入れ、情熱的に応え、ディアブロを彼女の肉体の深い小径に受け入れてくれた。喜びにあふれ、思いのままに。たいした役者じゃないか。デヴォンがおれのことを愛し始めたんじゃないかと思わせるとは。

物思いは、肩に寄りかかる重みに中断された。ディアブロは、眠っているデヴォンを見下ろした。デヴォンは信頼しきっているかのようにディアブロに頭をもたせかけている。その金色の髪を見てディアブロはぎくりとした。手をデヴォンの肩に置き、自分の体に優しく引き寄せてしまわないようにぐっと拳《こぶし》を握り締めた。しかし結局、ディアブロは懸命にそうすまいと戦っていたことをしてしまった。デヴォンを繊細な花のようにそっと抱きしめていた。子供が生まれるまで、デヴォンが心地良く過ごせるように世話をするのは、自分の義務だ。ディアブロは、安全で快適な彼女の家からデヴォンを連れ出してしまった。誰《だれ》もデヴォンと自分たちの赤ん坊に危害を加えないように取り計らう責任は自分にある。そんなことを思いながらディアブロはデヴォンのしなやかな体にしっかりと腕をまわした。馬車の揺れの心地良さに、ディアブロの悩める心と体はまどろみに落ちていった。

三日後、馬車は岩だらけのコーンウォールの海岸沿いの小さな町に入っていった。デヴォンは疲れ切り、この旅は永遠に終わらないのではないかと思い始めていたところだった。道は、馬車のわだちででこぼこで、馬車は絶えずがたがた揺れ、体中のふしぶしが痛んだ。途中、食事や休憩のため短時間停車することはあったが、デヴォンはディアブロの目の届かないところへ行くことは許されなかった。夜、感じの良い宿屋に泊まることもなかった。それどころか、ディアブロとアクバルは交代で馬車を走らせ、本当に真っ暗な時間だけ、道路脇《わき》に馬車を寄せて馬を休ませ、たそがれ時と早朝はランタンの明かりを頼りに旅を続けた。

デヴォンとふたりの男たちの間にはほとんど会話もなかった。アクバルの暗く非難するような目つきはデヴォンを沈黙させるのに十分だった。一方、ディアブロは冷たく軽蔑《けいべつ》するかのようなうわべを装った。デヴォンにとって沈黙は罵《ののし》られるよりずっとよかった。馬車は海を目指して、がたがた音を立ててペンザンスの町なかを走り抜けた。こんなに気が動転していなくて、疲れ果てていない普段のデヴォンであれば、目の前を過ぎ行く荒涼とした原野と比類ない景色を大いに楽しんだだろう。

　こぢんまりとした入り江を見下ろす吹きさらしの崖《がけ》の上に、風雨にさらされた古びた城があった。崩れかけた壁がその古さを物語っていた。馬車が堂々とした大きな建物へと続く道を登っていってもどういうわけかデヴォンは驚かなかった。男がただひとり、石段の上に立って待っていた。ディアブロがひらりと馬車から飛び降り、男に挨拶《あいさつ》した。男はディアブロを歓迎した。

「それで、戻ってきたんだな。おまえの任務は成功したと信じているよ」

　男は、敵味方の両方を圧倒するようなよく響く声をしていた。男はアクバルと同じくらい背が高く恰幅《かっぷく》もいい。自慢の髪は豊かな黒い巻き毛で、黒々としたひげは、大きく厚い胸まで届くほどだ。三十をいくつか過ぎたくらいの年格好で、もじゃもじゃの眉毛《まゆげ》の下に知的な青い瞳《ひとみ》がある。太ももと腕の隆々とした筋肉は、男が活動的な暮らしを送り、肉体労働をしてきたことを雄弁に物語っていた。

「おれの任務は……あることがわかって、成功しなかったとしても有意義なものだった」ディアブロは謎《なぞ》めいたことを言った。「コーマック、驚かないでくれよ」ディアブロは馬車に引き返すと、デヴォンを開いた扉から文字通り引きずり出した。

「レディ・デヴォン・チャタムだ」

「その女をここに連れてきたのか！　どうかしてるんじゃないか？　ここに連れてくるんじゃなくて、始末するつもりだと思っていたが」コーマックはあきれ、非難するように言った。

デヴォンはコーマックのあからさまな非難と恐ろしい形相に縮み上がり、ディアブロの腕にしがみついた。ディアブロ自身そうとは気づかず、デヴォンを守るかのように震える肩に腕をまわした。

「コーマック、これにはわけがあるんだ。あとで説明する。まずは、デヴォンを休ませたい。適当なところはあるか？　彼女はとても疲れているんだ」ディアブロは言った。

「わかった。この館にはたくさん空き部屋があるからな」コーマックは答えた。女性の目利きに熟練した目でデヴォンを見て、好ましい感じを受けた。

コーマックに続いてなかに入ると、ディアブロはデヴォンに自分の前を歩かせた。衣装の包みを持ったアクバルがすぐその後ろに続く。デヴォンにあてがわれたのは二階の部屋だった。

「風呂《ふろ》の用意をさせよう。食事も運ばせる。そのあとは休むんだな。おれの子供になにかあったら困る」ディアブロはぶっきらぼうに言った。そしてくるりと向きを変えて、部屋を出ていった。コーマックは口をあんぐり開けて、ディアブロを追いかけるようにして出ていった。

こうしてやっとひとりになれたデヴォンは、疲労よりも激しい怒りが込み上げてきた。ディアブロはまた自分を誘拐し、そのうえ自分の人生を勝手に決めてしまった。デヴォンは怒ったが、なすすべはなかった。あの男は自分を殺そうとした。なんてことだろう！　子供が生まれてしまえば、本当に殺されかねない。逃げようか。そうだわ。デヴォンは扉に駆け寄った。しかし扉は外側から鍵《かぎ》がかけられていた。窓は問題外だ。海を見晴らす部屋の窓の下はごつごつとした岩がむき出しになっている。

ディアブロが扉の鍵を開け、かなりみすぼらしい様子のふたりの男と無表情なメイドを部屋に入れた。デヴォンの入浴のためにたらいにお湯を入れて運んできたのだ。ディアブロはすぐに出ていったので、デヴォンはほっとした。その後、先ほどと同じ陰気なメイドが、食事をのせた盆を運んできた。ディアブロはその間、近くに立ち、メイドが立ち去るのを待って再び鍵をかけた。食事はとてもおいしそうだったが、デヴォンは食欲がなかった。ふらふらとベッドへ行き、かびくさいシーツにくるまると、すぐに深く不安な眠りに落ちていった。

「驚いたな。おまえの人生がわずかの間に救いようのないくらい面倒なことになっていたとは」唇をひきつらせてコーマックは言った。正直なところ、コーマックはこの新しい展開がおもしろくてたまらなかった。このあとに必ず起こる騒動を見られないのを残念に思った。「ディアブロ。おまえをうらやましがったりはしないよ。あの娘をどうするつもりなんだ?」

「おれの子供を身ごもっている女性に危害を加えることはできない」ディアブロはしぶい顔をした。不機嫌なしかめ面には苦悩が表われていた。

「あの娘は自分の身の安全を守るために嘘をついているのかも」コーマックはいたずらっぽく言った。

「まったく同感だ」アクバルが不機嫌そうに同意した。「ディアブロは彼女を信頼しすぎだ。それで一度破滅的なことが起きて学んだと思ったがな。おれのアドバイスは……」

「おまえのアドバイスは必要としないし、求めてもいない。夕食の用意ができたと言ったよな、コーマック。おれは腹ぺこだ」ディアブロはアクバルをさえぎって言った。

テーブルに着いて、コーマックの供する料理を食べた。屋敷の主人のコーマックはディアブロの友人で、ふたりの付き合いは長い。ディアブロのために略奪品を売買し、密輸もしていた。突然ディアブロはみんなを驚かせる質問を口にした。「ペンザンスに司祭はいるのか?」

この短い要求をきいて、アクバルは抗議のうなり声をあげた。

まるまるひと晩ぐっすり眠ることがデヴォンには必要だった。ここ数日デヴォンをとりまく環境は激変して、とても慌しく、緊迫したものになり、すっかり疲れ果ててしまっていた。密かにデヴォンは自分の死は近いと思っていた。愛する者の手であやうく殺されそうになったことで、デヴォンは動揺し、未来を案じていた。

ディアブロがそっとデヴォンの部屋に入ると、アーチ形の窓から明るい日の光が差し込んでいるにもかかわらず、彼女はまだぐっすりと眠っていた。ディアブロは起こそうとはせず、ベッドの脇にたたずみ、憎しみとかつて彼女に抱いた激しい愛情とが混ざり合った目でデヴォンを見た。ディアブロは自分の心に、何者も入り込ませないように築いた壁を必死で守ろうとした。デヴォンはとても愛らしく、無邪気に眠っている。ディアブロは彼女のせいで奪われた命のことを思い、そんな考えを払いのけた。デヴォンの寝室に来た用件を思い出し、ディアブロは静かにデヴォンの名前を呼んだ。

デヴォンはゆっくり目を開けた。恐怖に視界が曇った。「なに?」ディアブロの銀色の瞳に輝く奇妙な光がデヴォンを眠りから、ディアブロの憎しみという冷たい現実へと目覚めさせた。わたしの命を助けるという考えを変えたのだろうか?

「もう起きろ。今日、デヴィル・ダンサー号がおれたちを迎えにくる。やらなきゃいけないことがまだたくさんある。用意ができたら、下に降りてこい」ディアブロは冷たく言うと、もうデヴォンの姿を見ていることが耐えられないかのように、すぐに向きを変えて大股《おおまた》で部屋を出ていった。

デヴォンはベッドから這《は》い出て急いで顔を洗い、清潔なドレスを身に着けた。それは、その前の夜にデヴォンの部屋に置かれたものだった。扉の鍵は開いたままだった。階下に降りていくと、そこではディアブロがデヴォンを待って、いらいらと歩き回っていた。

「早くしろ。朝食ができている」

「お腹は空いてないわ」デヴォンは不機嫌に答えた。

「おまえは昨夜も食事に手をつけなかった。今日は食べろ。無理矢理にでも食べさせる」ディアブロはデヴォンの腕をつかみ、食堂へと引っ張っていった。そこには朝食がひとり分、用意されていた。「おれたちはもう食べた」ディアブロは手短に言った。

オートミールは硬く、飲み込みにくかったが、熱いお茶で流し込んだ。ディアブロが納得するくらいまで食べると、彼らは崩れかけた屋敷を出た。入り口の正面に停まっている馬車の御者台でアクバルが馬の手綱を手にして待っていた。ディアブロはなにも言わずにデヴォンを馬車に押し込み、その隣に座った。驚いたことに彼女の荷物はきちんと荷造りされ、馬車の床に置かれていた。あとからコーマックも乗り込んできた。彼は怖い顔をしていて恐ろしかった。辺境の領主のような粗末な服を着ているが、にもかかわらず堂々としていて立派だった。扉が閉まるやいなや、馬車はがたがたと動き出した。

「どこへ行くの?」デヴォンは鋭くきいた。コーマックのもじゃもじゃした眉毛がぴくりと上がった。「この娘に言ってないのか?」

「彼女はおれの言う通りにするさ」ディアブロはぶっきらぼうに答えたあと黙り込んだ。

「言う通りになんかしない。わたしには、どこに連れていかれるか知る権利があるわ」デヴォンは驚いたように言った。

沈黙が続いた。コーマックは肩をすくめただけで、窓の外に注意を向けた。馬車はすさまじいスピードを落とすことなく、やがて崖のふもとにある集落に入っていき、町はずれの風雨にさらされた小さな建物の前でがたがたと音を立てて停まった。

「ここはどこなの?」デヴォンはきいた。恐怖で背中に震えが走った。

「ここはペンザンスという町だ。この建物は教会だ」コーマックは説明するのは自分が適任だと考えた。ディアブロはなにも言わず、陰気な沈黙を守っていた。御者台ではアクバルがひとには聞こえないようにトルコ語でひわいなことをぶつぶつつぶやいていた。

「教会?　どういうこと?」デヴォンは心底混乱して、説明を求めるかのように力なくディアブロを見つめた。

ディアブロはついに口を開いた。「結婚するためだ」

「結婚！　あなたはわたしのことを憎んでいるのでしょう？　いいえ、結婚なんてしないわ。わたしを愛してくれる人と結婚したいの」デヴォンは激しく抗議した。

「ウィンストンみたいな奴とか？」ディアブロは意地悪くからかった。

「ええ、彼みたいな人と」デヴォンは正直に認めた。「どうしてこんなことをするの？」

「おまえもわかっているはずだ。おれの子を父親のいない子としてこの世に送り出すわけにはいかない。おまえは信じないかもしれないが、ウィンストンはおまえが考えているような模範的で立派な人間じゃない」

「なんでそう言い切れるの？　ウィンストンのことを知りもしないくせに」デヴォンは反論した。

ディアブロがしっかりと顎《あご》を引いたのを見て、デヴォンは彼がもうこのことについて話をする気がないことがわかった。かわりにディアブロはデヴォンを引きずるようにして小さな教会に向かった。コーマックが扉を開け、デヴォンは強引に長い通路へと導かれた。通路の先には堅苦しい服装の男が待っていた。

男は優しく微笑んで言った。「ああ、いらっしゃった。あなたは考えを改められたんですね。なんと美しい花嫁だろう」男はデヴォンを称賛し、笑顔を見せた。「さあ、始めましょうか」

「ああ、始めてくれ」ディアブロはそっけなく言った。「おれたちは一時間後には出航するから、急いで結婚したいんだ」司祭はコーマックがなにをしているか知っているし、ディアブロの職業にも気づいていたが、なにもたずねなかった。密輸と海賊行為がなければペンザンスの住民の半分は餓死し、半分は極貧の生活を送っていることだろう。この教会も、コーマックのような男の援助がなければ、とてもやっていけない。祈禱書《きとう》を開くと、若いカップルに向き合い、クレメント司祭はデヴォンとディアブロを結婚させる儀式の言葉を読み上げた。

デヴォンはびっくりして抗議しようと口を開いた。しかし、ディアブロに「もともとの計画を実行させる気か？　おれはまだおまえを殺せるんだ」とささやかれ、口をつぐんだ。

まるで世界がぐるぐると高速で回転しているかのようだ。デヴォンにはクレメント司祭がディアブロのことをクリストファーと呼んだのも、ディアブロがお決まりの質問に答えたのもきこえなかった。デヴォンは自分が誓いの言葉を述べる番だということにすら気がつかず、ディアブロに脇腹をつつかれた。深く息を吸い込み、デヴォンは「誓います」とつぶやいた。その声はとても小さく、司祭はもう一度きき直した。

誓いが終わると、ディアブロはずっしりと重い金の指輪を彼女の薬指に滑らせた。ふたりの結婚は成立してしまったのだ！　ああ、どうしよう。悪魔の花嫁になってしまった！　ディアブロのキスは冷たく、形式的なものでしかなく、素早く終わった。しかしコーマックは音を立ててデヴォンの頰《ほお》にキスをした。アクバルは陰気に顔をしかめただけだった。

うわの空でデヴォンは婚姻届に署名し、ディアブロが署名するのもよく見ていなかった。もしもデヴォンが注意して見ていたなら、そこにクリストファー・ダグラス・リンリー、グレンビル公爵という名前を見てびっくりしたことだろう。デヴォンは教会を出て、急《せ》かされるようにして馬車に乗り込んだ。そして結婚生活の一日目が始まった。

馬車はすぐに町を離れ、海のすぐそばを通るすばらしく美しい眺めの人通りの少ない道を走っていった。何マイルか行くと、荒涼として風の吹きすさぶ開けた場所にきしむような音を立てて停車した。そこから見える小さくて深い入り江にはデヴィル・ダンサー号が投錨《とうびょう》していた。

ペンザンスからがたがた馬車に揺られてくる間、ディアブロとコーマックは船や積み荷や日程のことについて話し合い、デヴォンのことなど忘れてしまったかのようだった。ディアブロと結婚するなど思ってみたことがあっただろうか？　これは全部悪い夢で、目が覚めたらなにごともなかったように家のベッドにいるのではないだろうか？　いいえ、金の指輪の重みは間違いなく現実のものだ。その重みは愛の証というよりは、強い束縛を意味しているかのようだ。ディアブロの愛を取り戻すことなど望めるのだろうか？　そう思うと寒々しくなった。そんなことを自分は望んでいるのだろうか？

突然、ディアブロとコーマックが話をやめ、ディアブロは馬車を降りて、デヴォンを降ろすため手を差し出して言った。「ここからは歩いていかなくてはいけない」コーマックは御者台によじ登り、アクバルと交代した。

「良い風と、幸運にめぐまれますように。船倉がフランスのワインやスペインの香料とオイルでいっぱいになったら、また来てくれ。最高価格を保証する」巨漢の密輸業者はにやりと笑い「あなたにも幸運を」とデヴォンに言った。確かにデヴォンは、この怒りっぽい夫と仲良く暮らしていきたいなら幸運が必要だ。

「さらばだ、コーマック。おまえの親切なもてなしと馬車を貸してくれたことに感謝している」ディアブロは言った。アクバルが、デヴォンとディアブロと自分の荷物を持ってくると、馬車はがたがたと人気《ひとけ》のない道へ向かって動き出した。

「デヴォン。さあこっちだ」ディアブロはデヴォンの二の腕をつかんで、崖っぷちへと引っ張っていった。

はじめデヴォンは、ディアブロに海へ放り投げられるのではないかと思った。しかしアクバルは人に踏みならされた道へと消えていった。道は下の狭い三日月形の砂浜へと続いていた。道は急勾配《こうばい》だったが、歩くのはそんなに大変ではなく、デヴォンはディアブロの助けを借りてなんとか進むことができた。ディアブロはただ自分の子供のためだけに、彼女の身になにごとも起こらないようにしているのだ。自分の手をとっているのが、復讐《ふくしゅう》に燃えるアクバルでなくてよかった、とデヴォンは思った。アクバルだったら、生きて砂浜にたどり着けないだろう。

「大丈夫か?」崖の下にたどり着くと、ディアブロは心配そうにたずねた。デヴォンは息が切れ、うなずいただけだった。「ボートが来る」

すぐにデヴィル・ダンサー号からやってきた長艇が岸に突き当たった。ふたりの男が飛び降りて、適当な場所にボートを停めた。ディアブロがデヴォンをさっと抱き上げ、膝《ひざ》の深さのターコイズ色の海のなかを歩いて運び、ボートに降ろした。デヴォンに気づいたふたりの男が愕然《がくぜん》として非難の表情を浮かべたのにデヴォンは気がついた。ディアブロの手下はみな自分を憎んでいるのだろうか? 自分には身に覚えのない罪のせいで。

ボートがデヴィル・ダンサー号に着くやいなや、デヴォンはどんなに自分が憎まれているかを思い知った。船のいたるところから、非難の怒号がわき起こった。それはディアブロがやめさせるまでやまなかった。

「船長、その女はなにをしているんだ？　船に乗るつもりなのか？」ダンシーと呼ばれている男が叫んだ。「その女を柱から吊るすのを、おれたちが見られるように連れてきたのか？」ダンシーはパラダイス島の襲撃で、女と子供を亡くしていた。

「おれたちにその女をよこせ！」別の男が叫んだ。デヴォンは前にも一度、こんな圧倒されるような恐怖を感じたことがあった。ディアブロがデヴォンの首に手をかけたときだ。

「静まれ！」注意を引くため手をぐいっと空に突き上げ、ディアブロが命令した。ほとんどの者が従ったが、まだ文句を言っている者も少なくなかった。「今日、レディ・デヴォンはおれの妻になった。おれたちはペンザンスのクレメント司祭によって正式に結婚した。ほんの一時間前のことだ」

その言葉に、怒号と乱暴な反対の声が返ってきた。

「裏切り者！」誰かが叫んだ。

「なぜそんなことしたんだ？」別の男が大きな声を出した。

「おれを裏切り者と思う奴は一歩前に出ろ。喜んで、その考えを改めさせてやろう」

ディアブロの暗い苦々しげな表情に包まれた恐ろしい顔を見て、前に出る者はいなかった。「レディ・デヴォンはおれの妻だ。彼女に無礼をはたらくことはおれが許さない。さあ、出発だ」男たちは不満そうにつぶやいたが、アクバルの号令に従い、船を出発させるために動き始めた。ここは英国領内だ。まだ危険だとみな感じていた。

「どうしてわたしのせいじゃないと言わなかったの」デヴォンは問い詰めた。

「おれ自身、まだ確信が持てないことを言うわけにはいかない」ディアブロは激しい怒りで、にらみつけるようにして言った。

突然、カイルがディアブロのすぐ近くに現われた。デヴォンは心から微笑んだ。デヴィル・ダンサー号に少なくとも、ひとり友人がいるのは確かだ。しかしカイルの非難するようなしかめ面と冷たい口調に、もはやカイルも自分の味方とは言えないことを思い知らされ、デヴォンは不安になった。

「ディアブロがきみを殺さなくてよかった。あいつにきみを絞め殺すことができると思ったなら、そもそも英国に帰しはしなかった。だが、なぜきみと結婚し、誰もきみを歓迎しないこの船に連れてきたのか？　わけがわからん。ディアブロ、なぜそんなことをしたんだ？」カイルは冷たく言った。

「カイル、お願い、信じて。わたしはパラダイスの襲撃には関係していないの」デヴォンは訴えた。

カイルはきこえないかのように続けた。「ディアブロを説得して結婚し、きみはどうしたいんだ？　ディアブロに憎まれて生きていく覚悟はあるのか？」

「わたしは説得なんてしてないわ。彼が……」

ディアブロが乱暴に言い放った言葉で、デヴォンの説明は空にかき消された。「デヴォンはおれの子を身ごもっている」

「なんてことだ！　本当なのかい？」

デヴォンは顔を赤らめた。そんな恥ずかしいことは少しでも長く隠しておきたかった。「……そうだと思うの」デヴォンは苦しそうにささやいた。

すぐにカイルの険しいしかめ面は、憐《あわ》れみの表情に変わった。自分の悲しむべき行動のせいで、その愛が憎しみと不信に変わってしまった男と暮らすはめになったデヴォンをうらやむ気にはなれなかった。子供が生まれたあと、ディアブロは妻をどうするつもりなのだろうとカイルは心配になった。ディアブロは時おり、完璧《かんぺき》なまでに冷酷になれるし、執念深い敵意のせいであとで後悔するような行動をとるかもしれない。

カイルは正直、デヴォンを励ますような言葉が見つからず、口をつぐむことでその思いを伝えた。もしもパラダイスの秘密を漏らしたのがデヴォンならば、彼女はディアブロからどんな罰を受けても当然だ。ディアブロの驚きの告白に、カイルは「なんてことだ」と繰り返すしかなかった。

デヴォンは三日間、ディアブロの船室から一歩も出なかった。出たくなかったからではない。乗組員たちの根深い恨みを思えば、とうてい彼らのいるところを歩き回ることなどできなかった。デヴォンの日課は、狭い船室の限られた空間のなかを歩き回ることと、船首に向かって開いた窓のそばに立って新鮮な空気を吸い日光を浴びることだった。

ディアブロが自分の荷物をかき集めて出ていったとき、デヴォンは部屋の真ん中に立っていた。それ以来ディアブロには会っていない。デヴォンは荷物をまとめるディアブロを見て、彼はどこか別のところで寝るのだろうと思った。デヴォンにはこれから何カ月も、何年も、いやこの先ずっと、あれこれ悩む時間が十分すぎるほどある。もしもそんなに長く生きながらえることができたらの話だが。赤ちゃんが生まれたら、自分は古靴のように捨てられるのだろうか？　二度と赤ちゃんに会うこともできずに。いいえ！　デヴォンは勢いよくかぶりを振った。そんなことはさせない。誰が赤ちゃんを育てるというの？　タラ？　スカーレット？　そんなことは自分の死を考えるよりも恐ろしいことだった。

船室を歩き回りながら、お腹が強く引っ張られるような痛みがなかなかおさまらなかった。この二日間、差し込むような痛みが続くときもあれば、腹部全体に鈍痛があることもあった。デヴォンは自分の弱さを痛感した。自分の人生はディアブロの良心にかかっている。デヴォンに食事を運び、彼女が快適かどうか目配りしている年寄りのペグレッグが、夕食を持ってきた。デヴォンは丁寧に首を振って断わった。そのことはきちんとディアブロに報告された。

その夜デヴォンはいつもの時間に休んだが、なにか防ぎようがない異変が自分の体のなかで起こっているのを感じた。眠るずっと前からなにかがデヴォンに訴えかけていて、とうとう明け方、デヴォンは猛烈な痛みで目が覚めた。激しい痛みの原因はすぐにわかった。突然出血し、月のものがすさまじい勢いで始まったのだ。妊娠などしていなかったんだわ！ ここ数カ月の間に自分の生活に起こった混乱のせいで月のものが来なかっただけなのだ。激しい痛みに襲われながら、デヴォンはベッドから這い出して、体をきれいに拭《ふ》き、汚れたシーツをベッドから取り去った。最後の力を振り絞って毛布にくるまり、むき出しのマットレスに横になった。

涙があとからあとからこぼれた。デヴォンの絶望は単調なすすり泣きとなってあふれ出た。体のなかはまるで火が燃えているようだった。ディアブロの愛しい赤ちゃんがいなかったのだと思うと、痛みはますます激しくなった。毎月そのときに痛むことはあったが、体が引き裂かれるような、身動きできないほどの激しい痛みは経験したことがなかった。体をボールのように丸め、涙で頰を濡《ぬ》らしたままデヴォンは浅い眠りに落ちていった。

ペグレッグは控えめにノックしたが、返事がないので用心しながら船室に入り、ベッドの上で毛布にくるまり丸くなっているデヴォンの姿をどきどきしながら見つめた。白くやつれたデヴォンの顔はほとんど見えなかった。それから、丸めて部屋の隅に放ってある血だらけのシーツに目を落とした。ペグレッグは慌てて向きを変え、義足が許す限り大急ぎで逃げ出した。

数分後、ディアブロが船室に飛び込んできて、薬でも飲んでぐっすり眠っているようなデヴォンを引き起こした。ディアブロが肩をつかむと、デヴォンは意識がもうろうとした様子で、うめいた。「デヴォン、具合が悪いのか?」デヴォンの痛みで青ざめた顔とうつろな青い瞳を見て、ディアブロは心の底からぞっとした。

ようやくデヴォンはなにをきかれているか理解した。「ディアブロ、さあ、わたしを殺して」その言葉にディアブロは衝撃を受けた。「でもわたし、嘘はついていない。本当に妊娠したと思っていたの」

「赤ん坊を流産したのか?」デヴォンは、ディアブロの厳しい口調と無表情な顔つきから怒っているのだと思い込んだ。本当は、ディアブロはまったく違う感情を抱いていたのだが。

「最初から赤ちゃんはいなかったのだわ」デヴォンはうつろに言った。そのとき、激しい痛みが腹部を襲い、デヴォンは顔をゆがめた。

「痛むのか？」ディアブロの心配そうな言葉は、怒ったようなしかめ面と奇妙な対照をなしていた。身をよじるような痛みに言葉も出ず、デヴォンはただうなずくだけだった。

ディアブロは急いで船室を出ていったかと思うと、カイルを連れて戻ってきた。カイルはデヴォンのそばにひざまずいて、汗で湿った額に張りついた髪を整えた。「流産したのか？」心配そうにきいた。もともとカイルにできる治療は限られていたが、婦人科に関することはほとんど知らなかった。汚れたシーツが目に入った。「いつのことだったんだい？」

「夜の間よ。もうわたしは本当に赤ちゃんがいたのかわからない。このところわたしの生活は混乱していて……」デヴォンは弱々しく言った。

「しーっ、説明はいい。とても痛むのかな？」カイルはなだめるように言った。

「ええ。でも良くなるわ。いつもそうだもの」デヴォンは認めた。

「まだ出血しているのか？」

「少し。でもだいぶおさまってきたわ」

カイルはなにも言わなかった。デヴォンは彼女自身の体を誰より熟知しているのだろう。デヴォンがうとうとし始めると、カイルはそばで心配そうにうろうろしているディアブロに向き直った。

「で、どう思う？」ディアブロはきいた。

カイルは血のついたシーツを見て、それからデヴォンの青ざめた顔に視線を戻した。

「彼女はかなり大量に出血している」注意深く見解を述べた。「ストレスで来なかった月経が始まったという可能性も確かにある。でも、流産の可能性のほうが高いだろう。きみのデヴォンに対する態度は決して優しいものではなかったし、彼女が受けたショックと身に起きた変化は十分流産の原因になり得る」

「おれたちになにができる？」

「なにも。これ以上大量に出血しなければ、彼女は若いし、やがて回復するだろう」

「デヴォンが本当に妊娠していたのか、それとも自分の身を守るために嘘をついただけなのか知る方法はないのか？」

「おれは医者じゃない」カイルは念を押した。「婦人病やその治療についてはほとんど知らないんだ。骨折の処置とか傷口を縫うことくらいはおれの知っている範囲でなんとか対応できるが。でもアヘンチンキを使うのは害にはならないし、効くと思う」

ディアブロも同意した。

「キット、きみの子供がいなくなっても、デヴォンに危害を加えたりしないよな？おれは彼女がなにをしたかわかっている。いや彼女がしただろうとおれたちが思っていることだが。でも、彼女を殺してもなんの解決にもならない」

「おまえはおれが自分の妻を殺すと思っているのか？」ディアブロは陰気ににらみつけながら言った。「きみがデヴォンと結婚した理由をおれは知っている。乗組員たちの多くもだ。奴らはまだ、きみが彼女をデヴィル・ダンサー号に乗船させたことを怒っている」

「これからおれがデヴォンをどうしようが、誰にも関係ないことだ」ディアブロは嚙《か》みついた。「おれは完璧におれのものを守ることができる。いつかはデヴォンが秘密を漏らしたのかどうかを突き止めてやる。そのときまで、彼女に危害を加えるようなことはない。カイル、きみはきみの務めを果たしてくれ。おれは、おれの……デヴォンの……世話をする」

次の日、デヴォンは昼となく夜となく何度も目を覚ました。そのつど、ディアブロが自分のそばに座っていて、水を飲ませてくれたり、食事を食べさせてくれたり、額の汗を拭いてくれたりした。食べ物はいらないと首を振っても、水は必ず飲んだ。ようやくデヴォンは昼の光のなかで目を覚ました。そのときには意識ははっきりとしていて、痛みはごく軽くなっていた。そしてディアブロはいなかった。デヴォンは自分が清潔なシーツに清潔な寝間着を着て寝て、髪はきれいに梳《す》かれていることにびっくりした。いったいいつから、ディアブロは小間使いになったのかしら？　そう思うとデヴォンの青白い顔に笑みが浮かんだ。ディアブロがそんなことをしているところが、どうしても想像できない。でもディアブロじゃなかったらいったい誰が？

だいぶ気分が良くなったので、デヴォンは起き上がって、着替えることにした。デヴォンがその長い足をベッドの横に滑らせたとき、ディアブロが盆を持って、船室に入ってきた。ディアブロは太ももから下があらわになったデヴォンの足をじっと見つめた。彼女をロンドンから連れ去ってから、こんなに関心を示したのは、これが初めてだった。デヴォンはぱっと顔を赤くして寝間着の裾《すそ》を下ろしたが、無駄だった。

「ペグレッグは忙しいから、おれが朝食を持ってきた。具合は良くなったか？」ディアブロはしぶしぶ目を上げて、言った。

ぼんやりとディアブロのほうを見て、デヴォンはうなずいた。「ええ、お腹も空いたわ」ディアブロの機嫌は予測不可能だったので、デヴォンはどう対処すべきかわからなかった。ディアブロは憎しみのこもった目でデヴォンをにらみつけているようだったが、その表情にはあからさまな敵意と最低限の礼儀とが見てとれた。

デヴォンはディアブロがまたひげを伸ばしているのに気がついた。デヴォンが初めてディアブロを見たときのことを、彼が首にロープを巻かれ、挑戦的に誇り高く立っていたときのことを思い出した。あんなときでさえも力強い男らしさにデヴォンは引きつけられた。そして彼の魅力はついにデヴォンの愛を勝ち取った。デヴォンは正確にはいつこのハンサムな悪党を愛し始めたのかわからなかった。たぶん初めて見た瞬間からだったのだろう。ディアブロは海賊かもしれないが、デヴォンは本能的に、ディアブロが血と略奪を求めて航海に乗り出すだけの残酷な男ではないと知っていた。立派な家柄の人間であるような気がする。油断したときにいつも見せる物腰は、洗練された紳士のものだったからだ。

「カイルが言うには、おまえはあと一日か二日は寝ていたほうがいいそうだ」ディアブロに言われて、デヴォンは我に返った。

「もう大丈夫よ」デヴォンは言い張った。

「そうかもしれないが、カイルの言うことをきいたほうがいい」ディアブロはデヴォンの膝に盆を置き、用心深くベッドの端に腰をかけた。「デヴォン、おれは真実が知りたいんだ。もう嘘はたくさんだ」引導を渡すように言ったその声は、奇妙に穏やかだった。「妊娠していると言ったのは助かりたかったからなのか?」

デヴォンは首を振った。絡まった金色の豊かな髪がほどけるほど大きく。「ディアブロ、あなたがそう思っているならわたしを殺せばいいわ。わたしは、こんな大事なことで嘘は言わない。ウィニーとの結婚を決意したのは、ひとえにあなたの赤ちゃんのためだったの」

「ウィニーか」ディアブロはからかうように言った。「らしい呼び名だな。奴はなにかその……性的な嗜好《しこう》についてほのめかすようなことはなかったのか？」

「わたし……あなたはなにが言いたいの？」デヴォンは困惑していた。ウィンストンには、ディアブロに期待してしまうような情熱や激情はまったくない。でもそれはデヴォンの純潔に敬意を表して自制しているからなのだろうと思っていた。

「おまえが本当のことがわからなかったのは許せるが、おまえの父親がわからなかったことは許せない。おまえとあの男との結婚はうわべだけのものになっただろう。ウィンストンは女性を相手にしない。さあ、これでわかったかい？」

デヴォンがディアブロの言わんとするところをなんとなく理解したとき、デヴォンは優美な眉をほとんど髪の生え際にくっつきそうにして、驚きの表情を浮かべた。ある分野に関しては、デヴォンの知識はまったく欠けていた。

デヴォンの困ったような顔を見て、ディアブロはうんざりしたように息をついた。

「はっきり言えばだ。ウィンストンは男と寝るのが好みなんだ」

デヴォンの顔は真っ赤になった。それから青ざめ、幽霊のように白くなった。「つまり……ああ、そんなはずないわ。もしそうならなぜわたしと結婚したがったの？」

「おまえは賢いから、自分で答えを出せるだろう」

「信じられない。どうしてあなたがそんなことを知っているの？　お父様が知っていたら決して結婚を認めなかったはずだわ」

ディアブロはまだ秘密を打ち明ける気になれなかったので、事情を説明せずに言った。「朝食を食べろ。おれには船の仕事がある。明日になって気分が良くなっていたら起き出してもいい。それまでは休んで体力を回復させるんだ」

「ディアブロ、待って！　わたしをどこに連れていくつもり？」

ディアブロは歯を見せてにっこり笑ったが、その目は笑っていなかった。

「パラダイスだ」

「あなた悪党だわ！」

「ああ、そうらしいな」

そしてディアブロは出ていった。

13

大砲が轟《とどろ》く音にデヴォンは跳ね起きた。あの出血から三日たち、今では毎日ベッドから出て着替えるほど気分は良くなった。食欲も回復し、青白かった頰《ほお》にもばら色の輝きが戻った。カイルが言っていた通り、あふれる若さがデヴォンを瞬く間に癒してゆくようだった。デヴォンは若く健康で、ディアブロの妻だった。ディアブロにどんなに脅されようと、こうして生きている。未来としっかり向き合いたいという意欲がむくむくと湧《わ》いてきた。一度は愛してくれたのだ。もう一度愛してもらえる望みがないと決まったわけではない。

鼓膜を破かんばかりの音で再び大砲が鳴り響いたので、デヴォンは扉へと走った。夫が危険に、いやもしかしたら死に直面しているかもしれないというときに、のんきに部屋に閉じこもってなどいられない。

ディアブロは後甲板にいた。両手を引き締まった腰に当てて仁王立ちになり、デヴィル・ダンサー号の攻撃からなんとか逃れようとするポルトガル商船への砲撃を指揮している。「舳先《へさき》めがけてもう一発お見舞いしろ」耳をつんざく轟音《ごうおん》に負けない大声で命令した。「あの程度の武装なら、おれたちの敵じゃない。戦う前に降参してくるだろう」

大砲がもう一度鳴り響くと、ディアブロの予想通り、マストにはポルトガル国旗に代わって白旗が揚がった。労せずして船長と船員たちは制圧された。ディアブロにとってそれは珍しいことではない。デヴィル・ダンサー号はあっという間に商船に横づけし、ひっかけ鉤《かぎ》で二艘《そう》の船をしっかりとつないだ。悠然と船橋を歩くディアブロの姿を認めると、商船の船長は声を張り上げた。「何者だ！　名を名乗れ！　どこから来た？」

「海の出だ！」海賊船の船長にお決まりの返事だ。ディアブロは甲板に飛び降りると、ロープにぶら下がってふたつの船の間を素早く飛び越え、船長のそばへぴたりと着地した。デヴォンはどんな会話がかわされるのか興味津々で、甲板の手すりに駆け寄った。

ポルトガル船の船長は、自分より三十センチほど背の高いディアブロを前にして、わなわなと震えている。〝人間の皮を着た悪魔《ディアブロ》〟については噂《うわさ》にきいていたが、ありがたいことにこれまで一度も出くわしたことはなかった。噂通りスペイン人なのだろうかと思い、スペイン語で話しかけた。「わたしはディエゴ・フィゲロ。ルイザ・エスペレス号の船長だ」

三カ国語を操ることができるディアブロは流暢《りゅうちょう》なスペイン語で答えた。「ディアブロだ。積み荷はなんだ？」

警戒心をあらわに、フィゲロ船長は乾いた唇をなめた。「乗客以外は積んでない」

実は船主の美しい令嬢を、休暇先の英国から挙式の予定に間に合うようポルトガルへ連れ帰る途中であったが、そのことは慎重に伏せておいた。

「ふんっ」この船からたっぷりお宝を巻き上げようという目論見《もくろみ》が外れて、ディアブロはおもしろくなかった。「乗客を甲板に集めろ」

怯《おび》えきった男性客、女性客、そして子供たちが、アクバルにこづかれながら次々とデッキに上がってくる様子を、デヴォンはじっと見守った。最後に出てきたのはいずれも若く美しいふたりの女性だった。しかし服装から察するに、どうやら女主人と使用人らしい。片方は豪華なドレスに身を包み、宝石で飾っていたが、もうひとりは質素な身なりだった。

ディアブロはぱっとしない人質の顔ぶれを見渡し、戦利品がないことを苦々しく思いながらも人質の品定めを始めた。もっとも貨物を積んでいないという船長の言葉を真に受けたわけではない。目下、手下が船内を引っくり返して積み荷を確認しているところだ。それでもろくな戦利品が見つからなければ、部下をなだめるために収入源として人質を取るしかない。

ディアブロの視線は、美しいドレスと宝石で着飾った女――実際には少女と呼んでいいほど幼かったが――の上でぴたりと止まった。彼はその女をしげしげと観察した。手荒く扱われたことに大きな声で文句をつけている。ずいぶん威勢のいい女だ。ディアブロの唇に満足の笑みが浮かんだ。これは金持ちの父親に甘やかされて育った娘に違いない。賭《か》けてもいい。父親は身代金に糸目をつけるまい。

「いったいどういうことよ」前へ進むよう軽く押したアクバルに向かって、女は食ってかかった。「わたしの父が誰《だれ》だか知らないの？」

「こいつは金になるかもしれんが、それ以上に厄介の種になるな」不機嫌そうにアクバルがぼやいた。

「いやセニョリータ、教えていただきたい。お父上はどなたかな？」ディアブロはなだめるような口調でたずねた。

ディアブロの堂々たる姿と端正な顔立ちを見たとたん、女は目を見張り、その褐色の瞳《ひとみ》をきらきらと輝かせた。こんなに勇ましく魅力的な男性にはこれまでお目にかかったことがない。女はなめるようにディアブロを眺め、誘うような笑みを浮かべながら、自分の魅力を最大限にアピールしようと、高く丸く盛り上げた胸を突き出して、しなを作った。

「父はミゲル・エスペレスよ。この船だけでなくたくさんの船を所有しているわ。わたしの名はカルロッタ・エスペレス。こちらはメイドのマルレーナ。ロンドンの親戚《しんせき》を訪ねた帰りなの」カルロッタはきかれもしないことまでしゃべった。「あなたはどなた？」

「おれはディアブロと呼ばれている。セニョリータ・カルロッタ、お父上はさぞお金持ちでしょうな」ディアブロは探りを入れた。

「大金持ちよ」カルロッタは無邪気に答えた。「それに影響力だってあるわ。もしわたしになにかあったら、容赦なくあなたを追いかけるわよ」

「おれは美しい女に危害を加えたりしない。しかし父上から大金を巻き上げずにあなたを見逃すほど間抜けでもない。父上が、あなたが言うほどの金持ちなら、こちらが要求する身代金をおとなしく払ってもらえそうだな」

「愛する娘のためですもの、いくらでも払うわ」カルロッタは自信満々に答えた。

カルロッタは内心ときめいていた。こんなすてきな海賊としばらく一緒に過ごすなんて、最高の冒険だ。見たところ全然怖くないし、残忍そうでもない。なにしろポルトガルへ帰ったら最後、厳格な両親によって奔放な生活に終止符を打たれ、身の毛もよだつような許婚《いいなずけ》と結婚させられる運命なのだ。ロンドンでは何人もの愛人と遊んだ。たったひとりの男性と落ち着くなどという芸当ができるとは、自分でもとても思えない。カルロッタは、エスペレス家に仕えていたハンサムな下男の手ほどきによって、年端の行かぬうちにセックスを覚えてしまった。許婚というのはエスペレス家の友人で、かなり年上だった。縁組は何年も前から決められていた。まだこんなに若くてぴちぴちしているのに、ポルトガルへ戻って奥方様として退屈な暮らしを送らなければならないかと思うと、心の底からぞっとした。そんな彼女にとって、ディアブロは帰国を遅らせる手段であると同時に、一生に一度の大冒険のチャンスだった。しかもこの海賊はとびきりのハンサムときている。

「カルロッタお嬢様、この悪魔にそんな余計な情報を与えてはいけません」船主からの大切な預かりものである令嬢の軽はずみな言動におろおろしながら船長がたしなめた。「あなた様を安全に送り届けるよう申しつかったのに、わたしはお父上の信頼を裏切ってしまったようだ」船長はディアブロに向き直って言った。「お嬢様は深窓の令嬢だ。人質に取られたとなれば、この上なく評判が傷つくことになる。どうかお見逃しを」

「セニョリータ・カルロッタに手出しはしない」小生意気な娘をとろかすような笑顔を見せ、ディアブロは断言した。無法者の魅力的な微笑に、カルロッタは興奮を抑えきれなくなりそうだった。「純潔を汚すようなことはいっさいしない」

ディアブロは副船長のカイルと補給係を呼び、乗組員をデヴィル・ダンサー号へ帰す前に、ルイザ・エスペレス号をくまなく捜索して金目のものを残らず運び出させるよう指示した。

「船長、おたくの乗組員と乗客はそのまま行ってよろしい」ディアブロはフィゲロに言った。「ただしセニョール・エスペレスに伝えてくれ。二カ月後にナッソーで身代金をよこせば、娘もメイドも無傷で返す。今日からきっかり六十日後、おれがナッソーに出向く。身代金さえちょうだいすれば女たちはその場で解放する」

「身代金はいくらだ」船長はたずねた。

「ペソ銀貨五千枚」

「なんだって！　そりゃ法外だ」

「当然でしょ。わたしにはそのくらいの値打ちはあるわ」カルロッタは船長をあざけるようにつややかな黒髪の頭をそらせた。

「最低でもこれくらいの価値はあると、おれも心から思うね」笑いをかみ殺しながらディアブロは同意した。「誓って女たちは傷つけない」

「海賊の誓いを信じろと？　ふん、ばからしい」

「信じようと信じまいとおまえの勝手だ。確かに伝えたぞ。さてセニョリータ、おれの船へご案内しよう」

ディアブロがカルロッタを腕のなかにすくい上げると、カルロッタは思わず上ずった声を漏らした。「しっかりつかまって。落としたりしないから。メイドは副船長に任せてくれ」

　カルロッタは細い腕をディアブロの首に回した。隆起した筋肉の動きが肌に感じられ、胸は早鐘のように打った。「怖くなんかないわ。あなたってとても力がありそうですもの。安心してお任せするわ」

　カルロッタの華奢な体を軽々と抱き、ディアブロはぶら下がっているロープをつかむと、船と船の隙間《すきま》を飛び越えてデヴィル・ダンサー号の甲板に着地した。カルロッタの重さにはいささかも影響されない見事な跳躍だった。

　美しい眉《まゆ》をひそめ、デヴォンはルイザ・エスペレス号での成り行きを不快な思いで見守っていた。これ見よがしにディアブロの前でしなを作る慎みのない女に対して、同情の念はほとんど湧かなかった。遠く離れた場所からでも、その女が若く、肌色の濃いエキゾチックな魅力にあふれる美貌《びぼう》の持ち主であることは十分に見て取れた。

　ディアブロが女を抱き上げたとき、デヴォンは嫉妬《しっと》と怒りで爆発しそうだった。彼はあのしなやかな体つきをした美女を、自分のお楽しみのためにそばに置くつもりだろうか？　妻に対する関心を失ったようだから、あの人の旺盛《おうせい》な欲望を考えれば、十分にありえる。でも、なにがディアブロを結婚に駆り立てたかはさておき、今は自分が彼の妻なのだ。夫の不義に黙って耐えるつもりなど毛頭ない。

ディアブロは、デヴォンからほんの数センチのところにふわりと着地した。カルロッタはまだ彼の首に腕を巻きつけたままだ。彼女が露骨に色目を使ってくるのがおかしくもあり、まんざらでもなかったので、ディアブロはわざとゆっくりとその腕を外してから甲板に立たせた。デヴォンが恐ろしい顔でにらみつけているのに気づくと、もっと怒らせて楽しみたいという歪《ゆが》んだ欲求が頭をもたげ、カルロッタの細い腰に片手を回した。

「こんなところでなにをしている」今初めてデヴォンの存在に気づいたとでもいうように、ディアブロはデヴォンを叱《しか》りつけた。

あなたのことが心配で居ても立ってもいられなかった、とは口が裂けても言えない。

「なにが起こっているのか見にきたのよ」

「それならついでだから紹介しておこう。こちらはカルロッタ・エスペレス嬢だ。セニョリータ・エスペレス、こちらはレディ・デヴォンだ」デヴォンを見たとたん、カルロッタの顔から笑みが消え、敵意が浮かんだ。この美しい金髪女は、ディアブロの愛情を争う手ごわい恋敵になると直感したのだ。

デヴォンは内心、煮えくり返るような思いだった。妻として紹介しないのは、カルロッタと寝るつもりだからだ。わかりきったことだ。

「この人、誰なの?」カルロッタは訛《なま》りの強い英語できいた。ディアブロは驚いたが、考えてみればロンドンに滞在していたのだから英語を話せても不思議ではなかった。

「わたしと同じ人質？　それともあなた専用の……売春婦《ピユタ》なの？」

デヴォンの瞳の奥で赤い怒りの炎が炸裂《さくれつ》した。この陰険なセニョリータに跳びかかってずたずたにしてやりたかった。デヴォンの心の動きを察知して、ディアブロは彼女の腕をそっと押さえた。

「カルロッタ、レディ・デヴォンとおれの関係は、きみには関わりのないことだ」冷水を浴びせるような口調でディアブロは言い放った。

しかしそれで、人前でないがしろにされたデヴォンの悔しさが収まったわけではない。ディアブロは自分を妻として紹介するべきだ。デヴォンは強くそう思った。そのときカイルが、カルロッタのメイド、マルレーナと共に到着した。マルレーナは恐怖のあまりすっかり取り乱していたが、美しい娘だった。カルロッタよりもひと回り小柄で、慎み深く結ったシニヨンが乱れて、つややかな黒髪の巻き毛が顔にかかったさまが魅力的だった。わたしと同い年くらいかしら、とデヴォンは思った。マルレーナの肉感的な体つきと美しい顔を食い入るように見つめているカイルの様子からして、彼がマルレーナに対して特別の思いを抱いているのは明らかだった。

「カルロッタ、大丈夫ですか？」マルレーナは自分よりも女主人の身を案じていた。十二歳のときからこの高慢ちきな女主人に仕えてきたため、カルロッタに対して堅苦しい呼び方はしなかった。

「もちろんよ、ばかね。わたしにはディアブロがついてるんだから」カルロッタはそう言って輝くような笑みをディアブロに向けた。「マルレーナ、他の人と一緒のときは英語で話すのよ。あなただってわたしと同じくらい話したりきいたりできるでしょ」

「わかりました。それでわたしたちこれからどうなるのでしょう？　わたし怖いわ」

「怖がることはない」ディアブロは小柄な黒髪のメイドにきっぱりと言った。「ここにはきみたちに危害を加える者は誰もいない。セニョール・エスペレスが身代金を送ってくれれば、ふたりとも解放する」

「本当ですか？」マルレーナは勇気をふるって問いただした。身を守るすべを持たない女性たちを辱める海賊たちの蛮行については、いやと言うほどきかされてきた。ディアブロの言葉をおいそれとは信じられない。

「本当だ」なかなか魅力的な娘だと思いながらディアブロは答えた。それからデヴォンに向かって言った。「荷物をまとめるんだ。おまえの部屋はカルロッタとマルレーナが使う。十分な広さがあるからふたりでも大丈夫だろう」

「まあ、ありがとう、ディアブロ」わざとらしく微笑んでカルロッタは言った。「あなたって思いやりのある方ね」

「わたしはどこで寝るの？」ありったけの意志の力をかき集めて怒りを抑えながらデヴォンはきいた。

「ぼくの部屋を使うといい」カイルが親切に申し出た。「小さいけど甲板で寝るよりはるかにましだ」カイルはディアブロに咎《とが》めるような視線を送った。ディアブロも同じような提案を用意していたことを彼は知るよしもなかった。

「それではどうぞ、ご婦人方。部屋に案内しよう」カイルをにらみ返しながらディアブロは言った。「トランクはすぐに運ばせる」

見下すような視線をデヴォンに投げつけて、カルロッタはディアブロと腕を組みながら、これから数日間、デヴォンのものであるはずだった部屋に向かって歩き去った。マルレーナはおとなしくつき従った。

カイルの船室には、ディアブロの快適な部屋では当然のものとして享受してきた快適さはなかったものの、ひとりで眠れるだけでありがたかった。あの人は、わたしに対する敵意に満ちた男たちと甲板で雑魚寝《ざこね》させるほど、わたしが憎いのかしら。デヴォンは、粗野な夫の思いやりのなさに腹が立った。しかしメイドを同じ部屋に入れたということは、とりあえずカルロッタとベッドを共にするつもりがないということだ。だからといって気持ちが安まるものでもないけれど。

今度の船室には小窓がひとつしかなかった。船尾を見渡せる二枚の大きな窓がある、風通しの良いディアブロの部屋とは大違いだった。部屋から出るなとは言われていなかったし、体調はすっかり回復していたので、デヴォンはそれからの日々をほとんど、舳先に積まれたロープの山に座って、ひとりで過ごした。カイルは時間があると、立ち止まって話をしていったし、マルレーナも来た。しかし注文の多い女主人のおかげで、この小柄なメイドはいつも忙しく、ゆっくりおしゃべりする暇はなかった。

ディアブロはたいていデヴォンを無視していたが、たまに体調をたずねた。なによりもいらだたしかったのは、カルロッタが船橋にいるディアブロのもとへ行ったり、デッキでの散歩をねだったりして、彼の自由な時間をすべて独占していることだった。妻である自分をほったらかしにして、夫がこの勝気で美しいスペイン娘の機嫌を取っているることにデヴォンは傷ついた。しかし一度ならず、彼が薄く開いたまぶたの隙間から自分を見つめていることにもデヴォンは気づいていた。彼女のすらりとした肢体をひたと見据える銀色の視線から、彼の思いを読み取ることはできず、デヴォンは困惑した。そして思い切って視線を合わせてみても、自分がディアブロの厳しい監視の対象であることを思い知らされるだけだった。今日も例外ではなかった。

視線がぶつかったとき、ふたりは揺れるデッキの両端にいた。二人の視線は相手に届こうとしながらも、互いをへだてている溝を埋めようという気持ちもなければ、埋めることもできずにいた。ディアブロの強烈な視線に込められた無言のメッセージに、デヴォンは頬を染めた。そのとき、満面の笑みを浮かべ、濃く長い睫毛《まつげ》をぱたぱたさせながらカルロッタがしゃなりしゃなりと歩いてきてディアブロの視線をさえぎったため、魔法が解けてしまった。嫉妬心を認めるのは自尊心が許さない。やむなくデヴォンは顔を背けた。ふたりは腕を絡ませ、途中何度も景色を見るために立ち止まりながら、デヴォンのほうへ歩いてくる。

ふたりがそばを通ったとき、楽しげな会話の断片が風に乗ってきこえてきた。美しいスペイン娘はディアブロにぴったりと体をくっつけながら、とんでもない誘い文句を口にしていた。

「マルレーナはわたしの言うことならなんでもきくの。今夜あなたが来てくれるなら、邪魔しないようにデッキに上がっていてもらうわ」

ディアブロの返事はきこえなかったが、笑顔からは乗り気な様子が、瞳からは同意が読み取れた。ディアブロが笑ったのは愉快に思ったからにすぎないということをデヴォンは知るよしもなかった。カルロッタの向こう見ずな大胆さは、おもしろくもあり、驚きでもあった。ディアブロははじめ、カルロッタを無垢《むく》な処女だと思っていた。しかし日がたつにつれ、仮に誘いを受け入れたとしたらの話だが、ベッドでお目にかかるのは処女ではなさそうだと確信するようになった。ディアブロから見れば、彼女は自分のしていることが、〝たくさんの愛人と自由奔放に愛し合う女〟というレッテルを貼《は》られるだけの行為だということもわからずに、自分の魅力を試そうとしている若い尻軽女《しりがる》でしかなかった。そして今、彼女はディアブロを自分の愛人リストに加えたがっている。

ディアブロは、カルロッタのエキゾチックな美しさを十分に認めていた。しかしその漆黒の髪はデヴォンの目の覚めるような金髪とは違う。カルロッタの肌はつやのあるクリーム色がかった象牙色《ぞうげ》だったが、ディアブロは、もっと明るいデヴォンの肌色が好きだった。デヴォンの鼻筋に点々と散らばったそばかすは、上等のアプリコット・ブランデーにシナモンを散らしたようだし、その青い瞳は彼が愛してやまない海のように激しい。一方、カルロッタのきらめく黒い瞳は、自尊心以外のものを映すことはなかった。デヴォンが裏切りさえしなかったら、いまごろふたりの関係はどんなに違っていただろう。

父親になることを考えるとディアブロは興奮を抑えられなかった。母親がデヴォンなら、なおさらうれしい。自分の子の母親として、彼女以上の女は考えられない。カイルが言っていたようにデヴォンが流産したのだとしたら、彼女を責めることはできなかった。デヴィル・ダンサー号に乗せる前にさんざん恐ろしい目にあわせたのはほかならぬ自分だからだ。しかしもし妊娠について嘘《うそ》をついていたとしたら、どうしても許すことはできないだろう。あいにくそれを確かめるすべはなかった。

「ディアブロったらきいてるの？」カルロッタはかわいらしいふくれっ面をしてディアブロをつついた。「あなたをご招待してるのよ。今夜わたしと……ご一緒しない？」

「またにしよう」ディアブロはカルロッタの誘いをかわした。なぜこの誘いに飛びつかないのか自分でもわからなかった。そのとき、まるでディアブロの投げた短剣で胸を貫かれたような表情で見つめているデヴォンと目が合った。そしてカルロッタとベッドを共にすることに気乗りしない本当の理由がわかった。

「デヴォンって、本当はあなたのなんなの？」ディアブロの視線の先を追って、カルロッタはたずねた。その声には嫉妬だけでなく怒りが込められていた。誰からもちやほやされることに慣れきっている彼女にとって、ディアブロが自分以外の女に気を散らすのはおもしろくない。

「デヴォンにきけばいい」ディアブロはぶっきらぼうに答えた。「失礼するよ、カルロッタ。仕事があるのでね」しがみつくカルロッタの腕を振りほどき、ディアブロは船橋のほうへ戻っていった。

ディアブロの視界の隅に、散歩をしていたマルレーナとカイルがデヴォンのところに立ち止まって話しているのが見えた。カルロッタが三人に近づくと、デヴォンは丁重に挨拶《あいさつ》をしてその場を立ち去った。そのスカートが魅惑的に揺れる様子に目を奪われながら、ディアブロは、これほどの気品と官能的な魅力を兼ねそなえた女に巡り合ったのは生まれて初めてだと気づいた。デヴォンをデヴィル・ダンサー号に乗せて以来、彼女と愛し合うことで頭はいっぱいだった。しかし最初は彼女に対する怒りが激しすぎて、距離を置くしかなかった。その後デヴォンが体調を崩したため、結局、婚姻を完全なものにする初夜を迎えることができないまま現在に至っている。今彼を引き留めているのは己の頑固なプライド以外の何ものでもなかった。妻などいなくてもよかったし、今でもデヴォンが欲しいのかどうかも正直わからなかった。ただ、彼女を抱かなければ頭がおかしくなりそうだった。

義足のペグレッグが運んでくれたデヴォンの夕食は、手つかずのまま狭いテーブルの上に置かれていた。今ごろあの船室でディアブロとカルロッタが楽しく愛し合っているかと思うと、とても食欲は湧かない。デヴォンが裏切ったと思い込む前の彼が懐かしくてたまらなかった。ユーモアがあって愛にあふれ、情熱的で優しかったディアブロ。今デヴォンをあざけり、侮辱して楽しんでいる残酷な冷血漢とは別人だ。デヴォンは服を脱ぎ、薄手のスリップに着替えた。今夜は窮屈なネグリジェを着て寝るには暑すぎる。船が南の海域に入ってから気候ががらりと変わって、狭い船室は蒸し暑くなった。バハマ諸島はもうすぐだ。ディアブロの家に着いたらどんな運命が待っているのかしら。パラダイスでも相変わらずディアブロはかいがいしくカルロッタの機嫌を取るのかしら……そんなことを考えながらデヴォンはうつらうつら眠りに落ちた。するとと夢が始まった。数週間前にディアブロのもとを去って以来、彼女を苦しませてきた、あの夢だ。

夢のなかではデヴォンはディアブロに愛されている。デヴォンがすっかりなじんだ、あの甘く優しいやり方で。ディアブロは彼女のドレスをあっという間にはぎ取ると、自分も服を脱いでベッドに入ってくる。そして硬いベッドにデヴォンの体を押しつける。突然、いつもの夢とは展開が変わって、彼があざけりの表情を浮かべた別人になり、優しさが激しさに取って代わった。夢がこんなにリアルなはずがない、そう気づいて目を開けると、その通り、夢ではなかった。生身のディアブロがかがみ込んでいた。上半身は裸で、顔にはまさに悪魔《ディアブロ》のような薄笑いを浮かべている。

「ディアブロ！　ここでいったいなにをしてるの？」

「おまえはおれの妻だろう」

「覚えていらしたなんて残念ですこと」デヴォンはぴしゃりと言い返した。「すべて悪夢であってくれればと願っていたのに。それにカルロッタはどうしたの？」

「カルロッタがなんだ？」

「もう済んだのかしら？　だって……今夜は一緒だったんでしょう？」

「カルロッタになど用はない。もっともあの娘の申し出には、多少ぐらっと来たがな」

「信じられないわ」

「だったらおれたちはあいこだな。おれだっておまえを信じちゃいない。おれを裏切った女はおまえが初めてだ。だが、だからといっておまえを欲しくならないわけじゃない。頑張ってみたが、どうにもならない。おまえが絡むと、おれには自尊心のかけらもなくなってしまう。おまえには、妻としておれの欲求を満たす務めがある」

「務めですって？　わたしはあなたに対してなんの義務もないわ。わたしたちは夫婦になったと同時に敵になったのよ。あなたは二度までもわたしを誘拐した。しかも二度目は結婚式の前の晩だったのよ。言っておきますけど、ウィンストンについてのあなたのたわ言なんて、絶対に信じないわ。あなたと愛のないセックスをするくらいなら、冷たくされるほうがまだましだわ」

「冷たくされるほうがいいか！」ディアブロはせせら笑った。「おまえには本当の冷酷さがどういうものか、まるっきりわかってないな。言葉で教えてやってもいいが、いっそ体で教えてやろう」

ディアブロがデヴォンの唇に襲いかかった。デヴォンは痛みと驚きに、思わず抵抗の声をあげた。ディアブロはその訴えを無視してデヴォンの体に両腕を回すと、まるで鋼のベルトで締めつけるように、息が止まりそうなほどきつく抱きしめた。強引なキスでデヴォンの口をこじ開けて舌を深く差し入れてくる。以前のキスの優しさは微《み》塵《じん》もない。ディアブロはデヴォンの口を存分に攻め続け、服従させ、情け容赦なく征服した。突然解き放たれた暴力的なディアブロの一面に、デヴォンは心の底から恐怖を覚え、気を失うかもしれないと思った。

次にディアブロはデヴォンの右胸につかみかかってきた。薄いスリップを通して感じるその手は、燃えるように熱い。意に反して、胸の先端が硬くなってしまい、彼の手のひらに当たっている。デヴォンは、あっという間に体の芯《しん》が熱くなるのを感じた。ディアブロの荒々しいキスはさらに深くなり、やわらかな胸をもみしだくその手は、焼きごてのように肌を焼いた。ディアブロの指がスリップの内側に強引に入ってくると、薄いモスリンの生地が弱々しい音を立てて破けた。ディアブロの荒れ狂う欲望に組み敷かれ、デヴォンはなすすべもなく身を震わせていた。そして荒々しくスリップをはぎ取られると、胸が震えた。抵抗するにはもう遅い。デヴォンの血は熱く沸き立ち、脚はわなわなと震え、体の奥はどうしようもなく彼を求めている。それは彼の顔に表われている、猛り狂ったような欲求と同じくらい強烈な欲求だった。

銀色の月明かりがディアブロの背後から差し込み、頭が黒いシルエットになっていた。逆光で彼の表情を読むことはできない。はじめの野蛮なやり方には驚いたが、息を切らしながらじっと自分を見つめるディアブロを見ているうちに、恐怖心は消えていった。彼の指の下で、胸はふくらみ、硬くなって、痛みと気持ち良さが同時に襲ってくる。デヴォンは思わず背中をそらして、その魅惑的な曲線をディアブロの体に押しつけた。すると彼は不快そうなうなり声を発し、驚いたことに次の瞬間、デヴォンの上にくずおれた。彼の重みで固いベッドに押しつけられて、体がつぶれそうだった。

「まったく、これじゃおまえとおれのどっちが苦しんでいるのかわからない。おまえと愛し合うことしか考えられないのに、どうして手荒い真似ができようか。その体は明らかにおれだけのために創られたものだ。おれが触れると敏感に反応する。おまえのなかに入りたくて痛いほどだ」

ディアブロはデヴォンの細い体に腕を回して強く抱きしめて唇を重ねた。冷酷に扱ってやろうという思いはとうに消えていた。激しいキスに、デヴォンは頭がくらくらした。ディアブロの硬い胸毛がデヴォンの胸にこすりつけられる。その刺激にデヴォンはぞくっとした。それがディアブロに伝わり、一刻も早くひとつになって自分の欲求を解放したいという衝動を抑えてきた彼に、一気に火がついた。デヴォンと愛し合って以来、長い間——本当に長い間誰も抱いていていない。デヴォンの快感をさらに高めようと、胸の先端をなめながら太ももの間に指を滑らせ、押し開いた。

「なんて熱くて濡《ぬ》れているんだ。おまえを隅から隅までゆっくりと味わい尽くしたい」

ディアブロは身をかがめて、デヴォンの太ももの間にある三角形の金色の茂みにキスの雨を降らせ、そのままやわらかな裂け目に舌を滑らせた。デヴォンが自分の名を呼ぶのがきこえたが、そのせつない声をよそに、熱く濡れた洞窟《どうくつ》の奥へと突き進んだ。愛の侵略を歓迎するように蜜《みつ》がしたたる。その蜜を味わいながら、ディアブロの舌はなおも優しい愛撫《あいぶ》を続けた。デヴォンは、彼に呼び覚まされた快感に我を忘れ、その大胆な愛し方にショックを受ける間もなかった。そして、体の奥で高まったものが堰《せき》を切ったようにはじけると、光と色と形が砕け散り、頭のなかでぐるぐる回った。

デヴォンがまだ完全に感覚を取り戻さないうちに、ディアブロはズボンを脱ぎ捨てて彼女のなかに分け入った。あまりの大きさに、体が真っぷたつに裂けてしまいそうだった。あえぎながら、デヴォンは彼の張り詰めたものにこすり合わせるように腰を動かした。再び快感が高まり始めると、体は勝手に動き始めた。

「あぁ、キット！　こんなふうに愛されるとわたし自分が誰なのかわからなくなってしまう」

突然、ディアブロが叫び声をあげ、何度も何度も深く突いた。そして最後の一突きで一緒に達することができるよう責めたてた。デヴォンの叫びが彼の声にこだました。

彼女の震え声が収まるまで、ディアブロは体を深くつないだまま、しっかりと彼女を抱きしめていた。

それから数分間、ふたりは呼吸を整え、考えを整理しようとしながら、体を絡ませたまま落ち着かない気持ちでじっと横たわっていた。ディアブロの顔は完全に影になっていて表情は読めない。ディアブロは体を離してデヴォンの隣に横たわった。デヴォンは細い手で彼に触れ、腰まで指を滑らせた。それが予想もしなかった反応を引き起こした。

「おまえはとんでもない魔女で、おれは大ばかものだ」ディアブロは、そう悪態をつくなり、デヴォンの手をつかみ、飢えたような熱いキスでデヴォンの唇を襲った。

どんなひどいことをされても、自分はこの女を求めずにはいられないことを思い知らされて、ディアブロの胸は苦々しい思いでいっぱいだった。

こうなったらデヴォンと結婚したのは、他の男に渡したくなかったからだと潔く認めるしかない。ディアブロはデヴォンによって愛の喜びを知り、裏切られるつらさを知り、言葉に表わせないような快楽を知った。彼女のことになると、どうしようもなく弱い男になってしまう自分に我慢がならない。あの訴えるような青い目と嘘つきの唇に反応してしまう自分が情けない。急に、デヴォンがパラダイスにもたらした苦しみと破壊の記憶が脳裏に甦《よみがえ》り、ディアブロの荒々しい愛撫が止まった。自己嫌悪にいらだち、言葉にならない声を発しながら、彼は立ち上がった。

「ちくしょう！　まるで麻薬のような女だ。そのキスとセイレーンのような美しい肢体には石像さえ心を奪われるだろう。しかもおれは生身の人間だ。そんなに簡単におまえを許し、忘れられると思うのか？」

「キット、忘れることとなんてひとつもないわ。わたしは許してもらわなければならないようなことはなにひとつしていないのだから」キットという名が自然と口をついて出てしまったが、ディアブロが文句を言わなかったので、デヴォンは続けた。「お願いよ、キット。なぜ信じてくれないの？」

「ル・ヴォートゥールのような男と逃げた女を信用しろというのか？　ふざけるんじゃない」

「お父様ならきっとこの誤解を解いてくれると思うわ」デヴォンは言った。「考えれば考えるほど、ル・ヴォートゥールが裏切ったとしか思えないの」

「無防備な村を襲って罪もない者たちの命を奪うような所業に、おまえの父親が関わっているというのか？」

腹立たしげにズボンをはきながら、ディアブロは振り向いた。闇《やみ》にまぎれてそのこわばった表情はほとんど見えなかったが、彼の目が氷のように冷たいことは、見なくてもわかった。デヴォンは慄然《りつぜん》とした。

「いいえ、違うわ。お父様はそんなことをする人じゃない」そのとき突然ある考えが浮かんだ。大胆な推測ではあったが、言ってみる価値は十分にありそうだ。「パラダイスを襲った船の名前をご存じ?」

デヴォンは息を詰めて答えを待った。そういえば、ロンドンに戻って間もないころ、ウィンストンがある任務を帯びて、ひと月以上ラークスパー号で出かけていたことがあったのだ。その後、彼は海軍を辞めて結婚の準備に入った。しかしどこへ行っていたかについては、いっさい教えてくれなかった。急になにもかもつじつまが合い始めた。ル・ヴォートゥールはさらなる報酬を手に入れるため、そしてディアブロへの恨みを晴らすために、パラダイス島の秘密を父に教えたに違いない。当然父はウィンストンにその話を伝える。ディアブロに花嫁をさらわれて怒り心頭だったウィンストンは、身を守る術もない女子供しかいない村を襲う……。

「タラはラークスパー号と言っていたな」ディアブロは答えた。「知っているのか?」

デヴォンははっと息をのんだ。ラークスパー号! ウィンストンの船だ。知らぬ間に、デヴォンはパラダイス島の襲撃に加担していたことになる。デヴォンのためでなければ、そもそもル・ヴォートゥールは危険を冒してまで英国に来ることもなかった。

「そ……その船は……」デヴォンはつかえながら言った。「……ウィンストンの船だわ。

でも誓ってわたしは……」

「このあばずれ！」

「……わたしはひと言もしゃべってないわ」デヴォンは弱々しく言った。「きっとル・ヴォートゥールよ。あの人は本当の気持ちを隠そうとしていたけれど、あなたを心から憎んでいた。ブラックバートの敵《かたき》を討つチャンスをずっと狙《ねら》っていたのよ」

「それは確かにつじつまが合う」ディアブロはしぶしぶ認めた。「だがル・ヴォートゥールを英国に連れていったのはおまえだろう？　アクバルの言う通り、おまえは疫病神だ。おれはおまえに溺《おぼ》れて、あいつの言葉が耳に入らなかった。おまえを愛していると思っていたんだ！」

「今はどうなの？」デヴォンはベッドの上に座り、顎《あご》までシーツを上げてその先をうながした。

「今おまえに感じるのは単なる欲望だけだ」ディアブロは言った。その声には自己嫌悪がにじんでいた。

「それなら回れ右して英国につれて帰って。もうお腹にあなたの子はいないんだし、わたしの面倒を見る義務はひとつもないでしょう？　わたしのことはなにもかも忘れて」

ディアブロがベッドの端に腰を下ろすと重みでマットレスが沈んだ。デヴォンの顔が見えるように、ディアブロはランプをともした。「忘れろだと？　それができれば苦労はしない。忘れたのか。おれたちは夫婦だぞ。自分のものは手放さない。それに今夜、おれの子供を身ごもったかもしれないじゃないか」

「キット、いったいいつまでわたしを拘束するつもり？」デヴォンは迫った。「いつかあなたはつかまって絞首刑になるかもしれない。海で戦っているうちに死んでしまうかもしれない。そうしたらわたしはどうなるの？」

虚を突かれて苦しい表情のディアブロを見て、デヴォンはたたみかけた。「あなたの部下にお下がりとして与える？　それとも他の海賊の船長たちにくじでも引かせるほうがいい？　子供たちがいたらどうなるのかしら。わたしと子供はどうやって生き延びればいいの？」

まったく不覚だったが、胸を刺すようなデヴォンの問いに、ディアブロはどれひとつ答えることができなかった。

14

デヴォンに鋭い問いを突きつけられたあの夜以来、ディアブロは満足に眠ることができなかった。腹立たしいことに、彼女の言い分はいちいちもっともだった。自分が不慮の死を遂げたら、デヴォンは無法者たちの手に落ちることになる。相手が誰《だれ》であれ、女をそんな目に遭わせることはできない。認めたくはないが、デヴォンに対しては、まだ強い思いが残っていた。海賊やならず者にゆだねて平然としていられるほど突き放すことはできない。

それでは自分に残された選択肢はなんだろう。ディアブロは真剣に考え始めた。これまで、自分は無敵であり、海賊稼業こそが己の生きる道と自負してきた。毎日が興奮する冒険の連続で、他の仕事には見出せない刺激にあふれている。ディアブロはどの冒険にもつきものの危険を楽しみ、危険を糧に成長してきた。そしてその見返りにはリスクを補ってあまりあるものがあった。海賊行為によって彼が蓄えた富は子々孫々まで養えるほどだ。子孫に思いが及ぶとディアブロはふと考え込んだ。

おれは自分の子供たちに、社会からつまはじきにされ、どこへ行っても後ろ指を指されるような人生を送らせたいのだろうか？　答えは明らかに「ノー」だった。

もしかしたら人生の進路を変え、これまでの破天荒な生き方を改めるときが来たのかもしれない。パラダイスで農園を経営してもいいし、アメリカに移住してもいい。ただし、海の疫病神であった過去に気づかれる可能性のある英国や、ヨーロッパの大半の地域は問題外だ。

仲間と別れるなどということは、いまだかつて考えたこともなかったが、今は事情が違う。これまでは妻もいなければ、子を持つ可能性もなかったのだから。「自分のものは手放さない」という宣言は本音だった。デヴォンを英国に帰してウィンストンのような輩《やから》と結婚させるなど、言語道断だ。こうなったら海賊稼業をやめることを本気で検討するべきだ。そう心に決めると、ディアブロは毛布のなかで体を丸めて、固いデッキの上で寝心地の良い体勢を探した。女が三人も乗船していると、これ以上空いている船室はなかったし、デヴォンのベッドに留まることは、あえて避けたかった。彼女の影響を本気で気にしているからだ。船を操縦し、乗組員を統制するには、頭をクリアにしておかなくてはならない。

照りつける太陽に向かってデヴォンが顔を上げると、髪が濃厚な蜂蜜《はちみつ》のように背中を流れた。遠くにはバハマ諸島が、きらめく海面にちりばめられた宝石のように輝いている。デヴィル・ダンサー号は大きく帆をふくらませて海面を切るように進んだ。日差しがいっぱいに降り注ぐ、あの緑豊かな海岸に着いたあと、自分はどうなるのだろうという不安はあったが、目の前の美しい景色には見とれずにいられなかった。ディアブロが彼女の船室に来てふたりが愛し合ってから、二日がたっていた。あの狂おしい交わりがディアブロにもなにがしかの影響を与えたのは確かだった。なぜなら、あの晩以来、何度も、彼が考えごとをしながら自分を見つめているのに気づいたからだ。デヴォンの挑発的な問いかけが発端となって、彼が自分の良心に深く問いただしているのがわかる。わたしの身柄をどうするか結論は出たのだろうか。デヴォンは気になった。

「あの遠くに見える島が目的地かしら?」手すりにもたれてさわやかな風を楽しんでいたデヴォンの横に、いつの間にかカルロッタが来ていた。

「ええ」勝気なスペイン娘に自分だけの時間を邪魔されるのは迷惑だと思いながらも、デヴォンは返事をした。

「彼って、ハンサムな悪魔《ディアブロ》よね」カルロッタは船橋に立つディアブロに視線を移しながらため息をついた。「あの目……あんな目は見たことがない。彼に見つめられると、わたし自分が淑女であることを忘れてしまうの。あの人に誘われれば、わたし喜んで……」

「ええ、目に浮かぶわ」デヴォンはぶしつけに言葉をはさんだ。ひとりにしてもらえないだろうか、と思いながら。デヴォンは、ディアブロが何度カルロッタとベッドを共にしようと、どうでもよかった。というよりむしろ、どうでもいいことだと自分に言いきかせようとしていた。

カルロッタの黒い瞳《ひとみ》に挑発の炎がともった。「あなたってディアブロのなんなの？　寝室が別だから妾《めかけ》じゃないし、カイルの娼婦《しょうふ》だとしたら彼がマルレーナばかり追っかけてるわけがないし。ひょっとしてディアブロの乗組員の誰かの妾なの？」

デヴォンの頭に血が上った。「わたしはディアブロの妻よ」にやついているカルロッタに青白く燃え上がる視線を投げつけて、デヴォンは言い放った。そろそろこのスペイン娘に本当のことを教えてやってもよいころだ。

「嘘《うそ》だわ！」カルロッタの甲高い声に近くにいた者がみな振り向いた。「あなたなんて売春婦に決まってる！　ディアブロの妾ならともかく、妻なんてありえないわ」

「いや、だがデヴォンは本当におれの妻なんだよ、カルロッタ」ディアブロが笑みを浮かべながら割って入った。突然の登場にふいを突かれて、カルロッタは言葉を失ったまま目を大きく見開いて彼をじっと見た。「デヴォンはそんな大事なことで嘘をついたりしない」

「なぜもっと前に教えてくれなかったの？」カルロッタはむきになった。

「あんたには関係ないことだからだ。おれは人質に自分の私生活を事細かに話したりしない。まさか、デヴィル・ダンサー号でのご自分の立場をお忘れじゃないだろうな？」

デヴォンは驚きのあまりぽかんと口を開けてディアブロを見つめた。色仕掛けで迫ってくるこの勝気な娘を、ディアブロは明らかに軽蔑《けいべつ》している。カルロッタはあんなふうにして、何人の男たちをその誘惑の蜘蛛《くも》の巣に絡めとってきたのだろう。

「結婚ですって？　夫婦だったら一緒に寝るはずじゃない！」カルロッタはずけずけと言った。

「おやおやカルロッタ」ディアブロは指を一本立てて小さく振りながら、からかうような口調で言った。「まさかおれの行動を見張っていたんじゃないだろうな。昼も夜も、四六時中、見張っていたとでも言うのかい？」ディアブロはデヴォンのほうを見てウインクをした。それは、絞首刑になろうという日にデヴォンの膝《ひざ》の上に突然現われた、あの魅力的な海賊を思い起こさせるウインクだった。「そんなはずはないよな。あんたのような慎み深いお嬢様がおれの行動をスパイなどした日には、恥ずかしくて卒倒してしまうはずだ」

「なによ！」カルロッタは地団太を踏んで悔しがった。「ひどい人！　しょせんは海賊ね」カルロッタが怒りに任せて身を翻すと、スカートまでが怒ったように細い足首の周りで舞った。

デヴォンは忍び笑いを漏らした。「あなた、カルロッタを怒らせてしまったわ」

「あれは甘やかされて育った、自分のことしか頭にない娘だ。第一おれには欲求を満たすのに十分すぎるほどの女がすでにひとりいる」ディアブロは口の端に笑みを浮かべた。彼女を見つめる眼差しに宿ったきらめきに、デヴォンの頰《ほお》が染まった。なんという可憐《かれん》さ。ディアブロは、この女が自分を裏切った魔女であることを忘れないようにするのは、至難の業だと悟った。

アクバルが恐ろしい形相で睨《にら》んでいるのが、ディアブロの視界の片隅に入った。彼なりの方法で、「女を信用してはいけない」と思い起こさせているのだ。ディアブロがアクバルを見ているのに気づき、デヴォンは獰猛《どうもう》な顔つきのトルコ人のほうをあえて見ながら言った。

「アクバルはわたしを嫌っているわね。はじめから」

「あいつは女すべてを憎んでいるんだ」ディアブロは明かした。「昔はトルコの宮殿で皇帝の護衛をしていた。そこで皇帝の愛妾《あいしょう》の目に留まった。普通ならハーレムには近づけないのだが、その愛妾は宦官長《かんがんちょう》を買収し、じきにアクバルは彼女と逢瀬《おうせ》を重ねるようになった。しかし彼女の地位と皇帝の寵愛《ちょうあい》を妬《ねた》んだ別の妾《めかけ》がふたりのことを密告した」

「なんてこと……」デヴォンは、今までとは違う目でアクバルを見ながらつぶやいた。

「それでは女性に対して許せない気持ちになるのも無理はないわね。アクバルはその女の人を愛していたのかしら？」

「わからんね。女のほうは尋問されると自分の身かわいさから、アクバルに無理強いされたと答えたが、そんなごまかしは通用しなかった。彼女は袋に入れられて海へ放り込まれた。アクバルは皇帝に対するそれまでの卓越した働きぶりが評価されて、死罪は免れた。そのかわり奴隷として売り飛ばされ、船を漕《こ》ぐ奴隷としてスペインのガレオン船に乗せられたんだ。それから何年も、あいつはオールに鎖でつながれて生きてきた。そして女に対する憎しみの虜になったというわけだ」

デヴォンはぞっとした。「どうやって逃げたの？」

「海賊のブラックバート船長がそのガレオン船を襲ったとき、あいつは自由の身になった。それで海賊に仲間入りしたんだ。おれと知り合ったのはそのときだ。そのガレオン船に乗っていた奴隷のほとんどは、今でもおれの乗組員だ。一度生命を救ってやってからというもの、あいつはおれの守護者になったつもりなんだ。これまでも数え切れないくらい何度もおれの命を救って恩返しをしてくれた。アクバルは、女っていうのはどいつも危険な生き物で、たったひとつの目的のためにしか役に立たないと思っている」

「わたしは、あなたにとっても彼にとっても、なんの危険もない人間だということをわかってくれるといいのだけれど」

「それはまだわからんな」


ディアブロは、まず以前の村があったところへデヴォンを連れていき、デヴォンのせいだと彼が信じている、破壊行為の跡を見せると言い張った。一見したところ、すべてが平和そうに見えた。しかし船が秘密の水路を通って入り江に入ってゆくと、かつてはにぎやかだった小さな村が廃墟《はいきょ》と化しているのがデヴォンの目に入った。

細かい木片が散らばる海岸を見つめて、デヴォンは恐怖に凍りついた。「幸い畑や家は焼かれていないし、アラワック族の労働者たちも英国人の襲撃者たちが去るまで森へ逃げ込んでいたから無事だった」

「あなたのお屋敷は大丈夫だったのね？」デヴォンは驚いたと同時にうれしかった。

「ああ。英国人どもは奥まで上がって来なかった。来ていれば屋敷も破壊されていただろうな」

一行は入り江に長くは留まらなかった。この卑怯《ひきょう》な襲撃について語れば、どうしても怒りが込み上げてくるため、ディアブロは口数が少なかった。無分別な破壊行為のすべてをデヴォンが見たと確信すると、デヴィル・ダンサー号はもと来た水路を戻った。

「どうしても目隠しをしなくちゃいけないのかしら」スカーフで目を覆うディアブロに向かってデヴォンは不機嫌そうにたずねた。ディアブロはカルロッタにもマルレーナにも同じようにスカーフで目隠しをした。

「いっさいの危険を排除する。一度はおまえを信用したが、二度目はない」

「わたしは絶対に口外しないわ」カルロッタが猫なで声で言った。

ディアブロはカルロッタを無視して、デヴォンに言った。「おれが珊瑚礁《さんごしょう》を縫って船を進める間、カイルがきみたちについている」

デヴォンは手すりに力なく体をもたせかけてカイルに言った。「ディアブロは二度とわたしを信用してくれないんでしょうね」

「仕方ないだろう？　殺された人間全員に対してディアブロは責任を負う立場にいるのだから。乗組員の多くが、妻や、ときには子供たちまで亡くしたんだ」

「わたしはあの襲撃にはまったく関与していないのよ。どうして信じてもらえないの？」

「それは……そうかもしれない」カイルはしぶしぶ認めた。「きみが言うようにル・ヴォートゥールのしわざかもしれない。でも今のところディアブロは頭に血が上っていて、筋道立てて考えることができないんだ。時間をやってくれ」

「なんのお話なの?」カルロッタが興味津々に割って入った。今の会話からは、ディアブロがデヴォンのしたことに腹を立てているという事実しかわからなかった。内容によっては、うまく利用できるかもしれない。

「きみには関係ないことだ、カルロッタ」カイルは叱《しか》りつけた。彼から見れば、カルロッタは甘やかされて育った見栄っ張りの貴族の小娘でしかなかったし、彼女のメイドに対する無神経な扱いも気に入らなかった。

「ふん!」カルロッタは目隠しを指差しながら言った。「ねえ、これもう取っていいかしら?」

「ああ」カイルは許可した。「もう珊瑚礁の内側に入って、秘密の水路を上流に向かっているところだ」

一見したところは先ほど見てきた入り江と変わらないようだったが、よく見ると真新しい木材で建てた小屋が海岸に沿って並んでいる。古い村に建っていたような風雨にさらされた住居とはまったく違う。さらに新しい倉庫が二棟も建っていて、海岸からは長い桟橋が、入り江の水深が深いところまで延びていた。デヴォンの目にはパラダイス島のこちら側も同じくらい美しかった。ディアブロの家に向かって歩きながら、この島がとても細長いのだということを実感していた。

デヴォンの疑問を察してディアブロが説明した。「この島は数マイルの長さがあるが、幅は二マイルもない。全体が珊瑚礁に囲まれていて、おれの調べたところでは、珊瑚礁の内側に入れるポイントは二か所しかない。さっき島の反対側で通った水路は島のなかを貫いてここまでつながっている。こちらの入り江はあっちより深くて、はるかに見つけにくい」

「あちらの村を襲った連中がまた同じところから珊瑚礁を抜けて、島をぐるりと回ってここまで船を進めてくる心配はないのかしら?」デヴォンはたずねた。

ディアブロはにやりと笑った。日焼けした顔に白い歯がのぞいた。「砂州がある。それこそ数え切れないほど。珊瑚礁の内側の海を島に沿って回り込もうとする船は、水深のある入り江を出たとたん座礁するよ。まず不可能だ」

タラが一行を出迎えた。デヴォンの記憶にあった通り、美しく落ち着いていた。

「お帰りなさい、ディアブロ様」満面の笑みがエキゾチックな顔に広がった。

「ご苦労だった、タラ」ディアブロはねぎらった。

「作男たちとル・ヴォートゥールの乗組員たちがほとんどやってくれました。わたしは監督していただけです」タラは誇らしげに言った。

「ル・ヴォートゥールの乗組員ですって?」デヴォンは叫んだ。「あの悪党がここにいるの?」

「ル・ヴォートゥールはこれ以上問題を起こすことのできない場所にいる」ディアブロは厳しい口調でそれだけ言うと顔を背けたが、デヴォンは食い下がった。

「どういう意味?」

「ビクトリー号は沈没した。ル・ヴォートゥールは船と一緒に沈んだよ」

デヴォンは胸から声を絞り出して叫んだ。「殺してしまったのね! これであの男があなたを裏切ったのかどうか、知りようがなくなったじゃないの!」

「デヴォン、もう芝居をする必要はないんだよ。今ではおれの妻なんだし、おまえの裏切りに対して罰を与えようとは思っていない」

「これから一生、わたしが裏切ったかどうかについて言い争いながら暮らすわけ? わたしは一生かかってもあなたに無実を証明してみせるわ」

賢明にもディアブロは返事を避けて、ふたりは家に入った。彼はデヴォンを以前使っていた二階の日当たりの良い広い部屋へ真っすぐ連れていった。カルロッタとマルレーナは、この複雑な構造をした家の別の部分にタラが案内した。

「ここがおれたちの部屋だ」文句があるなら言ってみろ、と言わんばかりの口調だった。「おまえはおれの妻だし、おまえに対する欲望を抑える理由はひとつもない。おまえを欲しい気持ちを否定したことは一度もないし、おまえの体の反応からしても、そっちも同じくらい激しく求めている。おれは宦官《かんがん》として生きるつもりなど毛頭ないのでね」

デヴォンは辛辣《しんらつ》な言葉でやり返したい思いをぐっと飲み込んだ。そして結局は逆らわないことにした。デヴィル・ダンサー号で愛されたあと、もうディアブロを拒むことはできないと思い知った。彼の腕のなかに戻れたことが心からうれしかった。身も心も奪い尽くすような、あの快い魔法のような愛し方に抵抗などできない。しかも今は正式な夫婦なのだから、寝室を共にしない理由もない。すねた処女のように振る舞うわけにもいかない。もっとも、そうしようにもすっかり手遅れだが。もう一度彼に愛させてみせる。信頼を取り戻し、あらゆる点で妻として認めさせてみせる。デヴォンはそう心に誓った。

自分の体がとてつもない快楽を与えているらしいという事実を別にすれば、ディアブロがなぜ自分と結婚したのか、デヴォンは見当もつかなかった。単に肉欲からかもしれない。デヴォンは心のなかで笑った。でもいつの日か、きっと彼の愛を勝ち取ってみせる。そして信頼も。

カルロッタはパラダイスに滞在中、あの手この手でデヴォンの人生を複雑にしようとした。そのうえタラも、例の殺戮《さつりく》と破壊をもたらした英国人のことでデヴォンを責めていた。身代金を受け取りに行くまで、ディアブロは本拠地を離れないことにした。

そしてひと晩とあけず、デヴォンとベッドを共にした。ふとした拍子に、デヴォンはかつて愛し始めていた茶目っ気のある海賊が戻ってきたように感じることもあった。が、そうかと思うと、眉《まゆ》を曇らせ、妙な目つきでデヴォンをじっと見つめているディアブロがいた。そんなときの彼は、冷たい目をしたとらえどころのない別人に豹変《ひょうへん》してしまう。それはデヴォンの知らない男であり、恐ろしささえ感じた。

父のチャタム卿《きょう》なら、ディアブロの秘密がどのようにして漏れたのか説明できそうな気がする。一方で、父が無意味な殺戮を命じるような真似のできる人間ではないことも確かだ。ル・ヴォートゥールが死んでしまったことは、つくづく悔やまれる。問い詰めればこの誤解が解けたかもしれないのだ。ディアブロに憎まれながら、そして島民のみなに嫌われながら、この先どうやって生きていけばいいのだろう。

デヴォンは父親のことをしばしば思い出していた。ディアブロとともに行方をくらませたことは、お父様にどのような影響を与えただろうか。親を捨てた娘として、お父様もまたわたしを憎んでいるだろうか。そう思うととても耐え難く、刺されるように胸が痛んで涙があふれた。それにウィンストンはどうしているだろう。ディアブロがウィンストンについて言っていたあの下劣な話は本当？　そもそも、どうしてディアブロがそんなことを知っているのだろう。噂《うわさ》の真偽は別として、こんなふうにディアブロを愛してしまった以上、ウィンストンとは結婚できないということだけは、はつきりしている。

ディアブロは、日よけの陰になった戸口に夕闇《ゆうやみ》にまぎれて立ったまま、物思いにふけるデヴォンの様子を見守っていた。デヴォンは、ベランダの籐製《とうせい》のロッキングチェアに座り、蜂蜜色《はちみついろ》の髪をそよ風になびかせながら、うつろな目で悲しげに遠くを見つめている。彼女のほうからはディアブロの姿は見えないが、彼からはデヴォンの頬を伝う涙のきらめきが見えるくらい、まだ明るかった。その涙は、さながら青白いサテンの布にのせた小粒のダイヤモンドだった。彼女を憎む人々に囲まれ、カルロッタのくだらない嫉妬《しっと》心に煩わされながら送るこの島での生活は、デヴォンにとって幸せには程遠い。ディアブロはそのことに気づいた。

もうじきあの生意気なスペイン娘がいなくなるのはなによりだ。厄介の種が減れば、デヴォンとの日常も少しは過ごしやすくなるだろう。自分が追われる身である限り、ふたりが普通の生活を送ることは望めない。だからといってデヴォンを英国に送り返すことはできなかった。認めたくはなかったが、デヴォンに対する愛が強すぎて、別れることは考えられなかった。一緒にいたら、ふたりとも幸せになれないことがわかっていても。

ディアブロは影から足を踏み出した。「デヴォン」唇に心地良い音だった。

「驚かさないで」

「泣いているのか」

「泣いてなんかいないわ」デヴォンは否定したが、震える声がその言葉を裏切っていた。

「ああ、かわいそうに。涙を拭《ふ》いてあげよう」

かたわらに片膝をつくと、ディアブロはデヴォンのうなじに両手をかけてその顔を引き寄せた。デヴォンは、彼が湿った舌の先で頬をつたう真珠の粒のような涙をそっとぬぐい、塩からさを味わうのを感じた。

「おれは何度もおまえを憎もうとした」ディアブロはピンクの貝殻のようなデヴォンの耳にささやいた。「でもなにをされようと、おまえを求める強い気持ちは変わらない。おいで、愛し合おう――今すぐに」

催眠術をかけられたように、デヴォンは彼の熱い手を握り、ディアブロが張り巡らした誘惑のくもの巣に、自分から深く引き込まれていった。

「まあいやだ！」カルロッタが吐き出すように言った。「見てちょうだい。あの人たち、まるで動物みたい。そのまま地面で交尾を始めないのが不思議なくらいだわ」

カルロッタとマルレーナはたまたまベランダへ出てきて、睦《むつ》み合うディアブロとデヴォンを見てしまったのだった。しかし、カルロッタのとげのある言葉が、狙《ねら》い通りの効果をあげることはなかった。ディアブロは軽く笑い飛ばすと、両腕でデヴォンをすくい上げ、切迫した欲求につき動かされるように家へ入り階段を駆け上がっていった。

「動物！」嫉妬心を爆発させ、カルロッタは小さな足で地団太を踏みながら、もう一度同じ言葉を浴びせた。自分は年の離れた貴族と結婚するしかないのに、デヴォンにはあんなに男らしくてセクシーな男がいるなんて、こんな不公平な話があるだろうか。

「わたしはすてきだと思います」マルレーナが憧《あこが》れのため息をつきながら言った。

「いつかあんなふうに――」

「そんな考えは捨てることね」カルロッタがさえぎった。「おまえの未来は、愛だの結婚だのとは無縁よ。運が良ければ、いつかベッドを共にしようという男性が現われるかもしれないけれど、その先どうなるものでもないわ。すぐに飽きられて、古靴みたいに捨てられるのがおちね。ついて来なさい。寝る前に散歩でもすれば、少しはわたしの気も晴れるかもしれないわ」

ディアブロはデヴォンをそっと床に降ろして立たせた。デヴォンが顔を上げると、情熱に燃え上がる彼の瞳があった。デヴォンは下腹部に熱いものがじわりと湧《わ》き上がるのを感じた。ディアブロは、彼女の胸から腹、そして脚の間のやわらかい部分へと手を滑らせた。それからデヴォンの服をゆっくりと一枚一枚脱がせてゆくと、最後に輝くような裸身が現われた。ディアブロはデヴォンに口づけをした。それは温かく、優しく口説くようなキスだった。

ディアブロは両手の手のひらでデヴォンの尻《しり》をすっぽりと包み、指でそのふくらみをそっとなでた。彼に触れられると、たちまち欲望の火花が走った。「その情熱はありがたいね」うれしそうにディアブロはささやいた。「つらい思いはさせたくない。おまえを愛したいだけなんだ」

その言葉は思った通りの効果を発揮した。デヴォンはとろけるように彼に身を任せた。わたしはこのたぐいまれな男のもの、これから先もずっと。どんな運命がふたりを待ち構えていようとも……。視線を絡ませたまま、デヴォンは素早くディアブロの服のボタンを外し始めた。ディアブロは笑いながらその手をどけると、邪魔な衣服をあっという間に脱ぎ捨て、誇らしげにデヴォンを両腕に抱きかかえて、ベッドに倒れ込んだ。そして抱きかかえたまま転がると、彼女を自分の上に乗せた。

デヴォンは情熱に瞳を輝かせながら、ディアブロの下腹部の茂みから胸にかけて、指でそっとなでた。ふたりの間にはまだ大きな溝がある。でも愛し合うたびに、少しずつその溝が埋まっていくようだった。だからデヴォンはこうして愛し合う機会を最大限に生かしたかった。過去のいやな思い出は忘れてディアブロの信頼を取り戻したい。彼と結ばれるこのひとときを、つらい現実のはざまに訪れる魔法の時間にしたい。

彼の顔にキスの雨を降らせようとデヴォンが顔を寄せると、ディアブロはその動きを制し、両手で彼女の肩を押さえて上半身を起こした。デヴォンは驚きながらも素直に従った。ディアブロはデヴォンの胸から腹、そして明るい茂みのある脚の間へと手を滑らせた。それからデヴォンの太ももを押し開いて自分の体にまたがらせた。デヴォンは思わず目を見張ったが、抵抗はしなかった。

「愛し合っている間のおまえをすべて見たい。なんて美しい胸なんだ……」手を伸ばしてデヴォンの胸に触ると、彼はからかうように親指で乳首をこすった。デヴォンの体を炎の矢が貫いた。「気持ちいいか？」

「ええ、とても」

ディアブロは意地悪くほくそ笑みながら、デヴォンの胸から細いウエスト、繊細な丸みを帯びたヒップから引き締まったお腹へと愛撫《あいぶ》を続けた。熱がデヴォンの骨をとろけさせた。デヴォンは、体の奥に彼がつけた火を鎮めてほしいと懇願した。

ディアブロの熱くて力強い手がデヴォンの膝をかすめ、絹のようになめらかな太ももの内側をなで上げると、デヴォンは息をのんだ。ディアブロはふっくらとした茂みのところまでくると、指で優しく茂みをかき分けながら、とうとう秘められた情熱の泉を探り当てた。デヴォンの体が一瞬こわばった。まるで魔法をかけているのかと思えるような指の動きで彼がまさぐり始めると、デヴォンはびくっとして、突然の快感の高まりに、目を固く閉じて前のめりに倒れそうになりながら、思わず叫び声を漏らした。そして倒れてしまわないように、彼の胸に両手をついて体を支えた。

乳首が自分の唇のすぐそばまで下りてきたので、ディアブロはその熟れたつぼみの片方を口に含み、それからもう片方へ移って、激しく吸い、なめ回し、小さな先端を歯の間で転がした。デヴォンの体は抑えようのない欲求に震え始めた。熱く湿り気を帯びた部分に彼が深く指を差し込むと、デヴォンは歓喜の叫び声をあげた。その表情を熱のこもった眼差しでじっと見つめながら、ディアブロは彼女の震えが収まるまで優しく愛撫を続けた。

「今度はおまえが愛してくれる番だ」ディアブロが耳元で低くささやいた。

デヴォンは顔を上げ、やっとのことで目を開けて、なにを言われているのか考えようとした。ディアブロが両手でデヴォンのヒップを持ち上げ、彼の鋼のようなものの上にゆっくりと降ろしていったとき、ようやくその言葉の意味がわかった。彼の熱いものが触れるとデヴォンは思わず息をのんだ。ディアブロは彼女のなかに入った。両手でデヴォンを下へ、下へと押しつけ、その大きなものでデヴォンを押し広げ、いっぱいに満たした。

「愛してくれ、デヴォン」ディアブロは繰り返した。その声はくぐもり、瞳は欲望にかすみ、顔は上気していた。

ディアブロは、デヴォンにリードさせたかったので、なんとか自分をコントロールしようと懸命だった。ブロンズ色の首には、筋肉がくっきりと盛り上がっている。彼はデヴォンの尻を持って自分の求める動きを教え、彼女がそのリズムを飲み込んで自分からリードするのを待った。意図を察知したデヴォンは、あっという間にそのリズムをものにし、誘うような動きで腰を動かして彼の求めに応じた。するとディアブロは尻から手を放して胸を探った。手のひらで胸を包み込まれると、デヴォンは小さな悲鳴をあげた。

ディアブロはくぐもった声を漏らしながら彼女の体を引き寄せて、やわらかなふくらみにしゃぶりついた。野蛮な悦びに満たされながら胸を吸い、その間も、絹のようになめらかな尻の丸みをわしづかみにして深く突き上げ続けた。

デヴォンはディアブロの激しい情熱にその身をすっかりゆだねながらも、自分なりの情熱で応えた。ついに彼が荒々しい叫び声を喉《のど》から絞り出し、デヴォンをぎゅっとつかんで体を震わせた。ディアブロが一番深いところに達して動きを止めたとき、デヴォンの奥深くでなにかが解き放たれ、エクスタシーの嵐《あらし》に巻き上げられながら、彼女も叫び声をあげた。

倦《う》み疲れ、ふたりは互いの腕のなかで興奮冷めやらぬ体を休めた。「デヴォン、おまえはおれのものだ。なにがあっても手放しはしない。もし今、姿を消したら世界中を引っくり返してでも捜し出してみせる」

それから数週間が瞬く間に過ぎた。ディアブロとデヴォンはある種の和解状態にあったので、デヴォンにとって以前ほどつらいことはなくなった。カルロッタとの口げんかはしょっちゅうだったが、愛する男と過ごす時間を台無しにするほどのものではなかった。今やディアブロはデヴォンにとって、人生のすべてだった。まだ完全な信用を勝ち取るところまで来ていないのはわかっていたが、彼は明らかに思いやりを持って接してくれていた。かつてのような愛し方とは違うかもしれないけれど、ひとつの始まりではあった。ディアブロはデヴォンに対して強い独占欲を抱いていたし、デヴォンのディアブロに対する愛は以前から少しも揺らぐことはなかった。

デヴォンはカルロッタの誘惑に屈しないディアブロの強さに大いに感心していたし、分別と気骨があることを認めた。もしかしたら、ふたりの結婚は、彼の人生に、紙切れ一枚以上に大きな意味を与えたのかもしれない。あとは海賊稼業から足を洗うように説得できさえすれば、ふたりの人生の可能性は大きく広がる。そうなるようにデヴォンは毎晩祈った。

チャタム卿は身も心もぼろぼろだった。その顔には心痛が深いしわとなって刻まれていた。デヴォンが結婚前夜に、世界中の文明国でおたずね者となっている男と出奔するなど、どうしても信じられない。ディアブロは娘に魔法でもかけたのだろうか。

デヴォンの行動を簡単に説明できる理由はなにひとつ思い浮かばなかった。そもそもあの悪名高き海賊は、捕まったら死刑になる危険を冒してまで、なにゆえ娘を追ってロンドンまで来たのだろう。デヴォンはなにか隠しているのだろうか。あの海賊との間に、恥ずかしくて言えないようなことがあったのだろうか。

デヴォンがいなくなったことを知ると、チャタム卿はすぐにウィンストンを呼びに使いを出した。捨てられた花婿《はなむこ》が書斎へ駆け込んでくると、黙ってデヴォンの走り書きを渡した。

「あの野郎！　どうしてこんなことになったんです？」ウィンストンは爆発した。チャタム卿が知っている普段の彼からは想像できない勢いだった。

ウィンストンは怒りで青ざめていた。死んだはずのいとこが甦《よみがえ》って、ただでさえ頭が痛いところへ持ってきて、花嫁になるはずの女が、自分を捨てて悪名高き海賊と駆け落ちしたのだ。しかもそいつは、とうの昔に婚約者を手籠《てご》めにしたと、彼だけでなくロンドンの半分の人間が信じている男ときている。もしここまで困窮してデヴォンの財産を必要としているのでなければ、こんなごたごたに巻き込まれるのはまっぴらだった。キットの登場によって、彼はひどく狼狽《ろうばい》していた。もしもいとこがその気になれば、彼にも父親にも、ありとあらゆるダメージを与えることが可能だ。追いかけてくる大勢の債権者に対応しなければならないと思っただけで耐え難く、ウィンストンは半狂乱に陥っていた。

「デヴォンはなぜぼくにこんな仕打ちができるんでしょう？　ぼくはデヴォンに愛を捧《ささ》げ、彼女の評判をがた落ちにしかねない醜聞から守ってやりました。そのお返しがこれですか？」醜くゆがんだ顔を見て、チャタム卿はショックを受けた。ウィンストンの暴力的な面を見たことのある人間はほとんどいない。おおむね彼は、愛想が良くて感情の起伏が乏しく、どちらかというと覇気のない、温厚だが退屈な男だと思われていた。

「これはデヴォンが書いたとは思えんよ」伯爵は慌てて娘を弁護した。「筆跡は娘のものだがディアブロに無理矢理書かされたに違いあるまい。デヴォンはきみと結婚するつもりだったと思う」

いくらか機嫌を直すと、ウィンストンは、今度は愚痴っぽく言った。「英国に戻ってからのデヴォンは以前とは違いましたよ。あのならず者との間にどんなことがあったのか、誰も本当のところは知りません。デヴォンは当時の話をしたがらないし。わかりませんよ、ディアブロが――」

「いいかげんにしたまえ、ウィンストン！」チャタム卿の声が響いた。「ふたりの間になにが起こったかなどどうでもいい。そういうことはいっさい関係ない。きみもそういう気持ちでいてくれると思っていたがね。デヴォンと結婚したくないならば、そう言えば済むことだ。監禁生活の緊張は娘の心に大きな影を落とした。しかしそれでも娘は持ちこたえた。デヴォンほどの女でなければ、その重圧に屈していただろう」

ウィンストンにも赤面するだけの慎みは、かろうじて残っていた。チャタム卿のお気に入りでいたければ、言葉に気をつけなければ。「閣下、お気を悪くなさらないでください。もしデヴォンがこの場にいれば、今日にでも式を挙げます。帰ってきさえすれば、いつでも」ウィンストンは断言した。

伯爵はその言葉に満足したらしく、うれしそうに顔を輝かせた。「そうしたまえ、ウィンストン。それで、どのくらいで出発できそうかね？」

「出発と申しますと？」

「もちろんデヴォンを取り返しに行くのだよ。きみは海軍を辞しているのだから、わたしがきみの気に入る船を買うか借りるかしてあげよう」

「ディアブロの隠れ家は一度たたいていますから、まだ同じところにいるとは思えません。別の島に引っ越しているのではないでしょうか」ウィンストンは反論した。

「そうかもしれん。だがわたしは娘を取り戻したい。あのならず者の手からデヴォンを奪い返すためなら、全財産をなげうつ覚悟だ。わたしにはもうあの子しかおらんのだ。船を見つけるのにどのくらい時間がかかる？」

ウィンストンの煮え切らない態度に腹立ちの言葉を漏らしながら、チャタム卿は、彼がとても辞退できないような提案をしてきた。「二週間以内に出発すれば挙式の当日に二万ポンドあげよう。持参金とは別にだ」

「閣下、なんと申し上げればいいのでしょう」ウィンストンは耳を疑った。それだけの金があれば、一生、経済的な心配から解放されるうえに自分の夢を追うことができる。「もちろんすぐに発ちます。デヴォンを愛していますから」

温かい蜜のように、言葉が唇から流れ出た。ウィンストンはデヴォンに対してある程度の好意は持っているが、期待されているような愛情を注ぐことはできなかった。夫としての義務を果たして、伯爵家の財産を継ぐ後継者となる子を成す自信はあったが、それを楽しみにしているわけではない。

「ディアブロは根城を変えたかもしれんし、隠れ家になりそうな島は何十とあることは承知しているが、死に物狂いで捜し出してくれ。なにがなんでもあのならず者を捕らえるのだ。だが一番大切なのは、娘を取り戻すことだ」

二週間後、ウィンストンはロンドン港から出航した。チャタム卿の金で、三十門の砲台を備えた喫水の浅いスクーナー船を借りることができた。メアリー・ジェーン号はもともと中国へ向かう予定だったが、多額の報酬を提示された船長は、喜んで計画を変更した。

15

「なにを考えているんだ？」ディアブロがかすれ声で優しくたずねた。愛の交歓を終えたばかりのデヴォンは、火照った体をまだ少し震わせながら彼の腕に抱かれていた。物思いに沈んだ様子なのがディアブロは気になった。

「たいしたことじゃないわ、キット」ふたりきりのときには、デヴォンはいつも彼を〝キット〟と呼ぶ。夫を〝悪魔《ディアブロ》〟と呼ぶのは不適切な気がする。

ディアブロは引き下がらなかった。「パラダイスでの暮らしがそんなにつらいのか？」

「いいえ、そうじゃないの」

「じゃあ、どうしたんだ？　カルロッタは確かに頭痛の種だが、もうじき消えるよ」

「カルロッタなんて問題にはならないわ」デヴォンは少し悲しそうに続けた。「あなたはもうすぐ出発するのでしょう。みんなそわそわしているもの。離れている間にあなたの身になにが起こるかわからないと思うと……」

「そんなにおれのことを心配してくれるのか？」

「わたしは……いつだって心配してきたわ。乗組員を満足させるために、早く航海に出なければならないのはわかってる。でも、もしあなたが戻ってこられなかったら、わたしはどうなるのか、考えずにはいられないの」

ディアブロは顔をしかめた。それは、このところ彼の頭から離れたことのない悩みだった。「なにも起こるわけないじゃないか」

「そんなことわからないわ。もしも……こんなこと考えるのはいけないことだけれど、殺されたり捕らえられたりしたら、部下たちはくじを引いてわたしを手に入れるのかしら？　もし子供がいたらどうなるの？」

「え？　もしかして――」

「いいえ、そうじゃないの。でもいつかは子供を授かるでしょう？」

「海賊稼業から足を洗えと言いたいのか？」実を言うとそれは最近ずっと考えてきたことではあった。デヴォンからぶつけられた質問についてもずっと考えてきた。妻を持つということ自体がディアブロにとっては新しい経験であり、自分以外の人間の気持ちについて考えるということに、まだ十分に慣れていなかった。

「本当にわたしのことを思ってくれるなら、危険な生活はやめてほしいの。もう十分にお金はあるのでしょう？」

「ああ」ディアブロはしぶしぶ認めた。「そうだな。おまえと子供たちに一生楽な暮らしをさせてもまだたっぷりあまるほどある」

「だったら海賊はやめて、キット。ここでサトウキビを作って暮らしてもいいし、あなたの好きなところに引っ越してもかまわない。英国は問題外だけど、アメリカならどう？」

「おれの命を守ることがそんなに大事なのか？　正直言って驚いたよ。おまえは感情を表に出さないからわからなかった」

デヴォンは返事をためらった。ディアブロは彼女に対する愛をおおっぴらに表現してきたが、デヴォンはまだ愛の言葉を口にしていなかった。怖かったのだ。ふたりの境遇にあまりに大きなへだたりがあって、それがいつの日かふたりを引き裂くのではないかと思うと、怖くてとても言えなかった。それでもデヴォンは自分の命を思う以上にディアブロを愛していた。

「あなたの命は……わたしの命よりも大切よ」デヴォンはゆっくりと自分の気持ちを認めた。すらすらと口にできる言葉ではなかった。あまりに長い間内に秘めてきた思いだったので、口に出したとたん自分の一部が失われるような気がした。愛している、と言いたかったけれど、今はこれでよしとしなければ。「まだ信用されていないことはわかっているけれど、憎まれてさえいなければ、なんとかやっていけるわ」

「憎むだって？　なにを言っているんだ。おまえはおれのすべてなんだぞ。憎くてたまらないと思っていたときでさえ、愛することをやめられなかった。おれを愛していると言うことはそんなに難しいのか？　どうして普通の女みたいに素直に気持ちを表わせないんだ？」

「怖いのよ」デヴォンはささやくような声で言った。「ものすごく怖いの。わたしたちの周りには陰謀が渦巻いている。愛の言葉を口にしたら、きっと恐ろしいことが起こるわ。あなたが海で略奪を続ける限り、わたしたちに確かな未来がないことは、あなただってわかっているでしょう？」

「不道徳な行いは改めよってことか」ディアブロが冗談めかして言うと、デヴォンが大好きなえくぼが浮かんだ。パラダイスに戻ってから、ディアブロはいつもひげを剃《そ》って、あのたまらなくチャーミングなえくぼを見せていた。

「ねえ、そうして。お願い」デヴォンがあまりに真剣なので、ディアブロはすぐに真顔に戻り、じっと黙りこくった。もしかしたら怒らせてしまったのかしら、とデヴォンは不安になった。

「ああ」ようやく彼は口を開いた。「他の仕事について、このところいろいろ考えていたんだ」

デヴォンは耳を疑った。ディアブロがこれほど簡単に折れるとは思ってもいなかった。

「ああ、キット！　わたしがどんなにうれしいかわかるかしら！」デヴォンはそう叫びながら彼の腕のなかに飛び込んだ。「いつ？　どうやって？　どこで？」ききたいことがたくさんありすぎて、質問が次から次へと口をついて出てくる。

ディアブロは笑った。「まあまあ、落ち着いてくれ。ナッソーから帰ったら計画を話すよ。でも、今のところはきちんと感謝の気持ちを表わしてほしいな」

「キットったら、またなの？」ディアブロがデヴォンの体を持ち上げて引き締まった腰の上にまたがらせると、デヴォンは驚きの悲鳴をあげた。

「そうだよ、デヴォン。何度でもするさ。おまえを堪能し尽くすまで。ただし、この調子だとあと百年たっても味わい尽くせそうもない」


二日後、デヴィル・ダンサー号は入り江を出た。いつもの乗組員たち全員に、カルロッタとマルレーナを乗せて。行き先はカルロッタの身代金が待っているナッソーだ。粗野で下品な連中の目に再びデヴォンをさらすのは気が進まなかったので、ディアブロは彼女をパラダイス島に残した。今回は間違いなく安全だと信じて。

ウィンストンは目に当てた望遠鏡を握り締めて快哉《かいさい》を叫んでいた。「やったぞ、ブロック船長、デヴィル・ダンサー号だ！　このあたりの島で張っていれば必ずあの悪党が姿を現わすとにらんでいたが、その通りだった。進路をしっかり見ておいてくれ。奴らが見えなくなったらすぐに侵入するぞ」

「ディアブロが目当ての女を一緒に連れていっていたらどうするんです？」ブロックがきいた。ジョーナ・ブロックは、チャタム卿《きょう》が娘を救出するために借り上げたメアリー・ジェーン号の船主であり船長でもある、誇り高き男だった。

「噂《うわさ》をきいただろう？　ディアブロはスペイン貴族の娘の身代金を受け取るため、間もなくナッソーに到着する。相変わらずあくどい仕事で稼いでいるようだ。賭《か》けてもいいが、奴はデヴォンをわざわざ悪の巣窟《そうくつ》へは連れてゆくまい。どっちにしてもすぐにわかることだ。入り口は見つかりそうか？」

「珊瑚礁《さんごしょう》のどこかに切れ目があるなら、ジョーナ・ブロックが必ず見つけてみせます」船長は胸を張った。「先にナッソーに寄って、ディアブロが拠点を移動した話をきいておいてよかったですよ。何時間もかけて探し回る手間がはぶけました」

「ああ」ウィンストンはあいづちを打った。「あのパッチとかいう船員がディアブロに恨みを持っていて、幸いだったな。おかげでディアブロが同じ島のなかで拠点を移動したという噂の裏づけが取れた。パラダイスの場所は正確にわかっているわけだから、あとは造作ない。もっとも珊瑚礁の内側から回り込んで村へ行こうとしたら、あやうく座礁しかけてかなりの時間をロスしたがな」

「まったく、あんなに砂州だらけで八方ふさがりになっているとは、思いもよりませんでしたよ」

デヴィル・ダンサー号がふたつの島の間を抜けて姿を消すと、ウィンストンは、島の入り江に潜んでいたメアリー・ジェーン号を出すよう指示を出した。珊瑚礁の危険地帯に近づくと、船長は珊瑚礁と並走するように向きを変え、長年の経験を頼りに船を進めた。探していた場所を見つけると、操舵輪《そうだ》を回して珊瑚礁に向かって真っすぐ突っ込んで行った。このままでは船は木っ端微塵《みじん》だ——ウィンストンは手すりを握り締め、衝突の衝撃と、珊瑚礁がのこぎりの歯のように船腹を切り裂く音がきこえてくるのを覚悟した。しかしブロック船長は熟練した海の男だった。先ほどディアブロが通ったルートをしっかりと頭にたたき込んでいた。唯一の懸念は、喫水が六フィートのメアリー・ジェーン号が通れるだけの水深があるかどうかだったが、ぎりぎりで通過できたようだった。そして見事、船は無傷で珊瑚礁の内側に入ることができた。

水路を見つけるのは、それよりもはるかに困難だったが、ウィンストンは前回パラダイス島に来たときに入手した秘密を有効に利用した。ほぼ丸一日ついやして、一行は入り江につながる水路の入り口を見つけた。朝が来るのを待たずに、夕闇《ゆうやみ》のなか、彼らは岸からさほど遠くないところまで船を進めて錨《いかり》を下ろした。

「銃を用意させますか？」ブロック船長は平和な村を気遣わしげに見ながらきいた。ディアブロの手下がひとりも島に残っていないのは明らかであり、船長は無意味な殺《さつ》戮《りく》を楽しむ人間ではなかった。

「いや、そんなことをしてもなんの得にもならない。わたしひとりでデヴォンを探しに行き、なるべく早く戻ってくる」前回、村を襲撃したことでウィンストンはチャタム卿を幻滅させてしまった。今回は不必要に罪もない者の命を奪わないと約束してきたことを思い出していた。「ただちに上陸部隊を用意してくれ」

平和なパラダイス島に美しい夕陽が沈むのを眺めながら、デヴォンは物憂げに伸びをした。家に入るのが惜しくなるほど感動的な光景だ。もっとも家に入る気がしないのは、今朝ディアブロがカルロッタとマルレーナを連れて発ってしまってから、家のなかが冷たく空っぽに感じられるせいでもあった。帰りがいつになるのかは知らされていなかったが、少なくともカルロッタの身代金を手に入れるまで戻らないのは確かだ。愚痴や不平を並べ立て、なにかにつけて騒ぎを起こすかんしゃく持ちの女がいないディアブロとの生活は、どんなに快適だろう。

デヴォンがディアブロの帰りを待ち遠しく思う理由は、他にもあった。留守中、海賊稼業から足を洗うことについて真剣に検討し、戻ったら将来の計画を話してくれる約束になっているのだ。無茶な生き方と決別して法にかなった生活を送らない限り、ふたりに未来はないということを、やっとわかってくれたのだろうか。

この数週間、ふたりが心から幸せだったことをデヴォンは懐かしく思い返していた。ディアブロがもう一度デヴォンを信用し始めたことは、彼の行動の端々からうかがえた。いつの日か、パラダイスの卑怯《ひきょう》な襲撃についての真実が明らかになってほしい。そうすれば、ふたりの幸せを邪魔するものはなにもなくなる。

そのときタラが村のほうから恐怖に取り乱し、息を切らして走ってきた。「入り江に見たこともない船が停泊しています！」

「デヴィル・ダンサー号じゃないの？」

「いいえ、デヴィル・ダンサー号ならどこから見てもすぐにわかります。あれは英国の船です」

「海軍？」デヴォンはぎくりとした。「いったいどうして……」

「いいえ、英国海軍じゃありません。どうやってここまで入ってこられたんでしょう。上陸の準備をしていたので、とにかくお知らせに駆けつけました。どうしましょう？」

デヴォンは下唇を深くかみしめた。頭のなかは猛烈な勢いで回転している。「わたしが会いに行くわ。一隻で来ているなら、危害を加えるつもりはないのでしょう」

タラの心には、前回珊瑚礁の内側に船が入り込んだときの惨事が刻み込まれている。デヴォンの提案には賛成しかねた。「いえ、おいでになってはなりません。奴らはなにかよからぬことを企んでいるに違いありません。わたしと一緒に来てください。完《かん》璧《ぺき》な隠れ場所があります。ディアブロ様はわたしに、あなたの身の安全を守ってほしいと思っているはずです」

「あなたは好きなようにすればいいわ」デヴォンは肩をすくめた。「わたしはひとりでも行くわ」

デヴォンに、隠れるという発想はなかった。英国人が彼女に危害を加えるわけがない。村を襲っていないというのは良い徴候だし、訪問者を出迎えるのは彼女の務めでもある。もしかしたらディアブロの遣いで来たのかもしれない。

デヴォンが息を切らして村に駆けつけたとき、ちょうど二艘《そう》の長艇が船腹をこすらせながら浜辺に着いたところだった。いずれのボートにも、武装した上陸部隊がぎっしり乗り込んでいる。そしてそれぞれの手には武器があった。デヴォンはパニックに陥った。どうしよう、タラの言った通りかもしれない！　わたしに危害を加えることが目的だったら？　男たちは次々とボートから飛び降りて、しぶきを上げながら上陸してくる。デヴォンはとっさに心を決めた。くるりと向きを変え、来た方向へ走り始めた。海岸沿いの森に紛ぎれ込むつもりだった。

「いたぞ！　逃がすな！」きき覚えのある声だったが、立ち止まって考えている場合ではない。しかし自分の名を耳にして、はっとした。「デヴォン、逃げないでくれ！　ウィンストンだ」

デヴォンはつんのめるようにして止まった。「ウィンストンですって？」デヴォンはゆっくりと向き直り、もと婚約者が追いついてくるのを待った。「あなたここでなにをしているの？」

「お父上の遣いだ。きみのことを病気になるほど心配しておいでだ」

「あなた、どうやって珊瑚礁の内側に入ったの？」

「そんなことはどうでもいい。大事なのはきみが見つかったということだ。一緒に帰って、すぐに式を挙げよう」

「わたしは行かないわ」デヴォンはあとずさりしながら拒否した。「手紙を読んだでしょう？　わたしは自分の意志でディアブロと一緒に来たのよ。彼の……妻になったの」

「奴はきみにとんでもない魔法をかけたようだね」ウィンストンは苦々しげに言った。「でも心配しなくていい。そのことできみを責めるつもりはないよ。予定通りに式を挙げよう。さあおいで」

「いいえ、行きません」デヴォンは頑《かたく》なに繰り返した。

ウィンストンの目つきが険しくなった。デヴォンは、おそらくは最初の誘拐のときからディアブロと深い仲になっているのだろう。しかし、そのことすら彼には問題ではなかった。デヴォンの財産がなければ自分はお手上げなのだ。

「ぼくは命の危険を冒してここまで来たんだ。手ぶらで帰るつもりはない」断固とした決意を込めてウィンストンは言い放った。

その言葉の意味にデヴォンが気づく前に、彼はデヴォンを抱きかかえ、海岸へ向かい始めた。誰《だれ》も助けに来そうもないとわかっていながらも、デヴォンは金切り声をあげた。

「じたばたしないでくれよ。そんなことしたって無駄だ」

「こんなふうに島を出ていくわけにはいかないわ。ディアブロがなんて思うか!」

「思いたいように思わせておけばいいさ」

これではまるであの悪夢の再現だ。ただし今回は、デヴォンは自分の意に反して島を去ることになる。しかしディアブロにはそれを知る術がなく、前回同様、デヴォンに捨てられたと思うだろう。この数週間ふたりの間に育まれてきた愛はまだ脆《もろ》く、きちんと説明できなければしおれて死に絶えてしまう。そう思うとデヴォンはいっそう力を込めて抵抗した。

ウィンストンは悪態をついた。「おとなしくついて来ないなら、ブロック船長に命令して島を襲わせたっていいんだ。戻ったときにこの島が瓦礫《がれき》の山と化していたら、きみの恋人はなんて思うかな？」

デヴォンの抵抗がぴたりとやんだ。「いえ、ウィンストン、お願いよ。罪もない人たちを傷つけてはいけないわ。村を襲わないと約束してくれるなら、言う通りにするから」

「やっとききわけてくれたね。女性や子供に危害を加えなきゃならない理由などないものな」ウィンストンはデヴォンの手を取り、浜辺へとうながした。

「でもあなた、前にやったでしょう」デヴォンは問い詰めた。「ディアブロの留守にパラダイスを襲って、村を破壊し何十人もの人の命を奪ったのがラークスパー号だったって、わたし知っているのよ」

「そんな話、どこできいたんだ？」ウィンストンは自分をにらみつけているデヴォンの視線を避けてしらを切った。あの失態については、なるべく知られないほうがいい。

デヴォンはもっと追求したかったが、ふたりは浜辺に着いてしまった。二十数名の武装した男たちが見守るなか、ウィンストンは彼女を抱き上げて長艇に乗せた。デヴォンが座るやいなや、男たちは舟を押し出してボートに乗り込み、猛烈なスピードで漕《こ》いで、停泊しているメアリー・ジェーン号を目指した。

タラは、デヴォンがおとなしく英国人の男たちと共に船に乗り込む様子を腹わたが煮えくり返る思いで見つめていた。その前の、ウィンストンに抵抗するところを見ていないので、タラが目撃したのは、進んでパラダイスをあとにするデヴォンの姿だけだった。よりによってデヴォンを信用し始めた矢先であっただけに、タラの心は傷ついた。ディアブロが全身全霊で愛を捧《ささ》げていることを知っているだけに、彼が哀れでならない。デヴォンはなぜいとも簡単に彼を捨てることができるのだろう？　あの女には感情がないのだろうか？　良心というものがないのだろうか？

数時間後、慎重に珊瑚礁を抜けて英国へ向け進路を取るメアリー・ジェーン号に、涙で頰《ほお》を濡《ぬ》らし、重い心を抱えたデヴォンの姿があった。

数日後、ディアブロは意気揚々とパラダイスへ帰って来た。ドン・エスペレスはなにがなんでも娘を取り戻すつもりだったので、身代金は期日きっかりに、カルロッタの年の離れた許婚《いいなずけ》本人の手で届けられた。この男に会って初めて、ディアブロはカルロッタの破れかぶれの行状が少し理解できた。ドン・フェルナンドはカルロッタの父親よりも年配かもしれない。陰気で厳しい顔つきと尊大な物腰からして、彼が若い妻の愚かしい振る舞いを許容することはまずなさそうだ。それでもこのじゃじゃ馬には手を焼くに違いあるまい。

カルロッタの受難に追い討ちをかけたのは、マルレーナだった。一緒にスペインに帰ることを断固拒否し、いざ出発という日にはカイルにすがりついて、なんとかしてくれと懇願した。このかわいいメイドをとても愛しく思うようになっていたカイルは、整った顔をゆがめて苦悩した。結局、カイルはマルレーナに結婚を申し込み、ディアブロは彼女に自分たちと一緒にパラダイスへ戻るよう勧めた。島に女性が増えればデヴォンも喜ぶだろうし、カイルだって妻が島で安全に暮らすほうが安心だろうと考えたのだ。

怒りに青ざめながら、カルロッタはマルレーナに一緒にスペイン行きの船に乗って家まで帰るよう命令した。しかし生まれて初めて、マルレーナは主人の命令に従うことを拒んだ。スペインに戻っても待っているのは奴隷のような生活だけであり、自分は愛する男性と共に生きることを選ぶのだ、そして何者も自分の気持ちを変えることはできない。そう彼女は宣言した。

デヴィル・ダンサー号の操舵輪を操ってパラダイス島の入り江に入ると、ディアブロは小さな村がなにごともなく穏やかな様子であることを満足げに確認した。数人の女たちがさまざまな仕事に精を出していて、子供たちは波とたわむれている。ディアブロは熟練した手で船を桟橋横の係留位置につけると、渡り板を出すよう命じた。アクバルとカイルにドック入れを任せて、誰よりも先に岸に降り立った。デヴォンに会って将来の計画を話したい一心で、家までの道のりを一気に駆け抜けた。島を空けていた間に、彼は海賊をやめて合法的な仕事を始める決心を固めていた。

そういったことで頭がいっぱいだったため、海岸に出迎えに集まっていた村人たちや、彼らの哀れむような表情には気づかなかった。彼がデヴォンにどんなに夢中か、彼女がいなくなったら彼がどうなってしまうか、想像できない者はいなかった。足取り軽く家に向かうディアブロに思いを向けながら、村人たちは黙って見送った。

タラがディアブロを出迎えに家から出てきた。いつもはにこやかな口元を一直線に引き結んで険しい表情をしている。ディアブロはタラの後ろから出迎えに来ているはずのデヴォンの姿を探していたので、タラを見過ごしていた。デヴォンが姿を見せないことに気づいて初めて、ディアブロはいぶかしげにタラを見た。そしてその顔を見た彼の心はがくんと落ち込んだ。

「嘘《うそ》だ！　またなのか？」タラの表情が語る事実を認めることはできなかった。「嘘だと言ってくれ！」

「わたしは知っていることしかお話しできません」タラは限りない同情を込めて答えた。ディアブロを幻滅させる役回りはつらかったが、どうしようもなかった。「奥様は出ていかれました」

「どうやって？　なぜだ？　自分から進んで出ていくわけがない。誰にさらわれた？海賊か？」

「海賊？　いいえ、英国人です。デヴィル・ダンサー号が出航したその日に英国船が来ました。奥様に隠れるように申し上げたのですが、拒絶なさって侵略者たちを出迎えに海岸へおいでになりました。わたしは森に隠れて奥様が英国人のひとりとお話しなさるところを見ていました。そのあと、その英国人の船に乗って行ってしまわれたのです」

「無理矢理連れていかれたんだろう？」ディアブロは期待を込めてきいた。

タラは慎重に答えを考えた。長い、張り詰めた時間が流れた。「争っている様子は見受けられませんでした。奥様は男と一緒に海岸へ歩いて行き、その男の手で長艇に乗せられました」

信じられない思いと怒りでディアブロは叫んだ。「なんということだ、またしてもおれはだまされたのか！　あの唇からこぼれる蜜《みつ》のような言葉にはなんの意味もないのか」

「ディアブロ、どうした？」

ディアブロは、村からゆっくり歩いてきたため遅れて到着して後ろに立っていたカイルとマルレーナのほうを向いた。

「デヴォンが出ていった。あの女、英国船に乗って行ったそうだ」

「そんなことあるわけないだろう」カイルは興奮気味に反論した。「なにも知らない船がこの島に入れるわけないじゃないか」

「方法はひとつある」ディアブロの顔は殺気立っていた。「おれたちが島を出るところを偵察していたに違いない。タラの話ではおれたちが発ったその日に来たそうだ。どこか近くに潜んで、おれたちの出入りを見張っていたんだろう」

「なにも言わずに出ていくとは思えないが」カイルはなおも反論した。

「あの方はあなたを愛しておいでです」カイルに同調してマルレーナが言い添えた。

「あの女に人を愛することなどできん」ディアブロは、粉々に打ち砕かれた自尊心から湧《わ》き上がってくる苦々しい思いをかみしめた。「あの女の言葉も、行動も、逃げるときが来るまでおれをだますための偽りだったんだ。アクバルは正しい。女などというものは神が作りたもうた唯一の目的に応じて使ったら、さっさと捨てるべきなのだ」

「おれの言うことをきいていたら、あんな女はとっくにお払い箱さ」アクバルが苦々しい顔で言った。彼も遅れて到着したが、会話の大方をきいていた。「船長のその苦しみに値するような女などひとりもいやしない」

「アクバル、あなたはまだ自分にふさわしい女性に会っていないだけかもしれないわ」タラが口をはさんだ。その黒い瞳《ひとみ》は、自分こそがこのトルコ人に愛と信頼を教えられる女だと言いたげだった。

タラは美しいインド女性だった。そしてアクバルの抜け目のなさ、勇気、ディアブロへの献身を、長い間崇拝してきた。しかし彼の心を閉ざしている女性不信の固い殻を破ることはできなかった。自分が信頼に足る人間であることを何度も証明しようとしてきたが、そのたびにアクバルは、タラであろうと他の女であろうと、自分には不要な存在だということを、はっきりと伝えてきた。だがタラも頑としてあきらめない。いつかアクバルが、彼女の持っているたくさんの長所に気づき、好意の目で見てくれることを願っていた。

アクバルはタラに鋭い視線を投げつけ、すぐに無視した。実のところ、アクバルは見かけほど彼女に影響を受けていないわけではなかった。タラの優しい性格と愛情深い眼差しは、アクバルの心の周りにそびえる壁を少しずつ侵食し始めていた。しかしそんなことを認めるつもりはなかった。長い間そういう男として生きてきたのだから、今さら変えることなどできない。

「アクバル、おまえの言う通りだ」ディアブロは苦々しげに言った。「おれは愚かにも彼女を深く愛しすぎた」

「追いかけるのか？」カイルはディアブロとデヴォンを仲直りさせるためなら、命もかける覚悟だった。

「行くものか！」怒りに顔をゆがめてディアブロが叫んだ。「もうごめんだ。敗北したときは言われなくてもわかる。乗組員を集めろ。次の潮が来たらお宝と冒険を求めて出発だ。ナッソーから英国に向かう最初の船にデヴォン宛《あて》の手紙をことづける。おまえの顔は二度と見たくないし、二度と情けをかけるつもりはないから、パラダイス周辺には近寄るな、とな」

ディアブロはホイール・オブ・フォーチュン・インで酔いつぶれていた。くらくらする頭を両手で抱えてだらしなく座った姿は、この上なく意気消沈していた。デヴィル・ダンサー号は二カ月間、海上に留まり船を襲っては略奪を繰り返した。とうとう乗組員たちも飽きてしまい、ナッソーへ寄って物資を補給し、この騒々しい港で商売に精を出す売春婦と遊んで渇きを癒したいと、ディアブロを説得したのだ。彼はカイルをはじめとする、パラダイスに妻を持つ者たちを島に帰すため、いったん島に戻ったが、自分は島には残らなかった。いく晩も情熱的にデヴォンと愛し合った、あの家で夜を過ごすまでもなく、ディアブロはすでにたくさんの幽霊にとり憑《つ》かれていた。

デヴォンに会いたかった。会いたい思いが募り、執拗《しつよう》な鋭い痛みとなってディアブロを絶望の淵《ふち》へ突き落とした。そしてその淵から這《は》い上がるすべは見つからなかった。忘却の霧に紛れ込もうと、前後不覚になるまで飲み続けた晩も、何度あったかしれない。たいていはうまくいくのだが、失敗したときにはデヴォンが夢に現われて、これでもかというほどディアブロを苦しめたあげくに地獄の底へ突き落とした。彼がこれほど優れた船長でなければ、酔っていようとしらふであろうと、乗組員たちはとうの昔に別の船長と交代させていただろう。

今、周囲の喧騒《けんそう》をよそに、よれよれの格好をしたディアブロは、焦点の合わない目で酒を一滴たりともこぼさないようにグラスに注ごうと、手元に全神経を集中していた。しかしその試みは無惨な失敗に終わった。

「あんた、いったいなにをしてるのよ」

ディアブロは重い頭を上げ、目を細めて見ると、ゆらゆら揺れるふたつの人の形がひとつに重なって、ぎょっとするような赤毛の女になった。彼は口元をゆがめてにやりとした。「おやおやスカーレット、こいつは珍しいお客さんだ。まあ座れよ、ふたりとも。一杯付き合ってくれ」

「まだ飲み足りないの?」

彼は、昔のディアブロを思わせるいたずらっぽい笑顔を見せた。大胆に生やした黒いひげが神秘的なオーラをいっそう高めている。「どれだけ飲めば足りるかなんて、わかるもんか」

「あの貴族の女のせいなんだね?」その言葉にディアブロは顔をしかめた。「あんたが女でへまやらかしたって話が、あたしの耳に入らないわけないいんだ。この辺じゃ噂はあっという間に広まるんだから」

「おまえらの知ったこっちゃない。デ……あの女のことは話したくない」

「とにかく、まずちょっとなにか口に入れてさ、それからベッドで寝たほうがいいよ」スカーレットはきびきびとした口調で言うと、通りかかったウェイトレスに注文をし、席について食事が来るのを待った。ディアブロが味のしない食べ物を飲み込んで、食事を終えるまで見届けると、スカーレットは部屋を取り、ディアブロを支えて二階まで上がって、ベッドに寝かせた。それから自分もディアブロの隣にどさりと横たわった。

翌朝、ディアブロはゆっくり目覚めた。夜が明けて、薄汚い部屋に薄紫色に染まったちりが見える。頭ががんがん鳴っていた。意識がもうろうとして、舌は厚ぼったくなった感じがした。最後に、目覚めたとき二日酔いでなかったのはいつのことだったか、思い出すことさえできない。手足を伸ばして調子を確かめると、体にやわらかなものが押しつけられているのに気づいた。ごく自然に言葉が漏れた。「デヴォン」

スカーレットがもぞもぞと動いて体をすり寄せてきた。「目が覚めた?」

「うーん……」ディアブロは、この数カ月どうしようもなく恋しかったあの心地良いやわらかさを味わいながら、夢見心地で答えた。「ああ、本当におまえに会いたかったよ」心の奥底では彼の体を愛撫《あいぶ》しているのがデヴォンでないことはわかっていたが、もう一日たりとも彼女のいない空しい日を過ごすのは耐え難かったので、気づかないふりをした。すぐに目覚めてしまうのが惜しいほど、あまりにリアルで、あまりに生々しく官能的な夢だった。「デヴォン……」

「このばか！ あんたの大事なデヴォンはもういないのよ」スカーレットが激しい非難の言葉を浴びせた。「目を覚ましてよく見なさい。あたしは生身の人間よ。夢じゃないのよ」

ディアブロはすっかり目が覚めた。部屋はだいぶ明るくなっていて、裸のスカーレットがかがみ込んで自分を怒鳴りつけているのが目に入った。「なにしてるんだ、おまえ！」

「昨日ここで寝たじゃない。覚えてないの？」

ディアブロは顔をゆがめながら記憶をたどった。そしてスカーレットに支えられて階段を上ったことを思い出すと、いらだちのうめき声を漏らした。ただそのあとの記憶がいっさいない。ディアブロは彼女の機嫌を取ろうとユーモラスに言ってみた。

「ご満足いただけたかな」

スカーレットはあきれてせせら笑った。「ご満足ですって？ すぐ眠りこけちゃったくせに、なに言ってるのよ」しかし急に優しい顔になると、スカーレットはディアブロの胸の隆起した筋肉に指を走らせた。「でも、もう起きたんだから、そろそろその気になって、あたしを喜ばせてくれてもいいんじゃない？　あたしだって、どうやったらあんたが喜ぶかわかってるし」そう言ってディアブロの腹の上に載っていたシーツの下に手を潜り込ませると、彼のものを大胆になで回した。

　ディアブロの体がびくりと動いた。しかしそれはスカーレットが思ったように、欲望に目覚めたからではなかった。第一に彼女はデヴォンではなかった。第二に酒が欲しかった。そして第三に、ディアブロはスカーレットの熟練した手にかかれば体が反応するかもしれないとは思ったが、デヴォン以外の女性と愛し合うことに心が反発したからだった。

「そんなことできる状態じゃない」ディアブロは予防線を張った。「それより一杯飲みたい」

「あんた、あの魔女に玉を盗られちゃったの？」スカーレットはにやにや笑いながら言った。下品で無礼な言いようだが、痛いところを突いている。

　男の証を奪われるほど、デヴォンに傷つけられてしまったのだろうか。ディアブロは弱気になった。彼女が出ていってからというもの、他の女とはいっさい寝ていない。妻以外の女に愛を与える気持ちになれなかったからだ。あんなふうに捨てられたことが、彼を酒に慰めを求める痛々しい飲んだくれに変えてしまった。これまで何度かカイルが、このままでは身をほろぼすと不吉な予言をしたときには否定してきたが、急にもかもがはっきりと見えてきた。スカーレットにまで手厳しく指摘されて、とうとう目が覚めたのだ。彼は自己憐憫《れんびん》に溺《おぼ》れ、多くの人がたどった完全なる破滅への道を歩んでいる。そして彼を変えられる人間はデヴォンしかいないというのに、彼女は彼を捨てることを選んだ。ディアブロはがっくりと肩を落とした。

「ひとりにしてくれ、スカーレット」つっけんどんに言った。「助けを求めた覚えはないし、間違ってもおまえの同情なんか欲しくない」

「あんた、デヴォンがル・ヴォートゥールと逃げたときのことを忘れたの？」スカーレットは執拗に攻めた。「あんたが背中を向けたとたんに姿を消したんでしょ？　またやられたからって驚くことないじゃない」

ディアブロの胸に疑念が湧いて目が細くなった。ル・ヴォートゥールがパラダイス島の秘密をどうやって知ったか、これまでのところ、わからずじまいだ。「おまえ、なにか知ってるな？　仲間に裏切られるとは考えもしなかったが、おまえだったのか？　ル・ヴォートゥールの野郎にパラダイス島への入り方を教えたのは」

「あたしがそんなことするわけないじゃない」スカーレットはすらすらと嘘をついた。本当のことが知れたときのディアブロの反応が怖かった。「ル・ヴォートゥールはたまたま入り口を見つけたんだと思うわよ。それか、あんたを見張っていたか、どっちかよ」

二日酔いがこれほどひどくなければ、さらに問い詰めたいところだったが、こうしている間もむかむかするし、デヴォンを話題にするのはあまりにつらかった。ディアブロは話を打ち切った。「いいからさっさと出ていけ。だが、おまえが一枚嚙んでいるとわかったら、八つ裂きにするくらいじゃ済まないからな」

スカーレットは、なまめかしい肢体をこれ見よがしに誇示しながらベッドを降りた。

「なんだってあたしはいつまでもあんたにかまってるのかしらね。愛人ならいくらでもいるのに。でも、機嫌が直ったら連絡ちょうだい」

乱暴に服を着ると、苦い顔をしたディアブロには目もくれずにスカーレットは部屋を出た。デヴォンがディアブロの人生に登場してからというもの、スカーレットは一度も彼とベッドを共にしていない。それを思うと、彼女は無性にデヴォンが妬《ねた》ましかった。あの魔性の女は、ディアブロを自分以外の女には役立たずの体にしてしまったのだ。レディ・デヴォン・チャヤタム、いつの日かきっと思い知らせてやる――いつどうやってするか、当てはなかったが、スカーレットはそう心に誓った。

16

ウッズ・ロジャーズは、もとは国王の許可を得た民間の武装船の船長だったが、英国王ジョージ一世の許しを得てバハマ諸島の開発にあたることとなった。一行がニュープロビデンス島に到着したのは四月。それはカリブ海における海賊の黄金時代の終焉《しゅうえん》が始まったことを告げる出来事だった。ロジャーズが真っ先に取りかかるべき仕事は、ナッソーを根城とする海賊どもを一掃することだ。ナッソーの民は歓声をあげて彼を歓迎し、町はお祭り気分に包まれた。飲めや歌えのどんちゃん騒ぎの祝宴の終わりに、ロジャーズは国王からの言葉として、海賊稼業から足を洗って新たな人生を送る者には無条件の恩赦を与えることを伝えた。

その週が終わる前に、六百人以上の海賊が恩赦に浴した。そのなかには、ディアブロ、スカーレット、カイル、そしてさんざん悩んだあげく、アクバルも加わった。黒ひげやキャラコ・ジャックのような強硬派の海賊たちは、他の本拠地を求めてナッソーを去った。恩赦を受けたにもかかわらず、ふらふらと海賊の道に舞い戻る者も何人かいたが、確保した財宝を元手に別の土地に落ち着く賢い者もいた。しかし大半は生まれ故郷に戻り、貧困のうちに生涯を終えた。最終的に英国に渡った者も多かった。恩赦を受けるか否かを決めるにあたり、ディアブロは仲間と長い時間、激論をかわした。ディアブロは今の自分が置かれた状況や、将来の見通しが気に入らなかった。カイルは、とくにマルレーナと一緒になった今となっては、現在の生き方を変えることに大賛成だった。海賊を撲滅しようという動きが、世界中に広がりつつある今、恩赦によって新たな人生を始められるなら、それに越したことはない。アクバルは退屈で平凡な暮らしを送ることにあまり乗り気ではなかったが、ディアブロが法の範囲内で生きる決心をするならば自分もやってみるしかない、と結論した。

ディアブロは海賊のなかでももっとも裕福な部類に入る。恩赦を受けた数週間後、彼はデヴィル・ダンサー号の一番高いマストに英国旗ユニオンジャックを掲げ、大胆にもロンドン港に堂々と乗り入れた。デヴォンに宛《あ》てて綴《つづ》った手厳しい言葉とは裏腹に、ディアブロは自分がこの地へ来た理由はほかでもない、彼女への愛ゆえであることがわかっていた。それは、彼がアルコールと向こう見ずな行動によってたたき潰《つぶ》そうとどんなに頑張っても、死に絶えることを拒んだ愛だ。いつの日か、名誉が回復されたら、デヴォンを捜し出して、あの手紙が極端な苦痛の産物であったことをわかってもらおう。

ディアブロが恩赦を受け入れたと耳にするやいなや、スカーレットも彼にならい、数週間遅れて英国へ着いた。レッド・ウィッチ号の船倉には、贅沢《ぜいたく》な一生を何度も送れるほどの財宝が詰まっていた。

「なあデヴォン、もう少しウィンストンの気持ちを汲《く》んでやってもいいのではないか?」

「お父様、前にも申し上げた通り、ウィンストンとは結婚しません。愛していないのですから」

チャタム卿《きょう》は疲れのにじむため息をついた。この話はふたりの間で何度となく繰り返されてきた。「花婿候補なら掃いて捨てるほどいるのだから、好きな男を選んだらいい」

デヴォンはあえて返事をしなかった。

「おまえがディアブロを愛していると思い込んでいることはわかっている。おまえのように若くて感受性の強い年頃《としごろ》の娘は、ああいう経験豊富な輩《やから》にやすやすとだまされて、奴らの下劣な欲望の言いなりになってしまうものだ。奴はおまえに魔法をかけたに違いない。さもなくば、あんな男にこれほど魅《ひ》かれる理由をどう説明できよう。あの男はいったいどうやって、おまえを思いのままに操っているのだろう?」

「お父様、あの人は魔法なんか使っていないわ」デヴォンは答えた。どんなに優しい口調でも、くどくどお説教されるのには死ぬほどうんざりしていた。「わたしはディアブロを愛しているし、彼もわたしを愛しています。少なくとも、ウィンストンに連れ去られるまでは、愛されていました。今は憎まれているでしょうけれど」

「なぜそんなことがわかる？」

デヴォンは落胆のため息をつき、「わかるんです」とだけ言った。ディアブロがどのくらい激しく自分を憎んでいるか、彼の気持ちを正確に知っているのはなぜなのか、説明するつもりはなかった。

「しかし、デヴォン、考えてもごらん。おまえとあの……あの海賊に将来はないだろう」

デヴォンは、自分がすでにディアブロの妻である事実をわざと伏せていた。これ以上、父親を狼狽《ろうばい》させてもなにもいいことはない。

「わたしは、おまえとディアブロの関係について、あえて深くたずねなかった」チャタム卿はゆっくりと話した。「それは今も同じだ。おまえはわたしの娘であり、なにがあったとしてもおまえを愛している。だが、もしもウィンストンがおまえの……その……〝冒険〟にもかかわらず、結婚したいと言っているなら、考えてみるくらいのことをしてもいいのではないかね。一度は夫にと考えた相手じゃないか」

「でもそれはまだ……」デヴォンが口ごもり、黙ってしまうと、父親が勝手に言葉をつないだ。

「そう、それはまだ悪魔の毒牙《どくが》にかかる前のことだったな」チャタム卿は降参するように両手を振り上げてつぶやいた。「どうしてもあのならず者と一緒になりたいというのなら、なんとかしてやろう。それがおまえを幸せにするために、わたしにできるせめてものことだ」

デヴォンは、父親が不在だったある日、手元に届いた手紙を思い出して青ざめた。それは、胸が悪くなるような非難の言葉と憎しみがぶちまけられたディアブロからの手紙だった。二度と顔を見たくない、もしもパラダイスに姿を見せたら、ただちに彼女の裏切りに対する報復を行う、と書かれていた。

「いいえ、お父様、彼のもとへ戻ることはできません。ディアブロはわたしに会いたがっていないの。二度とそういうことはおっしゃらないで」

気の毒なチャタム卿はすっかり困惑していた。娘を意に反して無理矢理連れ戻したのは悪かったと思うが、もし愛していると公言する男のもとへ戻る気がないのなら、ウィンストンとの結婚を考えてみてもよさそうなものではないか。「ウィンストンのなにが気に入らんのだね？」

デヴォンは、ディアブロが言っていた妙な話を思い出した。「お父様はウィンストンについて……おかしな噂《うわさ》を耳にしたことはない？」

「誰《だれ》にでも敵はいるだろう。わたしは噂話には耳を貸さない主義だ。ウィンストンは命がけでおまえを取り戻してくれた。わたし個人としては、彼にとりたてて欠点があるとは思っていない。おまえがいない間に彼の父親が亡くなって、ウィンストンは今や公爵だ」

　実を言うと、ウィンストンの妙な噂話の断片はチャタム卿の耳にも入っていた。しかしおよそ真実味に欠ける話であったし、デヴォンの悩みの種を増やすくらいなら、胸にしまっておいたほうがいいと考えていた。また、チャタム卿自身がウィンストンの生き方に対して抱いていた不安は、彼がディアブロの隠れ家からデヴォンを奪還してくれたときにすべて解消していた。

「子爵だろうと公爵だろうと、わたしにはなんの違いもないわ。ウィンストンとは結婚できません」

「せめて彼に会って、もう一度付き合うチャンスをやれんものかね」

「お父様、わたしは――」

「わたしのためだと思ってくれ。頼む。このまま引きこもった生活をしていると、おまえの評判にも良くない。結婚前夜に姿を消したことは知れ渡っている。友人たちはみな、なぜおまえがウィンストンを祭壇の前に置き去りにするような真似をしたのか、不思議がっている。幸いなことにほとんどの人が、おまえが結婚について気持ちが揺れたため、もう一度ひとりになってゆっくり考えたかったからだ、というわたしの説明を信じてくれた。結論を出すために、田舎へ行ったとほのめかしておいた。だがこうして戻ったからには、ウィンストンと共に人前に出ておいたほうが賢明だと思うがな」

「わかりました、お父様」チャタム卿の粘りに負けて、デヴォンはしぶしぶ同意した。「ウィンストンと一緒に社交の場に出ます。でもそれ以上のことは期待なさらないで」

チャタム卿は、愛する娘が部屋を退出する姿を見送りながら、その変わりように胸を痛めた。それもこれも悪魔の申し子ディアブロのせいだ。デヴォンが身も世もなくあの男に恋焦がれているのは明らかだった。あの男が娘にしたことを思うと、殺してやりたいほど憎い。娘は純潔を奪われたのみならず、他の男を愛せなくなってしまったのだ。パラダイス島でなにがあったか、デヴォンの口からきくまでもなかった。チャタム卿はばかではない。デヴォンは若く、美しく、魅力的だ。男だったら我慢できるわけがない。チャタム卿は、娘の身に降りかかった恐ろしい出来事について、責める気持ちは微塵《みじん》もなかった。無理矢理奪われディアブロの意志に従うことを強要されたのだから。愛だと？　冗談じゃない！　あの男に愛という言葉の意味などわかるわけがない。それなのに、デヴォンは奴への愛ゆえに苦しんでいる。なぜあの日、神の御心に添って、あの男は絞首刑にならなかったのだろう？

宮殿内の控えの間で国王への内謁を待つクリストファー・リンリーことディアブロは、いらいらした足取りで行きつ戻りつしていた。この日が来るまで二週間以上も待たなければならなかったというのに、いざその瞬間が来たら、自分がここでなにをしようとしているのかわからなくなってきた。これほど長い年月がたっているのに、本当に爵位を取り戻したいのか？　答えは簡単だった。デヴォンに近づきたければ、その前に社交界での立場を確立しなければならない。そのために爵位は必要だ。

この数週間、ディアブロはデヴォンのこと、そして彼女が出ていった理由について、深く考えてみた。酔いの覚めた頭で考えるほうがずっと楽だった。カイルは正しかった。ディアブロは、状況を十分に分析する時間をとらず酒に頼っていたため、自分で自分を破滅に追い込んでいた。そして気づいた事実は衝撃的なものだった。デヴォンに愛されていることも、彼女が姿を消した理由さえきちんと説明がつくことも、心の奥底では最初からわかっていたのだ。あんな手紙を送りつける前によく考えるべきだった。しかし、あのときは自尊心が傷つき、心が砕けてしまっていたのだ。当時は本当に、二度と会いたくないと思っていた。寝ている間はデヴォンが夢に現われ、起きている間は彼女のことが頭から離れなくなるとは、思いもしなかったのだ。

だが、ここは段階を踏まねばならない。まずは、グレンビル公爵となって、社会的に対等な立場になるまでは、妻とは会わないでおこう。もし国王がディアブロの嘆願を却下したなら、黒ひげとその一味に加わって、海賊として新たな冒険に乗り出し、悪行の限りを尽くして愛する女を忘れるしかない。

扉が開いて侍史がディアブロを招き入れた。広い肩を怒らせ、落ち着きのある、しっかりとした足取りで、彼は謁見の間に入っていった。キットは外見についてはなんの不安もなかった。最新流行の衣装に身を包み、きれいにひげを剃《そ》り、髪粉を振った大きなかつらをつけた姿は、非の打ちどころがなかった。もっともかつらはいやでたまらなかったので、家に帰ったら真っ先に脱ぎ捨てるつもりだ。クリストファー・リンリーと世界が恐れた海賊ディアブロに、外見的な類似点はまるでなかった。そして国王が嘆願をきき入れてくれた暁には、ディアブロはキットとして社交界における正当な地位につき、妻を取り戻すことができる。

二時間後、キットは謁見の間をあとにした。足取りは以前より軽く、日焼けした顔には目の端にしわが寄るほど大きな笑みが浮かんでいた。ジョージ一世は一度もさえぎることなく、キットが語る陰謀と殺人、そして海賊時代の話に夢中になってきき入った。キットの叔父が人を雇って彼を拉致《らち》し、殺させようとしたが失敗に終わったというくだりでは、国王の表情が険しくなった。ところどころ、キットの話はあまりに奇抜にきこえるため、もしも国王が彼の父親を個人的に知らなかったら、信じてもらえなかったかもしれない。しかし国王は、リンリー家の者が継承しているグレーの瞳《ひとみ》と力強い顎《あご》のラインにすぐさま気づいた。しかもキットは真の後継者でなければ知り得ないような、家族の私生活にまつわる詳しい話もきかせた。さらには家紋入りの指輪がキットの出自を証明した。キットは、彼自身にも理解できない執着心を持って、その指輪を長年、大切に守ってきたのだ。

キットにとって、自分が悪名高きディアブロであることを国王に告白するのは、墓穴を掘るに等しい行為だった。ディアブロという、世間から忌み嫌われている名前に、国王は鋭く反応した。新たな人生を始める決意がなければ、キットはあえて秘密を明かしはしなかったろう。しかしありがたいことに、国王は、キットのディアブロとしてのこれまでの人生が、叔父の裏切りから生じた当然の結果であり、どんな少年にも耐え難いほど悲惨な年月を死に物狂いで生き抜いた結果であることを納得してくれた。

ジョージ一世はキットに同情的だったが、財産と爵位を取り戻したいというキットの嘆願について、好意的な判断を下すべきだと国王が思った理由は、キットが献上した高価な宝石の数々にあった。それはかなり豪勢な献上品であったが、キットの懐ろが痛むほどのものではなかった。恩赦が与えられ、正式に受け入れられたからには、悔い改めた者であり、公爵――しかもこのうえなく裕福な公爵――である人物からの献上物を断わる理由はない、と言ってから、国王は貢物を受け取った。

キットは、ウィンストン・リンリーから爵位を剝奪《はくだつ》し、すべてを長年、行方不明だった相続人クリストファーのものとする、と書かれた書類を手に宮殿をあとにした。キットは自分のもうひとつの素顔については当然のことながら公にしないよう頼み、国王は快く同意した。詮索《せんさく》好きな人々のため、キットは誘拐されて記憶を失ったというような作り話を用意した。ディアブロについてはなるべく触れないでいたほうがいい。

「キット、なんだって今さらまたここに来たんだ？　こんなに何年もたっているのに！　死んだままでいてくれよ。爵位なんか興味ないと言っていたくせに、なぜ戻ってきた？　もちろん、金なんかほとんど残っていないことは知ってるだろ。父は死ぬまでにきみの相続財産をほとんど使い果たしてしまったんだ」

立派な風采《ふうさい》をしたいとこを敵意のこもった目でにらみつけながら、ウィンストンは言った。まるで世界ががらがらと音を立てて崩れていくようだった。社会的地位や威信など、これまで当然のものとして享受してきたすべてが、何年も前に死んだはずの人間の手によってもぎ取られようとしているとは。

「金はいらない」キットはもがき苦しむいとこの様子を心から楽しんでいた。それが、この男がパラダイスで行った破壊行為の仕返しとして八つ裂きにするかわりに、今キットにできる精いっぱいのことだった。デヴォンをさらったのもウィンストンに違いあるまい。しかしディアブロとしての素性を隠し通すためには、ここでこの卑怯者《ひきようもの》が犯した卑劣な行為を突きつけるわけにはいかなかった。キットはこのいとこに関して、同情心はいっさい持ち合わせていなかったし、将来の面倒を見てやるつもりもなかった。証拠こそなかったが、彼を亡き者にしようという父親の計画をウィンストンが知っていたのではないかと、キットは強く疑っていたのだ。そう、ウィンストンを憎む権利にはこと欠かない。

「この屋敷を明け渡せと言うんだな」ウィンストンは硬い表情で言った。

「それが一番いいだろう」キットは自分がディアブロであり、デヴォンはこのおれの妻だ、と明かしたい誘惑と戦っていた。ときを待とう。しかるべきときが来るのを。キットは自分に言いきかせた。ウィンストンに過ちを償わせる方法を考えるのは、自分がグレンビル公爵として世間に認知され、確固たる地位を確立してからだ。まずはデヴォンに会って、あの手紙は間違いであったことを伝え、チャタム卿に義理の息子として認めてもらわなくてはならない。リンリー邸には公爵夫人が必要だ。その座につくのはデヴォンをおいて他にいない。

「ぼくはどうやって生きていけばいいんだ?」ウィンストンは哀れっぽく訴えた。「多額の借金があって、債権者たちに追われている。そのうえ許婚《いいなずけ》まで失ってしまうんだ」

「婚約していた例の女相続人のことを言ってるのか?」キットは探りを入れた。

ウィンストンは顔をゆがめた。「ちょっと……事情があって、結婚式が延期されたんだ。彼女は新たな日取りをまだ決めていない。ぼくが文無しのうえに爵位まで失ったと知ったら、結婚してもらえるとは思えない」

「爵位は、もともときみのものじゃなかった」キットは穏やかに念を押した。

「じゃあ、きみはぼくを放り出して、自分でなんとかしろと言うんだね」ウィンストンはむきになった。

「きみは長い間おれの爵位と金を使ってきたんだ。賠償金を請求しないだけでもありがたいと思え。出ていってくれ、ウィンストン。おれの気が変わらないうちに。荷物の送り先はあとから知らせてくれ」

「まるで血も涙もない悪魔だな」ウィンストンは歯ぎしりをして悔しがったが、悪魔《ディアブロ》と呼ばれてキットは思わずにやりと笑った。「本当のところ、きみはこれまでどこに隠れていて、どうやってそんな財産を築いたんだい? なんだって今さら出てくる気になったんだ? さぞかし興味深い物語があるんだろうな。まっとうな方法でそんな財産が築けるわけがない。国王がきみの嘆願をきき入れたからには、今のところぼくにはここを去る以外の選択肢はない。ぼくたちは親戚《しんせき》かもしれないが、いつの日かこの仕打ちに対するお返しはたっぷりとさせてもらうぞ」

ウィンストンは大きな音を立てて扉を閉め、屋敷を出た。今や自分の将来はデヴォンを説得して結婚できるかどうかにかかっている。失敗すれば債務者用の監獄行きだ。

デヴォンは今宵の舞踏会に備えて鏡の前で身支度を整えていたが、どうにも気乗りがしなかった。間もなくウィンストンが迎えに来るだろう。父親を喜ばせるためとはいえ、彼と出席する約束をしてしまったことを、デヴォンは心から後悔していた。ウィンストン本人に代わって父親が頼み込んできたとき、このところ父親をがっかりさせてばかりで負い目を感じていたので断りきれなかったのだ。加えて、長年、行方不明だったいとこが戻ってきて爵位の返還を求めたため、ウィンストンは公爵の爵位を失うはめになったときいて、気の毒に思ったことも手伝った。何年間もリンリー公爵家の相続人は自分ひとりだと信じてきたウィンストンにとって、それがどんなに自尊心を傷つけられる出来事であるか、デヴォンにはよくわかった。ウィンストンに注ぐ愛はなくとも、気の毒に思う気持ちはあった。

それにしても、長い間死んだと思われていた人間が、莫大《ばくだい》な財産を手に突如現われるなんてことがありえるのだろうか。もしかしたら詐欺師ではないかとほのめかすと、ウィンストンは、その人物がクリストファー・リンリーである証の家紋入りの指輪を手放さずに持っていたので、本人に間違いないと言った。スミス家が主催する今夜の舞踏会には、その新しい公爵も招かれているという。わたしも今夜、その人に会うことになるのかしら……デヴォンはぼんやりと考えた。想像したとたん、なぜだかわからないが背筋がぞくりとした。

デヴォンの気がかりはウィンストンの哀れな境遇だけではなかった。彼女はとうとうディアブロの子供を身ごもっている事実を認めざるを得なくなっていた。数週間前から疑ってはいたものの、毎朝、目覚めるたびに吐き気を催すようになるまでは、信じまいとしてきた。乳房が敏感になり、もう二カ月も月のものが訪れていないのだから、間違いない。なんとか勇気を出して父親にこのことを言わなければならないのだが、未だにそのタイミングを見つけられずにいた。数週間前のデヴォンなら妊娠を歓迎したのだが、今はどう考えたらいいかわからなかった。しかし、ディアブロの子供を愛せないというわけではない。自分はきっと全身全霊でその子に愛情を注ぐだろう。

避けられないことを先延ばしにしても仕方ない。いらだちまじりのため息をついて部屋を出ると、階段下で待っているウィンストンのもとへ向かった。爵位を降格されて昔と同じ子爵になった彼が、今夜の格式高い舞踏会に招かれたことにデヴォンは驚いていた。金髪のフレディ・スミスとの親しい交友関係のたまものだろうか。大切に守ってきたものをすべて失ったうえに、新たに公爵となった人物と今夜、人前で対面するのは、ウィンストンにとってたやすいことではないだろう。そう思うと、ディアブロから無理矢理引き離されたことを許していないにもかかわらず、デヴォンの胸に同情の念が湧《わ》いた。

宮殿さながらに豪壮なたたずまいのスミス家の館にキットが到着したのは、宴も最高潮の時分だった。彼と腕を組んだ美しい赤毛の女が彼の優雅な雰囲気を一段と高めている。スカーレットの登場を華々しく演出するために、ふたりはあえて遅めの時間を選んだのだった。

落ち着いた物腰で戸口に立つと、キットは少し身をかがめて連れの耳元にささやいた。「スカーレット、準備はいいか？　社交界に正式に紹介されるお待ちかねの瞬間だ」

「任せといて」スカーレットが小声で応じた。身にまとった鮮やかな紫色の夜会服は、本来なら赤い髪色とけんかするはずだったが、むしろ赤毛によって引き立っていた。

スカーレットは我が物顔でキットにしっかりと腕を絡ませた。

スカーレットは、フランスから来たばかりの未亡人ということにして、悪事を重ねて稼いだ巨万の富を携え、ディアブロのあとを追ってロンドンへやってきた。彼がグレンビル公爵であったことなど知るよしもなかったスカーレットは、ダヴェンポート夫人の午後の会でディアブロにばったり出会って目を丸くした。ロンドンに着いてから、スカーレットは抜かりなく社交界の常連たちに取り入って、これまで自分には閉ざされていた世界にスムーズに入り込もうとしていた。飲み込みの早い彼女は、ロンドンの上流階級のマナーをあっという間に身につけ、金も爵位もある連中と気のおけない付き合いができるようになっていた。

一方、キットにとってダヴェンポート夫人の催しは、クリストファー・リンリーとして出席した最初の社交の場だった。まずは自分に対するほかの貴族たちの反応を見るのが目的だったが、結果は上々だった。彼はこれまでの努力の成果に大いに気を良くした。これなら義理の父親と向き合って、妻を取り戻せそうだ。その日の午後、ダヴェンポート夫人の会でスカーレットに出くわしたことは、正直なところキットにとっては喜ばしくない出来事だった。

カイルとアクバルは別として、キットは自分をディアブロと知る人間は避けて通りたかった。妻を取り戻すことができたときに、デヴォンの名を汚すようなことがあってはならない。だからスカーレットと再会したときには、なんとなく気分が落ち着かなくなると同時に、いやな予感がした。会うなり彼女がべたべたとまとわりついてきたことで、いやな予感はさらにふくらんだ。もしかして、スカーレットは公爵夫人という身分に魅力を感じて、その座を狙《ねら》っているのかもしれない。

しつこく迫ってくるスカーレットを振り切るのは容易ではなかった。そうこうするうちに、キットはスミス家の舞踏会でのエスコート役を引き受けさせられていた。彼としてはスカーレットを厄介払いしたくてたまらなかったし、早いところ、美しくて裕福な〝未亡人〟をめぐって争うたくさんの求愛者のなかから、首尾良く彼女を口説き落とす者が現われて、自分のそばからスカーレットを連れ去ってくれることを願うばかりだった。

17

社交界の催しに顔を出しているうちに、偶然デヴォンに会えるかもしれないとキットは思っていたが、今のところデヴォンにもウィンストンにも出会わなかった。ただ方々でふたりについての噂話《うわさばなし》を耳にすることはあった。世間ではふたりがまだ婚約中だと考えている。そしてウィンストンが、誰《だれ》もが羨《うらや》む公爵の爵位を失った今、二度も延期された結婚の行方がどうなるかについて、さまざまな憶測が飛びかっているようだった。

キットは冷たく尊大な眼差しで舞踏会場を見渡した。彼は正真正銘、貴族社会の一員ではあったが、大人になってからの人生の大半を海賊やならず者と共に過ごしてきたため、貴族連中にはほとんど親近感を覚えなかった。しかし、これからはこの社会で生きていくのだし、かつては軽蔑《けいべつ》していた合法的な暮らしを一生続ける覚悟はできていた。それもこれも、自分の命より愛する女のためだ。デヴォンがパラダイス島からいなくなったことを知ったとき、キットは彼女を軽蔑することに決めた。しかし今は、デヴォンを永遠に自分のものにしておきたいという思いしかなかった。

「お歴々がお揃《そろ》いね」来客の名を呼び上げる役目の精悍《せいかん》な面持ちをしたスミス家の執事のほうに向かって歩きながら、スカーレットは言った。

贅沢《ぜいたく》に着飾り、髪粉をふりかけた髪を高く結い上げた女たちと、サテンの服に身を包み、かつらをつけた男たちがひしめく大広間をざっと見渡すと、スカーレットの緑色の瞳《ひとみ》がエメラルドのように光を放った。髪粉をつけたりかつらをかぶったりするのが当世の流行だったが、スカーレットは自前の燃え立つような豊かな髪を巻き毛にするほうが気に入っていた。キットは流行にならって、大嫌いなかつらをかぶっていた。ただしそれはディアブロであることを気づかれない方策としてだった。

「グレンビル公爵、クリストファー・リンリー殿！　レディ・デフォー！」独特の抑揚をつけた大きな声で執事がふたりの名を呼び上げ、長い杖《つえ》でこつこつと床を突いて人々の注目をうながした。

ゆっくりとした足取りで歩くキットの姿をひと目見ようと、数十人の首が伸びた。連れの女を見て公爵をうらやんだ男はひとりではなかった。スカーレット・デフォーという名前以外はなにも知られていないこの華やかな赤毛のレディは、ロンドンに来たばかりの裕福な未亡人だ。

「おもしろくないな。来なけりゃいいと思っていたのに」ウィンストンがいらいらした口調で言った。

デヴォンは、謎《なぞ》に包まれたウィンストンのいとこをひと目見ようと振り向いたが、すでに遅かった。いとことその連れの姿は、肌の浅黒いハンサムな公爵と近づきになろうとする好奇心旺盛《おうせい》な人々の波に飲まれて見えない。

公爵の名前が呼び上げられたときデヴォンは古い知人と話し込んでいたため、彼の名も、同伴者の名もきき逃していた。

「いとこが来るって知っていたの？」デヴォンはウィンストンにたずねた。ウィンストンの話をきく限り、公爵は美徳の鑑《かがみ》とは言いかねる人物だった。

「来るかもしれないとは思っていたけどね」ウィンストンは不機嫌そうに言った。

「でも来ないでほしいと思ってたんだ。それにしても女を見つけるのが早いな。腕を組んでいる赤毛はすごい美人だ。いったい、誰だろう」

その晩ずっとデヴォンにつきまとっていたいやな予感が〝赤毛〟ときいて再び高まった。そして突然思い当たった。ひょっとしてキットはクリストファーを略した呼び名ではないだろうか？

「ウィンストン、あなた、いとこをキットって呼ぶことある？」デヴォンは震えながらたずねた。呼吸が浅くなり、胸がどきどきしてきた。

「ああ、呼ぶよ。なんで知ってるんだい？」

「嘘《うそ》よ！　そんなことありえないわ」

デヴォンの膝《ひざ》から力が抜け、華奢《きゃしゃ》な全身に戦慄《せんりつ》が走った。

もう、何も考えられなかった。デヴォンは子供を守ろうとするかのようにお腹を抱え、突然走り出した——真っすぐキットの腕のなかへ。

デヴォンとキットにとって、これ以上の驚きはなかった。ただしふたり以上に驚いたのはスカーレットだった。スカーレットは、ディアブロがデヴォンに対する執着を捨てたと思っていたのだが、彼の表情を見てそれがとんだ早合点であったと思い知らされた。この数週間、彼がデヴォンに会うための努力をなにもしてこなかったので、さすがの彼もうんざりしたのだろうと思い込んでいたのだ。ふたりの結婚について、ディアブロは部下たちに固く口止めしておいたので、スカーレットは彼らがすでに夫婦だとは夢にも思っていない。

キットに強く抱きとめられるとデヴォンの体はすぐさま反応した。ほんのわずか彼の体に触れただけで、あの懐かしい恍惚《こうこつ》感の震えが走り、彼女は銀色の瞳を伏せたキットの顔を覗《のぞ》き込んだ。

「ウィンストン、こちらがきみの婚約者かい？」キットはユーモアのまじった口調であくまで落ち着き払ってたずねた。「なかなかのお手柄じゃないか。こんなに美しい人を射止めるなんて。紹介してくれないのか？」

スカーレットは眉《まゆ》をつり上げた。いったいディアブロ――彼女はまだ彼が〝キット〟だということになじめずにいた――はなにを企んでいるのだろう。とりあえず彼の目的がはっきりして、自分になにかメリットがあるかどうか見極めるまで、スカーレットは調子を合わせることにした。

しぶしぶキットから身を離し、デヴォンは早鐘のように打つ胸を静めながら、彼の次の行動を見守った。彼女の知っているディアブロなら、この場でデヴォンが自分の妻であることを公言し、これから一生彼女に惨めな思いをさせることに歪《ゆが》んだ快感を覚えるに違いない。

見るからに決まりの悪そうなウィンストンは、手短に紹介を済ませた。その場に留まって、心から憎んでいる男と世間話をする気にはなれない。ウィンストンは丁重にその場を辞して向きを変え、デヴォンをダンスフロアへ誘った。

「踊っていただけないかな」キットはデヴォンの腕をしっかりつかんで引き留めた。「家長として、ウィンストンの未来の花嫁のことをもっと知っておきたいからね」ウィンストンの許しを待たずに、キットはデヴォンをさらってダンスフロアへ向かった。

あとには憤慨したスカーレットが残された。

ウィンストンはスカーレットを無視して、床を踏みならしながら歩き去った。デヴォンをキットから取り返したいのはやまやまだが、スキャンダルはごめんだ。ふと視界の隅に、いかにも心配そうな顔をして自分を見つめているフレディ・スミスをとらえた。フレディは金髪の頭を階段の方角に傾けてみせ、ウィンストンが了解のサインを返すのを確認するや、姿を消した。ウィンストンは慎重に間をとってからそのあとを追った。この惨めな晩に、なにかしらの救いを見出すことができるかもしれないと期待を抱いて。

一方スカーレットは、彼女の気を引こうとする男たちにあっという間に取り囲まれてしまったため、キットとデヴォンにかまっている暇はなかった。

「会いたかった」キットはまるで、生きるために不可欠なものを長い間奪われていた人のように、デヴォンの顔を穴の空くほど見つめながらささやいた。

「それはおかしいわね。手紙には死ぬまで憎んでやるって書いてあったのに。だいたいなぜ、ずっと本当の素性を教えてくれなかったの？」デヴォンは不満げに言い返した。デヴォンは怒っていた——ひどく怒っていた。彼女の婚約者がウィンストンだと知っていながら、なぜキットは自分の素性を隠していたのだろうか？　あんなに憎しみに満ちた手紙を送りつけておきながら、なぜ今になって「会いたかった」などと言えるのだろうか？　「こんなところに現われるなんて、気でも違ったの？　誰かに気づかれたらどうするの？」

「手紙のことは忘れてくれ。おれはもう忘れた。きみがいなくなったあと、あまりに深く傷ついて、混乱していたから自分でもなにをしているのかわからなかった。ああ、でも愛しいデヴォン、そんなことはもうどうでもいいんだ」キットはいたずらっぽく笑った。「きみもきいているだろう？　国王がカリブの海賊たちに無条件の恩赦を出された。かわりにおれたちはバハマ諸島を離れ、海賊稼業をやめた」

「あなたはそれでいいの？」

「ああ。六百人以上の海賊が足を洗ったよ。これでもう命を落とす危険はなくなった。それに国王がおれの話をきいて、爵位と財産を回復すべしとの判断を下されたんだ」

「どういうこと？　恩赦のことも今初めてきいたわ。このところ政治のことにはうとくて」

デヴォンは再会の動揺から立ち直り始めると同時に、彼が自分の知っているキットとは違っていることに気づき始めた。この数週間、デヴォンは、彼が二度と自分に会いたくないのだと思って、悔恨と落胆の日々を送っていたのだ。再会を果たしてはじめは天にも昇るほどうれしかったが、その感情はじきに怒りに取って代わった。自分の出自という重大な事柄について黙っていたなんて、ひどすぎる。まさか秘密を守れない女だと思っているのだろうか。

「本当は公爵だって、なぜ教えてくれなかったの？」

「言ってどうなる？　おれはこの世界から締め出されていたんだ。そんな事実を明らかにしたところできみを混乱させるだけだろう」

「今だって混乱しているわ。リンリー家の跡継ぎはまだ子供のうちにいなくなったとウィンストンからきいていたけど、どういうことなの？」

キットは、デヴォンが興奮するにつれ、周囲がふたりをじろじろ見始めたことに気づいた。彼は、音楽が終わるころ、扉の開いているフレンチドアのそばに来られるよう、踊りながらうまくデヴォンを誘導した。そして音楽がやむと、フロアを離れるたくさんの人の流れにまぎれて彼女を戸口から外へ連れ出した。キットは誰にも気づかれないことを願っていたが、スカーレットが危険な緑色の瞳で、ふたりが消えるところをじっと見ていた。

「なにをするの？」デヴォンは叫んだ。「なかに戻りたいわ。わたしが消えたらウィンストンが心配するじゃない」

「ウィンストンなんかくそくらえだ」キットはぶっきらぼうに言い返した。デヴォンの華奢《きゃしゃ》な手を握り締め、キットは闇夜《やみよ》のなかへ、文字通り彼女を引きずっていった。

「待って！　どこへ連れていくつもり？　あなたと一緒に行きたくなんかないわ。わたしのこと憎んでいるんでしょう？」デヴォンは挑発的に言った。

「憎んでなんかいない。一度だって憎んだことはない。いいからあの手紙のことは忘れてくれ。あれは間違いなんだ。ふたりきりで話をしよう。ダンスフロアじゃあまりに人目に立つ。ゴシップ好きの連中がおれたちの関係を詮索《せんさく》して楽しんでいたからな」

デヴォンは抵抗したが、力でかなうわけはなかった。キットはデヴォンを連れて、果樹園に通じる道をずんずん奥へ進んだ。スミス邸からだいぶ離れ、窓から漏れる数千個の明かりのきらめきしか見えないところまで来ると、キットは大きく枝が張り出したりんごの木の下で立ち止まり、握っていた手を放したかと思うと両腕でデヴォンを抱きしめた。降参の小さな叫び声と共に、デヴォンの体はキットの腕のなかで溶けた。

「ああ、デヴォン。会いたかったよ」キットは彼女の唇にささやいた。「きみに捨てられたときには頭がおかしくなりそうだった」

「あなたを捨てたわけじゃないの。キット、わたしね――」

キットが唇を重ね、デヴォンの言葉は喉元《のどもと》でかき消された。麻薬のようなキットの口づけ。かつてふたりがひとつになって味わった恍惚の記憶が、デヴォンの心と体にどっと押し寄せた。デヴォンは彼を愛していた。ただ、「愛している」と口に出したら最後、永遠に引き裂かれるような気がして怖かったのだ。海賊という彼の生業《なりわい》を考えれば、それは避けられない運命だった。

キスをしたまま、キットは身をよじって上着を脱ぎ、地面に振り落とした。そして膝を折ってデヴォンもろとも地面に倒れ込もうとした。

「キット、だめよ」デヴォンは訴えた。「話があるって言っていたじゃない。まずそれをきかせて。どうして公爵から海賊になったのか、教えてちょうだい」

「それはあと回しだ。どんなにきみを欲しかったか、わからないのか？　何カ月もこの瞬間を待っていたんだ。恩赦を受け入れたのもきみのためだ。デヴォン、きみはおれの妻だ。もう、きみなしには生きていけない」

「わたしはディアブロと結婚したのよ」デヴォンはかっとなった。「グレンビル公爵クリストファー・リンリー閣下の妻ではありません」嘘をつかれた痛みがデヴォンの怒りに火をつけた。「あなたはペテン師で、海賊で、ろくでなしよ——そして最悪なのは、嘘つきだってことよ」

「結婚したとき、きみが書類をきちんと見ていれば、おれの法律上の名前が正々堂々と署名されていたのに気づいたはずだがな。さあ来てくれ。おれはもう痛いほど、愛しい妻と愛し合いたいんだ」

キットの舌がデヴォンの開いた唇をさっとなでたかと思うと、割って入り甘い露を吸った。デヴォンへの熱い思いは途方もなくふくらみ、欲望は野獣と化して彼の体を支配していた。キットはかがみ込んで、高く盛り上がったデヴォンの胸元に口を当てた。薄いシルク越しに感じられる彼の息は、ドレスに火がつくのではないかと思うほど熱かった。背中の留め具を外された感覚はほとんどなかったのに、気がつくと冷たい夜風が火照った肌をなでていた。繊細な生地を腰まで下げながら、キットはもどかしげなうなり声を抑えようともしなかった。次は下着だ。コルセットのひもがするすると魔法のようにほどけ、石膏《せっこう》のように白く完璧《かんぺき》なふくらみが露わになり月光を浴びた。

あっという間に硬くなったキットのものが腰にこすりつけられると、興奮した彼の匂《にお》いが、敏感になっているデヴォンを刺激し、太ももの間が、突然ずきずきとうずき始めた。

キットはこの上ない優しさでデヴォンの体をそっと倒し、自分の上着の上に華奢な体を横たえた。それからドレスのスカートと下着をそっと腰の上までめくり上げた。デヴォンは揺らめく月光を受けて金色に輝く彫像のようだった。キットは地面に腰を下ろし、銀色の瞳を輝かせてうっとりとデヴォンの姿を愛でた。

「こんな姿を何度も夢に見た。きみの美しさは隅々まで覚えているつもりだったが、今こうして見ると、記憶などおよそ当てにならないと思うよ。きみは美しい。おれの記憶にあるよりはるかに美しい。きみへの強い愛はこれっぽっちも変わっていない」

甘い言葉にほだされて、デヴォンは心からも体からも力が抜けていくのを感じた。デヴォンはキットの頰《ほお》をなでた。その手は首からシャツのボタンへと下りていき、まるで指に意志が宿っているかのように動いてシャツを開くと、広い肩が現われた。キットは袖《そで》から腕を抜き、ズボンと靴と靴下を脱ぎ捨てた。その間ずっと、デヴォンは広々としたキットの胸、背中、そして引き締まったヒップのラインをなぞっていた。もっと探求したくて黒い胸毛のなかの平らな乳首を愛撫《あいぶ》しているうちに、急に恥ずかしさが込み上げてきた。こんなふうにふたりきりになったのは本当に久しぶりなのだ。しかし、キットにはそんな照れはなかった。デヴォンの手を取ると、自分の張り詰めたものを触らせ、どんなに強く彼女を求めているかを確かめさせた。デヴォンが指で彼を包み込むと、キットは胸の奥から大きなうめき声を漏らした。その声は闇をついてこだました。キットの心と体にとって、これ以上の責め苦はなかった。

「ああ、デヴォン、そんなふうに触られると一気に燃え上がってしまう。もう一分でもこの責め苦が続いたらきみを置き去りにしていってしまいそうだ」荒々しく息をつきながら、キットはそっとデヴォンの手を外した。「仰向けになってくれ。きみを愛したい」

キットの顔が近づき、デヴォンは濡《ぬ》れた唇の感触を胸に感じた。彼は片方ずつ胸をなめては吸った。そして乳首をつまんだり、なめたり、口に含んだりしながら優しく愛撫すると、デヴォンの乳首はかわいらしくつんと立ち、ダイヤモンドのように硬くなった。唇が下に降りてゆくとき一瞬、快感の波が引きかけたが、彼がへその小さな窪《くぼ》みをいとおしげに吸い始めると、再びはじけるような快感が太ももの間に走った。彼の優しい攻撃に休みなく身をくねらせていたデヴォンは、もっと強い愛撫をせがんで背をのけぞらせた。するとキットは大喜びで願いをきき入れ、太ももを押し開くと、目の前に現われたブロンドの丘に顔をうずめた。

両手でデヴォンの尻を包み込むように持ち上げて、大きく脚を開かせると、キットは熱い唇を押しつけた。とろけるような愛撫に力が抜けて、デヴォンは体が震え始めた。キットは飢えたようにむさぼり、奥を求めながら、舌でますます大胆に攻め立ててくる。欲望の炎が恍惚感にとってかわり、デヴォンはめまいを覚えながら、せつない降伏のうめき声を漏らした。そして、意識が飛んでしまいそうな快感のなかでキットの名を呼んだ。最初に彼の舌が入ってきたとき、デヴォンは短い叫び声をあげた。恍惚感に体がうち震え、あらゆる感覚が渦に巻き込まれてゆく。もう体が言うことをきかなかった。

キットが上半身のほうにかがみ込んだとき、デヴォンは半ばすすり泣いていた。彼のものが体の奥深いところへ入ってくると、信じ難い快感に思わず声をあげた。彼女がクライマックスに達するまで彼は突き続け、デヴォンは再び叫び声をあげた。絶頂の感覚があまりに強烈で爆発的で、体の奥がぎゅっと収縮した。デヴォンはこの上ない快感に包まれながら身を震わせ、痙攣《けいれん》を続けていたが、まだ自分を解き放っていないキットは、もっとも原始的な方法でデヴォンを自分のものにしようとした。何度も何度も、デヴォンを深く、荒々しく突きながら昇りつめ、歓喜の声をあげて果てた。

デヴォンは恥ずかしくなって、彼の汗ばんだ胸に顔をうずめ、自分がしてしまったみだらな行為の数々を考えないようにしようとした。

「恥ずかしがることはない」キットの息がやわらかくデヴォンの頬にかかった。「きみのその情熱的なところがたまらなく好きだ。頼むから変わらずにいてくれ」

スカーレットは、キットとデヴォンが結ばれる場面を見物する気などさらさらなかった。ふたりが地面に身を横たえると、屋敷へ戻ってウィンストンを探した。さんざん探し回ってやっと見つけたとき、彼は階段の最上段でフレディ・スミスと腕を組んでいた。ふたりの間には単なる友人同士とは思えないような雰囲気が漂っていた。世事に通じたスカーレットはずる賢い笑みを浮かべながら、ふたりが用心深く別々に階段を降りるのを見守った。スカーレットはフレディが別方向に向かうのを見届けてからウィンストンに近づいた。

「大事な話があるの」スカーレットはささやいた。ウィンストンは強引な口調にぎょっとした。「ふたりきりで」

「もちろんですとも、レディ・デフォー」と言いながら、ウィンストンは眉を上げた。

いとこの美しい同伴者がいったい自分になんの用だろう。「先にデヴォンを見つけましょう。置いて帰ったと思われるといけませんから」

「見つからないわよ。屋敷のなかにはいないわ」スカーレットは言った。「ふたりきりになれる場所はあるかしら?」

「書斎に行きましょう」ウィンストンはスカーレットを屋敷内の別の場所に案内しながら、彼女が妙に焦っていることに気づいた。

書斎には誰もいなかった。誘うようにランプがともる部屋へ、ウィンストンは彼女を招き入れた。彼が質問を口にする前に、スカーレットがしゃべり始めた。「あのふたり一緒よ」

「えっ? 誰のことですか?」

「あなたのいとこと婚約者のことよ」

「それはないでしょう!」ウィンストンは怒って否定した。「ふたりはついさっき会ったばかりですよ。それともキットが礼儀をわきまえずにしつこくデヴォンをダンスに誘って噂の的にでもなっていると言うのですか? ふたりは今どこですか? キットがこういうことをやらかす男だと、わたしも用心すべきでした。人の爵位を奪うだけでは満足できないのでしょうか」

「やれやれ、あなたってずいぶん鈍い人ね」ウィンストンはむっとした。「ほんの数分前、ふたりが果樹園でいちゃついているのを見たわ。そのまま見てたら、あのふたりが動物みたいに交尾するところを見せつけられるところだった」

ウィンストンは青ざめた。「ばかばかしい！　デヴォンはそんな女じゃありません。第一キットとはさっき初めて会ったんですから」

「ウィンストン、あなたはとても頭が悪いか、どうしようもなく鈍感か、どっちかね」スカーレットはばかにした口調で言った。「自分の親戚《しんせき》のくせに、キットのことをなにも知らないの？」

「知るって、なにをですか？　いきなり現われてわたしから爵位と財産を奪っていくまで、あの男は死んだと思っていたんだ。わたしが知らないことをなにか知っているのなら教えてもらおうじゃありませんか」

「ディアブロっていう海賊のことをきいたことあるでしょう？」スカーレットがきいた。

「もちろん。誰でも知っているでしょう。それがいったいキットとどう――」突然、ウィンストンは理解した。「ちくしょう！」彼は爆発した。「キットが信じられないほど金持ちになって戻って来ながら、謎に包まれた十五年間の空白について説明を拒んだときに気づくべきだった」言葉を切ると、ウィンストンは猛烈に頭を働かせた。そしてあることに思い当たると、顔から完全に血の気が引いた。「キットがディアブロなら、奴とデヴォンは……恋人同士だ！　冗談じゃない。そんなこと断じて許すものか！　わたしは一文無しなんだ。債務者監獄を免れるためにはどうしてもデヴォンの持参金がいる。爵位を失う前から債権者たちに追われていたのだから、今どれほど大変な目にあっているか、想像がつくでしょう」

「どうするつもり？」スカーレットは容赦なくあおった。「ディアブロとデヴォンがまた不義の関係を始めたのは間違いないわ」

「そうだな、ううむ……」ウィンストンは口ごもって黙り込んでしまった。力と悪知恵においていいとこにかなうわけはなかった。もしもディアブロが本気でデヴォンを手に入れるつもりなら、ウィンストンにできることはいくらもない。それにしてもスカーレットはこの話にどう関わっているのだろう？　なぜディアブロのことにこんなに詳しいのか？「単なる興味本位ではなさそうですね。なぜわたしにこんな話を？」

スカーレットは陰険な眼差しでウィンストンを見据えた。「あたしはグレンビル公爵夫人になると決めたの。ディアブロでもキットでも、どう呼んでも構わないけれど、彼が欲しいのよ。ずっと昔から欲しかった。デヴォンが割り込んでくるまでは、あたしたち恋人同士だったのよ。あたしが恩赦を受け入れたのは、ディアブロを追ってロンドンに来たかったからにほかならないわ」

「あなたは海賊なのか？」ウィンストンは驚愕《きょうがく》のあまり口をあんぐり開けた。

「ええ、でもそれは過去の話。今は裕福な貴族として社交界に受け入れられているわ」

「で、わたしにどうしろと言うのです?」ウィンストンはたずねた。「ディアブロは欲しいものは必ず手に入れる無情な人殺しだときいている。そして彼のデヴォンに対する執着は、何度となく行動で示されてきた通りだ。自分の所有物だと思っているものを彼の手からもぎ取ることができると思っているなら、ずいぶんとおめでたいな」

「腰抜けね!」スカーレットが吐き捨てるように言った。

「ただし……」ウィンストンがなにやら考えながらつぶやいた。

「ただし?」スカーレットがうながした。

「国王のもとへ行ってキットの素性をばらせば――」

「なにも起こらないわよ。やっぱりあなたはばかね」スカーレットは笑った。「国王はディアブロのことをなにもかもご存じよ。わからないの? キットが誰だったかなんて、もうどうでもいいことなのよ。恩赦を受けたんだから、海賊だったことで罪に問われることはいっさいないの」

「社交界には気にする人もいると思うがね」ばか呼ばわりされてむっとしたウィンストンが、不満げにきき返した。「じゃあ、あなたはどうすればいいと思う?」

「デヴォンを連れて逃げなさい。無理矢理結婚するのよ。なんでもいいからディアブロが手出しできないようにするの」

「ばかはそっちだよ、レディ・デフォー」ウィンストンはやり返した。「デヴォンはこの数週間、何度となくぼくの求婚を退けてきた。しかもぼくは文無しになって、よけい不利だ」

「デヴォンの父親はどうなの？　手を貸してもらえないの？　娘を愛しているなら、公爵だろうとなんだろうと、ディアブロみたいなならず者の海賊にやりたいとは思わないでしょ？　ディアブロの爪《つめ》から娘を取り戻したいと言えば、感謝されるんじゃない？」

「ぼくには無理だ！　もうどうにもならない！　キットを取り戻したければ自分でなんとかするんだな」

スカーレットの緑色の目が不気味に細くなり、口元は揺るぎない意志を示すように一直線に引き結ばれた。この表情を見た時点でウィンストンは、彼女が目的を達成するためならとことんやる人間だということを察知すべきだった。「あたしの言う通りにしなければ、社交界に居場所はなくなるわよ。フレディの家族のことを考えてもごらんなさい。恥ずかしくて死んでしまうでしょうね」

ウィンストンの顔に恐怖の表情が広がった。「それはいったい……なんの話だ？」

「あんたとフレディ、いつから付き合ってるの？」

物音ひとつしない静寂のなか、ウィンストンの顔色が病人のように青ざめていった。

「ぼ……ぼくは……」

スカーレットは満足げな笑みを漏らした。ウィンストンの狼狽《ろうばい》ぶりが彼女の推測を裏づけるなによりの証拠だった。「あたしはだまされないわよ。あんたのお仲間は気づかなくても、あたしの目はごまかせない。世の中をいやというほど知り尽くしているのよ。あんたとフレディが一緒のところを見れば、恋人同士だって一目瞭然《いちもくりょうぜん》だわ」

「脅迫するのか!」ウィンストンは口早に言い返したが、説得力はなかった。己の目的を達成するためなら、平気で下劣な手段をとる相手であることに気づかないほど、彼も世間知らずではなかった。

「そうよ。ディアブロを取り返すためならなんだってやってみせるわ。今はもう海賊じゃないけれど、昔を忘れたわけじゃないわ」

「じゃあどうしろと言うんだ? キットにはどうしたって太刀打ちできない」

「デヴォンを連れ出して、ディアブロに見つからないところに隠しなさい。結婚して彼女と寝るのよ。あの女を孕《はら》ませることができれば、なお上等だわ。あんた、ちゃんとできるんでしょう?」スカーレットはばかにした口調できいた。

「当たり前だ」ウィンストンは心もとなげに答えた。女と寝ると考えただけで気分が悪くなるが、どうしてもしなければならないとなれば、なんとかなるだろう。「だが、さっきも言ったように、デヴォンがぼくを受け入れないだろう。ディアブロに恋をしているると思い込んでいるんだから」

「話にならないわね！　根性出しなさいよ。頭を使うの。もしもデヴォンが四十八時間以内にディアブロに見つからないところに行ってなかったら、あんたの異常な性癖は世間に知れ渡るわよ。そして、フレディ・スミスが愛人だってばらしてやる」

ウィンストンは蒼白《そうはく》になって考えを巡らせた。もしもデヴォンが結婚してくれなかったら、自分の秘密が暴露され、他の資産家の娘に求婚する道も断たれてしまう。そうなったら残された道は、国外逃亡か、監獄入りのどちらかだ。この窮地を切り抜ける方法はひとつしかない。デヴォンをディアブロから救い出すためには、ウィンストンとデヴォンが結婚するのが最善だとチャタム卿《きょう》に思わせることだ。運が味方してくれれば、そしてチャタム卿の協力が得られれば、うまく行くかもしれない。チャタム卿は娘を溺愛《できあい》している。不幸な関係からデヴォンを救うためなら、なんでもするだろう。

「どうなの？」スカーレットはいらいらと足を踏みならしながらきいた。「心は決まった？」

「選択の余地があるのかい？」

「見たところなさそうね。デヴォンをどこへ隠す？」

「首尾良くいったら、デヴォンをコーンウォールに連れていく。ペンザンスのそばにうちの別荘があるんだが、キットは覚えていないに違いない。結婚の用意が整うまではそこにいるのが安全だろう」

「あたしがディアブロと結婚する前にデヴォンが戻ってくるようなことがあったら、あんたはおしまいだからね」スカーレットは不気味な警告を発した。「なんだったら昔に帰って喉《のど》を掻《か》き切ってやってもいいのよ。デヴォンがいやがっても、あたしがグレンビル公爵夫人になったという知らせを届けるまでは、あの女をロンドンに近づけるんじゃないわよ」

ウィンストンは喉に込み上げてきた恐怖の塊を飲み込んだ。その気になれば、スカーレットは自分のことを殺すことくらい造作ないだろう。デヴォンを監禁するのは気が進まないが、そうするにはやはり自分ひとりの力ではどうにもならない。まずはチャタム卿にキットの正体を知らせて、彼がデヴォンにとって危険人物であることをしっかり印象づけよう。それからいかがわしい連中を二、三人雇って計画を実行に移す。しかし先立つものがない。

「こういうことには逐一金がかかる――馬車を借りたり、人を雇ったり、身を潜《は》めている間に食事の世話をする人間も必要だ。ぼくには金がない。キットに身ぐるみ剝がされたからね」

「金はこっちで面倒見るわ」スカーレットは満足げにうなずいた。「明日の午前中、うちにいらっしゃい。準備しておくから」戸口へ向かいながらスカーレットは言った。「自分の身がかわいかったら、ひと言も漏らすんじゃないわよ」

「愛しいデヴォン、一緒にうちへ帰ろう」キットはデヴォンの華奢な体を離すまいと強く抱きしめながら言った。「見えないところへ行ったらまたきみを失うんじゃないかと心配だ。きみはぼくが背中を向けたとたんに消えてしまうくせがあるからな」その声には少しだけ非難の色がにじんでいた。デヴォンは彼の腕のなかで向き直り、キットを見上げた。

「好きで姿を消したわけじゃないのよ。一緒に行かないと、村を襲撃するとウィンストンに脅されたの。あんなこと二度とあってはいけないもの」

「あの野郎！」キットは毒づいた。「あの臆病者《おくびようもの》には情けをかけすぎた。奴のせいでおれがどれほど苦しんだか、想像もつかないだろう。きみにいとも簡単に捨てられたと思って、おれの心はぼろぼろになった。そして自分でも誰だかわからないほど変貌《へんぼう》してしまった。手紙を書いたのは、深い絶望の淵《ふち》にはまり込んでいたときだった。破滅寸前だったんだ。軽率に行動してしまったことをどれほど悔やんだことか」

「でも慰めてくれる女性はすぐに見つかったようじゃない？」デヴォンは責めるよう

な口調で言った。「スカーレットとはいつから付き合っているの？」

「スカーレットと付き合ったことなど、一度もない」キットは否定した。「きみが思っているような意味ではね。社交界に紹介してほしいと言われたから舞踏会に連れてきただけだ。スカーレットは恩赦を受けて、裕福な未亡人になりすましている。おれはきみに出会ったその日から、他の女を欲しいと思ったことは一度もない。きみしかいないんだ――おれが愛し、抱きたいと思っているのは。きみがおれの人生に現われてから、他の女と寝たことはない」

「ああ、キット、わたしも愛してるわ」デヴォンは感極まって叫びながら、赤ちゃんのことをどう伝えようかと、頭のなかで言葉を探した。「二度とあなたに会えないと思って、本当につらかった。教えてちょうだい。子供のときに姿を消してから、こうして正当な権利を取り戻すまで、これほど長い間戻ってこなかったのはどうしてなの？」

「それは長い話だし、愉快な話ではない」

「でもお願い。わたしには話してくれるべきでしょう？」

「父が他界したとき、おれはまだ子供だった。そして叔父、つまりウィンストンの父親がおれの後見人になった」キットはゆっくり話し始めた。長年積もり積もった痛みが苦い流れとなって、記憶のなかからあふれてきた。「叔父が自分とその息子のために、おれの爵位や財産を狙《ねら》っているなどとは考えもしなかった。そして叔父の激しい敵意に気づいたときは、もう手遅れだった」

キットは乾いた唇をなめ、幼い彼を襲った裏切りと幻滅を昨日のことのように思い出していた。「ある日おれは、叔父が雇ったふたりの男に自分の家から誘拐された。そいつらはおれを殺すように指示されていたが、欲深な無法者だったから、たちの悪い船長におれを売り飛ばしてもうひと稼ぎしようと企んだ。ただし英国に逃げ帰られたら困るから、二度と陸に上げずに、一生その船長の船で働かせるという条件をつけた」

「そんな!」デヴォンは驚いて息をのんだ。「そのこと……ウィンストンは知っているの?」

「知らないと言っていたが、それは証明しようがない。叔父は亡くなったし、他に事情を知る者は誰ひとりいないのだから」

「続けて」デヴォンは話の先をうながした。「どうやってディアブロになったの? なぜ英国に戻ってこなかったの?」

「十年近く、その船の乗組員として過酷な状況下でこき使われた。そしてあるとき海賊船に襲われたんだ。早死にするよりはましだと思ってブラックバートの手下に加わった。おれは若くて体力もあったから、次第に乗組員のリーダー的な存在になっていった。ブラックバートの残忍さに耐えられなくなっていた仲間たちが、暴動を起こすから加わってくれと頼んできたとき、おれは同意した。血みどろの戦いの末、おれたちは船を乗っ取り、おれが新しい船長に選ばれた。ブラックバートは死んで、おれはディアブロを名乗った。自分の素性は明かさないことにしたんだ」

「英国に戻ることだってできたでしょう？」デヴォンはきいた。

「そのころまでには興奮と冒険の魅力に取りつかれて、海賊稼業をやめられなくなっていたんだ。海に出て十年がたっていた。二十三歳にして初めて、人生を思い通りに送れる立場になったんだ。グレンビル公爵としての人生には魅力を感じなかった。叔父がそんなに爵位が欲しければ、くれてやると思ったよ。その日から、おれは文明社会の上流階級にはあと戻りできない人生を踏み出した。ディアブロとして生きてきたこの五年間の一分たりとも後悔したことはなかった。ところが自分の命よりも、冒険や、富や、海を支配する喜びよりも、愛する女に出会ってしまった。おれは恋に落ちたんだ。そこから先の人生は、がらりと変わってしまったというわけだ」

「少年だったころのあなたのことを思うと胸が張り裂けそうだわ」デヴォンはせつなくてたまらなかった。「でもこれからは違う。わたしが、愛するあなたを必ず幸せにしてみせるわ」

「きみはもう十分幸せにしてくれたよ」ディアブロは心を込めて言った。

今だわ。キットに赤ちゃんのことを話そう。「実はね――」

「やれやれデヴォン、話ならうちに着いてからいくらでもできるよ。これから話し合うことが山ほどあるのはわかっているけど、今は一刻も早く家に帰って、誰にも邪魔されないところできみを独り占めしたい。さあ服を着よう」

そうキットに言われて、デヴォンは現実に引き戻された。確かに、ここは子供の話を持ち出すのにふさわしい場所ではない。同時に、キットと共にリンリー邸へ行くわけにはいかないことにも気づいた。「キット、まだあなたと一緒に家に行くことはできないわ」デヴォンは残念そうにため息をついた。「あなたもわたしも父にきちんと説明する義務があると思うの。これまでさんざん落胆させてきたんですもの。また黙って姿を消すなんてできないわ」

「でも今回は消えるわけじゃないだろう？　おれと一緒なんだから」もう一度離れ離れになるなんて、どんなに短い間であろうとキットには耐えられなかった。

「お願いよ、キット。わかって」背中の留め具を留めてもらうために後ろを向きながら、デヴォンは懇願した。「父はもう若くないわ。わたしには隠しているけれど、具合も良くないの。だからまずは心の準備をさせてあげないと。明日、ふたりで父に話しましょう。昼食にいらして」

「それはないだろう、デヴォン。きみはおれの妻なんだぞ！　そばにいてくれよ」

「わかっているわ、キット。それはよくわかっています。でも今回だけはわたしのわがままをきいて。わたしだってあなたのそばにいることを、なによりも望んでいるのよ。でもたった一日のことでしょう？」

キットはしぶしぶ同意した。デヴォンを喜ばせるためだけではなかった。チャタム卿には相当の心労をかけてきたのだ、これ以上は忍びない。服装を整えると、キットはもう一度デヴォンを抱きしめた。目の届かないところへ行ったとたんに、これまでと同じようになにか良からぬことが起こりそうな気がして、手放すのは気が進まなかった。あらゆる不吉な予感が胸のなかで渦巻いていた。こうして幸せな再会を果たしたというのに、なぜ危険を感じるのだろう？　間違いなど起こるわけがないのに。キットはふっと笑い、ほとばしる感情で不安を封じ込めようと、デヴォンに口づけをした。一緒にいられない不安が、強い所有欲に取って代わった。デヴォンの唇から小さな抗議の声がきこえて我に返り、キットは激しい口づけをゆるめた。

「すまなかった。もう一度きみを失ったらと思うと、身を裂かれるほどつらいんだ。痛い思いをさせるつもりはなかった」

「キット、わたしたちを引き離すことができるものは、もうなにもないわ」デヴォンは厳かに誓った。

「わかったよ」キットはため息をつき、不承不承ではあったがようやく納得した。

「家まで送ろう」

「ウィンストンとスカーレットはどうする?」

「どうするって、なにを?」キットは不機嫌そうにきいた。

「先に帰るって知らせたほうがいいかしら?」

「放っておけばいいさ。せっかくおれたちの人生があるべき方向に向かって動き出したんだ。余計なことをする必要はない。奴らがどう思おうと知ったことじゃない。なんの義理もないんだから。おいで、おれの馬車で行こう」

恋人たちを見守る月の下、ふたりは腕を組んでスミス邸の玄関外に弧を描く馬車道にずらりと並んだ馬車に向かって歩き始めた。リンリー家の紋章をつけた美しい馬車の前に来ると、キットは扉を開け、デヴォンを押し上げて暗い馬車のなかへ乗せようとした。「あっ」と言うデヴォンの狼狽した声をきいて、キットに緊張が走った。

「どうした、デヴォン?」

「こういうことをやらかしてくれるんじゃないかと思ってたわよ」スカーレットが窓から身を乗り出した。月明かりを受けて真っ赤な髪が暗く輝く。

「なんだよスカーレット、なかで楽しくやっていればいいのに」

「あんたがデヴォンと一緒に舞踏会から出ていくところを見たの。いらない荷物みたいに置いてかれてたまるものですか。一緒に来たんだから、一緒に帰るわよ」そう言うと、スカーレットはどっかと腰を下ろし、スカートを座席いっぱいに広げてふんぞり返った。

呪《のろ》いの言葉をつぶやきながら、キットは馬車に乗り込み、デヴォンの隣にどすんと腰を下ろした。完璧な夕べをスカーレットごときに台無しにされてはたまらない。キットが御者に合図をすると馬車はがくんと揺れて出発した。少したって気持ちが落ち着くと、キットはデヴォンにふたりだけに通じる微笑を送った。そこには彼の思いの丈と、ふたりの人生を何者にも邪魔させないという決意が込められていた。

しかしキットのそんな気持ちは、デヴォンより先に馬車から降りることを拒むスカーレットによって挫《くじ》かれた。はらわたが煮えくり返る思いだったが、腕力に訴えるわけにもいかない。キットはしぶしぶデヴォンを先に送り届けることにした。玄関前の暗がりでかわすお休みのキスだけで我慢しなければならなかったが、スカーレットがいらいらしながら馬車で待っていると思うと、キットの情熱はいっそうかき立てられた。

唇が触れ合ったとたん、デヴォンはキットの腕のなかでとろけそうになり、彼の筋骨たくましい体にぴったりと寄り添った。彼の舌に優しく求められるままに、デヴォンは唇を開いた。キットはもう一度その熱い体を味わいたくてたまらなくなっていた。思いの激しさからしたら、一度愛し合ったくらいではとても足りない。絹のドレスをはぎ取り、あの完璧な胸をあらわにし、先端が硬くなった丸いふくらみの味と感触をむさぼりたいという衝動を、彼は懸命に抑えた。

「ああ、デヴォン……今やめないと、玄関先できみと愛し合ってしまいそうだ」キットの息は乱れていた。「きみの居場所はおれの家なのに、連れて帰らないなんて、おれは本当に愚か者だ」

デヴォンは仕方なく体を引き離した。頬は紅潮し、ただならぬほど呼吸が浅い。

「いいえ、キット。言ったでしょう、父にふたりのことをきちんと説明してからよ。明日まで待って。それさえ済めば、わたしたちが夫婦だっていうことがロンドン中に知れ渡っても構わないわ」

「スカーレットのことはすまなかった。馬車から放り出してやるんだったな」

「いいえ、スカーレットなんて怖くないし、もうあなたの愛を疑ったりもしないわ。明日が永遠の始まりよ」

別れ際のキスで胸がいっぱいになり、デヴォンはキットに赤ちゃんのことを告げるのをすっかり忘れてしまった。

でも明日はすぐにやってくる。デヴォンは夢見心地に微笑みながら考えた。明日、もうすぐ子供が生まれることを話して、ふたりで新たな人生を始めよう。

18

　正面玄関のしつこい騒音で起こされたチャタム卿《きょう》は、よろめく足取りで来客の対応に向かった。真夜中をかなり回っていたので、使用人たちはすでに三階の部屋に下がっている。ガウンを着てろうそくを掲げ、スリッパを引きずりながら、伯爵はぶつぶつと文句を言った。デヴォンはもっと早くに帰宅した音がしていたから、玄関にいるのが娘でないことはわかっていた。誰《だれ》だか知らないが、この深夜の来訪者のせいで、デヴォンが目を覚まさないようにと祈りながら、チャタム卿は足を速めた。

「はいはい、ただ今」鳴りやまない音に向かってチャタム卿は不機嫌に答えた。勢いよく戸を開けると、ろうそくのやわらかい光に照らし出されたのは、驚いたことにウインストンだった。「おやおや！」伯爵はびっくりして言った。「こんな時間にいったい、なにごとだね？」

「デヴォンは帰っていますか？」

「デヴォン？　なにを言っているんだ。きみが送り届けたあと家から出とらんよ」

「送り届けたのはわたしではありません」

「娘をひとりで帰したのか?」チャタム卿は咎《とが》めるような顔つきできいた。「けんかでもしたのか」

「い……いえ、そういうことではないのですが」ウィンストンは口ごもり、慎重に言葉を選んだ。「デヴォンはわたしのいとこと帰りました」

「グレンビル公爵と? あのふたりが知り合いだったとは知らなかったな」

「閣下がご存じないことはいろいろあります」ウィンストンは含みのある言い方をした。

「明日の朝まで待てんのかね」大きなあくびをしながら伯爵はたずねた。「なんだってこんな時間に来たのか知らんが」

「いえ、明日まで待つわけにはいかないのです」食い下がり、ウィンストンはチャタム卿を押しのけて屋敷に入った。「今すぐお話しなければならないことがあります」

どうやら引き下がりそうもないと見ると、チャタム卿はあきらめのため息をつき、書斎に向かって歩きながら言った。「では来なさい。手短に頼むぞ」

チャタム卿が机の向こう側の座り心地の良い椅子《いす》にたどり着くか着かないかのうちに、ウィンストンは堰《せき》を切ったように話し始めた。「デヴォンは、またしてもあの悪魔に捕まってしまったんです! 奴はデヴォンに魔法をかけたに違いありません」

「きみはいったい全体、なにを口走っておるのだね」伯爵はウィンストンの言葉の意味を測りかねていた。「デヴォンなら、さっききみのいとこが送り届けてくれたと言ったばかりじゃないか」

「それが問題なのです！　わたしのいとことディアブロは同一人物だったのです。グレンビル公爵はディアブロなのです」

「ディアブロ？　海賊の？　奴がロンドンにいるのか？　なんと厚かましい！」チャタム卿は声を荒らげた。「だが、デヴォンについては心配ない。娘は二階で休んでおる。それにしてもきみのいとこはディアブロとどういう関係なのだ？」まだ少し寝ぼけている伯爵は、ウィンストンの話を半分しか理解していなかった。

「わたしの言ったことをきいておられなかったのですか？　謎《なぞ》の公爵は、実は海賊ディアブロと同一人物なのですよ。恩赦を受けて自分の財産を取り戻しに来たのです。しかし真の目的はデヴォンに違いありません。デヴォンは今夜の舞踏会でグレンビル公に会ったとたん、ディアブロだと気づいたようで、ふたりは会うなり姿を消して、そのあと誰もふたりを見ていません。わたしはまたさらわれたのではないかと心配していたんです。いったいふたりきりでなにをしていたのか……」ウィンストンはわざとらしくほのめかした。

「なんということだ！　そんなことを許してなるか！」ディアブロに誘惑されてから

というもの、娘が別人のようになってしまったことを、伯爵はいやというほど感じていた。「それは確かな話なのか？　なにかの間違いではあるまいな。デヴォンは何時間も前に帰宅しているぞ」

「これ以上確かなことはありません」ウィンストンは自信満々に答えた。「大昔に死んだと思われていた男が、突然姿を現わして以来、わたしはずっと不審に思っていたのです。子供のころに誘拐されてから、国王を説得してわたしからなにもかも取り上げることができるほどの大金持ちになって、ほんの数週間前に現われるまで、あの男からはなんの音沙汰《おとさた》もなかったのですよ。冒険に満ちた人生を送ってきた海賊が恩赦を受け入れて、英国貴族として社交界の制約だらけの退屈な暮らしを選ぶなんて、考えられないでしょう？」

「きみは……奴がデヴォンを奪い返しに来たと言いたいのかね」鋭い胸の痛みと息苦しさに襲われ、チャタム卿は胸をつかんだ。再びデヴォンを失うわけにはいかない。モラルのかけらもない、汚名にまみれた男になど、やれるわけがない。

「間違いありません。わたしにキットの正体を明かしてくれた人物によると、奴の目的は、己の動物的な欲望を満たすためにデヴォンを利用することだそうです。奴の手に落ちたらデヴォンを破滅から救う道はなくなってしまいます。あの男にかかっては、無力同然なのですから」ウィンストンは攻撃の手をゆるめなかった。「ディアブロがデヴォンの感覚を完全に支配できることは、これまで繰り返し証明されてきた通りです。略奪によって富を築いたような輩《やから》にお嬢様が堕落させられてもよろしいのですか？　ディアブロがデヴォンに飽きたらどうなるでしょう？　いずれ若くて汚れのない妻を求めるでしょうが、それがデヴォンでないことは間違いありません」

キットのイメージにできる限りの打撃を与え終わると、ウィンストンはチャタム卿の反応を待った。

普段は血色の良い伯爵の顔が蒼白《そうはく》になり、それから恐怖のあまりうつろになった。デヴォンが海賊にいいように利用され捨てられる――大切な娘が汚され、辱められるのを黙って見ていることなどできるわけがない。それくらいならディアブロを先に殺してくれる。

「いや」激しい憎悪を込めて伯爵は言った。「そんなことをさせてなるものか。あの邪悪な男からデヴォンを守るためなら、わたしはなんでもする」

「わたしにお手伝いさせてください」ウィンストンは熱意を込めて頼み込んだ。「考えがあります。ですが、伯爵のお力添えなくしてはうまく行きません」

胸の痛みはひどかったが、チャタム卿の明晰《めいせき》な頭脳の働きを妨げるほどではなかった。「きみの計画をきこう。デヴォンを再び失うわけにはいかない」

閉じた扉のほうへ警戒の視線を送り、ウィンストンは伯爵ににじり寄った。「デヴォンを連れ出して、ディアブロに見つからない場所にかくまいますから力をお貸しください。わたしとふたりきりになれば、デヴォンも正気に戻ると思います」ウィンストンは誇らしげに続けた。「戻ってくるときには、お孫さんを身ごもっているかもしれませんよ」信じられないといった面持ちのチャタム卿を見て、ウィンストンは慌てて付け加えた。「もちろんその前にきちんと式を挙げます」

「デヴォンを無理矢理閉じ込めるというのか？」伯爵は厳しい口調できいた。「そう簡単にはいかんだろう」

「伯爵のお力添えがあれば可能です。デヴォンを馬車に乗せてしまえばあと戻りはできません。式を挙げて夫婦の契りを結ぶまでは戻ってまいりません。とにかく、いとこの支配下から抜け出せれば説得できます」

「だが以前に失敗しとるではないか」伯爵は不信感をあらわにした。

「戦わずしてディアブロにお嬢様を差し出すとおっしゃるのですか？」ウィンストンは伯爵をたきつけた。どんな卑怯《ひきょう》な手を使おうと、伯爵の恐怖心をあおりたてて、なんとしても協力を取りつけなければならない。ここでしくじるわけにはいかないのだ。キットも怖いが、スカーレットの報復も同じくらい怖い。伯爵の力を借りてデヴォンを隠すことができれば、スカーレットがキットの心をつかむ時間が稼げる。そんなことができる人間がいるとしたら、スカーレットをおいて他にはいない。

「神にかけて悪魔《ディアブロ》に娘を渡してなるものか！」伯爵はその言葉を強調するように拳《こぶし》で机をたたきながらもう一度言った。「では、わたしはなにをすればいい？」

ふたりは声をひそめて段取りを相談した。ウィンストンは伯爵に翌朝――わずか二、三時間後のことだが――玄関先で待っている彼の馬車までデヴォンを連れてきてくれるよう頼んだ。ウィンストンは、コーンウォール州ペンザンスのそばにある、普段使っていないリンリー家の別荘へ、全速力でデヴォンを連れていく。帰り際、ウィンストンは伯爵に茶色い液体の入ったガラス瓶をそっと渡した。以前、脚を骨折したときに医者からもらったもので、瓶にはまだかなりの量のアヘンチンキが入っていた。

チャタム卿はどさりと椅子に座り込み、震える手で白髪の頭を抱えた。血を分けた娘であるというのに、守るためとはいえ、裏切るところまで身を落とさなければならないとは。自分のしようとしていることは正しいのだろうか？　ディアブロのような残酷な海賊に比べれば、多少女々しいところはあってもウィンストンのほうが、娘にとってましな選択であることは間違いない。ウィンストンと結婚してしまえば、いかにディアブロであろうと――あるいはグレンビル公爵であろうと――デヴォンにつきまとうことはあるまい。

鋭い痛みが突き上げてきて、チャタム卿の体が硬直した。青白い顔に汗が光っている。やがて少しずつ呼吸が楽になり、痛みが引いた。波乱の一夜に残されたわずかな時間でも睡眠を取ろうと、伯爵はベッドへ向かった。

前の晩は遅く休んだにもかかわらず、デヴォンは翌朝、うきうきと幸せな期待に胸をふくらませて、早くから目覚めていた。あと数時間でキットがここへ来て、お父様ときちんと話をしてくれる。そうしたら愛する人と共に、ずっと夢見ていたような暮らしを始めることができる。湯浴みをし、身支度を整え、朝食のために階下に降りる間、そんな想像にひたっていたデヴォンの表情は優しく希望にあふれていた。

「お父様、お早いのね」デヴォンは歌うように挨拶《あいさつ》をした。「よかったわ。実は」と言いかけて、父親がやつれきって青白い顔をしていることに気づいてはっとした。

「お父様、お加減が悪いのね！　どうなさったの？」

「いや、大丈夫だ」伯爵は無理矢理弱々しい笑顔を浮かべた。「それより早く起きてくれてよかった。野暮用を片づけたいのだが、一緒に出かけてくれるかね」

「もちろんお供しますわ」デヴォンは即答した。「ただし、昼食までには戻りたいの。お客様をお呼びしているから。それにお父様に話しておきたいことがあるんです。でもそれはあとにしましょう」

伯爵にはその客が誰かよくわかっていた。そしてディアブロが来たときに、絶対にデヴォンがここにいないようにしなければと決意を固めた。つゆほども自分を疑っていない娘と目を合わせるのがつらく、伯爵はうつむいたままうなずいた。「昼には十分間に合うように帰ってこられる」真っ赤な嘘《うそ》だが、この状況においては止むを得ないと伯爵は思った。「朝食をとりなさい。なかなかうまかった」

デヴォンはとても空腹だったので、料理人が作ってくれたおいしそうな料理が並ぶサイドボードへ行って皿に山盛りにとった。席に戻ると、伯爵がすでに紅茶を注いでくれていた。デヴォンは父親に感謝の笑顔を向けて、朝食をとることに専念した。伯爵の胸のうちでは、一粒種の娘を堕落と破滅から救うためにこれからしなければならない恐ろしいことを思って、良心とぬぐい去れない疑いの気持ちがせめぎ合っていたが、デヴォンはそれを知るよしもなかった。

ティーカップから紅茶を最後の一滴まで飲み干して食事を終えると、満腹になったデヴォンは椅子の背もたれに背中を預けた。

「さあ、お父様のよろしいときに、いつでも出られるわ」

「マントを取っておいで。馬車が表に来ているかどうか、見てこよう。早めに回しておくように言っておいたのでな」伯爵は気乗りしない様子で立ち上がろうとしたが、すぐさま再び腰を落としてしまった。まるで立つことが、力の限界を越えているかのようだった。

「またの機会にしたほうがいいのではない？」見るからに弱っている父親の体を心配

してデヴォンは提案した。

「いや、わたしなら大丈夫だ。本当に。さあ行きなさい。わたしは玄関で待っているから」

父親の額にキスをし、デヴォンはマントを取りに急いだ。外出から戻ったらすぐに医者を呼ぼうと考えながら。

よろよろと立ち上がり、伯爵は玄関へ行った。玄関横の窓から外をのぞくと、ウィンストンが借りてきた馬車が縁石に停まっている。それを見たとたん罪悪感に胸をつかれ、この計画を最後までやり通す自信が失せかけた。しかしこのままでは娘がディアブロに利用され、堕落させられるのだと思うと、伯爵の意志は固まった。悩ましいため息をつき、チャタム卿はデヴォンが降りてくるのを待った。

衣装戸棚からマントを出してはおりながら、デヴォンは美しい眉《まゆ》をしかめた。さっき階段を上るとき、体が妙にだるく、足に力が入らなかったのだが、今はますます体から力が抜けていく感じがする。階段の上で立ち止まり、デヴォンは手すりにしっかりとつかまりながら階段を降りた。そして耳鳴りをこらえて懸命に原因を考えた。

デヴォンは思わずお腹に手を当てた。ひょっとして赤ちゃんになにか？　しかし痛みはまるでない。きっと大丈夫だろう。もしかしたら、お父様もわたしもなにかの病気にかかってしまったのかしら。伯爵が待つ玄関にたどり着くころには視界がぼやけ、真っすぐに立っていようとすると足ががくがく震えた。苦しげな様子にすぐに気づいた伯爵は、デヴォンの腕を支えて玄関口へと導いた。伯爵は心から心配そうな表情でデヴォンを見つめながら思った。本当に、こんなことをしていいのだろうか。

「お父様」デヴォンは訴えた。「わたし、家に残ったほうがよさそうだわ。なんだか急に……気分が優れないの」

「なにを言っているんだ」伯爵が声を励まして言った。「外の風に当たればすぐに良くなるだろう」

この倦怠感《けんたいかん》は妊娠からくる症状のひとつに過ぎないのかもしれないと思い直し、デヴォンはしぶしぶ父親に従った。伯爵はデヴォンを支えながら慎重な足取りで玄関の階段を下り、待ち構えている馬車へと連れていった。突如デヴォンは胸騒ぎを覚えた。

「これ、お父様の馬車じゃないわ。紋章はどこ？」

「わたしの馬車は修理中だ。これは貸し馬車だよ」伯爵は言下に答えた。「さあ、乗りなさい」

デヴォンを馬車に乗せながらも、罪悪感が伯爵を容赦なくさいなんだ。これが愛する娘にとって正しい道だろうか？　評判を地に落とし、心をずたずたにするであろうディアブロとの仲をこうして断ち切ったことを、娘はいつの日か感謝してくれるだろうか？　それとも彼女の人生に干渉したと言ってわたしを憎むだろうか？　今ならまだ引き返せる、と思ったその瞬間、馬車は勢いよく走り出した。デヴォンは背中からウィンストンの腕のなかに倒れ込み、はがいじめにされた。

「お父様、助けて！」

「許しておくれ、デヴォン！　おまえを愛しているよ」

突然、暗闇《くらやみ》が訪れて、デヴォンは死のように黒い闇へと落ちていった。


チャタム邸の玄関に近づくキットの胸には、ふつふつと幸福感が湧《わ》いていた。ついにデヴォンを我が妻として世間に公表できるときが来る。昨日の晩はこれまでの人生でもっとも長い一夜だった。デヴォンの父親に好意を持たれる理由がほとんどないことはよくわかっていたので、会ったらなにをどう話すか、満足のゆくまで繰り返し練習した。世間に恐れられた海賊としての人生を捨て、今は社交界の立派な一員となったことを伯爵に信じてもらえればいいのだが。しかし――ノッカーで玄関の扉をたたきながらキットは思った――伯爵になんと思われようと、たいした問題ではない。なぜならデヴォンは彼のものだし、父親の許しが得られようと得られまいとその点で譲歩するつもりはないのだから。

レディ・デヴォンに取次ぎを頼んだキットは、気難しそうな執事から不在を告げられて驚いた。首筋に悪寒が走り、なにかとんでもないことが起こったことを知らせた。

すかさず伯爵への取次ぎを頼むと、使用人によって書斎に案内された。キットが名前と肩書きを告げても使用人はまばたきひとつしなかった。

「なるほど、きみはディアブロに相違ないな。若い処女を誘惑する、この破廉恥ならず者め。娘を探しているなら無駄だ。ここにはいない。運良く、きみの邪悪な影響力が及ばないところへ逃げおおせた」

そこにはむき出しの憎悪に頰《ほお》を紅潮させて、自分をにらみつけている小柄な伯爵がいた。キットは思わずめまいを覚え、戸口の枠でやっと体を支えたが、その顔は苦悶《くもん》に歪《ゆが》んだ。

「閣下、そのようにお考えであること、まことに残念です」キットは冷静に答えた。「わたしを憎まれるのは無理もありませんが、今日はそのお考えを変えていただきたいと思ってまいりました」

「まっぴらだ！」にべもない拒絶だった。「過去にきみが娘にしたこと、そして今もし続けていることは許し難い」

「デヴォンと話をさせてもらえないでしょうか。必ず――」

「娘は留守だと言ったろう。嘘ではない」

「待たせていただきます」キットは固い決意で答えた。

「数カ月戻らんかもしれないぞ」

「なんですって？　そんなはずはありません！　デヴォンはきちんとした理由があって、今日わたしをこちらに呼んだのです。わたしたちはふたりの状況をお話して、お父上に結婚のお許しをいただきたいと考えております。わたしは恩赦を受けました。お父上に今後は社会の制約のなかで生きてゆく所存でおります。国王と同じように、お父上にも寛大なご理解を賜りたく存じます。国王は、わたしが身内の裏切りによって失ったすべてを回復してくださいました」

「厚かましいにもほどがある。きみが娘にしたことを許せるわけがないだろう」伯爵は怒鳴り返した。「罪もない命をさんざん奪い、無力な女性を陵辱し、手下と共に略奪を重ねてきたくせに」

「わたしは女性を陵辱したことはありません。また自分が船長として指揮をとっていた間は、無益な殺生《せっしょう》は控えてきました」キットは淡々と弁護した。「積み荷を奪ったり船舶の航行を妨げたりした罪は認めます。しかし、そもそも好んで海賊になったわけではありません。なるしかなかったのです。貴族の友人たちが贅沢三昧《ぜいたくざんまい》の暮らしをしていたころ、わたしは一水兵として、血も涙もない主人の下で奴隷のごとくこき使われていました。少年時代の長年にわたる強制労働と虐待という生き地獄を経て、わたしは大人になりました。叔父はわたしを亡き者にしようと、ごろつきを雇って、我が家から拉致《らち》させました。あの日以来、わたしの人生に初めて訪れた幸運がデヴォンなのです。叔父は、息子と自分のためにわたしの財産を横取りした欲深い人間でした」

唖然《あぜん》として、チャタム卿は椅子に沈み込んだ。とても信じられないという面持ちだった。「誘拐されただと？　ウィンストンの父親に？　このわたしにそんなたわ言を信じろというのかね」

「これは真実です。国王も信じてくださいましたし、ウィンストンも事実として認めています。もっとも、事実を知ったのは何年もあとのことだったと本人は言っていますが。わたしがデヴォンを全身全霊で愛していることも、また事実です」

「それが本当なら、わたしはきみとデヴォンに対して、とんでもないことをしてしまったようだ」呼吸が浅く、苦しくなり始め、伯爵はゆっくりとしゃべった。「この数週間の言動から察する限り、娘もきみを愛していると言って間違いなかろう」

キットは微笑んだ。安堵《あんど》感が全身に広がった。「デヴォンはわたしの命です。彼女のためでなければ、かつて締め出された世界に戻りたいとは思いませんでした」

「それできみは娘をどうするつもりだね？」まだ納得しきれない様子で伯爵はたずねた。一方で、もしかしたら自分はウィンストンにすっかりだまされたのではないかという疑いが頭をもたげ始めた。愚かにも、私利私欲のためだけに求婚するような男の手に、愛する娘を渡してしまったのだろうか。年若いとこの殺害に加担するような男に？

「デヴォンには――」ここぞとばかりにキットは答えた。「わたしの妻として、また公爵夫人として、しかるべき暮らしを送ってもらいたいと考えています」

「妻だと！　しかし――」驚きのあまり、伯爵は立ち上がりかけて、再び腰を落とした。

「わたしたちは何カ月も前に結婚いたしました。式はコーンウォールの司祭の手で法にのっとって執り行われ、正式に記録されています。デヴォンのためだからこそ、わたしは自ら以前の生活を捨て、恩赦を受けることにしたのです。ですから閣下、どうぞ妻の居場所をお教えください」

チャタム卿は口を開けてしゃべりかけた。顎《あご》を一所懸命動かすものの、むせ込むような音しか出てこない。「閣下、どうかされましたか？　お加減が悪いのですか？」心配になったキットは伯爵の前に膝《ひざ》をつき、その言葉をきき取ろうとした。

「ウィンストンが……」きき分けられたのはそれだけだったが、そのひと言にキットの背筋を冷たいいやな予感が走った。

「デヴォンはウィンストンと一緒なのですか？」伯爵は苦しそうにゆっくりとうなずいた。「どこに？　奴はデヴォンをどこへ連れていったのですか？」

突然、口がきけなくなったチャタム卿は、自分の胸をつかんだまま、キットの腕のなかに倒れ込んだ。キットは本能的に行動した。伯爵を抱き上げると玄関ホールへ飛び出し、階段を上がってベッドを探した。そしてあっけにとられている使用人に向かって肩越しに叫んだ。「医者を呼べ！　急げ！　伯爵の命はきみの足にかかっているぞ！」

「先生、大丈夫でしょうか」数時間後、キットは医師と共に書斎にいた。「伯爵の病はなんなのですか？」

キットと面識のなかった医師は、話していいものかどうか躊躇《ちゅうちょ》していた。しかし心から心配している様子を見て信用することにした。

「心臓発作です」深刻な表情で医師は告げた。「前回診察したとき、胸の痛みと息切れを訴えておられましたので、こういう発作が起こる危険性についてお話しておいたのですが。なるべく興奮なさらないようにと……」ここから先は自分の力の及ぶ範《はん》疇《ちゅう》ではないとでも言いたげな目つきでキットを見ながら、医師は肩をすくめた。

「回復の見込みは？」キットは不安げにたずねた。

「できることはすべてしてしまいました。あとは神様にお任せするしかありません。しばらく様子を見ましょう」ふと、けげんそうにキットを見てたずねた。「ところであなたはどなたですかな？」

「わたしは伯爵の義理の息子です」キットはためらいなく答えた。「グレンビル公爵クリストファー・リンリーと申します」

「デヴォンと結婚なさったのですか？」医師は驚いた。「ウィンストンと一緒になるものとばかり――」

「数カ月前に結婚いたしました。デヴォンが……その……休暇でロンドンを離れて間もなく知り合ったのです」

「そうでしたか。それは閣下、お見それいたしました」相手が貴族と知るやいなや、医師の口のきき方が変わった。

「いつになったら伯爵と話ができるでしょう？」キットは不安だった。チャタム卿が十分に回復して、デヴォンがどこへさらわれたのか教えてくれない限り、妻をウィンストンの陰謀から救い出すことができない。

医師は悲しげに首を振った。「すぐに意識を回復されるとは考えられません。痛みが激しかったので、鎮静剤を投与する必要がありましたし、危険な状態を脱するまでは投薬を続けます。数週間かかるかもしれません」

「数週間も！」キットは思わず声を荒げた。「そんなに悠長に待っているわけにはいきません！　目を開けた瞬間にきかなくてはならないことがあるんです」

「残念ながらそれは難しいと思います。目覚めても、しばらくは錯乱して支離滅裂な話しかできないでしょう。閣下、奥方様はどちらですか？　このようなときにはお父上のおそばに付き添っていただくべきかと存じますが」

「デヴォンは……ロンドンを離れているのです」キットはとっさにごまかした。「伯爵が行き届いた世話を受けられるように、また先生のご指示がきちんと実行されるように、わたしが見届けます。昼夜を問わず付き添いをつけましょう」

「大変けっこうです」医師はうなずいた。「使用人頭のミセス・ギヴンズに薬と指示を渡してあります。わたしも一日に二回、必要であれば何度でも立ち寄るようにしましょう」

医師が帰るとキットはパニックに陥った。伯爵が口をきけないとなると、いったいどうやってデヴォンを見つければいいのだろう？　仮に伯爵が亡くなり、ウィンストンがデヴォンをどこへ連れていったか永久にわからなくなってしまったら、どうすればいいのだ？　ちくしょう！　そんなことがあってたまるか。少しでも役に立つならば、伯爵が回復するまでこの手で看病しようとキットは心に誓った。

落ち着きを取り戻すと、キットは使用人を集め、デヴォンの夫として自己紹介をし、伯爵の看病について、きびきびと実務的な口調でただちに実行されるべき指示を下した。威厳あふれる態度に接した使用人たちは、キットが自ら称する通りグレンビル公爵であることになんの疑いも持たず、当然のことのように彼に従った。しかしデヴォンの行方についてたずねられると、全員がぽかんとした顔でキットを見つめるばかりだった。最後にもう一度チャタム卿の様子を見たあと、キットはリンリー邸に戻り、ジレンマに悩んだ。愛する女を見つけるためにロンドンを隅から隅まで自分で探し回りたいのはやまやまだ。しかし伯爵に昼夜付き添って意識の回復を待つほうがいいのではないだろうか。大切なことはただひとつ、デヴォンを見つけて、これから先ずっと安全な場所で暮らすことだ。これは生涯に一度きりの愛だ。何ものにも、誰にも邪魔をさせてなるものか。

19

わだちのついた道を弾みながら進む馬車に揺られていることと、吐き気を催すような液体を時々飲まされていること以外、デヴォンにはなにもわからなかった。意識が少しでも戻りそうになるたびに、唇の隙間《すきま》から苦い液を流し込まれ、なにもない闇《やみ》に突き落とされた。一度だけ、しばらく意識をかろうじて保っていたことがあり、そのときの記憶は残っている。宿に運び込まれ、〝お気の毒な奥様のご病気〟を心から気遣う使用人によってベッドに寝かされたときのことだ。しかし意識が混濁していたため、助けを求めることもできず、そのうちに、再び〝お薬〟を飲まされて底なし沼へと落ちていった。

もう二晩が同じように過ぎてゆき、初めてはっきりと目覚めたときは、見知らぬ部屋のベッドにいた。デヴォンはとっさにお腹に手を当てた。そしてわずかなふくらみのなかで静かに休んでいる我が子を確認すると、ほっとして指先でなでた。喉《のど》に上がってきた胆汁をぐっと飲み込み、再び暗闇に引きずり込もうとするめまいに抵抗しながら、恐る恐る上体を起こした。

足を床に下ろして、デヴォンはやっとのことで立ち上がった。そして意識がしっかりして視界も正常に戻るまで、なんとか立っていることができた。部屋の反対側に陶器の水差しが見えた。渇きを癒したい一心でデヴォンは磁石のように引き寄せられていった。空っぽ！　ベッドの下におまるを見つけると、もうひとつの生理的欲求のほうは落ち着いた。それからよろける足を意志の力でしっかりと動かし、なんとか戸口まで足を運んだ。ノブに手をかけようとしたとき、扉が開いた。

「よかった、目が覚めたんだね！」

「ウィンストン、とんでもないことをしてくれたわね」デヴォンは怒りにまかせて叫んだ。「薬を飲ませてこんなところへ連れてきたのはなぜ？　お父様に知れたらただじゃ済まないわよ！」

「驚くかもしれないが、お父上のお許しをいただいているんだ」ウィンストンは澄まして言った。「お父上はぼくの考えに心から賛同してくださってね。きみを堕落させるいとこの影響力から引き離すべきだということになった。知っての通り、お父上はディアブロとディアブロに関わるものすべてを心底憎んでおいでだからな」

「お父様はディアブロのことをご存じなの？」デヴォンはどきりとした。「どうして？　キットのことはわたしから話したかったのに」

「ぼくがお話したんだ」ウィンストンが意地悪く言った。「なによりもそれがきみのためになることだからね。きみがディアブロ、つまりキットに恋をしていると思い込んでいることはよくわかっている。でも、奴の正体は悪名高き海賊だ。女性を辱める男であり、人殺しだ。お父上に本当のことを知っていただくべきだろう？」

「でも、あなたはどうやってキットがディアブロだということを知ったの？」デヴォンは食い下がった。しかし答えをきく前に突然ひらめいた。「スカーレットね！ どうして気づかなかったのかしら。あの人はわたしのことを憎んでるわ。昔からキットと一緒になりたがっていたのだもの」

「誰《だれ》からきいたかなんてどうでもいい。大切なのは、きみが取り返しのつかないところまで破滅する前に、ぼくが真実を知って、きみを救い出すことができたということだ。お父上のお力添えで、キットに見つからない場所まできみを連れて来ることができた。ぼくたちが夫婦として帰宅することが父上のお望みなんだよ」

「お父様がわたしに薬を盛ったというの？」デヴォンはぎょっとした。信じられない思いが声ににじんでいる。「そんなひどいこと……なさるわけないわ……わたしを愛してくださっているのに」

「愛しておられるからこそだよ。ディアブロのような邪悪な人間によってきみがおとしめられるのを、黙って見ていられるわけがないじゃないか。いとこは公爵かもしれないが、今さらまっとうな生活を送ったり、社交界に溶け込んだりすることは許されないだけのものを背負っている。きみは利用されて、飽きられたら捨てられるだけだ」

「違うわ！　あなたはキットのことをわかってない！　あの人はわたしを愛しているし、わたしもあの人を愛してるわ。わたしたちのことは、彼がこれからお父様に包み隠さず説明してくれることになっていたのに、あなたがなにもかもぶち壊したのよ。ウィンストン、なぜなの？　なぜこんなことをするの？」

「きみを救うために決まっているじゃないか」ウィンストンはしゃあしゃあと嘘《うそ》をついた。「きみはぼくと結婚するんだよ。わかったかい？　お父上は結婚してから戻ってくるようにとおっしゃっていた。だからきみの決心がつくまで、ここから出してあげるわけにはいかない。どんなに時間がかかってもぼくは待つよ。きみの頭と心からいとこが消えてなくなれば、ぼくを愛せるようになるさ。ぼくだってそう捨てたものじゃない。きみだって一度は一緒になろうって言ったじゃないか？」

「ウィンストン、あなたとは結婚できないの。何週間も前にはっきり言ったでしょう？」

「デヴォン、キットと関係を持ったからって気に病むことはないんだよ」ウィンストンはいかにも心の広いところを見せた。「すべては過去のことだ。結婚したら外国へ行こう。一、二年も外国暮らしをすれば、あんな海賊がいたことさえ忘れてしまうさ。子供を連れて戻ればお父上も大喜びなさるだろう」

「でも、あなたとわたしが結婚するのは無理なの。本当のことを言うと、わたしは誰とも結婚できないの。だってもう――」

「いいかげんにしないか、デヴォン。こんなに辛抱強く言ってやってるのに、きみの態度は度を越えているぞ。しばらくひとりぼっちで過ごせばその態度もましになるんじゃないか？　自分がどれほど多くの過ちを犯してきたか、よくよく考えてみれば、地に堕ちたきみの評判に救いの手を差し伸べているぼくのありがたみがわかるだろう。ぼくは、ずっと昔からきみのことを思っていたんだからね」

「あなたが思いを寄せているのは、わたしじゃなくて、わたしの持参金でしょう？」デヴォンはさげすみを込めてウィンストンの言葉を訂正した。「お金が絡んでなければ、女の過ちを大目に見ようなんて男性はいないわ。あなたが一文無しだってこと、わたし知っているのよ。爵位も失った今となっては、あなたと結婚してくれる女相続人もいないでしょうね。それに、あなたにだまされでもしない限り、お父様がこんなことに賛成なさるわけがないわ」

「好きなように考えればいいさ」ウィンストンは肩をすくめ、向きを変えて部屋を出ようとした。「気が変わったら教えてくれ」

「待って！　このまま置いていかないで！　喉がからからだし、お腹も空いているの。それに……お風呂《ふろ》にも入りたいの」

「大事な人を飢えさせたり、虐待したりするつもりはないよ。きみの世話をする女性を村から雇った。耳がきこえないし口もきけない女性だけどね。それから、きみは流産で子供を失ったために少し神経を病んでいると手話で説明してある。だからきみは行き届いた世話を受けられるけれど、結婚に同意するまでこの部屋からは一歩も出られないよ」冷ややかにそう言うと、ウィンストンは部屋をあとにした。

「ウィンストン！　ここはどこなの？　そのくらい教えてよ！」

彼女の訴えは無視された。目の前で扉がばたんと閉まり、外から厳重に鍵《かぎ》をかける音がした。

「ウィンストンのばか！」デヴォンは泣きながら扉をたたいた。「わたしはもう結婚しているんだってば！」物音ひとつしない。告白は手遅れだった。ウィンストンはすでに別荘の別の場所へ行ってしまっていた。

それからほどなく、ウィンストンに雇われた女が鍵を開け、新鮮な水が入った水差しとタオルを手に、滑り込むようにして部屋のなかに入ってきた。女は中年で背が高く、生まれてこのかた重労働をしてきた人間らしい、がっちりとした体つきをしていた。白髪まじりの髪をひっつめのおだんごに結った髪型は、近寄り難い顔立ちにぴったりだった。しかし、その黒い瞳《ひとみ》のなかに残忍さをうかがわせるものはなさそうだ。女はデヴォンに警戒の視線を走らせたあと、てきぱきと仕事に取り掛かった。口がきけないとウィンストンからきいてはいたが、なんとかして意思の疎通を図ろうとせずにはいられなかった。

「お願い、助けてちょうだい」仕事を終えて部屋を去ろうとする女に、デヴォンはすがりついた。「ウィンストンは嘘をついているの。わたしは監禁されているのよ」

使用人の顔に、ちらりと同情の色が浮かんだが、与えられた指示を思い出すと同時にそれは消え失せ、無表情に戻った。心を病んだ、この気の毒な奥方の面倒をみるため、使用人には多額の報酬が支払われていた。女は食事の準備をするため足早に部屋を出ていった。

それからの二週間は、毎日が息の詰まりそうな退屈さと激しい怒りの連続だった。口のきけない使用人と意思を通じさせようという試みはことごとく失敗に終わり、ウィンストンと話そうとする試みもうまく行かなかった。しかし、すでに結婚していることさえ知れば、ウィンストンも関心を失って解放してくれるに違いないと、デヴォンは確信した。

日一日とときが過ぎていった。今ごろキットはわたしをロンドン中捜し回っているに違いない。チャタム邸を訪れてわたしがいないことを知ったとき、お父様との間でどのようなことが起こっただろう。キットから納得のいく話をきけば、お父様だってわたしの居場所を明かさないはずはない。でも、もしかしたらお父様もここを知らないのだろうか――伯爵が彼女の居場所を明かさない理由をあれこれ考え、デヴォンはそう結論づけた。チャタム卿《きょう》が強情なことは百も承知だが、娘の幸福がかかっているとなれば話は別なはずだ。ウィンストンはいったい、チャタム卿にどんな話を吹き込んだのだろうか？

このつらい状況にあって、デヴォンの最大の関心事は子供のこと――いかに赤ちゃんを守り通すかだけだった。ウィンストンに暴力を振るわれたことはないが、デヴォンは油断することなく、子宮のなかの我が子を守った。妊娠を知ったら、ウィンストンが虐待に走る可能性もある。なにしろパラダイスを襲って、これっぽっちの良心の呵責《かしやく》もなしに、罪もない人々の命を奪うようなことができる男なのだから。

腹立たしいことに、ウィンストンはさらにもう一週間、デヴォンを無視し続けた。逃げようとする努力はことごとく、常に鷹《たか》のような目で監視している例の体格の良い使用人によって、あっさり阻まれた。ようやくウィンストンが現われたとき、デヴォンは彼の変わりように目をみはった。かつては整っていた顔立ちに、深酒のしるしがはっきりと刻まれている。普段、飲みつけないような量の酒を飲みながら、ひとりの時間をつぶしていたに違いない。顔はむくみ、目は血走っていた。

「そろそろ分別を取り戻したかな？」ウィンストンは不機嫌だった。「いいかげん、ひとりでいるのにも飽きたろう。結婚に同意すれば、ぼくだけじゃなく、お父上を喜ばせることもできる。そのうえ、きみの環境もはるかに良くなるぞ。結婚したら長期の旅行に出よう。新しい服をたくさん買って、ヨーロッパ中を巡って最高のレストランで食事をしよう。どうだい？　愛しいデヴォン」

「ウィンストン、わたしの言うことをしっかりきいてちょうだい」胸は早鐘のように鳴っていたが、デヴォンは平静を装った。

次のデヴォンの返事に、ウィンストンは愕然《がくぜん》としただけでなく、世界が崩壊する音がきこえるほどの衝撃を受けた。「あなたと結婚できない理由はね、わたしがすでに人妻だからなの。何カ月も前にキットとわたしは夫婦として法的に結ばれているの」

怒りでウィンストンの形相が醜くゆがんだ。がむしゃらに殴りかかってきたので、デヴォンはとっさに身をかがめたが、つきとばされてベッドに倒れ込んだ。

「このふしだらな淫売《いんばい》め！　盛りのついた雌犬みたいに、いとこに股《また》を開きやがって！　奴は海賊できみはこのぼくの花嫁になるはずだったんだぞ。おまえら女はみんな同じだ。その丸々とした太ももといい、突き出た胸といい、汗ばんだ体で絡みつかれると気持ち悪くなる。きみと寝ることを考えただけで吐き気がするが、お父上のお気に入りの婿でいられるように義務を果たして、子供を作ってやるつもりだったのに。

きみの相続財産を手に入れるためなら、どんな不快なこともやり抜く覚悟でいたのに」

デヴォンはぞっとしながら、狂ったようにわめきたてるウィンストンをなすすべもなく見つめた。数カ月前に、甘い言葉で優しくデヴォンを口説いて魅了し、婚約する気にさせた男と同じ人物とは思えない。なにより、彼が口走ったことといったら！女性全員を憎んでいるとしか思えない。ウィンストンのことについてキットから聞かされたとき、愚かにもデヴォンにはその話が間違っていないことがわからなかったのだ。だが今はわかる。それにしてもウィンストンは、どうやってこんなに長い間その本性をデヴォンや友人たちから隠しおおせたのだろう？

延々と続いたウィンストンの攻撃は、始まったときと同じくらい唐突にやんだ。今度はふくれっ面をして黙り込んでいる。彼は本来暴力的な人間ではない。デヴォンの爆弾発言に、自分でも認めたくないほど激しく動揺してしまったのだ。不快な表情をありありと浮かべて、ウィンストンは彼女から顔を背けた。真っ先に頭に浮かんだのは、キットとデヴォンの結婚を知ったときのスカーレットの反応だった。怒り狂うのは目に見えている。彼女が知らせを受け取るときに居合わせずに済むのがせめてもの幸いだ。とにかく二人の結婚をただちにスカーレットに知らせなくては。ウィンストンは扉を閉めて鍵をかけると、スカーレットに大至急伝言を届け、次の指示をもらってくるため、ロンドンに使いにやる人間を探しにいった。

「スカーレット、ここでいったいなにをしているんだ?」リンリー邸に戻ったキットは、応接室に上がりこんで長い間自分を待っていたかつての女海賊にたずねた。

「ディアブロったら、どこに隠れてたの?」茶目っ気たっぷりにスカーレットはきき返した。「ここんとこ、ちっとも見かけないんだもの。昔の友人に付き合う暇はないってわけ?」

「きみこそ、たくさんの崇拝者に取り囲まれて身動き取れなくなっているんじゃないかと思っていたよ」からかうように、キットは口の端を上げてにやりと笑った。「おれはもう用済みだろう」

「あたしには、これからだってずっとあんたが必要よ、ディアブロ」スカーレットはハスキーな声でささやきかけた。「誰ひとり、あんたとは比べものにならない。キットだろうとディアブロだろうと、あたしにとっては同じこと。これから先もあたしを虜にするのはあんただけ。あたしとあたしのお金目当てにおべんちゃら使ってくる、あの派手な衣装を着て澄ました連中なんて、男と呼ぶにはあまりにお粗末で退屈な生き物だわ。あたしが欲しいのは血の気の多い海賊よ。恩赦なんてないほうが良かったわ」

スカーレットはディアブロの首に両腕を絡ませ、そのなまめかしい肢体をディアブロに押しつけた。自分のやわらかい体とは異なり彼の体は、とても引き締まっていて男らしい。その硬く盛り上がった肩の筋肉をなで、金色に輝くなめらかな肉体を心ゆくまで楽しむところを想像しながら過ごした独り寝の夜は、いく晩あっただろう？　あの魔法のような手で愛撫《あいぶ》されたいと恋焦がれながら過ごした夜も、数え切れないほどだった。

「ディアブロ、あんただってまだあたしが欲しいんでしょ。目を見ればわかるわ」スカーレットはささやいた。その声は欲望に乱れていた。「あたしもあんたが欲しい。ねえ触って！　お願いだから、あたしの体に触って」デヴォンのことで苦悩に満ちているキットの心は、誘惑に屈しやすい状態にあった。スカーレットは抜け目なくそれを見抜いていた。彼女の体に溺《おぼ》れれば、そのときだけでもすべてを忘れられる――大方の男はその誘惑に勝てないだろう。

体の脇《わき》にあった彼の手を取ると、スカーレットはゆっくりと自分の胸の上に置いた。彼女は体内を駆け巡る欲望を懸命に抑えていた。「あたしの心臓、感じる？　ハチドリの翼みたいな速さでどきどきしてるでしょ？　あんたを求めてるの――あんただけを」スカーレットは顔を上げた。熱く、浅い息を吐きながら、舌を躍らせて乾いた唇をなめ、ディアブロのキスを待った。

スカーレットの真っ赤な唇が誘うように少し開いて甘い息を漏らした。デヴォンと巡り合っていなかったら、キットはスカーレットの寛大な申し出を一も二もなく受け入れて、その若くたくましい体のありったけで応えたことだろう。しかし今は、そんな気はまったく起こらなかった。スカーレットが与えてくれるのは肉体的な満足だけだ。デヴォンと分かち合ったものは、そんなものとは比較にもならない。絹の糸で織られたスカーレットのくもの巣に落ちて、デヴォンと共有した神聖な愛を汚すことなど考えられない。彼はもはや、誰彼の見境なく女を愛し、戦ったかつてのディアブロではなかった。グレンビル公爵クリストファー・リンリーであり、デヴォンは、今は居どころが知れないとはいえ、彼の大切な公爵夫人なのだ。

「おれを誘惑するつもりなら見事な失敗だな、スカーレット」キットは彼女のやわらかな胸のふくらみから手をどけながら冷たく言った。「おれにはデヴォン以外の女は必要ないんだ。デヴォンに初めて会ったときから、愛することができる女は彼女しかいないと、おれにはわかっていた」

「愛だって！　ばかじゃない？　あたしたちみたいな人種は、愛なんてもので人生を複雑にする必要ないのよ。男はみんな脚の間にあるものに支配されてるんだから。たまには頭を使いなさいよ。デヴォンがあんたを愛してたら、ウィンストンと一緒にどこかへ消えたりしないで、あんたのそばにいるはずでしょ？　あのふたり、まだ婚約を解消してないんじゃない？」スカーレットはデヴォンの裏切りを匂《にお》わせた。

キットの目が細くなった。「デヴォンがウィンストンと一緒にいるって、誰からきいた？」表面上は平静を装っていたが、キットのはらわたは煮えたぎっていた。スカーレットは自分が知らないことをなにか知っているのだろうか？

キットの口調があくまで冷静だったため、スカーレットは水面下で沸《わ》き立つ彼の怒りに気づかずしゃべり続けた。「フレディ・スミスが言ってたわ。ふたりが駆け落ちして、長いハネムーンに旅立ったってきいたそうよ」

「まさか！　デヴォンがそんなことをするわけがない。ウィンストンなんかと結婚するわけがないんだ。なぜなら――」あやうくスカーレットには関わりのないことを漏らすところだったと気づき、キットは口をつぐんだ。

スカーレットは嬉々《きき》としてキットの顔を見守っていた。ウィンストンとデヴォンとの駆け落ちを友人たちにさりげなく話しておくというのは、スカーレットの作戦のうちだった。もちろん、真っ先にその話をきくことになったのはフレディ・スミスだった。ウィンストンに振られたフレディは、怒りに任せてロンドン中に噂《うわさ》を広めて回った。その噂は実はキットの耳にも届いていたが、そんなたわ言を信じるほど彼は愚かではなかった。実りのない捜索に協力していたカイルとアクバルも同じ噂をきいていたが、チャタム卿が発作を起こす前に言っていたことを考えれば、デヴォンがこの駆け落ちとやらに進んで協力したわけではないことは明らかだった。

「ウィンストンと一緒じゃなければ、デヴォンはどこにいるって言うの？　あんたがどこかに隠しちゃったのかしら？」甘ったるい声でスカーレットはきいた。

「出てってくれ、スカーレット。おまえにはもううんざりだ。おまえはおれの求めるものをなにひとつ持っていない。公爵夫人になりたきゃ他を当たるんだな。約束があるので、失礼する。出口はわかるな」踵《きびす》を返してキットは勢いよく部屋を出ていった。やり場のない怒りに身を震わせるスカーレットを残して。

「このろくでなし！」

「先生、伯爵の容態は少しは良くなってきているんでしょうか」チャタム卿の寝室の前を行きつ戻りつしながらキットはきいた。この三週間、彼は寝室の前で寝ずの番をしながら回復を祈ってきた。何度か寝室に入って様子を見たが、発作を起こした日以来、一度として伯爵がはっきりとした言葉を発したことはなく、日々落胆は深まっていた。

「伯爵は間違いなく全快されます」医師は微笑みながら言った。「非常に強いお方です。なにがなんでも治ろうという意志をお持ちのようです。わたくしの腕のおかげと言いたいところですが、本当のところ、伯爵が生き続けておられるのはご自身の強い意志によってです」

「あとどれくらいで話ができるようになるでしょう?」

「楽観的に考えてよい理由は山ほどありますが、具体的にどれくらいと言われましても……神様にお任せするよりほかありません」

「話しかけてみてもよろしいですか?」キットはたずねた。

「もちろんです。ただ疲れさせないよう気をつけてください。ではまた明日まいります」

キットは伯爵の寝室に入り、付き添いの家政婦に向かって合図した。家政婦はそっと部屋をあとにした。

「チャタム卿」表面上は平静を保っていたが、キットの呼びかけには切迫感がみなぎっていた。「きこえますか?」

はじめ伯爵はぴくりともしなかったが、ゆっくりと、ごくゆっくりと、片方の目が開き、続いてもう片方が開いた。

「閣下、きこえますか?」ここ何週間も味わったことのない興奮を覚えながらキットはもう一度呼びかけた。

発作で倒れて以来その瞳から消えていた意識の光が、涙に潤んだ伯爵の目の奥に差すのを見て、キットの心は舞い上がった。伯爵の青ざめた唇が開いた。しかし発せられたのは意味を成さない言葉ばかりだった。やがて光は消え、いつものうつろな瞳に戻ってしまい、キットの胸は悲しみにつぶれた。神よ、お願いです。キットは懸命に祈った。ウィンストンがデヴォンに取り返しのつかないことをしでかす前に、彼女を見つけさせてください。

「閣下、どうぞお休みください」キットはそっと声をかけた。「また明日まいります。そのときにはもう少し、話をしたい気分になられているかもしれませんね」


悪行を重ねて築いた富で豪華に装飾した屋敷へスカーレットが戻ると、いかめしい顔の執事から来客があったことを告げられた。「なんと申しますか……少々……見苦しいなりをした男でございますが、ただちにお返事をいただきたい緊急の伝言を持参していると申しております。応接室に通しましたが、帰りましたらすぐさま家政婦に燻蒸《くんじょう》消毒させましょう」

「ありがとう、ジーヴァース」スカーレットは笑いをかみ殺しながら言った。冒険に満ちた人生のなかで怪しげな連中とさんざん付き合ってきたスカーレットにとって、もうひとりうさんくさい男が現われたところで、どうということはなかった。この慇《いん》懃《ぎん》な執事は、自分の雇い主が名うての女海賊であると知ったら、スカーレットを見下すだろうか。「わたしがお相手します」

不賛成の表情をありありと浮かべてジーヴァースは言った。「仰せのままに、奥様。御用がございましたら近くに控えておりますので」

うなずいて執事を下がらせると、スカーレットは応接室に入った。背の高いやせこけた男が、スカーレットが海賊時代に手に入れた略奪品の高価な彫刻を手に取って、まじまじと見ていた。男はぶかぶかで不潔な服を着ているため、かかしのように見える。媚《こ》びるようににやにや笑うと、すきまだらけの黄色い歯がのぞいた。この不快な臭いからすると、どうも長いこと風呂に入っていないらしい。

「気をつけなさい。高価なものなんだから」スカーレットはぴしゃりと言った。男は高圧的な声にびくっとして姿勢を正し、すぐさま彫刻を置いた。

「ティブスと申します、奥様」帽子を取り、頭をぺこりと下げた。

「伝言があるそうね」スカーレットは挨拶《あいさつ》で時間を無駄にしない。

「へえ、さようで。昼夜飛ばして持ってまいりました」

「で？　さっさと出しなさい」

ティブスは慌ててポケットからしわくちゃの薄汚れた紙を出してスカーレットに差し出した。短いメッセージをむさぼるように読むと、スカーレットの表情はみるみる険しくなった。そして手紙を床に投げつけて怒りを爆発させた。

「あのろくでなしが、あの売女《ばいた》と結婚していたなんて！」敵意をむき出しにしてスカーレットは叫んだ。「あいつ、なんであたしに黙ってたのよ」ティブスがいるのも忘れ、スカーレットは悪態をつきながら部屋をぐるぐる歩き回っていたが、ふと縮こまっている彼が目に入った。「おまえ、これを読んだのかい？」

「い、いえ、めっそうもない。そんな学問はございません」

スカーレットはその答えに満足した。「返事は帰る前に渡すわ。厨房《ちゅうぼう》へ回りなさい。コックになにか作らせるから。今夜は厩《うまや》で休んで、明日、日の出と同時に発ってもらうわ。伝言と朝食は使用人に届けさせるから。さあ、お行き！」

「かしこまりました、奥様」久々に温かい食事にありつけるのがうれしくて、ティブスは素直に言うことをきいた。ティブスの雇い主はなにより急ぐようにと言ったので、ほとんど毎晩野宿をし、持たされた冷たい弁当を食べながらここまで来たのだ。

スカーレットはほぼひと晩かけて、ウィンストンが明かした驚くべき事実に対する返事を考えた。この知らせをきいてスカーレットが計画を変更するとあの臆病者《おくびょうもの》が思っているなら、大間違いだ。どんな極端な手を使うことになろうと決意は変わらない。海賊としてスカーレットは毎日のように生死に関わる決断を下してきた。ここでもうひとつ決断をしたところで痛くもかゆくもない。ウィンストンへのメッセージは簡潔だった。「デヴォンを殺せ」

三日後、スカーレットからの短い手紙を読んだウィンストンは恐怖に青ざめた。スカーレットの命令が恐怖の稲妻となって体を貫いていく。指示に従わなかったら、あの邪悪な女海賊は自分をどうするだろう。殺すだろうか？　おそらくそうだ。フレディとの醜聞を広めて、ふたりを破滅に追いやるだろうか？　その可能性もかなり高い。それでは自分にデヴォンが殺せるだろうか？　それは無理だ。スカーレットがデヴォンを亡き者にしてでもキットを手に入れたいというなら、己で手を下すがいい。二通目の伝言が、不機嫌なティブスによって再び大急ぎでスカーレットのもとに届けられた。そこには「デヴォンを殺したければ、自分でやれ」と書かれていた。

スカーレットはティブスの顔に手紙を投げつけると、罵倒《ばとう》の言葉を次から次へと繰り出した。ティブスは身を縮こまらせてきいていた。

「あの臆病者が！　このあたしに逆らうなんて上等じゃないか。裏切るんなら地獄で朽ち果ててもらうまでさ。信用して金を渡したのに命令に背くなんて。きっちりけじめをつけるには、どうやら自分でやるしかなさそうだ。おまえ、あたしの準備ができるまでロンドンにいて、コーンウォールまで馬車を運転しなさい。先に片づけなきゃならない用事があるからね。厩で寝て、厨房で食べさせてもらい」

ティブスはどうにか勇気を奮い起こして抵抗した。「いいえ、奥様。あっしは田舎はもうたくさんでさ。自分のねぐらに帰りてえんです。仲間も心配してるはずです。あっしはコーンウォールへは行きません。馬車ならご自分で運転なすってください。あっしはごめんこうむります。こういうことは手にあまりますんで」

そう言うと、ティブスはくるりと向きを変えて一目散に逃げて行った。スカーレットはあっけにとられて小さくなってゆくティブスの後姿を見つめた。レッド・ウィッチ号の揺れる甲板を降りて、わかり合える手下たちと別れてからというもの、なにひとつうまく行きやしない——スカーレットは燃えるような赤毛をいらだたしく払いのけた。頭の悪い奴らと着飾った間抜けばかりのこの世界では、自分以外に頼れる人間がいないことは明らかだった。

スカーレットは猫のように目を細めて、ウィンストン・リンリーに復讐《ふくしゅう》するための策を練り始めた。だが、ものごとには順序がある。スカーレットは陰険な笑みを浮かべた。コーンウォールへ発つ前に、ウィンストンとフレディ・スミスの倒錯した関係を暴露してロンドン中に激震を走らせよう。ふたりが行く先々で、あからさまな嘲笑《ちょうしょう》を浴びずにはおれないようにしてやる。

数時間のうちに、スカーレットは悪意に満ちた醜聞の種をロンドン中にばらまいた。しかしこのあと思惑通りに事が運べば、ウィンストンが生きてこの噂を耳にすることはないはずだ。手紙の到着から三日後、スカーレットは自らの下劣な所業に満足してロンドンをあとにした。これでディアブロの女房の始末に専念できる。デヴォン死亡の知らせが届いたら、まずはディアブロに立ち直る時間をたっぷりあげよう。そして苦しみが癒えないうちに強引に迫る。そう——スカーレットは上機嫌で考えた——男のことならよくわかってる。デヴォンさえ葬り去れば、ディアブロを誘惑して祭壇まで行き着く自信はある。

20

スカーレットが執念深くデヴォンの命を縮める策を練っていたころ、デヴォンは監禁部屋で徐々にやつれ始めていた。結婚の事実を知って以来、ウィンストンは一度も姿を見せていないが、未だに名前もわからない厳格な使用人の世話で、一応不自由のない生活はできていた。定期的に入浴できたし、質素ではあるが栄養のある食事も取っていた。そのおかげでお腹の子供が順調に成長していることは、ウエスト周りが太くなってきたことからも明らかだった。もっとも、サイズの合わない服をあてがわれていたため、見た目には妊娠していることはわからなかった。

運動のため、デヴォンは部屋のなかを行ったり来たり歩き回った。見かねた使用人がとうとう日に二度、短い散歩に連れ出してくれるようになった。外を歩きながら、周囲の様子をこっそり観察したが、この監禁場所がどのあたりなのか、なんの手がかりも得られなかった。使用人は鷹《たか》のような目をして、四六時中デヴォンに張りついている。でもなにかが違う。空気に緊張感がみなぎっている。ただの勘に過ぎなかったが、期待をふくらませ、息を潜めてデヴォンは変化の訪れを待った。
今になっても父チャタム卿《きょう》がキットに心を許さず、監禁場所も教えずにいるとは考えにくい。もちろん場所を知っていたとしての話だが。デヴォンにはいろいろわからないことがあった。ウィンストンはキットのことを父にどう説明したのだろうか。父はウィンストンの性癖について知っていたのだろうか。父がウィンストンの本性を知りながら彼の計略に乗るとはとても思えない。

ウィンストンはおよそ手にあまるジレンマに頭を抱えていた。別荘に留まれば、早晩スカーレットがやってきて資金の返済を迫るだろう。彼女の無謀な計画に同意したときには、殺人まで犯すことになるとは考えてもいなかった。デヴォンと結婚することと、デヴォンを殺すことは、まったく別の次元の話だ。頑固に結婚を拒んだことを除けば、デヴォンに対する憎しみはない。しかし、スカーレットに楯突《たてつ》けば、デヴォン同様、彼の命も風前の灯火だ。もちろんデヴォンを解放してロンドンまで安全に帰れるようにしてやり、自分は密かに姿を消して、スカーレットが追ってこないことを祈る、という方法もなくはない。だが、それは金が要る。では他になにができるだろう。ウィンストンに残された選択肢は、およそ魅力的とは言い難いものだった。一番近い酒場に行って、スカーレットからもらった最後の硬貨で酒を飲んで憂さを晴らすしかなかったのだ。

口のきけない使用人にあとを任せて、ウィンストンは貸し馬にまたがって村へ行き、にぎやかな通りの端にあるハウンド・アンド・ヘアという居酒屋に入っていった。この数週間に何度も訪れているので、主人が愛想良く迎えてくれた。

ちょうど仕事を終えた労働者が集まって飲み騒ぐ時間帯だったので、酒場は混んでいた。ウィンストンは空いたテーブルを見つけると、腰を据えてゆっくり飲むつもりで、ぶっきらぼうなウェイトレスに酒を一瓶注文した。だいぶ飲み進んだころ、二度と耳にすることはあるまいと思っていた声が孤独を破った。

「ああ、ウィンストン！　こんなに簡単に見つかるなんて、思ってもみなかったよ！」

「フレディ！」ウィンストンは驚喜の声をあげ、ハンサムな恋人を穴の開くほど見つめた。「いったいどうやってぼくの居場所がわかったんだい？」

「ついていたとしか言いようがないよ。本当にラッキーだった」

「座ってくれ、フレディ。なんだってこんな田舎へやってきたのか、きかせてくれよ」

「ロンドンからなにもきいてないの？　ゴシップも？」

「なにも」ウィンストンは肩をすくめた。スカーレットからの例のメッセージを除いての話だが。「どうしたんだ、なにかあったのかい？」

「きみにも関係あることだから知っておいたほうがいいだろう」フレディは憂うつそうにため息をついた。「実はね、ぼくたちの秘密がばれてしまったんだ。ぼくらの……過去の親密な関係のことが、ロンドン中の噂《うわさ》になって、野火のごとく広がっているよ。両親はかんかんだ。ぼくは勘当されて家から放り出された。両親をロンドン中の笑い者にしたんだから、二度と許してはもらえない」

「フレディ、なんてことだ。本当に申し訳ない！　あの雌狐《めぎつね》がそこまでやるとは思わなかった。生まれ持った権利を失うのがどんなにつらいことか、ぼくにはよくわかる」

「金銭的なことは問題じゃないんだよ、ウィンストン。ぼくを溺愛《できあい》していた祖母がたっぷり遺してくれたから、財産は十分ある。でも今のはどういう意味だい？　まるで噂を広めた張本人を知っているような口ぶりじゃないか。デヴォンなのか？」

「いや、デヴォンじゃない」ウィンストンは苦々しげに言った。「スカーレット・デフォーだよ」

「レディ・デフォーが？　でもなんだって彼女が……」

「フレディ、これは長い話なんだ。一杯付き合ってくれ、説明するから」

ウィンストンが話し終わると、フレディは唖然《あぜん》とした表情で首を振った。

「ねえ、きみがデヴォンと駆け落ちしたってきいたとき、ぼくがどんなに傷ついたか想像もつかないだろうね。婚約していることは知っていたし、結婚が避けられないこともわかっていたさ。でも何度も延期されたから、もしかしてきみもとうとう目を覚ましてくれたのかもしれないと、密かに希望を持ち始めていたんだよ。グレンビルは配下の者を総動員して血まなこでデヴォンを捜していたぞ。あのトルコ人はとくにおっかなかったな。ミルフォード伯爵はきみたちの居場所を知りながら、なんらかの事情で伏せているのだろうとぼくは推測していた。そうこうしているうちに、伯爵が心臓発作を起こして死の淵《ふち》をさまよっているという話をきいたんだ」

「それはお気の毒な」ウィンストンは言った。「持ちなおしてくださるといいが」

「それで、デヴォンは結局きみとの結婚に同意したのかい？　このところのグレンビルの行動を見ていると、デヴォンの婚約者はきみじゃなくて彼なのかと思うくらいだよ。なにがなんだかわからない。レディ・デフォーから計画通りにやらなければ殺すと脅されているというのも信じられないよ。これからどうするつもり？」

「実はごく最近わかったんだが、デヴォンは結婚できる立場にはないんだ。すでにいとこと結婚している」

「グレンビルと？　どういうこと？　あのふたり、つい最近知り合ったんじゃなかったの？」フレディは、あっと気がついて指を鳴らした。「そういえば、デヴォンはデあの脱出劇にはロンドン中がイアブロが処刑台から逃げたときに誘拐されたよね？　あの脱出劇にはロンドン中が大騒ぎしたっけ。デヴォンはいったん戻ったのに、きみとの挙式の前の晩にまた消えたんじゃなかった？　伯爵は、デヴォンが心を決めるために田舎に行ったとか言っておられたように思うけど」

「フレディ、その通りだよ。いつかその日が来たら、なにもかも話す。生きながらえることができればだけど。キットがなぜ海賊になったのかも含めてね。ただ、今はまるで関わりあいたくない陰謀に巻き込まれて、身動きが取れないんだ。でもその前に、どうやってぼくを見つけたのか教えてよ」

「幸せに暮らしてきた我が家から追い出されたあと、ありとあらゆる友人を訪ねて回ったんだ」フレディは切々と語り始めた。「でもどこへ行っても、門前払いだった。会ってももらえなければ、存在すら認めてもらえない。それで波止場近くのいかがわしい酒場に入りびたるようになったのさ。客船でフランスへ渡って人生をやり直そうかと思ってね。好きなように暮らせるだけのお金はあるんだから。きみとデヴォンが駆け落ちしたときいてからはとくにひとり取り残された思いがして、悲しみに溺《おぼ》れながら酒を飲んでいた。そんなある晩、ティブスというみすぼらしい男に会ったんだ」

「ティブスか！　ぼくが雇ったのに指示に背いてロンドンから戻ってこなかった奴だ」

「まさにそいつだよ。奴はだいぶでき上がっていて、この数週間コーンウォールから抜け出せないでいると不満をぶちまけていた。なんでも美しい女性を拉致《らち》した男に雇われたのだが、女性のほうは結婚を拒んでいるという話だった。ティブスはその男と、ロンドンにいる、いかれた女との間を行ったり来たりして手紙を届けるのにうんざりしたから、コーンウォールに戻るのはやめにして、ロンドンにいるんだと言っていた。きみの話と総合すると、どうやらいかれた女っていうのはレディ・デフォーのようだね。監禁されている女性の容貌《ようぼう》をたずねたら奴は喜んで教えてくれてね、これはデヴォンに違いないと思った。それで二と二を足してみたものの、どうしても答えが出てこない。どんなに困っていたとしても、拉致監禁なんて、およそきみらしくないじゃないか。だからコーンウォールに足を運んでこの目で確かめようと思ったのさ。どっちみちロンドンにはなんの未練もない。きみの居場所をそれとなくティブスから探り出そうとしたんだけど、奴はへべれけで、道順をペンザンスのあたりまで話してくれたところで、つぶれちまったんだ。居ても立ってもいられなくて、ぼくはロンドンを発った。とにかくペンザンスの最初の宿できみのことをたずねてみようと思って、ここに入ったというわけさ。そしたらなんと、きみが座っているじゃないか！　びっくりしたよ」

「フレディ、来てくれて本当にうれしいよ。でも、だからといってぼくの問題が解決するわけじゃない」

「問題って？　デヴォンはもう結婚しているんだから、解放して夫のもとへ帰してやるしかないじゃないか」

「スカーレットがデヴォンを殺せと言うんだ」

フレディの顔から血の気が引いた。虫も殺さぬたちの彼にとって、ウィンストンの言葉は強烈すぎた。「嘘《うそ》だろ？　ウィンストン、きみに殺人なんかできるわけない」

「もちろんだよ。だからスカーレットにそう言ったんだ。フレディ、あれは美しい女の皮をかぶった悪魔だよ。その証拠に、ぼくたちの関係を暴露して評判をめちゃくちゃにするような恐ろしいことを平気でやってのけた。裏切ったら殺すと言われてるんだ。あの執念深さなら本当にやると思うよ。彼女は、デヴォンを殺してでも、キットを自分のものにするつもりだ。ああフレディ、ぼくはいったいどうしたらいいんだ！」もだえ苦しむウィンストンの姿に、気の優しいフレディは胸を引き裂かれた。

「落ち着いて」フレディは懸命に考えを巡らした。「第一に、デヴォンを殺すのは問題外だ。いいね？　第二に、きみはすぐにデヴォンの監禁場所へ行って彼女を解放すべきだ。最後に、なるべく早く、スカーレットに捕まらないところへ逃げることだ。これはグレンビルについても言える。彼のことはほとんど知らないけれど、人の過ちを大目に見るタイプじゃなさそうだ。妻をさらうなんてもってのほかだよ」

「最初のふたつは造作ないけど、三つ目はそう簡単には行かないよ。外国へ行くには金がかかる」

「ウィンストン、お金ならぼくがたっぷり持っているさ。一緒にフランスに行こうよ。フランス人は、英国人よりもぼくらみたいな人間に寛容だそうだよ。ペンザンスからランズエンドから、フランス行きの客船が何便も出ているはずだ。調べてふたり分の予約を取るよ。そのあとイタリアでもどこでも、きみの好きなところへ旅行しよう」

暗かったウィンストンの未来に急に光が差し込んだ。フレディがこんなにタイミング良く現われたのは神の思し召しに違いない。冷静かつ明晰《めいせき》なフレディ思考――そして言うまでもなく彼の財力――が、ジレンマに陥っていたウィンストンに、まったく違った未来を描いてくれた。

「そんなこととしてもらっていいのかい?」

「当たり前だろ、ウィンストン。ぼくらにはもうお互いしかいないんだ。ぼくは家族から見放された。もう二度と顔を見たくないと言われたんだ。友だちからもつまはじきにされている」

「だったらすぐに出発だ。スカーレットがいつ姿を現わすかわからないからな」

意気消沈して肩を落としながら、キットはゆっくりと伯爵の寝室の扉を開けた。この部屋を訪れるたびに、息苦しくなるような失望感に見舞われてきた。今日もそうなる覚悟はできている。まるで、デヴォンと二度と会えないように運命が策略を巡らしているようだ。彼女は地上からかき消えてしまったようだった。かなりの人数を雇って捜させているのに、デヴォンの居場所に関する有力な手がかりはひとつも上がってこない。ウィンストンの奴、ずいぶんうまく隠れ家を選んだものだ。

ウィンストンとデヴォンが消えて間もなく、ふたりは駆け落ちしたらしいとゴシップ好きの連中が騒いでいた。キットは嫉妬《しっと》に身を焼かれる思いだったが、デヴォンがウィンストンに対してなんの気持ちも抱いていないことと、自分の意志に反して拘束されていることがわかっていたので、どうにか耐えることができた。キットは子供のころ、当時十八歳のウィンストンが年上の男と汚らわしい行為に及んでいる場面に出くわしたことがあった。だから、女としてのデヴォンにウィンストンがなんの用もないことは間違いない。ただ、いとこがこれだけの離れ業をやってのけたことには驚きを禁じえなかった。たいした想像力も勇気も持ち合わせていない男なのに。

かといって、こんな危なっかしい計画を実行するために彼に手を貸しそうな人間も思い浮かばなかった。デヴォンはウィンストンに自分はすでに人妻であることを話しているはずだ。考えれば考えるほど、いとこの思考回路がわからない。結婚できないことがはっきりしているのに、なぜデヴォンを解放しないのだろう？　目的はなんなのか？　カイルやアクバルでさえなんの手がかりも得られないのはどういうことか？　ロンドンのどこかに知っている人間がいるに違いない。ウィンストンが少しでもデヴォンに危害を加えたら、生まれてきたことを後悔させてやる。

そしてつい昨日、キットはウィンストンとフレディ・スミスが恋愛関係にあるという噂を耳にした。噂は山火事のように一気に広がり、フレディの両親は息子を勘当して家から放り出したという。ウィンストンがデヴォンをどこへ連れていったか、彼ならなにか手がかりが得られるかもしれないと思って捜してみたが、またもや失望するはめになった。どうやらいやがらせに耐えかねて、フレディはロンドンから姿を消してしまったらしい。またもや袋小路に入り込んでしまった。

チャタム卿の部屋に入ると、かつては暗くて息苦しいほどだった部屋の窓とカーテンが開け放たれていて、新鮮な空気と日差しがあふれていた。そして、そこにはベッドの上に起き上がっている伯爵がいた。目つきもしっかりとしていて、見るからに相当興奮している様子だった。

「ああ……よくぞ……来てくれた」言葉を探すのに時間がかかるらしく、伯爵はとぎれとぎれに言った。「きみを……捜してくれるよう先生に頼んだんだ……何時間も前に」

「家には戻っておりませんでした、閣下」伯爵は目覚めていて、頭もはっきりしている様子だ。キットの胸は躍った。「このひと月はわたしにとって地獄以外のなにものでもありませんでした。休みなく妻を捜し求めながら、昼夜、閣下のご回復をお祈りしておりました」

「妻か……では夢ではなかったのだな。きみとデヴォンは結婚したのか。デヴォンはきみを愛しているのか？」

「そう信じる理由は数え切れないほどあります」キットの言葉に伯爵は満足そうにうなずいた。「わたしもまた、デヴォンを自分の命よりも大切に思っております。閣下、お願いです。ウィンストンが妻をどこへ連れていったかご存じでしたら教えてください」

「もちろんだ、グレンビル。だがその前に、わたしが倒れたあとに起こったことをすべて話してくれ」

「あまり進展はありません、閣下。それから、わたしのことはキットとお呼びください。デヴォンが結婚していることを知ってもウィンストンが彼女を解放しないのはどういう理由からなのか、気になってなりません。なにか恐ろしいことが起こっているのではないでしょうか。かれこれ四週間もロンドン中をしらみつぶしに捜しているのですが」

「四週間も！　そんなになるのか。ウィンストンは大ばかものだ。あいつは娘をコーンウォールに連れていった。具体的な場所はわからん」

「コーンウォールか！　なぜ思いつかなかったんだろう。ペンザンスのそばにリンリー家の別荘があるのをすっかり忘れていました。あそこは行きやすいけれど、人目を避けるにはもってこいだ。すぐに発ちます」

「グレンビル……いやキット、待ちなさい！」はやる気持ちを懸命に抑えてキットは振り向いた。「娘のため、過去のことはすべて水に流そう。デヴォンが選んだということは、きみには過去の過ちを補ってあまりある長所があるのだろう。娘を取り戻してくれ。デヴォンをいつまでも幸せにしてくれるのであれば、わたしはきみたちの人生にいっさい、口出しをすまい」

「閣下からお許しをいただこうといただくまいと、デヴォンは必ず見つけ出します。デヴォンはわたしのすべてなのです。隠れ家の秘密をばらされたときでさえ、彼女への愛は途絶えることがありませんでした。殺したいほど腹が立ちましたが、どうしても傷つけることができないくらい愛していたのです」

「なんだと？」伯爵はびっくりしてたずねた。「きみはあれがデヴォンのせいだったと思っておるのかね。それは違う。隠れ家の秘密を明かしたのはル・ヴォートゥールだ。デヴォンはきみの不利になるようなことは、ひと言たりとも言わなかった。ウィンストンが島を襲ったこともデヴォンは知らない。そんな卑怯《ひきょう》な真似をしたと知ったら、ウィンストンもわたしも軽蔑《けいべつ》されるだろうと思って内緒にしていたのだ。ウィンストンをパラダイス島に送り込んだ責任はすべてわたしにある。ただし、罪もない者たちの命を奪うようなことは命令も了承もしていない」

キットは両肩から重い荷物が取り除かれたような気がした。「閣下のお言葉を信じます。話してくださってありがとうございました」そして伯爵が疲れてきたことに気づき、言葉を継いだ。「ゆっくりとお休みください。どうぞご心配なく。閣下のご令嬢は必ず連れて帰ります。もしもウィンストンがデヴォンに危害を加えていたら、奴の首を皿にのせて御前にお持ちします」

デヴォンははっとした。家のどこかで話し声がする。扉の向こうから、少なくともふたりの男の話し声がきこえてくる。ひとりはウィンストンで、もうひとりの声にもなんとなくきき覚えがあった。その日は早い時分から、例の口のきけない使用人が姿を見せなくなっていた。誰《だれ》も夕食を運んでこないのも妙だった。いきなり扉の取手が回ったので、デヴォンはウィンストンに食ってかかろうと、戸口に突進した。よくも人を監禁して！　キットの仕返しが怖くないなら、ウィンストンは思っていた以上のばかだ。あの人は必ずもうじきわたしを見つけてくれる。一抹の不安を抑えこんでデヴォンは強く信じた。

ウィンストンが未だに解放してくれないのは、いったいどうしてなのだろう？　まるで手放すことを恐れているようだ。キット以上に恐ろしいなにかが、あるいは誰かが存在するのだろうか？

もうひとつの不安材料はお腹の子だ。このひと月でデヴォンは外見がかなり変化した。それまでは妊娠を気づかれる心配はほとんどなかったが、四カ月目に入ってから、あちこちがふくらみ始めている。胸はボディスの強度を試すかのように痛いほど大きくなり、お腹も硬く出っ張り始めた。

扉が開いてウィンストンがためらいがちに入ってきた。

「元気そうだね、デヴォン」機嫌をとるつもりの言葉が、かえってデヴォンの怒りをあおった。

「こんな目に遭わせておいて、よくそんなことが言えるわね！」瞳《ひとみ》には怒りの炎が燃え立ち、首がみるみる赤く染まってゆく。「やっと目が覚めて、わたしを解放してくれる気になったの？」

ウィンストンは気まずそうに咳払《せきばら》いをした。「うん……いや……そうなんだ。もう行っていいよ。使用人にも暇を出した」

デヴォンはあっけにとられてウィンストンを見つめた。それは、もしも悪魔《ディアブロ》に誘惑されて恋に落ちなければ、結婚していたかもしれない男だった。「それ……本気なの？　だったらなんでこんなに待たせたの！　結婚してるって言ったとき、どうしてすぐに解放してくれなかったの？　こんなひどいことをしてたら、ますますキットを怒らせるだけじゃない」

「あたしの命令だよ」ウィンストンの背後から女の声がした。「あんたとディアブロを引き離すためのね。そして、その別離を永遠のものにするために、あたしはここまで来た」

ウィンストンが悔しそうなうめき声を漏らした。スカーレットが到着してものごとが複雑になる前に姿を消すつもりだったのに。しかしこのタイミングの悪いスカーレットの登場によって、デヴォンのほうではさらわれて以来悩まされてきた数々の疑問が氷解した。ウィンストンが卑劣な真似をする人間だということは以前からの経験でわかっていたものの、なぜいつまでも解放を拒むのかが、どうしても理解できなかったのだ。背後にスカーレットがいたのなら説明がつく。ウィンストンは確かに愚かだが、これまで命の危険を感じさせるようなことはしなかった。だが、相手がスカーレットとなれば話はまったく別だ。人を殺《あや》めることくらい朝飯前に違いない。

「どうやらぎりぎり間に合ったようだね」緑色の瞳が陰険な光を放った。「ウィンストン、腰抜けの変態野郎だと思っていたけど、ここまでおつむが足りないとは思わなかったよ。デヴォンを逃がして、なにかいいことがあると思う？」

ウィンストンは息が詰まりそうな恐怖を懸命に飲み込んだ。「スカーレット、きみのでたらめな計画には付き合いきれない。人殺しなんてぼくのがらじゃないんだよ。デヴォンと結婚したかったけれど、それももう無理なんだから」

「人殺しですって？」デヴォンは息をのんでウィンストンからスカーレットに視線を移した。どうやら彼女はデヴォンを殺してでも、キットの人生から追い出したいらしい。「スカーレット、ここは人殺しや海賊が闊歩《かっぽ》するカリブ海とは違うのよ。恩赦を受け入れて法に従って生きる誓いを立てたんでしょう？　殺人を犯せば罰を受けることになるのよ」

「ばれなきゃいいんでしょ」スカーレットはウィンストンを押しのけて、デヴォンのほうへ踏み出した。

「ウィンストン！　この人を止めて！」デヴォンは叫び、腕を振り回して訴えかけた。

ウィンストンは乾いた唇をなめた。フレディは今どこだろう？　ふたりですぐに出発できるように、さっき馬を手配しに出かけたのだが。ぼくがどうして手間取っているのか、不思議に思っているかもしれない。なんとかスカーレットを出し抜くことができないものか……。

ウィンストンが頼りにならないと気づくと、デヴォンはスカーレットに向き直った。なにがなんでもお腹の子供を守らなくては。「こんなことをしても、キットはあなたのものにはならないわよ。あの人が、妻を殺した女を愛せると本気で思っているの？」

「妻だって！　笑わせるね！　あんたじゃなくて、あたしこそが公爵夫人になる定めだったんだよ。第一、キットに知れるわけがないのさ。目撃者はあの世行きなんだから」

「ひっ」とウィンストンが息をのむと、スカーレットの美しい顔に邪悪な笑みが浮かんだ。「スカーレット、ぼくを殺人に巻き込まないでくれ。失礼する」精いっぱいの虚勢を張ってウィンストンは言った。

「リンリー、そこを一歩も動くんじゃないよ」スカーレットはゆったりとしたマントのなかに隠し持っていたカトラス剣を飛ばした。そのとき初めてデヴォンは、彼女が最初に出会ったときと同じ服装をしていることに気づいた。ぴったりとしたズボンにシルクの白いシャツ、そして膝《ひざ》まである黒いブーツ。手には剣を持ち、細い腰にはちょっとした武器庫と呼んでもおかしくないほどたくさんの武器を巻きつけている。

「あたしから見えるところにお立ち」スカーレットはデヴォンの横を示した。

ウィンストンはゆっくりスカーレットを回り込んで、しぶしぶデヴォンの横へ行き、悪名高き女海賊と向き合った。スカーレットは開いた扉を背にして立ち、ふたりの顔の前に短剣をちらつかせて、その顔に浮かんだ恐怖を楽しんだ。まるで懐かしいあのころのようじゃないか。目の前に恐れおののく奴らがいて、その命はこの短剣と同じようにしっかりとあたしの手に握られている。スカーレットはうっとりするような快感に心ゆくまで酔いしれた。

「あんたたちふたりさえいなくなれば、なにが起こったか知る者はいない。どうして死んだのかは永遠の謎《なぞ》さ。あたしはペンザンスまで自分の船、レッド・ウィッチ号で来て、町で馬を借りてここまで来た。顔を覆って、ほとんど誰とも口をきかなかった。どこの誰だかわからないようにね」

「ペンザンスですって！　じゃ、ここはコーンウォールなのね？　ウィンストンったらこんなところに連れてくるなんて！　殺してやりたいほどだわ！」デヴォンはいきりたった。

「お黙り！」スカーレットは復讐心《ふくしゅうしん》と嫉妬心に取り憑《つ》かれていた。デヴォンさえいなければ、欲しいものはすべて手に入る。「リンリー、あんたが先よ。楽しませてもらうよ。あんたみたいな変態野郎を始末したら社交界から感謝状をもらえそうだね」

スカーレットが手にした短剣が、ウィンストンのやわらかい首筋に押し当てられた。血がひと筋したたると、ウィンストンは恐怖のあまりすすり泣きを始めた。

デヴォンはスカーレットを止めることもできず、恐怖に凍りついて見つめていた。ウィンストンが殺されたら自分が殺されるのも時間の問題だ。そうなればお腹の子供も一緒に死ぬことになる。

そのときスカーレットの背後の戸口に、男が片手を挙げた姿勢で現われたかと思うと、デヴォンがまばたきする間もなく、スカーレットの頭上に重いろうそく立てを振り下ろした。音を立てて短剣が落ち、スカーレットはゆっくりとらせんを描くように、その場にくずおれた。デヴォンは、うつ伏せに倒れている女海賊から、床に座ったままのウィンストンにかがみ込んで大げさに騒ぎ立てている男に目を移した。

「かわいそうなウィンストン、痛かったかい?」フレディはウィンストンの首の小さな切り傷からうっすらとにじんだ血をハンカチで押さえた。「いつまでたっても家から出てこないから、どうしたのかと思って様子を見に来たんだ。ほんとによかった。スカーレットは裏口から入ったらしいな。ぼくとは顔を合わせなかったもの」

「フレディ、本当に助かったよ」恐怖のあまりウィンストンの顔は蒼白《そうはく》になり、声はかすれて震えていた。生まれてこのかた、これほど死に近づいたことはなかった。

「フレディ・スミスじゃない。あなたがなぜここに?」デヴォンは問いただした。

「あなたもぐるだったの?」

「いやデヴォン、フレディは潔白だ」慌ててウィンストンがかばった。「これには深いわけがあるんだが、今詳しく話している時間はない。要は、スカーレットが言いふらした噂のせいでフレディはロンドンにいられなくなって、ぼくを捜しに来たってことだ」

「噂って？　わたしには――」そのときすべてが納得できた。ウィンストンについてキットが言っていたことは、なにもかも正しかったのだ。数週間前から彼女も気づき始めていたことだが、ウィンストンはもともと夫にはなり得ない人間だったのだ。彼の目的が金だけだったと知るのはつらかった。はじめからずっと、彼女自身ではなく資産が目当てだったのだ。

「ウィンストン・リンリー、あなたなんという……さもしい人なの！」ショックのあまり涙があふれ始めた。「あなたもよ、フレディ。夢にも思わなかったわ。あなたたちふたりが……そんな……」ふたりの男性の倒錯した関係を理解することができず、デヴォンの攻撃は尻《しり》すぼみになった。

「さっさとここを出よう」デヴォンを無視して、フレディは用心深くスカーレットを見た。殴られてからぴくりとも動かないが、そのままでいてもらわないと困る。「この雌狐がいつ目を覚ますかわからないからな」

「まだ……生きてる？」デヴォンがきいた。

フレディは片膝をついてスカーレットの脈をみた。「ああ、生きている。煮ても焼いても死にそうにないな。さあウィンストン、こいつが目を覚ます前におさらばしよう。スカーレットの剣で串《くし》刺しにされるなんてまっぴらごめんだよ」立ち去ろうとするフレディにウィンストンがぴったり寄り添っていく。

「ちょっと待って！　わたしはどうなるの？」デヴォンの身の安全を一顧だにせず立ち去ろうとするなんて、どういう男たちだろう。

　まるでたった今、彼女がいたことを思い出したように、フレディが困った顔をした。

「きみも逃げたほうがいいよ。よくわからないけれど、スカーレットはきみの命を狙《ねら》っているらしい。ウィンストンとぼくはランズエンドへ向かう。朝潮に乗ってフランス行きの客船が出るそうだ。フランスまでぼくらの醜聞が追ってこないことを祈っているよ。なんだったら一緒に来るかい？」

「いいえ、わたしはロンドンに帰らなくては。お父様が待っているし……キットも」

「じゃあ自分でどうにかするんだな」いらいらしながらウィンストンが言った。「ぼくは命が惜しいから英国にはいられない。スカーレットに殺されなくてもキットに殺されるからね。でも、きみに危害を加えるつもりがなかったことだけは信じてくれ。確かにきみの金が目当てだった。それでもキットと結婚していることを知ってからは、他を当たるつもりでいたんだ。でもスカーレットがそれを許さなかった。あの女はぼくとフレディの秘密を知って、言う通りにしなければ暴露すると脅してきた。フレディを破滅に追い込むことなんてできないから、ぼくは言いなりになるしかなかった。フレデでもきみに手をかけるような真似だけは絶対にできなかったよ」

「これをあげよう」フレディは数枚の金貨をデヴォンの手に握らせた。「スカーレットの馬が裏口側につながれているはずだ。それに乗ってロンドンを目指したまえ。幸運を祈る」

ふたりを乗せた馬の蹄《ひづめ》の音が遠くに消えてゆくと、デヴォンはなんだかせいせいした。ポケットに金貨を入れてマントをつかみ、意識を失っているスカーレットの横をこわごわ通り抜けると、一目散に裏口を目指した。

ともかくもコーンウォールにいることがわかったのだから、帰路を見つけるのも難しくはない。ただ、ロンドンまではかなりの距離がある。身重の体でそんなに長い距離、馬を駆るのは気が進まない。まずはペンザンスへ行って、馬車と御者を雇うことにしよう。

スカーレットの馬は木につながれて満足そうに草を食《は》んでいた。デヴォンは岩のそばに馬を連れていき、その広い背中にまたがった。そして日没前の太陽の光を頼りにペンザンスと思われる方向へ向かって出発した。実のところ方角は当てずっぽうだった。そもそもデヴォンは別荘がどのあたりにあるのか、まるっきり知らなかった。三十分もしないうちに、荒野に夜の帳《とばり》が下りて、デヴォンは完全に道に迷っていた。

暗闇《くらやみ》で馬を走らせるのはもってのほかだった。落馬してお腹の子供を傷つける危険を冒すわけにはいかない。デヴォンは鞍《くら》から降りて手綱を引くことにした。馬は元気だったが、デヴォンは木の根や石ころだらけの地面に足をとられ、危ないので立ち止まらざるを得なくなった。前方を照らしてくれるかすかな月明かりもない。追い討ちをかけるように冷たい雨がたたきつけ始めた。身に染みる寒さを防ごうと、デヴォンはマントをかき合わせた。

耳をつんざくような雷の音がして、天から地へひと筋の稲妻が走った。仰天した馬が後ろ足で棒立ちになり、デヴォンのかじかんだ手から手綱が外れた。その瞬間、馬は耳を頭にぴたりと伏せて、暗闇に向かって突進していった。

「待って！」怯《おび》えた馬が闇夜《やみよ》をついて走り去るのをなすすべもなく目で追いながら、デヴォンは叫んだ。これからどうしたらいいのだろう？

21

真っ暗な部屋で、スカーレットは混濁した意識のなか苦しみもがいていた。ずきずきと痛む頭のこぶを手で触ってみると血が出ていた。家にひとり取り残されたことを直感したスカーレットは、貴婦人らしからぬ悪態を次々とまくし立てた。どんなもので殴られたんだろう？　やったのは誰《だれ》？　ああ、頭が痛い。ウィンストンとデヴォンを見つけたら、この痛みの代償はたっぷり払ってもらう。

なんとか立ち上がると、スカーレットはろうそくの明かりを頼りに、ゆっくりと部屋から部屋へと別荘のなかを歩き回った。陰気な雰囲気と暗闇のほかはなにもない。本能的にすぐ出ていくべきだと思ったが、雷鳴の轟《とどろ》きと激しい雨に気が変わった。この雨では獲物の追跡もままならない。座り心地の良い椅子《いす》にどっしり腰を据えると、夜が明けるのを待つことにした。こんな夜に誰も遠くまで旅できるわけがない。考えているうちに、いつの間にか眠ってしまった。

キットは足音を立てずに別荘に近づいた。空腹だし、体はびしょ濡《ぬ》れで冷えきっていた。それでも、鞍《くら》から落ちそうになるのもかまわず馬を走らせてきたのだ。間に合ってほしいとひたすら祈りながら。デヴォンが姿を消してからあまりにも時間がたっている。どんなに恐ろしいことが彼女に起こっていてもおかしくない。もしウィンストンがデヴォンを傷つけていたら、奴を生かしておくものか。

正面の窓からかすかな光が見えるほかは、家のなかは真っ暗だった。裏手へ回り、扉が開いているのを見つけると、キットは猫のように優雅に音もなく足を踏み入れた。揺らめくろうそくの明かりに引き寄せられて、椅子に座って眠りこんでいるスカーレットのそばへと、ひらひら舞う蛾《が》のように近づいた。ひと目見たときウィンストンだと思ったが、長く伸びた脚を見てそうではないと気がついた。

にじり寄りながら、キットは鋭い視線を女性らしいお尻《しり》の曲線と高くせり出した胸へと走らせた。ふさふさとした長い赤毛が、ろうそくのかすかな輝きをとらえて反射している。「スカーレット!」キットは歯ぎしりしながら叫んだ。もっと前にスカーレットが一枚かんでいると気づくべきだったのだ。ウィンストンはひとりでこんな無鉄砲なことが企てられるほど利口ではないし、勇敢でもない。

剣を抜き、キットはスカーレットの形の良いももをちくりと刺した。彼女がはっとして目を覚ますのを、セメントのように冷たい灰色の目で見つめた。「ディアブロ！　なに——どうやってここへ来たの？」

キットは全身黒ずくめで、何年もの間、海賊のディアブロとして生きたことをしのばせるいでたちだった。筋肉質の太ももに第二の皮膚のごとくぴったりと張りついた黒いズボンをはき、長めの白いシャツをたくし込んでいる。漆黒の髪に明るい赤のネッカチーフをかぶり、頬《ほお》と顎《あご》は伸ばし始めのひげで黒ずんで見える。やわらかな革で作った光沢のあるブーツは、ふくらはぎをぴったりと包み、膝《ひざ》にかけて広くなっていた。片耳には金色のイヤリングを下げている。彼はどこから見ても、デヴィル・ダンサー号の吹きさらしの甲板に仁王立ちになっていたころと同じくらい、剣呑《けんのん》な様子だった。

「馬の背に揺られて、ロンドンからはるばるやってきたのさ」キットは質問に怒鳴り声で答えた。「デヴォンはどこだ？」

「奥方は行ってしまったわよ」スカーレットは苦々しげに強調して答えた。

「どこに？　おまえとウィンストンはデヴォンになにをしたんだ？　もしおまえが彼女の髪一本でも傷つけていたら……」彼の言葉は途中で消えたが、緊張した静けさのなかに脅しが漂っていた。

「あたしが知る限り、彼女はなんの危害も加えられちゃいないわ。あたしが襲われたあと、あの女はウィンストンと出ていったのよ」唇を尖《とが》らせ、緑の目を細めたスカーレットの表情を見てキットは思った。デヴォンが手荒い真似をされていたら、そんなに簡単に逃げられたはずはない。

「ウィンストンの不愉快なしわざの黒幕はおまえなのか？」キットはうんざりしてたずねた。「おまえが人殺しもやりかねないことを、おれほどよく知っている奴はいない。デヴォンをここに隠しておまえはなにを手に入れようとしていたんだ？　本当に彼女を殺そうとしたのか？」

「あたしのそもそもの狙《ねら》いは、ウィンストンとデヴォンを結婚させることで、もし彼女が拒んだら、従うまで監禁しておくつもりだった。でもそうはいかなかった。ときすでに遅し、あんたとデヴォンが夫婦だとわかったというわけ。でもね、あんたの妻にふさわしいのはあたしよ、デヴォンじゃない」スカーレットは唾《つば》を吐いた。「あたしたちが生きていた世界では結婚なんか大事じゃなかったけど、恩赦のおかげであたしの人生もすっかり変わったわ。あたしだって結婚という体面が欲しい。あたしは公爵夫人になりたいのよ、ディアブロ」彼女はいきなり誘惑するような微笑を浮かべて言った。「あたしのことは誰よりもよく知ってるはずでしょ」

「ああ、知ってるとも」口の端に冷笑を浮かべてキットは認めた。「おまえが一枚嚙んでると疑わなかったおれはばかだったよ。ル・ヴォートゥールにパラダイスへの行き方を教えたのはおまえだってことが、今はっきりわかった。ウィンストンには人殺しをする根性なんかないだろうが、おまえにならある。おまえの動機は嫉妬《しっと》か？　それとも不道徳が魂にまでしみ込んで、他の生き方を知らないっていうのか？」

「いまいましい！　あたしはあんた以外の男を愛したことはないのよ！　横揺れする甲板に足を踏ん張って、波しぶきを顔に受けて生きていきたかったのに、恩赦を受けたのはあんたのため。あんたがきっとあたしの愛に報いてくれると思って英国まで追いかけてきたのに、あんたはデヴォンの腕のなかに駆け込んでしまった」

「おまえを愛しているそぶりなど見せたことはないがな」スカーレットの情熱的な言葉にも動じることなく、キットは冷たく言った。「おまえのたわ言をきいて、時間を無駄にしすぎた。おれが知りたいのは、ウィンストンがどこにデヴォンを連れていったかだ」

「知らないって言ったでしょ！　あたしが数時間前にここに着いたときは確かにふたりともいた。でも……」

「続けろ」キットはスカーレットの鼻先に剣を向け、脅すように揺らした。

「奴らと話していたとき、後ろから来た誰かに頭を殴られたの。何時間かたって気がついたら、家のなかはもぬけの空《から》だった。おまけに雨が降り始めたから、あたしは朝が来るまで待って、それから――」スカーレットは口をぴたりと閉ざした。コーンウォールに来た本当の目的を明かしたくなかったのだ。だが、キットにはスカーレットがなにを言いかけたか、はっきりとわかっていた。

「デヴォンとおれが結婚したとどうしてわかった?」沈黙。「ウィンストンがおまえに言ったのか?」さらに沈黙。「白状したほうがいいぞ。どうせすぐにわかることだからな」剣先で彼女の上腕をそっと刺した。

「なんてひどい奴なの、あんたって人は! そう、ウィンストンがあたしに言ったのよ。それであたしは奴にあの小娘を殺せって命令した。でも、あの臆病者《おくびょうもの》は断わってきた。だから自分でやるためにここに来たの。でも、その前にまず確実に、ウィンストンと愛人の男をさらしものにして、あいつらの関係や性癖を世間に公表してやろうと思ったのよ」怒りのあまり息切れがして、スカーレットはいったんそこで言葉を切った。「でもあんたの情婦にも、ウィンストンにも逃げられたってわけ。残念なのはあんたが着く前に奴らを見つけられなかったことだけ」

キットの目は石のように冷たく、顔には情のかけらもなかった。「デヴォンはおれの妻だ。汚い言葉を使うな。立て、おれと一緒に来るんだ」

「ル・ヴォートゥールにパラダイスの行き方を教えたとき、もう二度とあの小娘の顔を見ないで済むようにって思っていたのに」スカーレットは苦々しげにぼやいた。

「黙って言われた通りにしろ」ディアブロはそっけなく命じた。

窓の外を見たスカーレットは、東の空を藤色《ふじいろ》の光が覆い、曙光《しょこう》が雲をほとんど追い払ったことに気づいた。木々の枝葉は濡れ、草の葉にたまった露は大粒の涙のようにきらめいている。長い脚を伸ばし、スカーレットは椅子から立ち上がった。

「それでどうするつもり？」

「おれがデヴォンを探す間、おまえは友人に見張っていてもらう。どうするかはあとで決める。おまえがデヴォンを傷つけたことがわかったら、なんのためらいもなく殺す。今はおまえの相手をしている暇はない。コーマックならおれが戻るまでおまえをなんとかしてくれるだろう」

　キットはスカーレットを剣先でつつきながら扉から押し出し、馬をつないだところまで行った。身に着けていた武器をすべて取り上げて丸腰にしたあと、スカーレットの両手を鞍の前橋《ぜんきょう》に打ち当てながら、彼女を持ち上げて馬に乗せた。そして自分はひらりとその後ろにまたがった。


「厄介な友、ディアブロよ。なんでまた人里離れたおれの城へやってきたんだ？」コーマックは笑いながら、スカーレットのすらりとした体と燃えるような髪を青い瞳《ひとみ》で見つめていた。濃い眉毛《まゆげ》を、額に垂れ下がった真っ黒なもじゃもじゃの髪に触れんばかりにつり上げている。「この女は誰だ？」

「おまえの助けが必要なんだ、コーマック」鞍からスカーレットを引き下ろしながらキットは険しい顔で言った。

「助けようとも」コーマックは大声で言った。「おれにどうして欲しいのか、朝食を一緒にとりながら話してくれ。かなりおもしろい話がきけそうだな」そう言いながらも、物欲しそうな目で、スカーレットの見事な赤毛を見ていた。この女はキットの手荒い扱いに怯《おび》えた様子も見せない。コーマックはこんなにすばらしい女性に会ったことがなかった。

「スカーレット、紹介するぞ。コーマックだ。この崩れかけの城と、見渡す限りの土地の持ち主であるペンブローク公爵にして、コーンウォール一のいまわしい密輸業者でもある。コーマック、こいつはスカーレットだ。並外れた海賊にして、おれから妻を取り上げようとした恐ろしい女だ」

「それはこみ入った話だな」コーマックは取り澄ましてうなずいた。鋭い視線をスカーレットの均整のとれた体と美しい顔の上をむさぼるようにさまよわせている。彼は、見事な赤毛の女のすべてが気に入っていた。ただし、彼女がデヴォンにしようとしたことだけは別だった。だが、女というのは服従させるものだし、スカーレットを飼い馴《な》らすというのは、なかなかやりがいがありそうだとコーマックは思った。

質素だが食べごたえのある朝食をとりながら、キットはここ数カ月の間に起こったことをすべて話した。恩赦を受け、称号を取り戻したことから、スカーレットがデヴォンを殺そうとしたことまで。スカーレットを独房のような部屋に閉じ込め、ふたりは邪魔されることも話をきかれることもなく、率直に話ができた。

「おれになにをさせようって言うんだ？　女を殺すのは断わるぞ。スカーレットは若死にさせるには魅力がありすぎる」

「おれがデヴォンを探す間、スカーレットを預かってほしいだけだ。あいつをどうするかは、デヴォンが見つかったときの状態しだいだ。今はあの赤毛女を絞め殺したいくらいの気持ちなんだがな。任せていいか？」

「ああ。せいぜいあの派手な女から目を離さないでおくよ」コーマックは、青い瞳をみだらな喜びに輝かせながら約束した。「おれなら、スカーレットに悪行を悔い改めさせることができるかもしれん。手にあまるかもしれないが、おれこそ適任だと思う」

コーマックのにやにや笑いに、キットは骨の髄までしみるほどの疲労と心配にもかかわらず、つい笑ってしまった。「せいぜい幸運を祈るよ。だが、サソリよりすごい毒針があったからっておれに文句は言うなよ。戦わずしてあいつを服従させることはできないからな。あいつは他人《ひと》から奪う奴であって、他人《ひと》になにかを与える奴じゃない。クロゴケグモよりもっと危険だぞ」

「運に任せてやってみるよ」コーマックは、火のように激しい気性の海賊との対決を心待ちにして大声で言った。「おれがどうにかできなかった女はいないからな」

「それでも、スカーレットみたいな女は初めてのはずだ」キットは言い返した。

たらふく食べたあと、キットは袋に食料を詰め、疲れている自分の馬をコーマックの馬小屋にいる元気な馬と取り替えると、最愛の妻を探しに出かけた。

少したって、コーマックは食べ物をのせた盆を手に美しい囚われ人を訪ねた。扉の向こうで待ち受けるもののことを考えると、大きな体は強い期待でいっぱいになった。何年もの間、彼は情熱と度胸をあわせ持つ女を待ち続けてきた。あらゆる点でスカーレットはまさにそういう女だ。ディアブロによれば、彼女は自分と同じくらい腹黒いようだが、そのことを非難するつもりはなかった。怒りっぽい雌馬のように、彼女に必要なのは導いてやるしっかりした手と、荒馬を乗りこなせる本物の男だ。

「いったいなにが望み？　このにやにや笑いのガマガエル！」コーマックが部屋に足を踏み入れるなり、スカーレットが怒鳴った。

「それが食べ物と友情を差し出している男を迎えるやり方か？」

「友情なんて、ばかばかしい！」スカーレットはコーマックを怒らせるつもりでそう言ったが、彼は平然としたまま、慎重に盆をテーブルに置いた。

「さてお嬢さん、おれがそんなに簡単に怒る男じゃないことはわかっただろう。なにを持ってきたか見てごらん。スコーン、ジャム、オートミールに温かいお茶だ。いい子にして食べるんだ」

彼のなだめすかすようなもの言いに、かえってスカーレットは怒りをつのらせるばかりだった。自分に向かってこんな偉そうな態度をとったり、もの言いをしたりした人間はこれまでいなかった。この不作法者は、あたしが船長として、仲間からも敵からも恐れられていたことを知らないのだろうか？　スカーレットは、コーマックが盆を置いたテーブルにゆっくりと近づくと、冷たい軽蔑《けいべつ》の目で食べ物を一瞥《いちべつ》した。そして、大男が目的に気づく前に盆をつかむと、彼の頭をめがけて投げつけた。幸いにもコーマックはかわせないほど油断しておらず、盆が音を立てて飛んで後ろの壁にぶつかったときも無傷で、食べ物のはねがかかっただけだった。

「それがあんたの食べ物と友情に対するあたしの答えよ！」スカーレットはせせら笑った。「あんたもあたしも、ディアブロがあたしをどうするつもりかわかっている。本当にあたしと友だちになりたいなら、あたしを自由にすることだね」

「ああ、お嬢さん、それはできないってわかってるだろう？　そんなことをしたらおれたちの命はない。どっちが正しくてどっちが間違っているかに関係なく、おれはディアブロには逆らわない」

「じゃあもう話し合うことはないね」スカーレットはぐいと顎を上げてきっぱりと言った。「ここから出ておいき」

スカーレットは目の端で力強い巨漢をじっと見つめ、彼があらゆる点でディアブロにひけをとらないほど堂々として立派だと思った。鋭さには少し欠けるかもしれないが、見事な体格の隅々からにじみ出ている男性的魅力は、力強くすばらしい。厚い筋肉で覆われた、精力みなぎる体と脚には、少しのぜい肉もついていない。いわゆる美男ではないが、コーマックの顔は荒削りな美しさをもっており、古典的ハンサムよりももっと官能的で、もっと人を惹《ひ》きつけずにはおかない魅力にあふれている。だが、もちろんどれほど深く魅了されているか、相手に気づかせるつもりはなかった。

コーマックは背が高くしなやかな体をしたスカーレットに、裏をかかれるつもりは毛頭なかった。「おまえは厄介な女だな、スカーレット。だが、とうとうふさわしい男に出会ったんだ。おれはあんたの強さを恐れるような、ちっぽけな臆病者ではない。さあ、散らかしたものは自分で片づけるんだ」引っくり返った盆と、壁から床までこぼれた食べ物を指差して命令した。

「やだね！」スカーレットは逆らった。「あたしは誰のためにも働いたりしない。自分で片づけることだね」

コーマックが威嚇するように彼女のほうに一歩踏み出したときも、燃えるような髪を振り乱したまま、スカーレットは一歩も引かなかった。どんな男に対しても一歩も譲ったことなどない彼女は、もちろん今もそうするつもりはなかった。「いらっしゃい、毛むくじゃらのお猿さん」彼女は大胆にからかった。「あたしを簡単に狙《ねら》えると思ったら大間違いだよ」

コーマックは、低い、喉《のど》を鳴らすような声を立てて笑った。スカーレットは今までに会ったどんな女よりも自分を興奮させてくれる。彼女のじゃ香の香りを嗅《か》ぐたびに体が燃え上がる。彼はすさまじい勢いで体中を血が駆け巡って生き生きと活力にあふれるのが感じられ、スカーレットが欲しかった。彼女に対する欲求は、かつて味わったあらゆる欲求をしのぐほどだ。

スカーレットは危険をはらんだ緑の目を細めた。コーマックの欲望を感じた彼女は、激しい本性を持つ女としてそれに反応し、戦いに備えた。彼女が純潔でないことは神がご存じだ。スカーレットには、目の前の男が自分を欲した瞬間がはっきりとわかった。コーマックが興奮している匂《にお》いを嗅ぎとることも、手を伸ばせば自分と結ばれることを切望している敏感な部分に触れることもできる。ふたりは手を腰に当てて、お互い長年セックスの戦いに挑んできた同志のように向き合った。

欲望と敵意を分けていた細い線が、いきなり砕け散った。盛りがついた獣のように相手に飛びかかると、服を裂き、抱き合い、つかみ合い、セックスの無上の喜びを求めて戦いを続けようと床にくずおれた。ふたりは精力的かつ迅速に愛し合った。優しさなどほとんどなく、今までに感じたことがないほどの性急な欲望に我を忘れた。二匹の壮健な獣のように床に転がり、自分の意志をぶつけ合いながら、すぐに強烈な解放に達し、疲れ果て、お互いに驚き呆《あき》れた。まるで見知らぬ怪物が解き放たれたかのようだった。

「信じられない」スカーレットはあえぎながら、あがめるように言った。「まるで悪魔が別の悪魔に入れ替わったみたい」

デヴォンは全身濡《ぬ》れ鼠《ねずみ》で、髪もべったりと頭に貼《は》りついていた。びしょ濡れのマントの前をかき合わせて、どしゃぶりのなかを、何時間もよろよろと歩いていたが、こんな夜に外にいるような輩《やから》にはひとりも出くわさなかった。山荘も農夫の小屋も、ただひとつとして見つからず、村さえ見つけられないなんて。みちしるべとなる星も出ていなかったので、文字通り闇雲《やみくも》に何時間もよろめきながら歩き回っていた。信じられないほどくたびれていたものの、こんなひどい天気では、スカーレットも自分の足跡を探せないだろうということだけが救いだった。雨宿りできそうなところが見つからなかったため、わずかな気力を振り絞ってひたすら歩き続けるしかなかった。

暗闇と霧のなかから大きな外観が目の前に浮かび上がったとき、体力は限界に来ていた。家だわ！　ああ、ありがたい、もうすぐ助けてもらえる。神に感謝して熱心に祈った。ぬかるみをびしゃびしゃと音を立てながら進み、建物に近づいていく。デヴォンは奇妙な感覚にとらえられた。見えてきたそれは、暗くてさびれていて、彼女がいやというほどよく知っている建物だったのだ。ああ、神様！　絶望のうめき声が凍えた唇から漏れた。

あの別荘だわ！　わたしは何時間も同じところをぐるぐる歩いていたのね。彼女は疲れ切って膝からくずおれた。なめらかな頰を涙がとめどなく流れる。もうだめだ。そう思ったとたん、突然デヴォンのなかでなにかが動き、彼女はお腹をしっかり抱きしめた。赤ちゃん！　身ごもってから初めて、子供のほうから存在を知らせてきたのだ。キットの子供。まだ見ぬ子への愛情と膨れ上がる責任感に励まされ、デヴォンは必死で立ち上がると、生き延びる決意をもって別荘に近づいた。

スカーレットは出ていっただろうか。残っていても、寝ていれば勝てるかもしれない。音を立てないように扉を開き、なかの暗がりに目が慣れるまで敷居のところで立ち止まった。外では低い雨雲の間から曙光が差している。

部屋のなかに足を踏み入れると、あたりはがらんとしていた。デヴォンは身震いした。スカーレットが出ていってからそう長くたってはいないと直感したが、やはりそれは正しかった。そばに芯《しん》まで燃えたろうそくがある。部屋から部屋へこっそり見て回ることができるほど周囲は明るくなっていた。やはりもぬけの空《から》だ。スカーレットが気を失って倒れた床に、まだ重いろうそく立てが転がっていたが、それを別にすれば彼女がいた痕跡《こんせき》はなかった。

一度は自分の牢獄《ろうごく》だった部屋に戻ると、デヴォンは骨の髄までしみこんだ冷えをとるべく、暖炉に火を燃やす支度をした。火がぱっと燃え上がると、急いで服を脱いで分厚いキルトに身を包んだ。スカーレットが戻ってくるかもしれないと考えて一瞬ためらったものの、ここに探しに来ることはないだろうと確信して、その部屋に落ち着くことに決めた。

忍び足で台所に行くと、食糧置場にチーズ、パン、りんご、冷たいうさぎ肉が少しだけあった。デヴォンはごちそうを整えると、それを暖かく居心地の良い自室へと運び、火の前に座って、むさぼるように食べた。雨に打たれながら、ぬかるみのなかを何時間も無理をして歩き回った疲れで、体のふしぶしが痛む。一週間は寝続けられそうだ。ベッドに丸くなると、藤色と銀色の雲の間から薄い曙光が差し込むころには眠り込んでいた。夜が訪れても、デヴォンはひたすら眠り続けた。


キットは意気消沈し、全世界が自分の肩にのしかかっているような思いに沈みながら、別荘で馬を止めた。捜索しているうちに別荘のすぐ近くまで来ていたため、コーマックの古城に戻って出直すよりも、ここの寝室のひとつで夜を過ごしたほうがいいと思ったのだ。疲れは極限にまで達していてまともに頭が働かなかったが、本能が、デヴォンが数週間寝泊りしていたところに留まるよう告げていた。ロンドンを数日前に出てからというもの、キットは馬の上でときたまうたた寝をするくらいで、ちゃんと寝ていなかった。苦悩のあまり口元を厳しく引き結び、眉間《みけん》にはしわが深く刻まれている。田園を何時間も捜し回ったにもかかわらず、デヴォンは見つからなかった。ウィンストンが彼女を英国から連れ去ったのでない限り、もう見つかってもいいはずなのに。

突然キットは馬の上で姿勢を正した。背骨をちくりと刺すような感覚に身震いする。まるで静かな家のなかにいる何者かに、見えざる指で招き寄せられているかのようだった。その強い力に駆り立てられて、キットは鞍から滑り降りると、闇を通して別荘を見つめた。

弱った馬をやわらかい草の葉を食べやすいところにつなぐと、夢遊病者のように別荘に近づいていった。その家が空き家だという事実を頭が受けつけず、内なる謎《なぞ》の力に導かれるようにして、寝室のひとつに狙いをすまして大股《おおまた》で歩いていく。

暖炉のなかの残り火がぼんやりと輝いて、ベッドで穏やかに眠る細身の体を照らし出していた。狂喜の声を殺して、キットはベッドに駆け寄り、デヴォンを見つめた。ぐっすり眠っている。そのまま眠らせておくことにして、キットは踵《きびす》を返すと、馬をつないだところまで戻った。哀れな馬の鞍を外し、体を拭《ふ》いて乾かしてやると、鞍袋を建物のなかに運び入れ、自分とデヴォンに、コーマックの食糧置場からもらってきた食べ物の残りで簡単な食事を準備した。入浴してひげを剃《そ》ったころには、妻への欲望が体のなかでたいまつのように燃えていた。キットは裸で彼女のかたわらに横たわった。

デヴォンはキルトの下で猫のように優雅に伸びをした。気持ちの良い夢うつつの状態で、頬を薄桃色に染めている。眠りのなかでキットの優しい愛を感じ、彼のやわらかな手で秘所を探られているような気がした。最後にキットの愛撫《あいぶ》の魔法を味わい、彼独特の香りを楽しんでからとんでもなく長い時間がたった。ああ、わたしはキットを愛している。スカーレットの陰謀から逃れて再び彼と会うことはできないのかしら？　彼女は眠りながらも思った。

彼がただの幻として消えてしまう前にとらえようと手を伸ばすと、キットがすぐ横にいるように感じた。「あなたが欲しい――あなたが本当に欲しいわ」デヴォンはかすれ声でささやいた。過去に何度もそうしたように、彼の肌に舌を這《は》わせてみる。彼が数え切れないほど何度もそうしてくれたのを思い出しながら。

なんて塩からい味がするのかしら！　ざらざらとして、それでいてなめらかな感触！　まるで彼が現実にここにいるみたい。ビロードのような肩から、胸のざらざらとした気持ちの良い毛深さ、お腹のなめらかな硬さ、そして筋肉質のものの強さと力。

手を動かすにつれて肌ざわりが次々に変わった。

「おれもきみが欲しいよ、愛しい人」キットの声が答え、デヴォンは眠りのなごりが一気に吹き飛んだ。「でも、このままだときみをちゃんと抱けない」

デヴォンは心臓が喉から飛び出しそうになった。「キット！　わたし夢を見ているの？　それとも本当にあなたなの？　うれしいわ」彼女はすすり泣いた。「見つけてくれるまで、どうしてこんなに時間がかかったの？」

「ウィンストンがきみをどこに連れていったか、父上がやっと教えてくれたんだ。ここ数週間、何人も使って田園地帯を捜し回ったんだ。場所がわかってすぐロンドンを出た。おれは幻じゃないよ、きみが唇と手でわかったようにね」

「ずいぶん長い時間がたったから、もう会えないのではないかとあきらめていたの」

デヴォンは涙をこらえて言った。

「世界中を探してでもきみを見つけたさ」

「スカーレットの手に落ちていたら、そうはいかなかったわ」デヴォンははっとして凍りついた。「キット、スカーレットはわたしを殺すつもりよ！　彼女がここに戻ってきたらどうするの？」

「スカーレットのことは心配しないでいい。おれが彼女を見つけてコーマックのところへ連れていき、見張らせているんだ。スカーレットのことはもう怖がらなくてもいい。彼女はすべてを白状したよ。きみの誘拐を計画したのは彼女で、ウィンストンを脅して命令に従わせたとね。ところで、あのいまいましい臆病者はどこだ？　おれに見つからないように祈りながらどこかに隠れているんだろうが」

「今ごろはもう、フレディと一緒にフランスへ向かっていると思うわ」

「それはいい厄介払いになった」キットは手厳しい口調で言った。「だがいったいなんだってフレディ・スミスは今回のことに関わってきたんだ？　彼のことは考えてもみなかった」

「フレディ・スミスは、関わっていたわけではないの。むしろウィンストンとわたしが駆け落ちしたと思ったらしいわ。それからスカーレットがフレディとウィンストンの噂《うわさ》を流したの。あなたがウィンストンのことを――男性しか愛せない人だって言ったとき、信じていればよかったんだけれど……でもあのときはあまりに突飛に思えて。その噂のせいでフレディは家を追い出されてしまったから、手を尽くしてウィンストンを捜し出して、一緒にフランスへ行こうって持ちかけたのよ」

「おれが雇った男たちがなんの手がかりも得られなかったのに、フレディがどうやってウィンストンの居どころを知ったのかわからんな。もしウィンストンが再びロンドンに現われたら、おれがこの手で絞め殺してやる。こんなばかげたことに荷担するようきみの父上を説きふせたうえに、おれを何週間も耐えられないほど苦しませたんだからな」

「ウィンストンがわたしをどこへ連れていったか、お父様があなたにすぐに教えなかった理由がわからないわ。あなた、わたしたちが結婚したことをお父様に言わなかったの？　恨むなんてお父様らしくない。あなたを気に入っていないことは知っているけれど、でもお父様は復讐《ふくしゆう》の鬼なんかじゃないわ。わたしたちが愛し合っているとわかれば、きっと折れてくれると思ったのに」

キットは伯爵のことを話す言葉を探しながら、デヴォンを両腕で引き寄せ、自分の胸にやさしく押しつけた。「そうしようとなさっていたんだろう。でも父上はきみが出ていったその日に発作を起こしてしまってね。そのときおれが一緒にいたんだ。おれときみが愛し合っていて、結婚もしたと伝えたときに倒れてしまわれた。おれたちの真実を知ってさえいれば、ウィンストンの野蛮な計画に同意なんかしなかったと言っていらしたよ」

「ああ、キット、まさか！　お父様は――」

「いや、父上はおれがロンドンを出るときには回復していたよ。一時は話すこともできなかったし、しばらくは予断を許さない状態だった。でも、話せるようになるとすぐ、きみの居どころを教えてくれたんだ。自分のしたことをすまないとおっしゃっていた。きみに許してほしいとも」

「お父様を責めたりしないわ。ウィンストンが口から出まかせを言って、あなたがわたしに危害を加えるつもりだと信じさせたんでしょう。どうやらあなたはお父様の気持ちを変えたようね。大切なのはわたしたちがまた一緒にいるということだわ」

「しゃべりすぎだよ」キットはそう言ってからかった。「おれが欲しいと、ついさっき白状したんじゃなかったか？　もう待てない、おれがどんなにきみのことを欲しいか証明させてくれ」

デヴォンの返事は彼の唇にかき消された。キットは激しい欲望にかられて、うわごとのように彼女の名前を繰り返しささやきながら、両手でしっかりと彼女の顔を包み込み、甘い唇、頬、鼻にキスの雨を降らせた。そして、背中から腰のくびれ、締まったお尻、絹のような太ももを愛撫していく。張りのある胸の先端を口に含まれると、デヴォンは喜びのあまり叫び声をあげた。

「少し太ったようだね」キットは両手で彼女の胸のやわらかいふくらみの重さを測るようにしてささやいた。「でも気にしないよ」彼は物欲しげな目を向けた。「このほうがおれの手にぴったりだ」

それを証明するかのように、彼はやわらかな白い乳房を包み込み、つぼみが尖って立ち上がるまで親指でなでた。それから再び唇でとらえると、舌先で刺激し、優しく吸った。

デヴォンは激しい歓喜に体を震わせた。ああ、わたしは、これが――彼のすべてが欲しかったんだわ。

顔を上げ、キットは満足げにため息をついた。「ああ、悪魔さえも誘惑するようなきみに、ただの人間のおれがどうやって抗えるって言うんだ？」

「ただの人間ですって？　いいえ、キット。あなたはディアブロ、わたしの心にくもの巣のように誘惑の網を張った悪魔よ。心から愛しているわ」

デヴォンの体をくまなく両手で愛撫し、引き締まったヒップを包むと、キットの息遣いは荒く不規則になった。切望する気持ちを伝えようと、彼女を強く引き寄せた。

高まっていく愛情に耐えられなくなり、デヴォンにわずかに残っていた慎みは消えてしまった。深く息を吸い、キットの腕のなかでみだらになった。デヴォンが大胆にも彼のたくましい男性自身を手で、口で、舌で、愛撫すると、キットは狂喜して息もできないほど興奮した。デヴォンの舌が下腹部をたどるのを感じた瞬間、すでに薄れつつあった自制心は完全に消えた。彼女を仰向けにすると、膝で彼女の脚を少しずつ押し広げ、締まった熱いさやに身を沈めた。唇から愉悦の声を漏らしながら、デヴォンを、うずくほどの興奮にまで駆り立てる。ふたりはひとつになり、互いに手で探り合い、唇で貪欲《どんよく》に求め合った。

キットは前後に動き始めた。ゆっくりと優しくするつもりだったが、強い欲望に駆り立てられて、やわらかく気持ちの良い彼女のなかに、強く、深く、速く突き入れるのを抑えきれなかった。彼女のささやきに刺激され、嵐《あらし》のような解放へと性急に突き進んだ。

腰に両脚を絡みつけてきたデヴォンに、深く、心地良く刺激されると、キットは荒々しく昂《たか》ぶり、夢中になった。突然爆発が起こり、内側がとろけるように熱くなってもなお、デヴォンは脚をしっかりと絡ませていた。キットが絶頂に達して、身震いしながらため息を漏らすのをきくまでは、彼を離したくなかったのだ。

「ああ、こんな喜びは天国でしか見つけられないと思っていたよ。ずっとそうじゃないかと思っていたけど、やはりきみこそが、おれの天国なんだ」

キットは再び彼女を愛撫し始めた。胸、太もも、お腹――ウエストのくびれの下の隠しようもないふくらみに来たとき、彼の手が動きを止めた。デヴォンは、はっと息をのみ、キットに子供のことを話していなかったことを今さらながら思い出した。

「キット……」

「なんてことだ！　きみのお腹には赤ん坊がいるじゃないか！　どうしておれが父親になるって教えてくれなかったんだ？　それとも赤ん坊をおれの腕に抱かせるまで黙っているつもりだったのか？　スミス家の舞踏会で言ってくれればよかったのに」こんな大事なことを黙っていた彼女にいらだち、とがめた。「知っていたらもっと優しくしたのに」

「あなたはわたしを傷つけたりしていないわ」彼女の青い目は愛情で輝いていた。「それにわたしたちの子供も大丈夫よ。この子は元気にしてるわ、ここで」そう言いながら、デヴォンはキットの手を硬いお腹のふくらみに当てた。「赤ちゃんがわたしのなかで動くのを感じて。この子は強いわ、父親と同じように」

自分の手に小さくこつんと当たるものを感じると、眉間にしわを寄せていたキットの不機嫌な顔が畏敬《いけい》の念をたたえた表情へと変わった。「どうしてもっと早く言ってくれなかったんだ?」彼は繰り返した。「いつからわかっていたんだ? ウィンストンはおれたちの子供を傷つけたかもしれないんだぞ! スカーレットの計画が成功していたら、おれはきみたちふたりとも失っていたかもしれないんだ」恐怖の表情から、押し殺した怒りの表情に変わった。

「英国に戻って一カ月くらいたってから、そうではないかと思うようになったの。舞踏会であなたに言おうとしたけれど、スカーレットに邪魔されてしまって。そして次の日には、ウィンストンにさらわれてしまったでしょ。キット、あと五カ月と少しであなたに息子が生まれるのよ。あなた――うれしい?」デヴォンは自信のなさそうな笑みを浮かべてきいた。

「有頂天になるほどうれしいよ。だがおれは、ひとり目は娘がいいな。母親と同じくらい魅力的な青い目の天使が」

「いいえキット、まずはあなたの名前を継ぐ息子よ。それから娘を何人でも、あなたの望むだけ」

「あまりたくさんはいらない」キットはからかうように言った。「きみをいつも妊娠させて疲れさせるつもりも、きみを危険にさらすつもりもないからね」

「あなたの子供がたくさん欲しいわ。わたしは丈夫で健康だし、もうなにも起こらないに決まってるもの」

「それなら好きなだけ産めばいい。でも母親としての本能だけでなく、おれの父親としての自我も満足させてほしい。きみにはいつでもおれのために時間をとってもらいたいんだ」

「あなたのための時間ならいつでもあるわ。今すぐにも。もう一度抱いて、キット。あなたを求めて泣きながら眠っていた寂しい夜の分だけ抱いてほしいの」

「ああ、でもまず夕食にしよう。おれは腹ぺこなんだ。一日中馬に揺られていて、今朝コーマックのところを出てからなにも食べていない。きみをちゃんと抱くには栄養も必要だ」

デヴォンは頬を赤らめた。キットが食事を用意している間に、入浴してさっぱりすると、キルトに身を包み、暖炉に火をおこした。彼が戻ってくるころには美しい炎が燃え上がっていた。ベッドに並んで腰かけ、ふたりは最後の一口まで食べ尽くした。食事を堪能したデヴォンは、指をなめながら仰向けになった。

「うーん、おいしかった。わたし、自分で思っていたよりもお腹が空いていたみたい。食べ物や飲み物のことなんてほとんど考えずに何時間も眠り続けていたんだわ」

「まだ疲れてる?」キットはきいた。欲望に燃えた銀色の眼差しで、彼女の顔を食い入るように見つめてから、キルトがずり落ちてあらわになった豊満な胸を見つめる。

「今欲しいのは睡眠じゃないみたい」彼女は大胆にほのめかした。

「じゃ、もっと食べたいんだな」彼のからかうような口調に、デヴォンは心臓がどきどきした。

「いいえ、食べ物じゃないわ、わたしが欲しいのは」彼女のやわらかなささやきを耳にすると、キットは欲望の温かい繭《まゆ》に包まれ、疲れもたちまちふきとんでしまった。

彼はゆっくりとキスをしながら、彼女の体からキルトをそっとはいだ。胸のなめらかなふくらみに指で軽く触れ、薄い桃色の先端に優しく触れて尖らせると、腰に手を回して彼女を引き寄せた。キットは焦ることなく、彼女が今まで知りようもなかったほどの喜びを与えたかった。両脚の間にそっと手を差し入れ、やわらかな肌を分け入って、温かな割れ目に指を滑り込ませる。優しく愛撫すると、彼女は潤い、身もだえした。

「きみも、赤ん坊も大丈夫かな？」キットは心配そうにきいた。そう言いながら指で探られると、デヴォンは耐え難いほどに昂ぶった。

「ええ」デヴォンはあえぎ、彼の指の動きに合わせて腰を動かし、彼が入ってきやすいように脚を開いた。

キットは、隠れた小さなつぼみを親指でつまみ、硬くなるまでなでると、顔を寄せ、今度は舌でころがした。驚きに貫かれ、デヴォンは思わず背をそらせた。

「キット！　ああっ！」

「力を抜いて。怖がらずに感じてくれ。きみが与えてくれたのと同じだけおれも喜びを与えたいんだ」

「キット、お願い――やめないで！」

「やめないよ、決して」

突然、世界が粉々になり、デヴォンは鮮やかな色と星の流れる万華鏡のなかへと落ちていった。彼女の興奮が完全に落ち着くまで待ってから、キットは彼女の上になり、大きくなった彼のものを深く沈めた。彼の体のなかには、デヴォンが感じている間、あえて抑えておいた興奮と欲望が渦巻いていた。

キットは欲望に酔わされ、体が求めるままに繰り返し突き入れては引き、ほんの少し前にすっかり消えたはずのデヴォンの炎を再び燃やすように、彼女のなかで激しく動いた。

「ああ、そうだ。おれのためにもう一度いってくれ。きみの心地良い体のなかで、きみがどんなに興奮しているかを感じたい。ああすごく締まる――そして、とても温かい――」

彼の刺激的な言葉に、デヴォンは興奮して我を忘れ、燃え上がった。今度はふたり一緒にどんどん高まっていき、神が男と女に与え得る歓喜の極みに達した。

「大丈夫?」

「ええ……すばらしいわ」デヴォンは夢見心地でため息をついた。「こんなに幸せになれるなんて考えたこともなかった」

「おれもだよ。海賊を続けていたら、いつ捕まって絞首刑になってもおかしくなかった。きみを永遠に失うかもしれなかったんだ。美しい妻と子供までいる、堅気の人間に再びなれるなんて夢見たことすらなかった。ウィンストンとスカーレットにもう少しできみを取り上げられていたかと思うと、本当に恐ろしくなる」

「スカーレットはどうなるの?」デヴォンはきいた。

「あの美しい首をこの手で絞めてやりたい」キットは険悪な様子でつぶやいた。「だが、おれは彼女を当局の手にゆだねることに決めた。殺人未遂と、恩赦に違反したことで告発されるだろう。法に則って罰を受けて、罪を償ってもらうんだ。おれが勝手に制裁を加えることはもうしない」

初めて出会ったときからずっと自分のことを恨んでいた女に、デヴォンは哀れみも感じず、キットの判断に疑問を差しはさまなかった。

ふたりはそれから三日、その別荘で過ごした。休み、話し、愛し合い、毎朝遅くに目を覚ますと、前夜の奮闘でしわくちゃのままのベッドでまた愛し合った。午後中ずっと愛し合って過ごし、長く味わえなかった歓喜のときを分かち合うこともあった。幸いなことに、食糧置場には飢え死にしない程度の食べ物があるし、キットが小さな獲物を捕まえてくることもあった。デヴォンは、経験がないにしてはまずまずの料理人であることがわかり、キットは彼女が家事をこなすのを飽きることなく見ていた。

「明日の朝にはここを出よう」ある夜キットはふたりでベッドの支度をしながら言った。「そろそろ戻らないとコーマックが捜索隊を出しかねない。そうでなくてもスカーレットに振り回されて、へきえきしているだろうからな」

「あんまりすばらしくて、ここを離れたくないほどよ」デヴォンは残念そうにため息をついた。

「リンリー邸でも楽しく過ごせるさ。父上がすっかり回復したらすぐに、新婚旅行を兼ねてパラダイス島へ向かおう。タラを責任者として残してきたままだし、島をどうするかも考えなければならないからな」

「パラダイスへはぜひ行きたいわ、キット。でも、子供が生まれるときにはこっちに戻っていたいの」デヴォンは、熱帯の島の暖かく明るい日差しや月光の輝く夜を、喜びとともに思い出した。「まだデヴィル・ダンサー号は持っているの?」

「ああ。ここ数週間は交易に使っていたんだが、コーンウォールに来る前に、コーマックの城近くの入り江でおれたちを拾うように指示をしてきた。ロンドンまで乗っていくためにね。今はたぶんそこで待機しているはずだ。さて、もうおしゃべりはこれくらいにしよう。きみを抱きたい」

「あなたは、いつまでもわたしを抱きたいと思ってくれる?」デヴォンはからかった。「わたしが年をとって白髪になって、美しくなくなったときはどうなるかしら?」

「おれの目に映るきみは、きっと年をとらないよ。今この瞬間と同じように、いつまでもかわいくて魅力的に違いないし、いつ抱いても、千回目であっても、初めてという気がするに違いない。でも、きみがばかげた質問を続けるようだと、千回目は迎えられなくなるかもしれないぞ」

幸せそうにくすくす笑いながら、デヴォンは手を差し出し、彼を温かく抱擁した。ふたりの愛の儀式に唇と体を捧《ささ》げつつ。

22

「ああ、いまいましい！　コーマック、あんたは人間じゃない、魔法使いだわ」スカーレットは苦しそうにあえいだ。

彼らは三日前に爆発するような絶頂を共に迎えてから毎晩抱き合った。スカーレットは、これまでに経験したことがないほどのセックスに満足し、魅了されていた。コーマックは大きな熊《くま》のような男で、野性的だが信じられないほど優しく、優雅なところはまったくないものの、女を昂ぶらせる熟練の技にはそれを補ってあまりあるものがあった。彼を知ってからの三日間、スカーレットは一度もディアブロのことを考えなかった。さらに驚くべきことに、コーマックも彼女に魅了されているらしい。

スカーレットは自分がずっと、意志や知力の程度が釣り合う強い男を待っていたような気がした。彼女はそれをディアブロのなかに見つけたと思っていたから、彼がデヴォンにどうしようもないほど夢中にならなければ、その最初の選択肢でなんら問題はなかったのだ。

「おまえは赤毛の魔女だよ、スカーレット」コーマックはうれしそうに笑った。「おれはずっとおまえのような女を探していたんだ。脚長のあばずれ女、おれたちはちょうど釣り合いがとれている。どっちが勝つかははっきりしないが、お互いに戦いを楽しむことができるに違いない。おまえを飼い馴《な》らすには一生かかるだろうが、人生が退屈になることはないな」

「あんたはあたしを飼い馴らせるような男かしら？」スカーレットは挑むように言った。彼女の猫なで声にコーマックは再びやる気を起こした。

「ああ。おまえはそれを楽しめる女かい？」コーマックは怒鳴るように言うと、背の高い彼女を自分の巨体の下に組み敷こうと転がった。

ふたりはそのまま、東の空に桃色の光が明るい模様を描くまで、慎みもなく抱き合った。疲れ果て、互いの腕のなかで身動きもせず眠った。寝室の扉がすさまじい音を立てて開き、乱れた大きなベッドの真ん中に、裸のまま手足を絡ませている姿がキットとデヴォンの目の前にあらわになるそのときまで。

「いったいなにをやってるんだ？」

キットとデヴォンはほんの少し前にコーマックの城に戻ってきたのだが、あわてる使用人たちのほかには、あたりに誰《だれ》もいなかった。使用人たちは主人がどこでこの三晩を過ごしたかよくわかっていたが、忠誠心からなにも話さなかったのだ。怒ったキットはただちにスカーレットの部屋へと向かい、デヴォンもすぐあとに続いた。キットの指示に反して鍵《かぎ》がかかっていない扉を荒々しく開けると、部屋は空っぽだった！　すぐさま向きを変えると、キットはコーマックの寝室へと急いだ。スカーレットがどうにかしてあのたくましい巨漢を言いくるめ、逃げたのではないかと思ったのだ。あの魔女ならやりかねない——そう思いながら、ノックもせずに扉を開け、部屋のなかへ飛び込んだ。

コーマックは身を起こすと、ベッドの足元に丸まっていたシーツをなんとか引っ張り上げた。激しい夜の余韻に恍惚《こうこつ》としていたスカーレットは反応が鈍く、目を開ける前に物憂げに伸びをした。キットとデヴォンに見つめられているのに気づいても、体を隠そうともせず、満足した子猫のように微笑んだだけだった。

キットは天を仰いだ。スカーレットが逃げたのではないことがわかって、ほっとしたのだが、非常に不愉快でもあった。「さて、友よ、おれの捕虜を預かるなんて厄介な仕事を、とっても気に入ってくれたようでうれしいよ。スカーレットは手にあまるかもしれんが、気が合えばかなりおもしろい女だろう。ずいぶん楽しんだみたいじゃないか？」

コーマックにも赤面するくらいの慎みはあったが、自分のとった行動について説明や言い訳をしようとは思わなかった。そのかわり、抜け目なく話題を変えた。今度はシーツで体をおおい、デヴォンに向き直る。「会えてうれしいよ、奥方。もっとも……もう少し違った状況で会えればもっとよかったがね。シーツにくるまっているようじゃ、正装とは言えないからな。それにしても、ディアブロがきみを無傷で見つけることができて、本当によかった」

デヴォンは笑いをかみ殺した。コーマックのがっしりした胸は、まるで動物のように毛深かった。「ありがとう、コーマック」スカーレットが大柄な恋人の横でおとなしく寝ているのを見るのは、本当に愉快だった。「わたしたちは失礼して、ふたりだけにしてさしあげるわ。わたし――いいえ、わたしたち押し入るつもりはなかったのよ」彼女は立ち去ろうとふたりに背を向けたが、キットがついてこないので、彼の袖《そで》を引いた。

キットはしぶしぶ応じた。「コーマック、下で待っている。話し合うことがたくさんあるからな」振り向きざまにそう言った。

「あいつ、あたしの喉《のど》を切り裂かんばかりに怒ってるわね」スカーレットは、コーマックとふたりきりになると言った。

「いや、そんなことはないよ、お嬢さん。デヴォンが傷ついたわけじゃないからな。だがおまえが奴に軽蔑《けいべつ》されてもしかたがないな。おまえはずいぶん卑劣ことをやったんだからな」彼のいかめしい顔つきを見て、スカーレットは落ち込んだ。三日間この上ない幸せを共に感じたものの、コーマックはディアブロが彼女にしようとすることを、邪魔だてするつもりはないのかもしれない。

「お風呂《ふろ》に入りたいわ」彼女は、不機嫌そうに言った。コーマックの足元にひれ伏したくなどない。あまりにも長い間、自分の運命の舵取《かじと》りを自分でやってきたため、命《いのち》乞《ご》いのために誇りを捨てることなどできそうもなかった。

「わかった」彼の唇は疑わしげに歪《ゆが》んでいた。「風呂の手配はしてやろう。その間、おれは下へ行って悪魔と会ってくる。おれたちをこんな状態で見つけて、言いたいことがそれはたくさんあるに決まってるからな」

「おまえがスカーレットを誘惑したのか、それともあいつがおまえを誘惑したのか？」キットがきいた。

「まあ、五分五分ってところだ」コーマックはほんのわずかにユーモアを込めて言った。「自然にそうなったんだ。おれはあの魔女を手に入れたくて待ちきれなかったし、あいつもおれに手を出さずにはいられなかった。おれは、いつも男は自分の運命を自由にできると思ってきたが、今となっては確信が持てん」

キットは信じられないといった表情を浮かべた。「スカーレットがどんな奴で、なにをしたのか知っているのに、それでもまだあいつに気があるって言うのか？　あいつは機会さえあればためらわずにデヴォンを殺してたかもしれないんだぞ。あの女は人殺しもしかねない。おれを裏切ってル・ヴォートゥールにパラダイスへの航路を教えたのもあいつだ。スカーレットがデヴォン誘拐の首謀者だった。あいつがデヴォンに、あるいはおれたちの子供に危害を加えていたら、すぐに報復してやるところだった」

「おまえの子供？　デヴォンは――」

「ああ、あと五カ月ほどで子供が生まれる」

「おまえが彼女を無事に見つけてくれてよかった」コーマックは心から言った。「スカーレットのことはどうするつもりなんだ？」

「おれはあいつを当局の手にゆだねる。あいつは殺人未遂と、恩赦に違反したことで告発されるだろう。絞首刑は免れるかもしれんが、そうなっても牢獄《ろうごく》で朽ち果てることになるだろうな」

「だめだ、そんなことはさせない！」

「なに？　人殺しと詐欺を平気でする女に情けをかけろっていうのか？　慈悲を施すに値しない女に施しをしろと？」

「ああ、おれはスカーレットが欲しい」巨漢の密輸業者はいくぶんおどおどしながら告白した。「スカーレットと寝たのは、はじめはただ、女に対してどれだけ強いかを証明するためだった。それが、あいつにこれほどまで魅了されちまうとはな。おれは今、あいつからもっとたくさんのものを得たいと思ってる。あいつと結婚して、ずっと自分のものにしておきたいんだ。おれが生きている限り、あいつには誰も傷つけさせないと誓うよ」

「なんてことだ、おまえはどうかしてる！」キットは叫んだ。「あの油断ならない魔女は、おまえが背中を向けたら最後、あばらにナイフを突き立てるぞ」

「望むところさ」コーマックは頑強に言い張った。

キットはコーマックを鋭い目つきでじろじろと見た。自分が今耳にしたことが信じられなかった。コーマックは判断力も分別もある男だ。スカーレットはいったいこいつになにをしたんだろう？　スカーレットが彼をたぶらかしたのだとしか思えない。だがコーマックは完全に正気のようだ。キットは、コーマックがこれまで自分をいつも助けてくれたことを思い出した。カイルとアクバル同様、コーマックは彼の人生にとって不可欠な存在なのだ。

だが、スカーレットを自由にしてやるという言葉を、キットはどうしても口にできなかった。彼女が陰で企てた陰謀に、自分の人生はこれまで何度も台無しにされそうになったのだ。スカーレットがル・ヴォートゥールの計略の一端を担っていたことを、今さらながら彼は考えた。キットにスペインのガレオン船をしつこく追跡させたのは、ル・ヴォートゥールがデヴォンをパラダイスから連れ出し、逃げおおせる時間を作るためだったのだ。さらには、ずっと前にふたりの関係は終わったと断言したにもかかわらず、顔を合わせるたびに彼を誘惑しては関係を迫るのには、ずいぶんといらいらさせられてきた。

突然キットは結論に達し、口元に意地の悪い笑みを浮かべた。「スカーレットの汚いやり口で一番迷惑をこうむったのはおれの妻だ。おれはあの女の運命をデヴォンの手にゆだねる」

はじめコーマックはびっくりしたが、そのうちキットの意図を悟った。デヴォンの心は、スカーレットに死刑を宣告するにはあまりにも優しすぎ、寛容すぎる。「ああ、それ以上に正当なことはないな」彼は同意した。

数分後、スカーレットは緑色の目を油断なく光らせ、体を硬くしてキットの前に立っていた。キットに呼ばれたデヴォンもその場にいた。

「さあ、今すぐあたしを殺してよ」スカーレットはふてぶてしく言った。「牢獄で朽ち果てるよりそのほうがましだわ」彼女はそう言いながらもコーマックが守ってくれるのではないかと期待していたが、彼の顔は無表情なままだった。

「おれは、おまえの運命をデヴォンの手にゆだねることに決めた」キットが静かに言った。

デヴォンは驚きのあまり飛び上がり、恐怖で息をのんだ。キットはいったいなにを考えているのだろう？

「おまえは、デヴォンとお腹の子供の命を危険にさらした。だからおまえのことはデヴォンが決める。これ以上に正当なことはないだろう。おれは彼女の意見に黙って従うことにする」

「子供？」すでに自分は死んだも同然だと気づいたスカーレットは息を詰まらせた。長く華々しい海賊生活においても、故意に子供を傷つけたことはなかったし、手下にもそれを許したことはなかった。「あたし――それは知らなかった」

「きみが決める前におれが話してもいいか？」コーマックが口をはさんだ。

「ええ」デヴォンはうなずきながら言った。「どうぞ」

「おれはきみの亭主にスカーレットと結婚したいと言った。ひとたびおれの妻となったら、彼女がきみを悩ませることはないと誓う。おれは一緒に密輸業をやるつもりなんだ。彼女が楽しく満足していられるだけの刺激はたっぷりあるだろうし、そうなったらロンドンに戻る必要はない。スカーレットがあの見事な体のなかに抱くだろうどんな希望も、おれは命がけでかなえるつもりだ」

コーマックの提案に仰天したスカーレットは、ただただ彼のことを見つめるばかりだった。キットは許してくれるだろうか？　デヴォンは同意するだろうか？

「あなた、スカーレットを妻にしたいの？」スカーレットと同じくらい驚いたデヴォンがたずねた。

「ああ」

「キットはどう思っているの？」

「きいてみてくれ」

彼女は興味津々の目をキットのほうに向けた。「それで、あなたは？」

「決定権はきみにある。だが、スカーレットが、きみを殺すことに良心の呵責《かしゃく》なんか感じず、人をたぶらかすのも平気な女だってことを忘れるなよ」

「スカーレットも結婚を望んでいるの？」デヴォンはコーマックにきいた。

「おれはそう思っている。おれたちが一緒にいるとどんなにすばらしいか、おれたちが一緒にいく瞬間、おれたちがどんなふうに爆発するかきみにはわからないだろう。くそっ、おれはあいつが欲しいんだ。スカーレットが同意したら、明日結婚するよ。そうしたら彼女は公爵夫人で、かつ密輸業の完全な相棒だ。だが、ロンドンに帰ろうなんて考えを起こしでもしたら、おれが彼女の首を絞めてやる――ぶちのめしたあとでな」

デヴォンは自分の細い肩にこの決断の重圧がすべてかかっているのを感じた。自分を傷つけようとしたことを考えれば、スカーレットはどんな目にあってもいた仕方ない。だが、どんな人間にも更生の可能性はある。もしかしたら、彼女に必要なのは彼女の人生を監督する、コーマックのような力のある男なのかもしれない。そうでなくてもデヴォンは、自分には誰かの死を宣告するようなことはできないとわかっていたし、スカーレットは牢獄に入れられたら、きっとほどなくして死んでしまうだろう。

スカーレットはこれまで、ディアブロ以外の男と結婚することなど考えてみたこともなかったが、コーマックは彼女が絶対に拒否できないもっとも魅力ある方法で、彼女に新たな人生を送るチャンスを提供してくれた。コーマックはうずいている彼女の体を、いつも満足させてくれた。もし彼の妻として暮らしたら、ロンドンに行く気力も、理由もなくなるだろう。どのみち金持ちで爵位のあるふりをするのには飽き飽きしていた。そのうえ、コーマックと結婚したら、ずっと夢見ていた公爵夫人になれるのだ。

「あなたはコーマックの言うことに同意するの？」デヴォンはスカーレットのほうを向いてきいた。

長い、緊迫した沈黙のあと、スカーレットは口を開いた。「ええ。もしコーマックがあたしを望むなら、あたしは彼のものよ。彼は扱いにくいものを手に入れることになるけどね」彼女はコーマックのほうを向いた。「あたしを従わせるのは大変だってわかるだろうけど、苦労のかわりに刺激的な毎日と夜が送れると約束するわ。あんたがまだあたしを欲しいなら、あたしの承諾は得られたわよ。あたしはあんたの妻、そして相棒になる」

「どうする？　デヴォン」キットはデヴォンの最後の審判を待った。

デヴォンは判決を下した。「コーマックが彼女を手に入れればいいわ。きっと必要になるでしょうから、わたしは彼の幸運を祈ってあげる」

喜びに大声をあげながら、コーマックはスカーレットを抱き上げて部屋から連れ出し、階段を上がっていった。そして、荒々しく情熱的に彼女を抱くことで、すぐさま彼女を支配し始めた。

翌日の夜、デヴォンとキットが立会人となってふたりの結婚式が執り行われた。司祭はキットたちの婚礼を執り行ったあの司祭だった。急に知らされたにもかかわらず、使用人たちはすばらしい祝宴を用意した。新郎新婦が初夜を迎えるべく姿を消すと、デヴォンとキットもふたりだけになろうと部屋へ向かった。

「スカーレットを当局の手にゆだねないなんて、正しいことだったかしら？」デヴォンは床につくために服を脱ぎながらきいた。わずかではあったが、スカーレットが罰せられないままでいいのかという気持ちもあった。

キットはすでに服を脱いでベッドのなかに潜り込んでいた。「コーマックが、あの性悪女をおれたちの人生から締め出すと言ったのだから、信じていいと思う」キットはそうつぶやいたが、服からデヴォンの体があらわになるにつれて心を奪われ、スカーレットのことなどろくに考えられなくなった。「おいで、きみを抱きたい」彼の飢えたように求める言葉にうながされ、デヴォンは彼の腕のなかへと飛び込んでいった。それからの時間、ふたりは取りつかれたようにお互いを求め、優しくゆっくりと抱き合った。彼を求める気持ちがあまりにも強く、すべてが燃え尽きるほどの激情に見舞われ、デヴォンの体は抑えられないほど震えた。キットは唇と手で念入りに彼女を絶頂へと導き、甘い責め苦に彼女が耐えられなくなると、彼女の最後の砦《とりで》に侵入して、共に激しいクライマックスに達した。

コーマックとスカーレットも、崩れかけた広大な城の別室で、自分たちの花火を打ち上げていた。コーマックの力強い精はスカーレットの敏感な肉体に肥沃《ひよく》な土地を見つけていた。

翌朝キットとデヴォンが出発の準備をしているとき、その場にいたのはコーマックだけだった。彼はいたずらっぽくウインクをして、花嫁の不在を詫《わ》びた。わずかな持ち物をまとめ終わると、コーマックが馬車で、ふたりを人気《ひとけ》のない海岸まで連れていってくれた。デヴィル・ダンサー号が人目につかない入り江に停泊しているのを見つけてふたりは元気づけられた。合図を送ると、長艇が送り出され、ふたりは海岸でその到着を待った。最後に見たとき、コーマックは大いに満足した様子で大口を開けて笑いながら、手を振って別れの挨拶《あいさつ》をしていた。

四日後、彼らはロンドンに到着し、早速賃貸しの馬車でチャタム邸へと向かった。邸ではデヴォンの父親が執事とチェスの真っ最中で、父親が起き上がって椅子《いす》に座っているのを見たデヴォンは、我を忘れるほど喜んだ。デヴォンとキットが突然部屋に入ってきたとき、執事は感謝に満ちた微笑みを投げかけ、部屋からそそくさと出ていった。気難しい伯爵を楽しませるという厄介な仕事から解放されて、うれしかったのだ。

「デヴォン！　ああ、ありがたいことだ！」伯爵はそう叫ぶと、両手を広げて最愛の娘を迎えた。

「ああ、お父様。とても心配していたのよ！　なにが起こったのかはキットが教えてくれたわ。お加減はいかが？」

「かなりいいよ、おまえが戻ってきてくれたからな」チャタム卿《きょう》は感激のあまりしわがれた声で答えた。「そんなことより、おまえはどうなんだ？　ウィンストンは当局の手にゆだねられたのか？　わたしは彼を告発するつもりだ。あの男には良心というものがまったくない。わたしに嘘《うそ》をついたんだからな。デヴォン、どうかわたしを許してくれ」

「お父様はウィンストンにだまされただけよ」デヴォンは、傍目《はため》にもわかるほどやせた父の様子を心配してなだめた。「彼はわたしたちふたりともだましたの。ウィンストンは見かけとは大違いの男だったわ。彼は――」

「デヴォン」キットが忠告した。「無駄なことをお知らせして、父上に負担をおかけしてはいけないよ。ウィンストンは英国から逃げ出して、もう我々によからぬことを仕掛けることもない。そうお伝えすれば十分ではないかな？」

キットの言わんとすることを理解して、デヴォンは慎重に続けた。「すべて終わったのよ、お父様。わたしの――わたしの夫もここにこうして一緒にいるわ。それに、わたしたちお知らせしたいことがあるの。すばらしいことよ」

興味を覚えたチャタム卿は、視線をデヴォンからキットに移した。デヴォンが夫に選ぶまでは憎むべき相手だった男に。「さて、娘よ。おまえがそんなに知らせたがっているすばらしいこととはなんだね？」

キットは口の片端を上げてにやりと笑い、得意げに胸をそらした。「わたしに言わせてください。伯爵、あなたのお嬢様はもうすぐわたしに跡継ぎを産んでくれるのです」

「なんてことだ！　娘が結婚したと知ったのはつい最近だというのに、もう母親になると言うのかね？」チャタム卿はいらだっているふりをして、ぼやいた。「きみは何年にもわたって、商売で何百ポンドもわたしから巻き上げたうえ、娘まで盗みおった。デヴォンがきみを愛しているという確信がなければ追い払うところだぞ」

「もう手遅れです、伯爵」キットはうれしそうに言い返した。「わたしは自分の子供たちを育て上げ、必ずやデヴォンにふさわしい夫になるつもりです。わたしは定められていた人生をもう一度生きる機会を与えられました。ものごとを正しいほうへ導く二度目のチャンスを与えられる男などほとんどいません。ですから、あなたが認めてくださろうとくださるまいと、デヴォンにはわたしの妻でいてもらいます」

「わたしが孫たちと付き合う機会を断わるとでも思っているのかね?」チャタム卿は信じられないといった様子できいた。「悪魔を服従させたから、ディアブロはもういないという娘の言葉をわたしは受け入れるよ。わたしはグレンビル公爵を我が一族に迎える。きみたちふたりにあらゆる幸せのあらんことを」

チャタム卿が手を差し出すと、キットはすすんで休戦を受け入れた。

「閣下、後悔はさせません。わたしはデヴォンがこの世で天国を見つけられるほど幸せにします」

「お父様はわかってくれたと思うわ」デヴォンはキットの広い肩に頭をのせてくすくす笑った。ふたりはリンリー邸へと戻り、生まれたままの姿で手足を絡ませてベッドに横たわっていた。かつてはウィンストンの花嫁として住むことになると思っていたリンリー邸を、デヴォンは前々から気に入っていたし、すでによく知っていたため、自分がここの女主人になり、キットの妻になることはとても自然なことのような気がしていた。

「ああ、とてもよくわかってくださったと思う」伯爵が、元気なうちに孫の顔が見たいと切望していたのを思い出しながらキットは言った。

苦しそうなため息がキットの口から漏れた。ロンドンに着いたとき、デヴォンを休ませるために数日は求めまいと自分自身に誓ったのだが、その誓いを守るのは苦しかった。デヴォンが味わった苦難と、家までの長い旅路を思うと、子供のためにも、妻にはしばらくの間休養が必要だとわかってはいるのだが。

「あなた、お父様に言ったことは本気?」デヴォンは魅力的な猫なで声でささやいた。

「ものによるな。父上にはいろんなことを言ったから」

「わたしがこの世で天国を見つけられるほど幸せにするつもりだって言ったわ」

「ああ、確かにそう言ったが」キットは当惑しながら答えた。

「じゃあ、そうして」

「なにを?」

「わたしを幸せにして」

「今晩は休みたいだろうと思ったんだが」

「我が家で過ごす初めての晩に、休みたいなんて思うはずがないでしょ」デヴォンは驚いたように身を起こし、キットをにらんだ。あらわになった豊かな胸が誘惑するように揺れている。「もしかして休息が必要なのはあなたのほうかもしれないわね？最近はわたしのほうが貪欲《どんよく》だから」

「おれの精力を疑っているのか？」キットは怒ったふりをしてうなった。「おれの精力に不安なところがあるとでも？」

意地悪な喜びを覚えてにっこりと微笑むと、デヴォンは大胆にからかった。「いいえ、でももしあなたが疲れているなら、わたしがかわりに愛してあげようと思って。もちろんあなたの体に負担をかけないように。男の人ばかりがしなくてはいけないと決まっているわけじゃないでしょう？」

「デヴォン、きみを抱くのは望むところだが、考えるに――」

「それなら考えないで、ただ力を抜いてあとはわたしに……」唇を重ねられて喜びのうめき声をあげながら、キットはデヴォンの優しさに身を任せた。

デヴォンは、手と唇、そして舌を巧みに使いながら、彼の体の塩からさとじゃ香の香りを堪能しつつ、残酷なほどに彼を弄《もてあそ》び、じらした。唇で乳首の周りを愛撫《あいぶ》しながら、手で体の敏感なところをひとつひとつ探り当て、火をつけていく。我慢できなくなったキットは彼女を抱きしめようと手を伸ばしたが、彼女は身をかわした。デヴォンが再び優しく攻め始めると、キットは仰向けに寝て、愛撫による官能的な苦しみに耐えることにした。

デヴォンの手が途方もなく長い彼のものに伸び、じらすようになで上げると、キットはベッドからずり落ちそうになった。

「なんてことだ、おれを殺す気か！」

「お互いさまよ」デヴォンはうれしそうにくすくす笑った。手が唇に取って代わると、キットはそこが痛むかのようにうなった。デヴォンは少しの間だけ攻撃の手をゆるめ、彼の腰にまたがると、すばらしい彼のものを自分の湿った温かなさやへと優しく導いた。

「ああ、だめだ。やめてくれ、このかわいい妖婦《ようふ》め！」キットはうめくように言うと、素早く体の位置を入れ変えた。「今度はきみの番だ」

しぶしぶ自分自身を彼女のなかから抜くと、キットはわざと胸の先端だけは避けながら、彼女の体中にキスを浴びせた。おへそのくぼみや腹部のやわらかなふくらみ、なめらかな太ももの内側を愛情を込めて愛撫してから、胸の頂へやっと戻った。彼を欲しがって燃え上がっているそこを、深く口に含むと、片方ずつそっと吸った。デヴォンはうめきながら体をそらせた。

べた。

「もう十分かい？」キットはからかうようにそう言うと、いたずらっぽい笑みを浮か

「ええ」デヴォンはあえいだ。

「いや、まだだな」

次の動きをデヴォンが察する前に、キットは濃い茂みに覆われた頂に唇を寄せた。やわらかい秘所の割れ目を唇で攻めると、激情が熱く流れ出てくる。彼はぞくぞくした。舌で攻撃するように彼女自身に分け入り、貪欲に奥を探った。

彼が優しく探求し続けると、デヴォンは絶叫し、身もだえした。キットがほんの少し前に感じたように、彼女も限界に達しつつあった。キットは体勢を変えて、愉悦のうめき声を漏らしながら素早く彼女のなかに入った。赤ん坊のことを考えて、自制し、慎重に動く。ヒップを支えて彼女の体を持ち上げるようにすると、欲望のあまり彼のものはずきずきと痛むほどだった。デヴォンは、体中が揺さぶられるほどの興奮の嵐《あらし》のなか、宙に浮いたような感覚を味わっていた。彼に導かれて優しいリズムで動きながら、二度と得られないほどの熱い一体感に焼き尽くされた。これから永遠に、わたしたちはひとつなんだわ。

キットが絶頂に達したとき、彼はデヴォンのもの――デヴォンの毎日の生活や呼吸の一部になり、ふたりは二度と離れられない存在になった。

数週間後、デヴィル・ダンサー号はキットが舵をとり、パラダイス島を守るのこぎりの歯のような珊瑚礁《さんごしょう》を無事に航行した。驚くほどたくさんの人が迎えに出ていた。そのなかには海賊をやめて家族と島に残ることを選んだ者たちもいる。秘密の入り江にはもう一隻船が停泊していた。それはキットのかつての仲間のものだった。キットは自分が去る前に、彼らが島に来たくなったときのために、珊瑚礁の航行の仕方を教えておいたのだ。キットは村が繁栄している様子を肌で感じ、船の出入りが増えて桟橋ができているのに気づいて、大いに喜んだ。

カイルとマルレーナも、デヴィル・ダンサー号に乗っていた。アクバルは、デヴォンがキットの子供を身ごもっていると知ってからは、彼女に対する見方をいくらか軟化させたようだった。キットは細心の注意を払ってデヴォンを誘導し、慎重に渡り板を歩かせた。赤ん坊は順調に成長しているし、彼女も健康でとても血色が良かった。

全員が船着場に降り立つと、タラが家からの小道を走り下りてきた。

「ディアブロ様！　戻っていらっしゃると思っていましたよ！」彼女は息を切らしながら歓声をあげ、キットの腕のなかに飛び込んだ。

カイルとマルレーナも同じように喜びにあふれた歓迎を受け、最後に船を下りたアクバルも同様だった。ただし、ディアブロを捨てたことと、パラダイスに起こった惨事すべての責任がデヴォンにあると思っているタラは、彼女には不機嫌そうに微笑んでみせただけだった。キットはタラの敵意を感じ取り、家まで歩く間に、カリブを出てから起こったことのほとんどを、デヴォンが彼の子供を身ごもっていることも含めて丁寧に説明した。たちまちタラは気持ちを変え、おずおずとした微笑みを浮かべながら心からデヴォンに謝った。

専門的な処置が受けられる英国へデヴォンを連れ帰るときだとキットが判断するまで、彼らは至福のひと月を過ごした。彼は、出産という一大事にちゃんと間に合うよう帰るとチャタム卿に約束したのだ。彼らの人生にかけがえのない存在となっていたカイルとマルレーナも、一緒に英国に戻ることになっていた。カイルは自分で事業を起こすのに十分な金を持っており、キットの説得に応じて海運業を始めることにした。誇らしさに満ちた声で、カイルはみなにマルレーナが身ごもっていることを報告した。

これで、まだ身のふり方を決めていないのはアクバルだけとなった。彼はまだ自分の考えを明かしていない。彼はどうやら海賊行為が恋しくなって、またあの仕事に戻りたいと思っているようだった。ロンドンは明らかに好みではないようだ。

キットたちがロンドンへ戻る数日前の晩、タラは自分から行動を起こそうと、アクバルが住んでいる小さな小屋へ向かった。「タラ、ここでなにをしてるんだ?」彼は浅黒い美女を用心深く見ながらうなるように言った。月光の下、彼女の髪は数千個のブラックダイヤのように輝き、アクバルは気もそぞろだった。

「わからない？」タラは胸が激しく鼓動するのを感じながら、静かにきいた。自分からこんなふうにここへ来るのは誇りが傷ついたが、自分の心からの欲求が満たされるなら、そうするだけの価値があると思ったのだ。

「売女《ばいた》じゃあるまいし！」彼は軽蔑したように言い放った。「おれは時々どうしても欲しくなるとき以外、女に用などないんだ、知ってるだろ。そんな関係でもおれと寝たいと言うのか？　それがここへ来た理由か？」

「そうだと言ったら、追い返す？」

「なんてこった！　おれをばかだと思ってるのか？　おれは昔、女にはもてたが、嫉《しっ》妬《と》にその身を潰瘍《かいよう》のようにむしばまれたひとりの女に裏切られた。それ以来、おれがあらゆる女を見下し、たったひとつの目的にしか使わないと知ってて、おれと寝ようってのか？」

「あなたは憎しみの気持ちを隠れ蓑《みの》にしすぎだわ。もう忘れて許してもいいころよ。わたしに手伝わせて」

「なぜだ？」

「わたしにもそんなことわからないわ。ひとつだけわかっているのは、あなたを見ると体の奥が震えて仕方ないけど、それは怖いからじゃないってこと。ああ、あなたはわざと怖い人のように見せかけているけれど、わたしには、あなたが誰にも負けないほど優しいんだってことがわかるの」

「優しいだって？」アクバルは猛然とタラをにらみつけながらうなった。「おれに優しいところなんかない」彼は荒々しく彼女をなかに引き入れた。「おれがおまえみたいな女たちをむさぼり食うのを知らないのか？」そう言うと乱暴に彼女の唇を奪ったが、それは女を怖がらせてきたとは思えないキスだった。「おれが怖くないのか？怖がったほうがいいと思うがな」

「いいえ、怖くないわ。わたしが怖いのはもう二度とあなたに会えなくなることよ」

アクバルは自分の耳が信じられなかった。抱いた女に金を払ってもなお怖がられたものなのに。「おれに会えないと本当に困るのか？」

「とても悲しくなるわ。あなたは――あなたはすてきよ、アクバル」

アクバルはタラをじっと見た。自分のなかにタラが長所を見つけてくれたことが信じられなかった。おれが女のことは誰も信じないのを知らないのだろうか？　タラが彼に近づいて、太い首に細い両腕を回し、顔を上げた。アクバルは彼女の優しさに応え、唇を重ねた。突然、どうしようもない孤独や苦い遺恨、不信の念、そしていわれのない差別を受けた年月が消えた。がっしりとしたその腕で彼女を抱き寄せると、これまでまったく感じたこともない、そして夢見ることさえ許さなかったほどの欲望を覚えて彼女の唇を奪った。

ここ数年と言うもの、彼は魅惑的なタラに惹《ひ》かれていたが、自分の心を明かすのを恐れるあまり誰にも言ったことはなかった。腕のなかにいる心魅かれる女が同じ気持ちを返してくれるのを知って、心を縛っていた拒絶の固い結び目が解けた。気まぐれなスルタンのお気に入りの女の目を引いてしまったあげくに、彼女の嫉妬深い仲間に裏切られて以来のことだった。オールに鎖でつながれたことで憎悪の念をつのらせていった日々。今、タラが彼を解き放ってくれた。感情を解き放つのにはあまりに不慣れで、まったく経験がないも同然だったというのに。アクバルはタラを抱き上げると自分のベッドへ連れていき、外界へと続く扉を閉め、自分の心を愛へと開いた。

数日後デヴィル・ダンサー号が出帆するとき、アクバルはパラダイス島にタラと残った。キットはアクバルの大きな体に、愛に似たかすかななにかが存在しているとは考えたこともなかったので、驚いた。不思議なことにデヴォンだけがそのニュースをきいて満足げだった。彼女は愛の力が奇跡を起こすことを知っていたのだ。なんと言っても、彼女自身それを経験したのだから。

実際のところ、すべてはキットに都合の良いように運んだ。アクバルはパラダイスを監督することに同意し、サトウキビ栽培とラム酒作りも続けることになった。キットは、デヴィル・ダンサー号が島にまた戻り、世界中の市場にラム酒を運ぶよう手配をした。キット、デヴォン、それに子供たちが時間の許す限り、いつでもパラダイスに戻ってこられるよう手はずも整えた。

船の手すりにもたれて立ち、デヴォンは宝石のような島々が水平線の向こうに消えていくのを見つめた。デヴォンの豊かになった腰に手を回して彼女を抱き寄せながら、キットは自分の希望と未来の夢のすべてがこの腕のなかにあると感じていた。彼女がぴったりと身を寄せると、赤ん坊がはっきりと自分の存在をキットに知らせた。

「きつく抱きすぎたかな？　赤ん坊がいやがった」キットは、手のひらを彼女のお腹のふくらみに当て、赤ん坊の動きを手で感じながら笑った。

「いいえ、むしろ出てきたがっているみたいだわ」

「あまり早すぎないといいんだが」キットは心配そうに彼女を見つめながら言った。

「心配しすぎよ、あなた。赤ちゃんもわたしも大丈夫。船室に一緒に来て。そうしたらわたしのすばらしい気持ちを教えてあげる」

「もうそろそろ、そういう激しい運動はやめたほうがいいんじゃないか？」

「あと数週間は大丈夫だと思うの。わたしの太った体にあなたが愛想をつかすまではね」

「ありえない！　きみのお腹にいるのはおれの子だぞ。おれにとってきみは最初に見たときと変わらずきれいだ」

「わたしは初めてあなたを見たときのことを一生忘れないわ」デヴォンは感慨を込めて言った。「すごい黒ひげが顔中を覆っていて、とても怖そうだったけれど、醜いとは思わなかったの」

「今はどうだ？　きみがディアブロの足元で、恐ろしさのあまり気絶しそうだったとは気づかなかったよ」

「首に縄を巻かれて絞首台に立っていては、悪魔だって恐ろしくなんかないわ」デヴォンは生意気にも言い返した。

「だが、実際は、夢のようにすばらしい女を奪ってパラダイスに連れていくほど危険な奴だった。そして今きみのお腹のなかには、奴の愛の結果がいる」

「結果ですって？　いいえ、わたしの腹黒い悪党さん。あなたはわたしの心を盗み、かわりに愛をくれたんだわ」

「その愛の結晶は、おれにはかけがえのないものだ。でも、きみを抱いても赤ん坊を傷つけないと言うなら、お役目を果たすのは望むところだ」

ふたりが、月の光り輝く居心地の良い船室のなかで再び愛し合っている間、時はまるで止まったかのようだった。愛の魔法と情熱の力なくしては彼らの物語が語られることはなかっただろう。それは始まった場所——絞首台の上で終わっていたかもしれないのだから。

訳者あとがき

本書はアメリカのベストセラー作家、コニー・メイスンによる『Tempt the Devil』の全訳です。コニーはヒストリカル・ロマンスの巨匠としてすでに五十作以上を発表、その異国情緒あふれる情熱的な作風で多くの読者を魅了しています。本作品は、十八世紀初頭の英国とカリブ海が舞台になっています。

物語は一七一五年のロンドン、悪名高き海賊ディアブロが、テムズ河沿いで処刑されようとしている緊迫した場面から始まります。浅黒い肌に漆黒の髪、黒いひげをたくわえた海賊は、人々から悪魔《ディアブロ》と呼ばれ恐れられていました。彼は死が目前に迫っているにもかかわらず、まるで王のように堂々と処刑台に立っています。処刑場に居合わせたヒロイン、デヴォンは、彼に引きつけられずにはいられませんでした。十九歳のデヴォンは、金髪に青い瞳《ひとみ》の美しい娘で、父チャタム卿《きょう》と婚約者ウィンストンの誘いでしぶしぶ見物に来ていたのです。ところが、処刑寸前に仲間に助けられたディアブロがデヴォンの乗った馬車に逃げ込み、彼女はそのまま人質として拉致《らち》されてしまいます。海賊と貴族の娘というおよそ接点のないふたりが運命的な出会いを果たした瞬間でした。

文中に、当時、海賊は捕らえられれば国籍にかかわらず連行され、裁判にかけられたとあります。かつて英国政府は自国の海軍力を補うため、海賊に他国の商業船を攻撃させていましたが、十八世紀になると一転、取り締まるようになります。実際、名の通った海賊が処刑されたり、英国軍と戦った末に命を落としたりしています。また、見せしめのため罪人の公開処刑も行われ、有名な泥棒の処刑にはロンドンの人口の三分の一、二十万人以上が集まったといいます。庶民にとっては、娯楽的な側面もあったのでしょう。ディアブロの処刑はこうした時代背景のなか、執行されようとしていたのです。

ディアブロは当初、無事に逃亡した暁にはデヴォンを無傷でロンドンへ帰すとチャタム卿に約束します。しかし、彼はすでに清楚《せいそ》で汚れを知らないデヴォンに心を奪われており、自分自身の欲望を抑えるのに苦悩するようになります。彼女は美しいだけではなく、強い意志とウイットを持ち合わせており、海賊稼業ですさんでいたディアブロの心を和ませてくれる存在なのでした。

デヴォンはこの時代には珍しく、しきたりに縛られない女性でした。ウィンストンの求婚を受け入れたのも彼への愛情からではなく、彼女を支配しない無難な相手だと思ったからです。そのため、ディアブロのようにハンサムでたくましく、情熱的に愛を語る男性に出会ったとき、その心は大きく揺さぶられます。しかし、ふたりが生きてきた世界の違いは大きな障壁でした。とくにデヴォンはディアブロに強く惹《ひ》かれながらも、彼の悪行の噂《うわさ》や婚約中の身であることが邪魔をしてなかなか心を開くことができません。ふたりは紆余曲折《うよきょくせつ》を経てやっと結ばれ、カリブ海に浮かぶ楽園、パラダイス島で至福のときを過ごしますが、それもつかの間、ディアブロに恨みを持つル・ヴォートゥールの手引きで、デヴォンは再びロンドンへ舞い戻ってしまい……。果たしてふたりはどのような形で再会するのでしょうか。ディアブロの過去の秘密がふたりの愛の行方に大きな影響を与えていることも、気になるところです。

ここでカリブの海賊について少し触れておきましょう。彼らは十七世紀から十八世紀にかけてカリブ海のスペイン領を中心に荒らしまわり、バッカニアと呼ばれていました。その名は、航海食として利用した、西インド諸島の原住民が作る日干し肉《バッカニング》に由来します。海賊はさまざまな掟《おきて》を定め、彼らなりの平等と民主主義を守っていたというのも史実であります。物語では、ディアブロが略奪品を乗組員に分配すると語る場面や、掟を破った乗組員に対するむち打ち刑の場面なども描かれています。むち打ちは残酷な刑ではありますが、海賊が敵はもちろん、荒天にも団結して対峙《たいじ》しなければならないことを考えれば、船上での秩序を維持していくために止むを得なかったのかもしれません。

コニー・メイスンの描く個性豊かな海賊たちは、敵役も含め大変魅力的です。ディアブロの右腕カイルや巨漢のトルコ人、アクバル。ディアブロの元愛人でデヴォンの恋敵となる赤毛のスカーレットや、フランス人海賊のル・ヴォートゥール。彼らの冒険や陰謀が物語をダイナミックに展開させていきます。さらに、ナッソーの宿屋でディアブロと会話するアン・ボニーとメアリー・リードは実在した女海賊で、同じく実在したキャラコ・ジャックのもと、男装して海賊行為を行ったとされています。さりげなく伝説の海賊たちを登場させるあたりは、心憎い演出です。

コニー・メイスンの作品では、ヒーローかヒロインのどちらかが粘り強く愛し続けることによって、相手のかたくなな心を溶かしていく展開が多く見られます。この作品ではディアブロが、ときに誤解から冷たい態度を取りながらも一途にデヴォンを愛し抜きます。彼は人生を百八十度変える決断を下し、彼女への愛を証明するのですが、この辺は女性にとってはうらやましい限り。もちろん、コニー作品に欠かせない恋人たちの情熱的な描写も随所に見られ、次第に身も心も強く結びついていくふたりを感じることができるでしょう。物語は最後まで起伏に富んだ展開の連続で、その疾走感にぐいぐい引っ張られていくコニー作品の魅力は健在です。登場人物たちと共に海賊船に乗船したつもりで、愛と冒険の世界をお楽しみください。

◉訳者紹介　中川　梨江（なかがわ　りえ）
慶應義塾大学経済学部卒。音楽関係・ノンフィクションの訳書多数。主な訳書にメイスン『誘惑のシーク』、『獅子の花嫁』（扶桑社ロマンス）など。

海賊に心奪われて
発行日　2009年8月30日　第1刷

著　者　コニー・メイスン
訳　者　中川 梨江

発行者　久保田榮一
発行所　株式会社 扶桑社
〒105-8070　東京都港区海岸1-15-1
TEL.(03)5403-8870(編集)　TEL.(03)5403-8859(販売)
http://www.fusosha.co.jp/

印刷・製本　図書印刷株式会社
万一、乱丁落丁(本の頁の抜け落ちや順序の間違い)のある場合は
扶桑社販売宛にお送りください。送料は小社負担にてお取り替えいたします。

ISBN978-4-594-06014-5　C0197
Printed in Japan(検印省略)
定価はカバーに表示してあります。